हिन्द पॉकेट बुक्स

मन का मीत

तारा‌शंकर वंधोपाध्याय प्रसिद्ध बांग्ला साहित्यकार हैं। इन्हें गणदेवता के लिए 1966 में ज्ञानपीठ पुरस्कार से सम्मानित किया गया था। ताराशंकर वंधोपाध्याय को साहित्य एवं शिक्षा क्षेत्र में भारत सरकार द्वारा सन 1969 में पद्मभूषण से भी सम्मानित किया गया था। ये पश्चिम बंगाल से हैं। इनके द्वारा रचित एक उपन्यास *आरोग्य निकेतन* के लिए उन्हें सन् 1956 में साहित्य अकादमी पुरस्कार से सम्मानित किया गया।

मन का मीत

बंगला के युगान्तरकारी उपन्यासकार
का एक सशक्त सामाजिक प्रेमाख्यान

ताराशंकर वंधोपाध्याय

हिन्द पॉकेट बुक्स
पेंगुइन रैंडम हाउस इम्प्रिंट

हिन्द पॉकेट बुक्स

यूएसए | कैनेडा | यूके | आयरलैंड | ऑस्ट्रेलिया
न्यू ज़ीलैंड | भारत | साउथ अफ़्रीका | चीन | सिंगापुर

हिन्द पॉकेट बुक्स, पेंगुइन रैंडम हाउस ग्रुप ऑफ़ कम्पनीज़ का हिस्सा है, जिसका पता global.penguinrandomhouse.com पर मिलेगा

पेंगुइन रैंडम हाउस इंडिया प्रा. लि.,
चौथी मंजिल, कैपिटल टावर -1, एम जी रोड,
गुड़गांव-122002, हरियाणा, भारत

पेंगुइन
रैंडम हाउस
इंडिया

प्रथम हिन्दी संस्करण हिन्द पॉकेट बुक्स द्वारा 1972 में प्रकाशित
यह हिन्दी संस्करण हिन्द पॉकेट बुक्स में पेंगुइन रैंडम हाउस द्वारा 2020 में प्रकाशित

10 9 8 7 6 5 4 3 2

इस पुस्तक में व्यक्त विचार लेखक के अपने हैं, जिनका यथासंभव तथ्यात्मक सत्यापन किया गया है, और इस संबंध में प्रकाशक एवं सहयोगी प्रकाशक किसी भी रूप में उत्तरदायी नहीं हैं।

ISBN 9789353497439
मुद्रक: रेप्रो इंडिया लिमिटेड

www.penguin.co.in

FSC
www.fsc.org
MIX
Paper from
responsible sources
FSC® C047271

मन का मीत

उत्तर-दक्खिन में डिस्ट्रिक्ट बोर्ड की सड़क बराबर चली गई है। गंवई इसे पक्की सड़क कहते हैं। डिस्ट्रिक्ट बोर्ड के बहीखाते के अनुसार यह है मेटल्ड रोड ! चौड़ी बारह फुट, लम्बाई मेन मेटल्ड रोड से रामनगर नदी के घाट तक बारह मील।

पत्थरों की गिट्टियां बिछाकर उसपर लाल रंग की कंकरीली मिट्टी फेंकी गई, फिर वर्षा के समय रोलर चला; तब कहीं जाकर यह सड़क बनी। बारह फुट चौड़े लाल फीते जैसी यह सड़क मैदानों और गांवों के बीच से होती हुई आगे निकल गई है।

नरसिंह की मोटर चल रही है। पुराने मॉडल की गाड़ी ! हुड का फ्रेम नया है, बॉडी का रंग भी है चक-चक। किन्तु मडगार्ड है टेढ़ा—यहां-वहां ज़ंग लग जाने से छेद भी हो गए हैं। दरवाज़े के हैंडिलों से रुपहली कलई उखड़ गई है, पीतल उभर आया है। गाड़ी चलने के वेग से दरवाज़े विचित्र भंगिमा रच डालते हैं; एक कोना जब नीचे उतरता है तब उसका सिरा ऊपर उठ जाता है, हां, अधिक नहीं थोड़ा ही। सामने के चारों ओर की रबर की लाइनिंग नष्ट हो गई है। जगह-जगह से गाड़ी ज़रा-ज़रा भुरभुरा गई है। पुरानी गाड़ी है। उम्रदराज़। किन्तु इंजिन की आवाज़ में कोई खराबी नहीं। एक टान में 'ओं-ओं' करती हुई चली जा रही है। उसका आयरन चेस्ट जैसे कठकरेज आदमी के कलेजे जैसा है—ऐसा नरसिंह कहता है दिल्लगी में।

नरसिंह की गाड़ी शौकिया नहीं, 'टैक्सी-कार' है। नियमित समय से छूटती है श्याम बाज़ार से—ज़िला के सदर शहर को। चलती है भोर ६ बजे। सात मील की होड़ है छोटी लाइन की गाड़ी के साथ। रेल-लाइन और डी ० बी० रोड अगल-बगल हैं। देंतुला नरसिंह। दांत

निकालकर रेल-इंजिन के ड्राइवर को मुंह चिढ़ाता है, कभी हंसकर मज़ाक उड़ाता हुआ रेल-लाइन की बगल की सड़क पकड़कर गाड़ी चलाता रहता है। ड्राइवर भी मुंह ऐंठता है और हंसता है। रास्ते में हैं तीन-तीन लेविल-क्रांसिंग। पहला है इमाम बाज़ार पार करके। वहां रेल कम्पनी का फाटक नहीं है। नरसिंह उसे पार करता है प्रायः उछाल मारकर। सर्कस की मोटर गाड़ी के नाला पार करने के कौशल की तरह वह रेल-इंजिन के दस-पन्द्रह गज़ सामने से पार हो जाता है। गांव से निकलते ही पड़ता है एक मोड़, इसे पार करते ही नरसिंह बायें पैर से क्लच दबाकर गियर बदलता है—टॉपगियर। फिर क्लच छोड़कर पैर से एक्सिलरेटर दबाता है। उसे एकदम दबा देने के बाद दोनों पंजों से स्टियरिंग कसकर पकड़ता है। पेट्रोल गन्धी धुआं भक-भक निकलने लगता है। गाड़ी गुर्राती है। पैसिंजर संभलकर बैठ जाते हैं, लेकिन वे डरते नहीं। नरसिंह की इस दक्षता की उन्हें भी आदत हो गई है। हां, मुल्की कोई रहा तो वह डर जाता है, चिल्ला पड़ता है। गाड़ी को छिन में तीर की गति से छोड़ सामने की ओर आंखें गड़ाए नरसिंह सहसा चिल्लाता है, "यह मारा···!" और गाड़ी पलक मारते ही पार; इस पार से उस पार। नरसिंह डरपोक पैसिंजर की बात भूल जाता है। वह गाड़ी की गति कम करके पीछे की ओर इंजिन-ड्राइवर की तरफ ताककर व्यंग्य की हंसी हंसता है और दायां हाथ फैलाकर अंगूठा दिखाता है।

जहां फाटक होता है, वहां नरसिंह को अटकना ही पड़ता है। ऐसे में इंजिन-ड्राइवर हंसते हुए दाढ़ी पर हाथ फेरता है, गर्दन निकालकर ज़ोर-ज़ोर से सीटी बजाता है, जैसे कुत्ते का मालिक सिसकारी से कुत्ते को बुलाता है। यह होड़ सात मील तक रहती है। सात मील पर है रेलवे-जंक्शन। वहीं खत्म हो जाती है छोटी लाइन। वहां से फिर बीस मील की होड़ लगती है बीस-बीस मोटर-बसों और टैक्सी-कारों के साथ। मुख्य रेल लाइन चली गई है उत्तर की ओर—प्रचुर शस्य-सम्पदा उत्पादनकारिणी गांगेय की तट-भूमि पकड़े गंगा के बगल-बगल सदर शहर रेल लाइन से बाइस मील पच्छिम में है। ऊबड़-खाबड़ विस्तृत मैदान के बीच से सड़क निकली है। इसी सड़क पर अब नरसिंह होड़ लेता, हंसी-मज़ाक करता है। ढेर-ढेर-सी धूल उड़ाता चलता है। उस धूल से पीछे की गाड़ी के पैसिंजरों के सिर के बाल से लेकर कपड़े-लत्ते सभी धूसर हो जाते हैं; सभीके सभी नाक बन्द कर लेते हैं ; खांसते हैं।

सदर से लौटता है अढ़ाई बजे। इमाम बाज़ार पहुंचता है दिन के पांच बजे। शाम को साढ़े सात बजे एक और ट्रिप। यह ट्रिप सदर तक नहीं—रेलवे-जंक्शन तक। वहां साढ़े आठ बजे और नौ बजे वाली गाड़ी को इधर के पैसिंजर देता है और उन्हीं दोनों ट्रेनों के पैसिंजर लेकर लौट आता है। इस समय होड़ नहीं। छोटी लाइन की गाड़ी है, किन्तु साढ़े आठ बजे वाली वह गाड़ी पकड़ में नहीं आती, यहां तक कि पूरी रात लौटती तक नहीं। रात को लौटते वक्त नरसिंह की गाड़ी के मडगार्ड पर लोग बैठ जाते हैं; फुटबोर्ड पर लोग खड़े हो जाते हैं। अन्दर लोग ठुंस जाते हैं जानवरों जैसे या कि बहेलियों के खांचे में 'बगेरी' पंछी के जैसे। उस समय गाड़ी चलती है धीरे, मंथर गति में। रास्ते के दोनों किनारे के घने पेड़ों की पंक्तियों में हेड लाइट की रोशनी फेंककर नरसिंह सोचता रहता है वे ही सब बातें, जिन्हें सोचने-विचारने का समय दिन-भर में मिलता ही नहीं।

कितनी सारी शक्लें उभर आती हैं। जो मन-भावन शक्लें तीस-पैंतीस मील की गति में मोटर चलाने के दौरान झटके से निगाहों में पड़ती रही हैं, कतार से चलते हुए लोगों की शक्लें राह में आते-जाते उसकी तेज़ भागती गाड़ी की बगल से गुज़र जाती रही है बायस्कोप की छवि जैसी। उनमें से यादों के दायरे में अटकी रह जाती है एकाध शक्ल। रोज़ ही एकाध नई-नई शक्लें और फिर कितने ही दिनों पहले की देखी एक शक्ल प्राय: रोज़ ही उभर आती है। वह रोज़ ही सोचता है, कल फिर देखे उसे। नरसिंह जानता नहीं—उसके विधाता जानते हैं—कभी-कभी उनमें से एक से मुलाकात भी होती है, किन्तु अचम्भे की बात है, नरसिंह उसे उस वक्त उसी मनभावन शक्ल के रूप में पहचान नहीं पाता। हो सकता है बगल से देखी शक्ल सामने से देखने से दूसरी लगे। और फिर जिस शक्ल को उसे देखने की चाह है, वह तो किसी एक की नहीं हो सकती। कितनी ही शक्लें मिलकर उस एक की रचना हुई होगी उसके मन में। रोज़ ही वह तिल-तिल बदलती रहती होगी। यह भी ठीक है कि सिर्फ उसी शक्ल के बार में ही वह नहीं सोचता। यह घड़घड़िया गाड़ी चलाते वक्त याद आती मां की; बाप याद आते; गांव की यादें आतीं। और किसी-किसी दिन मन ही मन हिसाब-किताब भी करता रहता कमाई का। पास-बही में कितना है, अपने पास कितना है; सब जोड़-जाड़कर कितना हुआ। फिर सोचता है, यह गाड़ी बदलकर एक नई गाड़ी लेने की बातें, टैक्सी के बदले बस, फिर पेट्रोल पम्प। मगर सात मील तक गाड़ी जितनी भी

धीमी चले, फुरसत से इतना सोचने-विचारने का समय कहां मिलता है! देखते-देखते इमाम बाज़ार का चौमुहाना आ पहुंचता। इसके बाद गाड़ी गैरेज में। नहाना-धोना आठ महीने पोखर के पानी से, अगहन से फागुन माह तक घर पर। चार महीनों में दो महीने गरम पानी से वह नहाता है। इसके बाद आराम फरमाता है आधा पिंट पच्चीस डिग्री चुलाई दारू की चुस्कियों के साथ, गरम पकौड़ियां और सिगरेट के बदले गुड़गुड़ी पर तम्बाकू। संग-साथ देता है निताई क्लीनर और राम। ऊपर से राम लगता है नरसिंह का साला। राम को वह दारू में नहीं घसीटता। कच्ची उमर का है, भीतर का अंजर-पंजर अभी कच्चा है; नरम है। और पच्चीस डिग्री में तेज़ी बहुत होती है।

रविवार को गाड़ी सदर शहर नहीं जाती। कोर्ट कचहरी बन्द। उस दिन सबेर को जाती है वहीं जंक्शन तक। लौटती है नौ के आस-पास। लौटते ही गाड़ी वामन पोखर ले जाता है। वामन पोखर की पटरी गिरने लगी है। नरसिंह तेज़ी से गाड़ी ले जाता है पोखर के किनारे वहां तक, जहां तक पानी आ पहुंचा है। फिर तीनों मिलकर गाड़ी को धोने में जुट जाते हैं। धो-धाकर घर लौटकर उसके कल पुर्जों को पोंछ-पाछ उसमें 'ग्रीस-मोबिल लगाया जाता है, जहां जो जरूरी है।

सब अपने-अपने बाल कटवाते हैं, दाढ़ी बनवाते हैं, नाखून कटवाते हैं, कपड़े धोबी के घर भिजवाते हैं। जूते पर पालिश किया जाता है। जूता केवल नरसिंह के पास है। निताई के पास नहीं है। राम के पास है एक जोड़ा सैंडल। रविवार है साबुन लगाने की पाली। यह साबुन लगाना क्या है, है घंटे भर का समारोह। दोपहर को उस दिन ताश जमती है, चौपड़ खेली जाती है। रात को मछली पकती है। बाज़ार में मछलियां आसानी से मिलती नहीं। बत्तख खरीद लेता है। निताई बत्तख का मांस पकाता है। पूरी बोतल आती है। राम उस दिन भांग पीता है। नरसिंह की जमी मजलिस में उस दिन तीन तसिया जुआ खेला जाता है। हारे कोई भी—भांग के नशे में राम अनर्गल हंसता ही रहेगा। नरसिंह नशे में और ख्यालों में मशगूल रहता है। निताई बम् हुआ बैठा रहता है, बड़ा चेहरा और छोटी-छोटी आंखे—वे भी आधी झपकी हुईं। खेल होता है। खेलने आते हैं नरसिंह के दोस्त—यहां के स्टेशन का स्टालवाला, वह आदमी विचित्र शराबी है; कोयले के डिपो वाला कालीसिंह पछहियां छत्री, सोने के गहनों पर पालिश चढ़ानेवाला लुतफर रहमान, थाने का कांस्टेबुल जाविदअली, डाक्टर

का कम्पाउण्डर रमेश, बूढ़ा परचून शशी चौधरी और कभी-कभी आता है रेल लाइन पर काम करने वाला फिटर—हरकिशन। जिस रविवार को हरकिशन इस स्टेशन पर आता है—रहता है—उस दिन उसे आना ही है। सभी मिलकर उस दिन दारू के लिए चन्दा करते हैं। रात को ही दौड़ना पड़ता है बत्तख या खसी की खोज में। ठन-ठन आवाज़ों में रुपयों की बाज़ी बांधी जाती। लोग चुप। ताश के पत्ते उलटे जाते—जो जीतता है वह रुपये पाता है, बाकी रुपये लेता है, जो ताश खेलवाता है—वह ! राम हो-हो करता हुआ अनर्गल हंसता है। यों नरसिंह कभी कुछ बोलता नहीं। कभी-कभार गुर्रा उठता है। बेमौके ज़मीन पर हाथ पटकता है, 'बदतमीज़, बे अदब, नामाकूल कहीं का !'

राम चौंक जाता है। निताई भी लुढ़कता-पुढ़कता चौकन्ना होकर बैठता है। बेवकूफ की तरह पूछता है, 'ऐं ?'

कालीसिंह नरसिंह को शान्त करता है, 'मान जा भइया, जाने दे।' और बहुत बार तो कहना भी नहीं पड़ता—राम के चुप होते ही नरसिंह चुपचाप खेल में मशगूल हो जाता है।

सोमवार सवेरे से ही फिर बंधा-बंधाया धंधा शुरू होता है। रविवार को धोई हुई साफ बनियान, आधी बांह वाली खाकी कमीज़, ऊपर से आंखों पर गोगल्स-चश्मा चढ़ाकर गाड़ी की चाबी खोलकर सीट पर बैठकर कहता है, 'मार हैंडिल।'

निताई हैंडिल घुमाता है। राम भले आदमी जैसा खड़ा रहता है गाड़ी के दरवाज़े पर हाथ रखे। गाड़ी जब चलने लगती है तब निताई मडगार्ड पर उछलकर बैठ जाता है। राम रहता है फुटबोर्ड पर खड़ा। दो प्रकार के हार्न हैं गाड़ी में—रबर के नॉलवाल हार्न बजता है 'भों-भों' ! और दूसरा बजता है अपने में डूबे लोगों को चौकन्ना करने के लिए 'क्या-ड्गें' !' अब इलैक्ट्रिक हॉर्न काम नहीं करता।

आज किन्तु मोटर अपने बंधे रूट पर नहीं चलती है। सदर शहर से श्याम बाज़ार की जो सड़क है—वही सड़क है डिस्ट्रिक्ट बोर्ड मुताबिक मेडल्ट रोड। वह चली गई है सीधी पूरब की ओर—इस ज़िले से दूसरे ज़िले तक। पूरब-पच्छिम में भी सड़क है अड़तालीस मील लम्बी। बाइस मील श्याम बाज़ार, इस श्याम बाज़ार से ही यह उप-

सड़क निकली है—गई है रामनगर-नदी-घाट तक—दूरी है बारह मील की। इस सड़क पर भी एक मोटर-बस चलती है। उसी छोटी लाइन की रेल-कम्पनी ने इस ज़िले के मोटर-व्यवसाय के कर्ताधर्ता 'बुधा बाबू' से बन्दोबस्त करके इस मोटर-बस-सर्विस की व्यवस्था की है। इसके लिए डिस्ट्रिक्ट बोर्ड से भी रेल-कम्पनी को खास बन्दोबस्त करना पड़ा। वे सड़क मरम्मत के लिए मोरम और पेबल्स अर्थात् कंकड़-मिट्टी और गिट्टियां देते हैं। कुछ नगद रुपये भी। बदले में इस सड़क पर इस एक बस के अलावा और दूसरी बस को सर्विस खोलने का पारपत्र नहीं मिलना चाहिए। फिर भी यदि कोई पूरी मोटर को किराये पर ले ले तो वह जा सकती है—पूरी बस को भी किराये पर लेकर जाया जा सकता है। कभी-कभी नरसिंह भी जाता है अमीर-उमरावों को लेकर। उनमें प्रमुख हैं साह-आलमपुर के मियां साहब लोग; कलकत्ते में छोटे लाट के दफ्तर में काम करते हैं। बिल्कुल निखालिस साहबी पोशाक। दरियादिल। इनके अतिरिक्त और भी कई हैं। किन्तु उसकी परवाह नरसिंह को नहीं है। ब्याह-शादी में भाड़े पर भी कभी-कभी जाना पड़ता है। बस से जाते हैं बराती—और नरसिंह की टैक्सी में जाता है दूल्हा। रोगी देखने जाते हैं डाक्टर। जटाधारी डाक्टर विलक्षण चिकित्सक हैं। किन्तु वे रहते हैं अपने गांव में—नदी के किनारे एक निहायत गंवई गांव में। दिन हुआ तो जटाधारी अपने घोड़े पर सवार होकर आते हैं। रात हुई तो नरसिंह की टैक्सी पर। ये सब हैं मौके-बेमौके की बातें।

आज किन्तु नरसिंह की टैक्सी खाली जा रही है। खाली से मतलब नरसिंह, राम और निताई को छोड़ गाड़ी में और कोई नहीं है। खाली सड़क, हू-हू करती हुई गाड़ी चली जा रही है। एक्सिलरेटर दबाए है पैरों से। पीछे उड़ती हुई लाल धूल के चक्कर के भीतर पेट्रोल का धुआं। नदी के गेरुआ रंग की बाढ़ के पानी में बगल के गांव के झरने के काले पानी की धारा की तरह ढंके दोनों तरफ हैं फसल कटे खंखाड़ रवेत। सड़क के किनारे-किनारे बट-पाकुड़ के पेड़। मैदान में सड़क गई है सीधी। दो-तीन मील के अन्तर में एक-एक गांव। गांव में घुसने और निकलने के मुहानों पर सड़क सर्प की कुण्डली जैसी मोड़ लेने को विवश है। आकुलिया गांव पीछे छोड़ आया। गांव से उत्तर-मुंह निर्गमन के पथ पर इमली से भरे पोखर के बेढ़ से सटा सड़क का जो मोड़ है, उसे पार करके गाड़ी सीधी चली। चुप बैठा है निताई। पीछे बड़े आराम से लखपती के जैसा कायदे से उठंगा बैठा राम बीड़ी

पी रहा है। नरसिंह मानो किसी आक्रोश के वश में होकर गाड़ी चला रहा है।

हां, आक्रोश में ही !

बुधा बाबू का आंख दिखाना, पुलिस-सिपाहियों का 'डैम स्वाइन' कहना, गाली-गलौज करना, दरोगा-इन्स्पेक्टरों की धमकी; सब कुछ इतने दिनों सहा गया है। रात को घर लौटकर थैली उलट चवन्नी-अठन्नी, रुपये, नोट गिनते हुए वह सब गैरत भूल जाता रहा है किन्तु इधर कुछ दिनों से रेल कम्पनी प्रारम्भ के सात मील में नरसिंह को तोड़ डालने के उपक्रम में मुस्तैदी से जुटी हुई है। सात मील में ६-६ शटल-ट्रेनों की व्यवस्था हुई है। उधर जंक्शन से सदर तक बुधा बाबू की मोनोपोली है। एकदम इमाम बाज़ार से सदर शहर के पैसिंजर नहीं मिलने पर जंक्शन पर पैसिंजर इकट्ठा करना मुश्किल काम है। इमाम बाज़ार के लोग भी बेईमान हैं। वे अब शटल-ट्रेन की सुविधा पाकर उधर ही दौड़ते हैं, कहते हैं, "पैसे दूं—खुशामद करूं और जानवरों की तरह ठुंस के जाऊं, क्यों ?" इतने पर भी वह गाड़ी चला रहा था, थका नहीं। किन्तु अचानक चार दिन पहले एस० डी० ओ० ने गाली दी—सूअर का बच्चा ! इतना ही नहीं ऊपर से पीठ पर लप-लपाता बेंत सटाक से जड़ दिया। एक बार, दो बार और तीसरी बार नरसिंह ने पकड़ लिया। बड़ी-बड़ी आंखें आग उगलने लगीं—छत्री राजपूत का बच्चा है वह, नाखून से शिख तक खून दौड़ गया था। कान दोनों भन्ना उठे थे। बेंत पकड़े उसने कहा था—"मारिए मत, साहब !"

घटना यों घटी थी।

उस दिन इमाम बाज़ार में ही नरसिंह की टैक्सी सदर तक पूरे किराये पर उठ गई थी। एक मुकदमे में गवाह लेकर फरियादी जा रहा था। गाड़ी के पूरे किराये के रूप में नरसिंह ने आठ पैसिंजरों का किराया लिया था, जबकि गाडी में पांच पैसिंजर ही लेने का नियम है। नरसिंह साधारणत: सवेरे के ट्रिप में सात पैसिंजर लेता है। अपनी बगल में दो, पीछे चार और पायदान पर एक। रात की ट्रिप में इससे भी अधिक हो ही जाते हैं। सदर शहर में घुसने के पहले ही किराया वसूल कर पैसिंजर उतार देता है। बुधा बाबू की बस, टैक्सी भी ऐसा ही करती है। छोड़ो ये बातें। आठ पैसिंजरों का किराया पाकर नरसिंह को गाड़ी छोड़ने की जल्दी नहीं थी। फरियादी को भी गवाहों को इकट्ठा करने में कुछ समय लगा ही। गाड़ी जब जंक्शन पहुंची, तब

बुधा बाबू की बस, टैक्सी सभी प्रायः छूट चुकी थीं। सिर्फ एक बस उस समय भी खड़ी थी, पैसिंजर मिले तो छूटेगी, वर्ना यहीं खड़ी रहेगी। नरसिंह जंक्शन में बिना रुके ही एक सुर में निकल गया था। जंक्शन के बाज़ार से निकलते ही दोनों तरफ ऊबड़-खाबड़ मैदान हैं, उसीके बीच वह सड़क है। मेटल्ड रोड के ऊपर सामने ही धूल-बादल धरती से आकाश तक कुंडली बनाकर ऊपर उठने लगा था। नरसिंह को यह बर्दाश्त नहीं होता। एक तो सबके पीछे चलने की बात सोचते ही वह उखड़ जाता है, ऊपर से धूल। दोनों ही उसे बर्दाश्त नहीं हैं। चौदह-पन्द्रह ठसाठस भरी बसें थीं सामने—करीब तीन-चार टैक्सियां भी, उसके भी और आगे सामने कई बैलगाड़ियां। यह ठीक है कि बैलगाड़ियां बिल्कुल सड़क के किनारे से सटकर चलती हैं। सड़क का मध्य पक्का है और दोनों किनारे कच्चे। एक गाड़ी बीच से चल रही थी। गाड़ीवान कोई छोकरा था, दोनों बैलों की उमर कच्ची और चेहरा तरोताज़ा। वह छोकरा दोनों बैलों को दौड़ाकर चिल्ला रहा था—'अरे वाहरे मेरे अरबी घोड़े!' पीछे से हार्न सुनकर भी वह त्रस्त नहीं हुआ और बैलगाड़ियों की कतार को पारकर सड़क पर सबसे आगे पहुंच गया।

नरसिंह पैर के पास से लिपटी हुई रस्सी उठाकर गम्भीर आवाज़ में बोला, 'निताई!' और अपने हाथ की रस्सी का गट्ठा राम की ओर बढ़ा दिया। राम आदत के मुताबिक फुटबोर्ड पर खड़ा था। निताई बैठा था बायें मडगार्ड पर। राम ने रस्सी थमा दी निताई को। निताई को कुछ कहना नहीं पड़ा, झटपट रस्सी का पाग खोलकर उसे घुमाने लगा। बैलगाड़ी की बगल से ज्यों ही टैक्सी गुज़री कि उसकी गति धीमी हो गई और निताई के हाथ में घूमती हुई रस्सी ठीक जाकर गाड़ीवान छोकरे की पीठ पर सट से लगी। मुंह पर गांठ लगी मज़बूत पाकवाली सवा इंच मोटी रस्सी थी। निताई प्रायः छह फुट लम्बा ज़वान है। सीना छत्तीस इंच। उसके बाज़ुओं की ताकत से वह रस्सी सट से उसकी पीठ पर लगी। गाड़ीवान छोकरा चिल्ला उठा, 'बाप रे बाप!'

उससे भी अधिक ज़ोर से और बेहद गुस्से में नरसिंह चिल्लाकर गरज उठा, 'अबे-ऐ, सूअर के बच्चे!'

और टैक्सी दनदनाती हुई आगे निकल गई। इसके बाद सामने बसें थीं, जो पचास-साठ गज़ के अन्तर में चलती जा रही थीं। वे यों रास्ता नहीं देंगी। बगल की धूलभरी पटरी से कटकर निकलने के

सिवा कोई चारा नहीं। स्टियरिंग घुमाकर एक बार बाईं ओर तथा एक बार दाईं ओर देख लिया उसने। मडगार्ड के ऊपर से ही निताई ने कहा, 'राइट साइड।'

हाड़ी (एक जाति) के बच्चे निताई ने बहुत से अंग्रेज़ी शब्द सीख लिए हैं। इसके अलावा गाड़ी को दिशा बताने के काम में निताई काफी पक्का है। स्टियरिंग घुमाकर नरसिंह ने दाईं बगल की कच्ची सड़क पर गाड़ी मोड़ ली। टॉप गियर पर लाकर कसकर एक्सिलरेटर दबाए रहा। धूल के ढेर को चीरती हुई उसकी गाड़ी बसों को ओवर-टेक करने लगी और चार बसों को पीछे छोड़ दिया। चार बसों को ओवरटेक करके उसे फिर बसों के बीच में आ जाना पड़ा। यहां सड़क संकरी और ऊंचे बांध की तरह हो गई है। दोनों तरफ बंजर भूमि। गुल्मों से भरी फैली हुई ज़मीन। मिट्टी में जमकर रेत पत्थर से भी कड़ी हो गई है। वर्षा के बिना घास भी नहीं जमती। लगभग मील-डेढ़ेक में यह मैदान फैला है। कोई चारा नहीं। नरसिंह ने दो बार आगे की बस के करीब जाकर हार्न बजाया। मगर बुधा बाबू के बस ड्राइवर ने ध्यान तक नहीं दिया। उसकी बस कुछ फुट अगर बायें हो जाए, तो अनायास ही नरसिंह बस से आगे निकल सकता है। मगर बस का ड्राइवर ऐसा क्यों करने लगा ? उल्टे बस की स्पीड कम करके उसका खूब धुआं छोड़ने लगा। नरसिंह पीछे की ओर देखकर अपने पैसिंजरों से बोला, 'सभी चुपचाप बैठे रहें, कोई डरे नहीं। निताई, राम, होशियार !' इतना कहकर उसने गाड़ी को मोड़कर रास्ते से बगल के ढालू मैदान में उतार लिया। फुट-ब्रेक और हैंड-ब्रेक कसकर उसने इंजिन बन्द कर दिया। लहरों पर डगमग करती नाव की भांति उसकी गाड़ी मैदान में उतर गई। उसने गाड़ी वैसे ही छोड़ दी और वह गुल्मों को कुचलती हुई सख़्त समतल ज़मीन के ऊपर फिसलती-सी आगे बढ़ गई।

निताई मौज में बोला, 'बहुत अच्छे! बहुत अच्छे! क्या बात है !' राम बाईं सड़क की बसों को ओवरटेक करते हुए नारा लगाने लगा, 'चला तुफान मेल !'

नरसिंह के होंठों पर इतनी देर के बाद हंसी दिखी। सभी बसों को पार कर एक बार वह पीछे की ओर ताककर बुदबुदाया, 'साऽला !'

इसके बाद फिर सामने दो कारें दिखाई पड़ीं। एक बुधा बाबू की, दूसरी हरेन साहा की। नरसिंह ने टैक्सी की स्पीड और बढ़ा दी।

अभी भी पतितडांगा एक चौथाई मील पड़ा था। लेकिन एक चौथाई पार नहीं करना पड़ा, क्योंकि थोड़ी दूर पर ही वे दोनों कारें पीछे हो गईं। डिस्ट्रिक्ट-बोर्ड की पक्की सड़क के बजाय समतल मैदान में गाड़ी अनायास गति में चल पड़ी।

निताई बोला, 'कहीं ऐसी साली सड़क होती है !'

नरसिंह ने गंभीर भाव से कहा, 'भगवान की बनाई हुई और इंसान की बनाई हुई में बहुत फर्क है। समझे ?' कहते हुए उसने फिर टॉपगियर देकर गाड़ी का मुंह सड़क की ओर मोड़ दिया और बड़ी कुशलता से गाड़ी रास्ते पर ले आया। अब वह अपनी गाड़ी मंथर गति में बढ़ाने लगा और पीछे की गाड़ियों को लक्ष्य बनाकर धूल उड़ाने लगा। पीछे की गाड़ी ने कई बार हार्न दिये। जवाब में नरसिंह ने धुआं छोड़ा।

अचानक निताई घबरा उठा, 'अरे-ए, सिंहजी ! सिंहजी !'

सामने की ओर निस्पृह अलस दृष्टि से नरसिंह देख रहा था। किसी प्रकार की आकुलता प्रकट किये बिना ही उसने कहा, 'क्या है ?'

राम भी परेशान हो उठा, 'भाई साहब ! भाई साहब !'

'क्या है ?' नरसिंह अब गुस्साये बिना रह नहीं सका।

'एस० डी० ओ० साहब !'

'कौन ?' चौंका नरसिंह।

'एस० डी० ओ० साहब ! पीछे वाली गाड़ी में !'

गाड़ी से गर्दन निकालकर अचम्भे में डूबा-डूबा पीछे की गाड़ी की तरफ नरसिंह ने देखा। एस० डी० ओ० का तगमा-पगड़ी बांधे चपरासी गाड़ी से निकलकर फुटबोर्ड पर खड़ा होकर गम्भीर आवाज़ में चिल्ला रहा था, 'ऐ ! ऐ ! गाड़ी रोको ! ऐ—!'

गाड़ी के अन्दर साहबी पोशाक पहने कोई बैठा था—नाक पर रूमाल रखे। अब नरसिंह घबराया ! और जो कुछ उसने किया वह भी ठीक नहीं किया। गाड़ी रोकना ही ठीक था, लेकिन उसने इसके विपरीत किया यह कि पूरी तेज़ी के साथ गाड़ी चला दी। गाड़ी का स्पीडो-मीटर बिगड़ गया। उसका कांटा बेकाम हो गया। गाड़ी के वेग की वजह से कांटा ठक्-ठक् कर हिलने लगा। इसमें ज़रा भी संदेह नहीं कि गाड़ी पच्चीस-तीस मील की गति में चल रही थी। पीछेवाली गाड़ी मोटर-कार थी और नरसिंह की गाड़ी की तुलना में नई भी। पर नरसिंह को जैसा दुर्दम्य साहस था, वैसा ही कल-पुर्जों पर अधिकार भी; इतने पर भी उसका प्रयत्न डर से भाग निकलने

का था। वह शहर में पहले ही आ पहुंचा। शहर की चौमुहानी पर पैसिंजरों को उतारकर उसने जल्दी से एक छोटी सड़क पकड़ ली। फिर भी नरसिंह शहर से निकलनेवाले मुहाने पर घिर गया। दोपहर के इस बे-वक्त में वह खाली गाड़ी लेकर लौटने की चेष्टा में था, किन्तु शहर के हर मोड़ पर पुलिस तैनात थी। वह पकड़ लिया गया।

इसके बाद ही वह घटना घटी।

नरसिंह द्वारा बेंत पकड़ लेने के बाद एस० डी० ओ० ने उसपर फिर बेंत नहीं चलाई। ओवरलोड और खतरनाक गति में गाड़ी चलाने के अपराध में उसे 'ऐरेस्ट' करवा दिया। हां, जमानत उसी समय हो गई। मामले में भी कम ज़ुर्माना हुआ। लेकिन एस० डी० ओ० ने पीट न पाने के क्षोभ में उसकी रोटी ही मार ली। तरह-तरह के कारण बताकर उसका लाइसेंस ही रद्द करवा दिया। उसकी इच्छा ड्राइविंग लाइसेंस भी रह करवा देने की थी, किन्तु वह हो नहीं सका। नरसिंह के पास मोटर चलाने में कुशलता का प्रशंसा-पत्र था, जो बड़े इंजीनियर साहब का लिखा हुआ था।

इसी कारण नरसिंह चला इमाम बाज़ार की सदर सर्विस लाइन का रास्ता छोड़कर इस इमाम बाज़ार रामनगर-घाट की सड़क पर। इस सड़क पर भी सर्विस का लाइसेंस उसे नहीं मिलेगा, क्योंकि बुधा बाबू और रेल कम्पनी की यहां पर भी मोनोपोली-सर्विस है।

नरसिंह इस अभिप्राय से यहां आया भी नहीं था। उसने अपना अभिप्राय बताया भी नहीं। निताई और राम को भी नहीं। कहा, "घर चल रहे हैं।"

रामनगर-घाट के उस पार खास खेतिहर इलाके में है उसका घर। धूल भरे मैदानों से निकली है सड़क। गाय चलती है, आदमी चलते हैं, बैलगाड़ी चलती है।

अचानक निताई बोला, "आस्ते, सिंहजी, आस्ते!"

"आस्ते?"

सोना-डागा के मोड़ पर धूल उड़ रही है। बैलगाड़ी है शायद। हूं। नरसिंह गाड़ी तेज़ चलाना चाह रहा था—अपने मन की गति के साथ द्रुत वेग में। नरसिंह ने गति संयत की। बैलगाड़ी ही है।

सोना-डागा का मोड़ लेकर गाड़ी फिर खुले खेत में जा पहुंची। सामने तीन मील की दूर में है अभयापुर, दाईं ओर चार-पांच मील पूरब में है—भासतोर, पुनाशी, कापारपाढ़ा। बायें, पांच मील के फासले में नज़र आ रहा है गांव का सिवान। गाड़ी चली जा रही

है। बगल वाले गांव के पेड़-पौधे लगभग ठीक-ठाक ही हैं। मध्यवर्ती फसल कटे धूसर खेत जैसे वृत्ताकार होकर धूप सेक रहे हैं। सामने से गांव अभयापुर और उस पार रामनगर।

गाड़ी चढ़ाई पर चढ़ी। अब ढाल आरम्भ हुई। ठीक समझ में नहीं आता, लगता है समतल मैदान है। किन्तु नरसिंह समझता है और गाड़ी के पहिए के तनाव से उसकी समझ में आ गया है ! खेत भी क्रमशः सघन होते आ रहे हैं।

अभयापुर की भीतरी सड़कें बहुत संकरी हैं। मोड़ भी वैसे ही विचित्र और आकस्मिक। इस गांव के मैदान में बुधा बाबू एण्ड रेल कम्पनी की बस का अड्डा है। यू० पी० स्कूल के सामने खुली जगह में बस खड़ी है। इसके बाद ही है ७ के आकार का एक मोड़ ! मोड़ चक्कर काटता हुआ तीस गज़ तक योंही चला गया है, वहां एक और ऐसा ही मोड़ है। इसके बाद शुरू होती है नदी की ढाल। कच्ची सड़क। यहां पक्का करने पर भी ज़मीन ठहरती नहीं। नरम धूल से भरी सड़क। प्रायः दो फुट धूल जमी है, रूई से भी नरम। नरसिंह ने गाड़ी छोड़ दी। इंजन बन्द। ढाल से उतर रही है गाड़ी। दोनों तरफ सरपत और तरह-तरह के जंगली पेड़-पौधों का जंगल शुरू होता है। गाड़ी लुढ़कने लगी। सामने नज़र आती है नदी। घुटने से भी कम पानी है। रेतीला विस्तृत तल चकचक कर रहा है। उधर दीख रही है परित्यक्त विशाल सिल्क-फैक्टरी। नदी का वह पाट पक्का है, बंधा हुआ। बांधा था पुराने ज़माने में 'कुठियालों' ने। रामनगर के उस पार है सहोड़ा चन्द्रहाट, उसके बाद पड़ जाता है दूसरा ज़िला। ज़िला मुर्शिदाबाद। इसी ज़िले में है नरसिंह का घर।

"हां, हां सिंहजी !" निताई ने सावधान किया।

गाड़ी ढाल के मुहाने की तरफ तेज़ी से उतर रही है। सामने है नदी-गर्भ। नदी का घाट बिना देखे उतरना उचित नहीं है।

फुट-ब्रेक को दबाते हुए हैंड-ब्रेक पर हाथ रखकर नरसिंह मुस्कराया। गांव की याद से अपने भविष्य की कल्पना मन में झांकने लगी—ज़रा अनमना हो गया था वह।

गाड़ी रुक-सी गई।

नरसिंह ने कहा, "क्या हुआ ? गाड़ी से दो ईंटें निकालकर सामने के चक्के में लगा दे।" वह उतर आया गाड़ी से।

ज़िला मुर्शिदाबाद, गांव 'गिर्वरजा'। छत्रियों का गांव। नरसिंह चल पड़ा है इसी गांव की ओर।

मुंह से बोला जाता हैं 'गिर्वरजा' लेकिन लिखने के समय लिखा जाता है 'गिरिव्रज'। गांव के पटवारी के कागज पर जाने किस ज़माने से लिखा चला आ रहा है। नवाबी अमल की फारसी के 'खाकबन्दी' के चिटठे में भी लिखा है 'गिरिव्रज'। छत्री लोग कहते हैं, परशुराम जब क्षत्रिय नाश करने पर उतारू हुए, तब गिरिव्रज राज्य का एक कम-उम्र क्षत्रिय मनसबदार राजा की अनाथ कन्या को लेकर राज्य त्यागकर 'पंखी' के देश इस बंगला मुल्क में आकर, यहीं बस गया। 'क्षत्रिय' परिचय अगर अमर परशुराम के कानों तक पहुंच गया तो खैर नहीं, इसी आशंका में उन्होंने अपना परिचय दिया—जात के वे 'छत्री' हैं। यह विवरण दो तमाल-पत्रों पर लिखा है फारसी में। एक तब का है, जब मनसबदार राजकुमारी को लेकर यहां भाग आया। दूसरा है महाराजा मानसिंह द्वारा प्रदत्त। सुनते हैं, महाराजा मानसिंह खुश होकर सम्पूर्ण गांव का उसके नाम मौरसी बन्दोबस्त कर गए हैं। उसी बन्दोबस्त से आज सम्पूर्ण गिर्वरजा मौजा मोकर्रर मौरसी हो गया है। नवाब उस मौरसी बन्दोबस्त को तोड़ नहीं सके—अंग्रेज़ सरकार भी नहीं। उसी तमाल-पत्र में महाराजा मानसिंह खुद शील-मोहर और दस्तखत कर गए हैं। आज भी उनके घरों में पुरानी तलवारें, नेजा, निखालिस गैंडे के चमड़े की ढालें मौजूद हैं। कितनी बार पुलिस के सिपाही उनके घर की तलाशी ले-लेकर कितना क्या-क्या उठा ले गए। फिर भी कुछ अभी भी है अन्धकूप जैसी गुप्त चोर कोठरी में। मजा पोखर की मिट्टी काटने के समय भी कुछ-कुछ मिला है। गदा-बन्दूकें भी थीं। वह सब छिपाया हुआ है, मगर उनमें एक भी साबित नहीं है। टूटे-फूटे टुकड़े यहां-वहां पड़े हैं। लड़कपन में बन्दूक की एक नली लेकर नरसिंह खेलता रहा है।

सेटलमेण्ट के वक्त आया था एक कानूनगो। बहुत दिन पहले। नरसिंह तब बच्चा था। वह कानूनगो उस तमाल-पत्र का फोटो उतारकर ले गया था। बुजुर्ग छत्रियों से प्रतिदिन शाम को वह पुराने अमल की कहानियां सुनता रहता। इसके बाद कानूनगो ने लिखी एक किताब। उसकी एक प्रति उसने गिर्वरजा के छत्रियों को भी भेजी। उसने एक अचरज-कथा गढ़ डाली थी। उस कहानी को पढ़कर गिर्वरजा के बुज़ुर्ग छत्री कैसे लाल-पीले हो उठे थे। किताबों को जला देने

का फैंसला किया गया था। लेकिन नरसिंह उस वक्त पाठशाला में पढ़ रहा था। किताब और कागज़ के ऊपर उसे उस समय बड़ा झुकाव था। उस किताब को न जलाकर उसने उसे छिपाकर रख दिया था। बाद को बड़ा होने पर उस किताब को नरसिंह ने कई बार पढ़ा है। कई जगह आज भी उसके लिए दुर्बोध्य है। हिज्री, शकाब्द, कचकची, तमाल-पत्र की नाप इंच-फुट, फारसी लिपि का फोटो—यह सब है उसमें। इसे छोड़कर बाकी हिस्सा उसे बहुत अच्छा लगा है। नसों में खून दौड़ने लगता है। कानूनगो के ऊपर क्रोध भी आता है। उसने लिखा है, 'मुसलमान जब पहली बार बंगाल में आए पठानों के राज-काल में, उस समय हिन्दू-मुसलमानों में बहुत कुछ विवाह-सम्पर्क कायम था। मुसलमान पुरुष हिन्दू की कन्याओं से विवाह करते थे, अनेक स्थलों में ज़ोर-ज़बरदस्ती कन्याओं को लूट लेते थे, अनेक स्थलों में हिन्दू राजा राजनीतिक कारणों से अपनी कन्याओं का दान कर देते थे, ये ऐतिहासिक तथ्य हैं। हिन्दू पुरुष कई स्थलों में मुसलमान कन्याओं के साथ विवाह कर लेते थे, इसका भी प्रमाण मिलता है। राजा जदू, कालापहाड़ की कहानी इतिहास में प्रसिद्ध है। इन क्षेत्रों में हिन्दू-पुरुष समाज से बहिष्कृत भी हुए और वे मुसलमान-धर्म स्वीकार करने पर विवश हुए थे। मगर कभी-कभी हिन्दू पुरुष मुसलमान कन्याओं को वरण करके भी हिन्दू समाज से परित्यक्त नहीं होते थे, वे हिन्दू ही रहते—ऐसा दृष्टांत भी मिलता है। अर्थात् समाज ने मुसलमान-सम्पर्क की इतनी कठोरता के साथ वर्जन करने की नीति पहले-पहल ग्रहण नहीं की थी। उस समय बहुत-से अभिजात मुसलमान और हिन्दू आपस में लड़के-लड़कियों का विवाह करते रहे थे। इस दिशा में मुसलमान लड़की हिन्दू घराने में हिन्दू वधू के रूप में ही गण्य हुई, जैसे हिन्दू कन्या मुसलमान पति के घर जाकर मुसलमान बीवी के रूप में ही गृहीत हुई, या होती रही। गिर्वरजा के राय-वंश को पठानों के द्वारा प्रदत्त तांबे के पट्ट की सनद इसका एक विशिष्ट प्रमाण है। गिरधारीसिंह को यह सनद मिली थी एक कद्रदां नवाब या जागीरदार मुहम्मद खलिलउल्लाखां से। उसमें लिखा है :

"दस्यु-वृत्तिधारी बर्बर शत्रु अब्दुल्लाखां के आक्रमण के विरोध में मनसबदार गिरधारीसिंह, तुमने जो अपूर्व वीरता का प्रदर्शन किया, इससे हम बहुत खुश हुए। शत्रु के अविचारपूर्ण आक्रमण से जब प्रधान सेनापति आहत हुए थे, तब गिरधारीसिंह तुमने सेना का संचालन कर अधिकृत किले से दुश्मनों को मार भगाया, और दुश्मन का

पीछा करके अब्दुल्लाखां को मार डाला, उसका किला दखल किया; इसलिए मैं बर्कअन्दाज़ अर्थात् वज्र की तरह तेज़तर्रार वीर का खिताब तुम्हें देता हूं। और राय यानी राजा का यह खिताब भी तुम्हें देता हूं। तुमने अब्दुल्लाखां की जिस कन्या को बन्दिनी बनाया है, उसके संग बिना मेरी अनुमति के ब्याह करके जो जुर्म किया है, उसे भी मैंने माफ किया। तुम्हें बख्शते हुए यह सनद भेजी जाती है—मनसबदार बर्क-अन्दाज़ गिरधारीसिंह राय और दौलतोन्निसा उर्फ व्रजबाला के ब्याह के उपलक्ष्य में गिरधारी राय के नव-निर्मित कोठे के चारों ओर की एक मौज़ा ज़मीन इनाम में दी जाती है। दरबार में इस मौज़े का सालाना-कर पाच तंका के हिसाब से दर्ज किया जाता है।"

कानूनगो लिखते हैं : "परशुराम के भय से राजकुमार को लेकर भाग जानेवाली किवदंती के साथ इस अब्दुल्लाखां की लड़की दौलतोन्निसा के संग जीवन-यापन करने की गिरधारीसिंह की बात में बहुत अंशों में मेल है। गिरधारी के 'गिरि' और दौलतोन्निसा उर्फ व्रजबाला के 'व्रज' से ही इस गांव के नाम गिरिव्रज की उत्पत्ति है। गांव का निर्माण काल भी यही रहा है।"

नरसिंह को बड़ी अच्छी लगती है यह कहानी। कुछ अखरता है तो वह है दौलतोन्निसा उर्फ व्रजबाला का संवाद। मगर जब वह दौलतोन्निसा के रूप की कल्पना करता है, तब यह अखरने की बात मन में टिकी नहीं रहती। जजबहादुर ने मेम से शादी की। मेम साड़ी पहनकर जज साहब के संग घूमती-फिरती, साफ शुद्ध बंगला बोलती। यह अच्छे वकीलों के आपसी बातचीत के दौरान वह जान पाया है। मेम पावरोटी मांस नहीं खाती, भात-दाल मछली खाती है। जज साहब के दो लड़के-लड़कियों को उसने देखा है—बिल्कुल बंगाली लड़के-लड़कियों जैसा उनका रहन-सहन है। लड़के का जनेऊ भी होगा, नरसिंह ने सुना था। नरसिंह यह भी जानता है कि जज साहब ने एक मेम से ब्याह किया, इस वजह से लोग उनसे घृणा नहीं करते। पूर्वपुरुष बर्क-अन्दाज़ गिरधारीसिंह राय की याद उसे आ जाती है—उस ज़माने के लोग उससे आज की तरह ही ईर्ष्या करते थे, इसलिए कि वह दौलतोन्निसा का पति था। बर्क-अन्दाज़ गिरधारीसिंह राय के विषय में जब वह सोचने लगता है, तब उसे लगता है, उसकी शक्ल और गिर धारी राय की शक्ल एक ही है। वह खुद साढ़े छह फुट के ऊपर है। तिसपर अगर कीमती पत्थर-मुक्ता मोर-पंख जड़ा रेशमी मुरेठा बांध

ले, लम्बी शेरवानी और चुस्त पायजामा पहन ले, कमर में लटका ले टेढ़ी तलवार और अगर वह पीछे चला जाए उस ज़माने में, तब गिरधारीसिंह कहलाने में रुकावट क्या है ?

गहरी रात में मशाल की रोशनी में घोड़े पर सवार हो हाथ में खून से लथपथ नंगी तलवार लिए चला जा रहा है वह। घोड़ा दौड़ रहा है गर्दन टेढ़ी किए—छत्रक की चाल में तूफान की तरह। उसके पीछे हैं हज़ारों सवार। मैदान की मिट्टी धूल बनकर आकाश पर उड़ रही है, मगर अंधेरे में कुछ दीखता नहीं। सामने कई हाथ दूर पर प्राण के डर से भागा जा रहा है उसके मालिक नवाब खलिलुल्ला खां बहादुर का दुश्मन अब्दुल्ला खां और उसके लोग। उसके अपने इलाके में पहुंचकर किले में घुसने और दरवाज़ा बन्द करने से पहले ही उसे पकड़ना होगा। उसका काला घोड़ा दौड़ रहा है—अगल-बगल के पेड़ पौधे सब पीछे की दिशा में तेज़ी से भागते जा रहे हैं—मैदान चक्राकर रूप में मोड़ ले रहा है चलती मोटर के बगल वाले पेड़ और मैदानों की तरह। नरसिंह की नसों में एक बार खून जैसे दौड़ने लगा है। कल्पना में नरसिंह टूट पड़ता है भागते दुश्मन पर। शोरगुल ! हज़ारों घुड़सवारों का उल्लास ! गर्दन गिर पड़ती है तलवार के वार से, खून से धरती लथपथ हो जाती है। तलवार सीधी कर कहता है वह, 'खबरदार, औरतों की इज़्ज़त सर्वोपरि है। खबरदार !'

'तोड़ दो अन्दर महल के दरवाज़े, तोड़ डालो तोशकखाने का फाटक !' सब तहस-नहस हो जाता है। हज़ारों सवार टूट पड़ना चाहते हैं। गिरधारी रूपी नरसिंह नंगी तलवार उठाता है।

वह खुद जा घुसता है अन्दर महल में। चारों ओर त्रस्त भागती हुई लौंडियों का झुंड ! वह कहता हैं, 'डरो मत।'

अचानक उसकी नज़र पड़ती है कि एक ओर चौदह-पन्द्रह वर्ष की अपूर्व सुन्दरी बाला मूर्छित होकर धरती पर गिरी पड़ी है। पहली नज़र में उसे लगता है कि वह है शापला, पुष्प उद्यान में 'शतदल' अर्थात् पद्मपंखुरी।

सिरहाने वह बैठ जाता है। मुरेठा खोलकर हवा करता है, चिल्लाता है, 'पानी, पानी, जल्दी !' बाला पलकें खोलती है। करुणा से भरी वे आंखें ! गिरधारी रूपी नरसिंह कहता है, 'आप ज़रा भी न डरें।' इसके बाद वह हुक्म देता है, 'डोला'-डोला ! जल्दी डोला लाओ ! फौरन !' जवाहरात और धन-दौलत देकर हज़ारों सवारों को उसने पहले भेजा नवाब खलीलुल्ला के दरबार में। और आखीर में वह कुछ

विश्वासी अनुचरों के साथ डोले में दौलतोन्निसा को लेकर स्वयं रवाना हुआ और यहां भाग आया—गंगा के किनारे घने और बाघों सर्पों से भरे जंगल में।

कल्पना नरसिंह की जितनी भी रंगीन क्यों न हो, उसमें रंगों की जितनी भी भरमार क्यों न हो ; मगर वैज्ञानिक-ऐतिहासिक गवेषणा के गंगा-जल से धो-पोंछकर साफ करने पर भी सब मिलाकर रेखा एक ही उभरेगी।

गिरधारीसिंह ने दौलतोन्निसा और लूटी हुई सम्पत्ति गंगा के इस पार लाकर इस उर्वर भूमि-खण्ड में गिरिव्रज गांव की स्थापना की थी। घर-द्वार बने, बेड़ों के घेरे डाले गए उसमें। एक-एक चौरस में बड़े-बड़े मज़बूत फाटक लगे। मोटे लकड़ी के पल्लों पर ठोस लोहे के गुल जड़े गए, जिससे दरवाज़ों को कुल्हाड़े से काटा न जा सके। फाटकों के सिरे पर लोगों के खड़े होने के लिए जगह बनाई गई, जिससे वहां खड़े होकर दुश्मन के आक्रमण का बल्लम से मुकाबला किया जा सके। अगल-बगल यहां-वहां मित्र मण्डली के निवास के लिए मकान बने। सड़क बनी—आजकल की तुलना में कम चौड़ी सड़क। आदमी चलेंगे, आदमियों के कंधे पर पालकी चलेगी, घोड़े चलेंगे और चलेगी रॉयल गाड़ी। इसके लिए इससे अधिक चौड़ी सड़क की क्या आवश्यकता ? गांव के इलाके में आ बसीं बहुत सारी कामगर जातियां। वाग्दी, बावड़ी, माल, डोम, हाड़ी, मोची। वे छत्रियों के घरों में काम करते थे, घोड़ों को सहेजते-संभालते थे। पालकी ढोते थे। ज़रूरत पड़ने पर छत्रियों के पीछे लाठी, नेजा लेकर निकल पड़ते।

गिरधारी थे सिंह राय—और जो थे सिर्फ छत्री, वे रहे मात्र सिंह। सिंह राय को घेरकर सिंह छत्री घी में चुपड़ी रोटियां खाते थे, देह बनाते थे, ज़ुल्फ संवारते थे, मूंछों पर ताव देते थे, दाढ़ी का गलपट्टा बनाते थे। गंगा के किनारे जंगल से उस समय बाघ भटक आते थे, तब वे दल बनाकर 'हो-हई; हो-हई' गुहार मचाते हुए बाघ मारने को निकल पड़ते थे। बाघ के न आने पर वे खुद गंगा किनारे के घने जंगलों में घुस जाते थे बाघों को ढूंढ़ने। वह होता एक समारोह—बाघ का शिकार ! बाघ नहीं मिलता तो बनैले सूअर मारते। खरगोशों का शिकार तो रोज़ का काम था। पंछियों का शिकार भी किया जाता, किन्तु इसके लिए सिंह राय और सिंह हथियार नहीं उठाते थे। उसके लिए थे उनके पाले-पोषे, सिखाए हुए छोटी जात के बाज़। इस देश में

इस जाति के बाज़ का दूसरा नाम था शिकारी। नरसिंह ने शिकारी पंछी देखा है। छत्रियों में और गृहस्थों में आजकल शिकारी पंछी पोसने का रिवाज़ नहीं रहा, मगर उस ज़माने में हर छत्री 'शिकारी' पोसता था। शिकार, चौपड़, शतरंज, कुश्ती, नेजे का खेल खेलते या जब वे नेजे या तलवारों पर शान चढ़ाते, वह समय उनके लिए कम महत्त्व का नहीं होता; उस वक्त वे मूंछों पर ताव चढ़ाते और गप्पें करते। कहीं-कहीं के अमीर-उमराव किसानों के लिए भी ऐसा ही कहा जाता है। इसके बाद किसानों के घरों पर धावा मारते और मर्दों को मार-काटकर, सोना-चांदी, रुपये, अर्तन-बर्तन लूट लाते। उसके साथ वे लूटकर लाते उनकी बहू-बेटियों को। अनाज के गोले लूटकर धान, चावल, गेहूं गाड़ियों पर ढो-ढोकर लाते। फसल के दिनों में अगल-बगल के गांवों के खेतों से फसल काट लेने का भी रिवाज था। केवल किसान ही नहीं, अगल-बगल के ज़मींदार भी छत्रियों से त्रस्त रहते थे। उनके घरों में लूट-मार करने में छत्री ज़रा भी नहीं हिचकते थे।

उनके इन कारनामों का ज़िक्र है उस दूसरे तांबे के पट्ट पर, जो कानूनगो ने लिखा है—"यह महाराजा मानसिंह की दी हुई सनद नहीं है, यह दी है महाराजा टोडरमल ने। बुज़ुर्ग छत्रियों के लिए यह भी एक आपत्तिजनक तथ्य है। वे सदा से जानते आए हैं कि यह सनद मानसिंह की दी हुई है—'अम्बर-स्थान' के राणा मानसिंह की।"

कानूनगो ने सनद का एक फोटो छापकर लिखा है : "पठानों के साथ होने वाली लड़ाई में गिरिव्रज के सिंह रायों ने काफी मदद दी, इसी कारण उनकी सम्पत्ति बहाल हुई, वर्ना इस इलाके में इन लोगों ने 'दस्युओं' जैसा अत्याचार करके एक लम्बे अर्से तक जो-जो अपराध किए हैं वंश-परम्परा से उसे देखते हुए उन्हें दण्ड मिलना ही चाहिए था। पर लड़ाई में मदद देने की वजह से इनके अपराध माफ कर दिए गए। और भविष्य में ये लोग सद्भावनापूर्ण जीवन-यापन कर सकें या गिरिव्रज मौज़ा की पतित भूमि हासिल करने की गरज़ से बादशाह सरकार की ओर से एक हज़ार तंका की सहायता भी दी गई। यहां के तहसीलदार इस पतित भूमि की देख-रेख करेंगे। और सिंह राय स्थानीय फौजदार और बंगाल के सूबेदार के बीच भविष्य में सद्भाव बना रहे, इसके लिए ज़िम्मेदार रहेंगे। सभी दृष्टियों से सुविचार करके गिरिव्रज मौज़ा के ऊपर नया कायम मौरसी सत्त्वसिंह राय और सिंहों को मंज़ूर कराकर सालाना कर पांच तंका के बदले

पचास तंका निर्धारित किया गया।”

गिर्वरजा के छत्रियों ने लक्ष्मी की स्थापना कर दंडवत् किया—“ओ मेरी मइया, गृही-बसो, अधरम से बचाओ! अधरम करने पर हम जानते हैं कि तुम रहोगी नहीं। धरम में मति दो!”

शिकार का शौक कम होता गया छत्रियों को। उनके वे दिन भी अब कहां रहे? सोकर उठते ही यह देखना पड़ता है कि बैलों को सानी-पानी पड़ा या नहीं, उनका पेट भरा या नहीं। मचान पर मुस्तैद रहना पड़ता है। बरसा के समय कोड़ाई के कामों पर निगाह जमानी पड़ती है। भादो-आश्विन में होती है बोआई, आश्विन-कातिक में धरती को पानी देने की बारी। अगहन से कहीं शुरू होता है एक ओर धान काटने का काम और दूसरी ओर रब्बी की खेती का इंतज़ाम। शिकार खेलने का समय रहा कहां?

शिकारी पंछियों में कितने तो मर-बिला गए और किसी-किसी का पंछी उपेक्षा के मारे उड़ गया। दो-पांच का बचा रह गया—वह छिपकली-गिरगिट पकड़कर खाता। अवसर मिला तो लोगों के घरों के कबूतरों के बच्चे या पोसे गए बत्तख सफाचट कर जाता। गुलेलों को हनुमान-बन्दरों को भगाने के काम में लगा लिया गया। नेजे जतन से दीवाल में टंगे रहे बतौर सजावट, तीज-त्यौहार में बड़े शौक से कमर में बांध लेते हैं छत्री लोग।

जवान लड़कों को भेज दिया जाता मुर्शिदाबाद, नवाब के दरबार में फौजी काम के लिए। बहुतों का काम बारहों माह का होता, बहुत से अपने घर में ही रहते; बुलावा आता तो जाना पड़ता। बहुत से ऐसे भी होते जो अपने घर में ही खेती गृहस्थी में फंसे रहते।

यह समय गिर्वरजा की उन्नति का काल था। जो पुराने शिव-मन्दिर आज भी टूटी-फूटी हालत में दीखते हैं, वे सभी बने थे उसी समय।

नरसिंह इन्हीं पुरानी बातों को सोचता हुआ चला जा रहा था। मुर्शिदाबाद इलाके की नरम उर्वर माटीवाले मैदानों को पीछे छोड़ते हुए मैदान के बीचों-बीच है कच्ची सड़क। उस पर बैलगाड़ियां आती-जातीं, जानवर आते-जाते, कभी-कभी एक-दो पालकी जनानी सवारी

लेकर गुज़र जाती और कभी-कभी एक-दो घोड़े, पीठ पर तम्बाकू-मसाले लेकर जाते। सो भी अच्छी जाति के घोड़े नहीं, छकड़े में जुतनेवाले देशी घोड़े; पीछे-पीछे हिन्दुस्तानी व्यापारी बैलों की तरह लाठी पीटते हुए चलते। कभी-कभार बेशर्म छात्र या मुसलमान खेतिहर इस जाति के घोड़े पर सवारी करते, पैरों को मोड़ लेते, ताकि धरती से पैर रगड़ न खाएं। घोड़े के पैरों से बिखरती धूल से दाढ़ी-मोंछ और सर के बाल सन जाते हैं। इसी घुटने-भर मुलायम धूल-भरी सड़क से मन्थर गति में चलती है नरसिंह की मोटरगाड़ी। गाड़ी ऊपर से नीचे तक धूल से भर जाती है। नरसिंह निताई और राम की पूरी देह धूल में धूसर हो जाती है। नरसिंह की मूंछों के कोर में धूल जम गई है—ठीक कदम के फूल में केशर की कोर पर रेणु जैसी।

राम को खूब हंसी आ रही है—भाई साहब की मूंछ की यह बहार देखकर। मगर डरके मारे वह हंसता नहीं है। निताई मुंह मोड़े बैठा है।

नरसिंह सामने आंखें गड़ाकर मज़बूती से स्टियरिंग पकड़कर गाड़ी चला रहा है। धूल के नीचे कहां क्या दबा है, कुछ ठीक नहीं और फिर चलते हुए सांप जैसी आंकी-बांकी सड़क ! राम अथवा निताई की ओर उसकी नज़र ही नहीं है मानसिक सजगता के कारण। नरसिंह राय-वंश का लड़का है। वह आज टैक्सी चलाता है, यह सोचकर क्षण भर को ग्लानि महसूस होती है। दूसरे क्षण हंसी भी आती है। दिल्ली के बादशाहों के वंशज रंगून निर्वासित हुए थे, वे वहां जूतों की दुकान करते हैं। आज राजा, कल फकीर ! राय की यही गति है !

"सिंहजी !" निताई ने पुकारा।

"हूं।"

"रेडियेटर का पानी बदल देना ठीक होगा। बुरी तरह गरम हो गया है।"

नरसिंह ने देखा कि रेडियेटर का पानी सों-सों कर रहा है, उसके मुंह से धुआं निकल रहा है थोड़ा बहुत। गाड़ी रोक दी नरसिंह ने। निताई बढ़कर ढक्कन खोलते हुए बोला, "बाप रे बाप !" नरसिंह ने पैरों के पास से थोड़ा-सा गन्दा कपड़ा उठाकर उसकी तरफ फेंक दिया। निताई ने उससे पकड़कर ढक्कन खोला कि रेडियेटर का गरम पानी डब-डब खौलता हुआ ऊपर तक आ गया। धुआं भी खूब निकला।

राम एक खाली टीन निकालकर बोला, "ओहो ! नदी से पानी

नहीं लिया न, निताई ?"

निताई जीभ काटते बोला, "सब गुड़ गोबर !"

नरसिंह ने कहा, "चले जाओ, वह देखो, मैदान में पोखर है—वहां !"

पोखरों की कमी इस इलाके में नहीं है। परस्पर प्रतियोगिता करते हुए छत्रियों ने पोखर भी खुदवाए हैं। गिर्वरजा के एक कोस की चौहद्दी कई पोखर की है। एक टोकरी माटी, पांच गंडा कौड़ी।

गिर्वरजा के छत्रियों की भी मति भ्रष्ट हो गई थी। भाग्य-लक्ष्मी टिकती कैसे ? वे चली गईं।

बर्क-अन्दाज़ गिरधारीसिंह राय के वंशज मतिहीन और श्रीहीन हुए। बर्कन्दाज़ी का अन्त हो गया। वे लोग पाइकों, चपरासियों और दरबानों का पेशा करने लगे। हां, शुरू में उन्होंने यह काम देशवालियों के घरों में मंज़ूर नहीं किया, किया वहीं रामनगर के साहबों की रेशम कोठी में। इसके बाद गए देशवाली ज़मींदार-धनियों के यहां। उनके यहां से लक्ष्मी बिला गई, वे वृत्तहीन हुए, फिर भी उनकी आंखें नहीं खुलीं। सर मुरेठा बांध, मूंछों पर ताव दे, पैरों में चमरौधा पहन कर लाठी लिए वे डाक-हांक लगाते फिरते और छाती ठोककर कहते, 'जान ले सकते हैं, दे सकते हैं। हम छत्री हैं।' और इस घमंड में चूर वे छोटी जातियों के संग काम करने में ज़रा भी न लजाते, न शर्माते। गांव में जो छोटी जात के लठैत होते थे, उस ज़माने में वे छत्रियों के घरों में पाइक-चाकर का काम करते थे। उनके वंशजों के साथ उन्हींके कर्म-जीवन में मिलकर छत्रियों के वंशज भी लगभग एक हो गए। यह ठीक है कि छोटी जात के लठैत अब भी उनके पैर छूकर पालागी करते थे तथा पानी नहीं छूते थे, मगर गांजे और तम्बाकू की चिलम तो हाथों-हाथ हेर-फेर होती ही थी।

सिर्फ सिंह रायों के घराने किसी तरह मर्यादा बचाकर चल रहे थे। वे किसी के यहां बंधी नौकरी नहीं करते थे। यों उन्होंने भी वही पेशा अख्तियार कर लिया था, लेकिन वे ठेकेदारी करते थे। वे ठेका ले लेते और काम अंजाम देते थे। और भी एक काम करते थे वे। गिर्वरजा में लाल घोड़े का व्यापार ! कभी इस अंचल में लाल घोड़े की ख्याति खूब थी। मामूली तू-तू मैं-मैं में ही लाल घोड़े दौड़ाने का रिवाज-सा हो गया था। सिंह रायों के दोनों घरानों के हिम्मती कार-बारी एक घोड़े का पांच रुपया लेते थे, दो के लिए दस, तीन के लिए

पन्द्रह, चार के लिए बीस; यानी किसी के घर-मकान में आग लगानी हो तो प्रति कोना पीछे पांच-पांच रुपये मेहनताना। एक कोने में आग लगाने का पांच, दूसरे का दस, तीसरे का पन्द्रह, चौथे अर्थात् बेड़े में आग लगाने का रेट था बीस रुपये। सिंह राय आग लगाकर भी धर्म की रक्षा करते रहे। आग लगाने के बाद लपटें उठी नहीं कि वे चिल्ला पड़ते, 'उठ रे लाल घोड़े !' अर्थात् उठ री, दौड़ री आग !

दिदिया का वह आक्रोश उस दिन नरसिंह के दिल में तीर की तरह चुभ गया था। जाने कब, बचपन में चैत की चांदनी रात में सुनी हुई बातें आज भी नरसिंह को अच्छी तरह याद हैं। दिदिया की आंखों से आंसू बह रहे थे। गाल पर पड़ती चांदनी में आंसू की धार रह-रह-कर चकमक कर उठती थी। नरसिंह को लगता है, जैसे अभी ज़रा देर पहले ही रोते देखा है उसे। दिदिया ने उससे कहा था, 'भइया नरसिंह, तुम यह काम न करना। लिखना-पढ़ना, इंसान बनना।'

नरसिंह कुछ बोल नहीं सका था। लेटा-लेटा, सभी की आंख बचाकर सुबकता रहा और फिर गर्दन हिलाकर सम्मति दी थी। हां, वह इंसान बनेगा।

दूसरे दिन से ही वह कुश्ती और लाठी के अखाड़े में नहीं गया था। इलाके के विख्यात पहलवान उसके बड़े काका माधवसिंह आए और पुकारा, 'नरसिंह, आज अखाड़े में नहीं गया ? तबीयत तो खराब नहीं है न ?'

बड़े कक्का के सामने नरसिंह का कभी मुंह नहीं खुला। वह चुप खड़ा रहा। उसके सिर पर हाथ रखकर उन्होंने कहा, 'अरे, ठंडा है, बरफ की तरह ! अयं ! अबे, तब गया क्यों नहीं ? बता !'

नरसिंह ने धीरे से कहा था, 'पढ़ रहा था।'

'क्या ? इस वक्त पढ़ रहा था ? अयं ! लिखा-पढ़ी ? क्यों ? तुम क्या गुमास्ता बनोगे ? उल्लू कहीं के !'

माधवसिंह ने एक झपट्टे में उसे दोनों हाथों से ऊपर उठाकर ज़मीन पर पटक दिया था। घर में ढूंढ़-ढांढ़कर जितनी पोथी-कापियां सामने पड़ीं, सभी को फाड़ फेंका। नरसिंह की किस्मत अच्छी थी कि वे उसकी पोथियां नहीं थीं।

उसी रात को नरसिंह घर से भाग निकला था। भाग आया था इसी इमाम बाज़ार में। इमाम बाज़ार के निकट आकुली गांव में एक घर छत्री का है। इस आकुली गांव में है उसका ननिहाल। यहां मामा के घर पर वह रहने लगा यहीं पहली बार वह मामा के घर आया

था। गिर्वरजा ब्याहकर जो बहू आती हैं, वे फिर कभी गिर्वरजा की सीमा पार नहीं कर पातीं। यह नियम पुराने ज़माने से चला आता है। युगों-युगों के परिवर्तन से छत्रियों की अनेक व्यवस्थाएं भी उल्टी-पुल्टी, किन्तु स्त्रियों की अवस्था में कोई खास परिवर्तन नहीं आया। बावड़ी बनवाने के रिवाज के कारण अब स्त्रियों का घर-आंगन के कुएं से पानी निकालकर नहाने के बदले बाग-बावड़ी में नहाने की प्रथा चली है। अवस्था में परिवर्तन आने के साथ-साथ अब स्त्रियां बरतन मांजती हैं, गोंयठा पाथती हैं, गांव की सड़कों पर निकलकर इस घर उस घर तक आती-जाती भी हैं, यहां तक कि शाक-सब्ज़ी, मछली-वछली खरीदने बाग्दीपाढ़ा भी जाती हैं। मगर इससे ज़्यादा नहीं। गांव की सीमा पार करने का उन्हें हुक्म नहीं है। नरसिंह की मां के लिए भी इसी नियम के मुताबिक कभी बाप के घर आना नहीं हुआ था। फिर भी वह जानती थी कि रामनगर में रेशम-कोठी है और उसकी चिमनी नज़र आती है दो कोस दूर से। उसी रामनगर की नदी पार कर उस पार सड़क चली गई है इमाम बाज़ार तक। इमाम बाज़ार में घुसते ही पड़ता है अकुलिया गांव। अकुलिया के चौमुहाने पर ही है सरकारी डाक-बंगला। डाक-बंगले से सटा है नील-कोठी का भहराया मकान। उसी भहराए मकान की बगल में है अकुलिया के छत्रियों का घर। धरणीराय नाम है उसके मामा का।

आज भी नरसिंह को अच्छी तरह याद है कि दोपहर के वक्त वह मामा के दरवाज़े पर आ खड़ा हुआ था। बग़ल की पोटली में पहनने के कपड़े थे और किताबें थीं। इमाम बाज़ार में बड़ा अंग्रेज़ी स्कूल है। उसी में वह पढ़ेगा, यही सोचकर घर से चला था। उसके मामा के बाल-बच्चे नहीं हैं, मामा उसे बहुत मानते हैं। उसके घर भी गए थे।

मामा घर पर नहीं थे। मामी भट्टी के पास बैठी हुक्का पी रही थी। नरसिंह को यह देखकर अचरज नहीं हुआ; गिर्वरजा में भी औरतें हुक्का पीती हैं। मामी ने उसे देखा तो झेंपकर बगल में हुक्का छिपाकर बोली, 'कौन है रे, तू?'

मामी कभी गिर्वरजा नहीं गई थी, इसलिए नरसिंह को पहचानने का सवाल ही नहीं उठता था।

नरसिंह ने कहा था, 'मेरा घर गिर्वरजा में है। मैं नरसिंह हूं। बाबू धरणीराय मेरे मामा हैं।'

बसंत की एक दोपहर। सबेर को कुछ ठंडक रहने पर भी दोपहर

को मज़े की चुनचुनाहट रहती है। इंजिन भी गरम हो उठा है। रेडियेटर के खुले मुंह से अभी भी धुआं निकल रहा है। नदी की रेत काटती हुई जब गाड़ी ऊपर चढ़ रही थी, तब एक बार और ठंडा पानी भरना चाहिए था। किन्तु नदी के पास नरसिंह का मन उड़-सा गया था। पुराने ज़माने की कहानी से नशा चढ़ आया था जैसे-जैसे कभी का बाज़ार के बाबुओं को शौकिया थियेटर देखकर चढ़ा था वैसे ही।

पानी लेने की याद उसे नहीं रही। राम लड़का है और कम अक्ल का है, फिर उसका उससे एक रिश्ता है। हालत भी उन लोगों की बिगड़ी हुई है और पत्नी मरते समय हाथ पकड़ाकर कह गई थी, 'राम को देखना' इसलिए वह राम को रखे हुए है। बिना समझ-बूझ का लड़का है। दोष निताई का ही है। निताई का भूलना ठीक नहीं हुआ। पोखर में जाकर इतनी देर वे कर क्या रहे हैं ? पोखर खोदकर पानी निकाल रहे हैं क्या ?

पीछे की ओर से एक बैलगाड़ी के आने की आवाज़ सुनाई दी। एक घर्राहट की आवाज़ ऊपर उठकर रुक जाती है, एक निश्चित समय में फिर वही घर्र-घर्र-घर्र ! दोपहर के वक्त मैदान में दूर से आती आवाज़ सुनकर मन क्यों तो उदास हो आया। नरसिंह ने मुड़कर देखा, एक छाजनवाली बैलगाड़ी चली आ रही है। कोई यात्री है। नरसिंह झुंझला उठा। बैलगाड़ी को रुकवाना पड़ेगा। अगर वह मैदान में बगल काटकर कहीं निकल गई तो नरसिंह आफत में पड़ जाएगा। धूल फांकनी पड़ेगी। गाड़ीवान अगर देहाती-गंवार हुआ तो धमकी से गाली-गलौज बककर या हार्न बजाकर उसे मैदान में उतारकर राह साफ करवानी पड़ेगी। नरसिंह हार्न बजाने लगा, निताई और राम को उसने इशारा भी किया। हार्न बजाने के ढंग से उसकी झुंझलाहट साफ व्यक्त हो रही थी। क्रमश: हार्न की आवाज़ तेज़ और तेज़ होती गई।

"ऐ निताई ! हरामज़ादा, सुअर का बच्चा ! अबे उल्लू—ऊ—रा—मा—!"

रामा के आकार का लम्बा उच्चारण पूरा नहीं हो सका कि पीछे होने वाली एक गड़गड़ाहट की आवाज़ से वह चौंक पड़ा। चकितसा पीछे की ओर मुड़कर उसने देखा कि पीछेवाली बैलगाड़ी एक ढूह से टकराकर उलट गई है। एक बैल पगहा तुड़ाकर मैदान में भागा जा रहा है, दूसरा उल्टी गाड़ी के नीचे दबकर ज़मीन पर मुंह के बल

गिर पड़ा है। गाड़ीवान शायद पहले ही कूद गया था और संकट से अपने को दूर पाकर ढूह पर खड़ा सिर्फ एक बार स्तम्भित होकर बोल पाया, "ओहो, मरा! मरा!" और फिर दूसरी ओर भागते बैल को हांकते हुए बोला, "ऐ है, हई, हई, ओ!"

नरसिंह कूदकर आया। झट से गाड़ीवान का हाथ पकड़कर एक झटका देकर बोला, "हई हई बाद को करना। गाड़ी संभाल पहले।" फिर जेब से चाकू निकाल नीचे दबे बैल के गले की रस्सी काट, जी जान से गाड़ी का मस्तूल उठाने लगा। बैल फड़फड़ाकर उठ खड़ा हुआ। नरसिंह ने गाड़ीवान को धमकाया, "सवारी का क्या हाल है, देख! सवारी थी गाड़ी में?"

नरसिंह ने सामने नज़र उठाकर देखा। लोग दीखे नहीं। सिर्फ तम्बाकू का बोझा नज़र आया। पीछे जाकर उसने झांका। तम्बाकू के बोझ के नीचे दबे कपड़ों का कुछ हिस्सा दीखा तो उसने बोझा खींचकर निकाला। एक नहीं दो-दो! एक अधेड़ पुरुष और एक जवान विधवा! बोझ से दब जाने के कारण दोनों ही हांफ रहे थे। चोट भी थोड़ी उन्हें लगी थी। छाजन के टूट जाने से उसकी कमानी से लड़की का ललाट खुरच गया था। अधेड़ के कन्धे पर चोट लगी थी।

पानी चाहिए! निताई और राम की टोह में नरसिंह ने मैदान की ओर नज़र दौड़ाई। वे दोनों नवाबी चाल में चले आ रहे थे। नरसिंह ने पुकारा, "जल्दी! अबे-ए, जल्दी!"

लड़की अच्छी है, सुन्दर! सबसे अच्छा है उसकी देह का रंग और बाल। देह का रंग उसका जितना गोरा है, बाल उतने ही घने काले। दोपहर की धूप में उसका चेहरा सिन्दूरी रंग में रंग गया है। गोरी-चिट्टी चमड़ी के अन्दर खून का बहाव जैसे साफ दीख रहा हो। गहरे लाल चेहरे पर जड़ी आंखों की पलकें और घनी काली भौंहें; छोटे से ललाट को घेरकर घने काले बालों की लटें हल्की-फूल्की हैं, यही लड़की की खूबसूरती है। वैसे ही उसे फब रही है सफेद मारकीन की साड़ी। निरावरण वैधव्य की वजह से ही मानो वह इतनी अच्छी लग रही हो। वह लड़की फौरन उठ बैठी और उसने कपड़े संभाल लिए। फिर सिर पर ज़रा सा पल्लू करके वह बेबस सी बैठ गई। अपने साथी अधेड़ पुरुष के प्रति उसमें कोई अकुलाहट नज़र नहीं आई। उसके उठ बैठते ही नरसिंह अधेड़ के पास पहुंच गया।

निताई उसके मुंह में पानी डाल रहा था। वह ज़मीन पर उस समय भी गिरा पड़ा था। आंखों से ताबड़तोड़ आंसू बह रहे थे। वह लगातार खांस भी रहा था। बेचारे की नाक, मुंह, आंख सभी में तम्बाकू की गर्द भर गई थी। काला, ठिगना और मोटा; पहिरावे से ही यह पता चला कि वह इस देश का नहीं है। नरसिंह पहली नज़र में ही पहचान गया कि ये लोग हैं कोई मारवाड़ी या साहू-टाहू अर्थात् हिन्दुस्तानी बनिया। तंबाकू का कारबार होगा। अपनी गाड़ी की मेहरबानी से नरसिंह ने हरएक किस्म के लोगों को देखा है। निताई से पानी का डब्बा ले अच्छी तरह उसका मुंह धोकर वह बोला, "उठिए, संभलकर बैठिए।"

उस अधेड़ ने कोई जवाब ही नहीं दिया, जैसे का तैसा पड़ा रहा। नरसिंह ने फिर कहा, "उठिए ! सुनते हैं ?"

निताई ने कहा, "तोंद में लगाओ न एक घूंसा, फौरन मेंढक की तरह उठ बैठेगा। या फिर गुदगुदाओ। नखरा किए पड़ा हुआ लगता हैं।"

राम 'हीं-हीं' हंसने लगा। लड़की मुंह पर आंचल रखकर मुड़कर बैठ गई। नरसिंह ने उसका हाथ पकड़कर जतन से बैठा दिया। बोला, "ज़्यादा चोट तो नहीं आई ? ऐसा क्या हुआ ? संभलकर बैठिए न !"

वह उठा और पुक्का फाड़कर रोने लगा, "अरे, बाप रे बाप, जान गई ! मैं मरा रे, भगवान !"

नरसिंह की इच्छा हुई कि उसे कसकर एक थप्पड़ लगाए। इस भरी दोपहरी की धूप में अपनी गाड़ी छोड़कर और यह हाल देखकर वह परेशानी महसूस कर रहा था। फिर भी वह भलमनसाहत की वजह से चुप था। कुछ भी हो, बैलगाड़ी उलट जाने से कुछ चोट लगी ही है उसे।

मगर दूसरे ही क्षण वह उठ खड़ा हुआ। रोना भूलकर और गाड़ीवान की ओर हाथ उठाकर वह बोला, "हरामज़ादा, उल्लू का पट्ठा ! तू तो रे, हमें मार ही देता !" इसके बाद उसने गालियों की झड़ी-सी लगा दी। फिर शुरू हुई डांट, "तेरी खाल उतरवा लूंगा, साले ! हड्डी कुचलवा दूंगा, जेल कटाऊंगा, साले !"

इसके बाद ही वह अकस्मात् गरज उठा, "अरे हरामज़ादी कुत्ती, बेशर्म कहीं की ! तू क्यों हंस रही है ? काहे दांत निपोर रही है, रे ? काहे ? किस खुशी में ?" कहते-कहते वह मचकता हुआ उस लड़की

की ओर बढ़ा।

पल-भर में ही लड़की के चेहरे पर पानी उतर आया। घबरा-कर वह दो कदम पीछे हट गई। नरसिंह भी अब अपने को रोक नहीं सका। झट से अधेड़ का हाथ पकड़ पीछे खींचकर बोला, "खबरदार !"

इस झटके और डांट से वह चौंक उठा। इसके लिए वह तैयार नहीं था। नरसिंह की तरफ वह अवाक् तकता रहा। नरसिंह ने कहा, "कैसे आदमी हो तुम ? अभी हाय-हाय मचा रखी थी, फिर गाड़ीवान पर टूट पड़े; अब इस लड़की को मारने को तैयार ! आपका दिमाग तो कहीं खराब नहीं है ?"

निताई बोल पड़ा, "खाल खींचने और हड्डी तोड़ने का अब कानून नहीं है, समझे ! चाहे तुम कोई हो—राजा हो या महाराजा ! लड़की के ऊपर हाथ उठाया तो तुम्हें ही जेल जाना होगा। समझे, हां !"

नरसिंह का पारा भी चढ़ा। अकारण ही वह आगे बढ़ा और गम्भीर होकर बोला, "गाड़ीवान ने तुम्हें जान-बूझकर नहीं गिराया। और उस लड़की ने ही तुम्हारा क्या बिगाड़ा है ?"

राम 'हीं-हीं' कर फिर हंसा; लड़की का मुंह फेरकर हंसना उसने देख लिया था। बोला, "सड़े कुम्हड़े-सी तुम्हारी तोंद का तमाशा देखकर कौन ऐसा है भला, जो हंसे बिना रह सके ?" वह हंसी का वेग न संभाल पाने की वजह से पेट पकड़कर बैठ गया।

नरसिंह ने अब उसे डांटा, "राम !"

वह अधेड़ अब शान्त भाव से बोला, "हमारा हाथ आप छोड़िये।" उसमें इतना परिवर्तन देखकर नरसिंह आश्चर्य-चकित हुआ। कौन कहेगा कि यह वही आदमी है, जो कुछ देर पहले पागलों की तरह हाथ-पैर पटकता हुआ विक्षिप्त कुत्ते जैसा चिल्ला रहा था !

उसने फिर कहा, "आपने हमारी जान बचाई है। आपसे हम तकरार नहीं करेंगे, लेकिन हाथ छोड़िए।"

नरसिंह का हाथ छूट गया अपने-आप। उसने अपना हाथ खींच लिया।

उसने कहा, "गाड़ीवान की करतूत तो हमसे सुनिए और विचारिए।" अंगुली से गाड़ीवान की ओर इशारा कर उसने कहा, "उसे हमने बार-बार मना किया कि मैदान की तरफ मत जाओ, मोटर के पीछे गाड़ी खड़ी रखो। मोटर चले तो तुम गाड़ी बढ़ाओ। और

यह क्या कहता है कि धूल उड़ेगी ! और सुनिये, बोलता है, देखिए तो क्या मज़ा आता है ! हमने फिर रोका, पर मेरी एक नहीं सुनी। झट से गाड़ी मोड़ ली उधर मैदान में। बैल चला गया नाले के बांध पर। उधर आपने हार्न बजाया, तो डर के मारे दूसरे बैल ने मारा उचक्का। बस, गाड़ी उलट गई।" अपनी बात खत्म करके वह कई पलों तक नरसिंह का मुंह ताकता रहा, इसके बाद बोला, "अब बोलिए, कसूर उसका है या नहीं ?"

नरसिंह, राम और निताई अब तीनों को चुप रह जाना पड़ा। गाड़ीवान का कसूर स्वीकारे बिना चारा क्या था !

वह आदमी अब लड़की की ओर मुड़ा। तुच्छता और घिन से भरी हंसी हंसा; और हंसी भी ऐसी कि कोई साधारण आदमी हंस नहीं सकता। हंसकर वह बोला, "और इस लड़की की बात सुनेंगे ? इसे हम खरीदकर ला रहे हैं, जी ! अढ़ाई सौ रुपये गिनकर दिए हैं इसके बाप को।"

अचरज में डूब गए तीनों के तीनों।

उसने कहा, "इसे चार आदमी बावड़ी से उठा ले गए थे। दो थे मुसलमान, एक डोम, एक चमार। कोर्ट-कचहरी हुई। उन चारों को जेल हो गया। लेकिन कोर्ट-कचहरी करने में लगता है रुपया। हमने दिया अढ़ाई सौ, उसने दे दी अपनी लड़की। हमारे यहां नौकरानी का काम करेगी।" इतना कहकर वह पल भर को रुका, फिर उसने सवाल किया, "अब बोलिए, इसने हंसने की जुर्रत कैसे की ?"

नरसिंह अवाक् रह गया। फिर उसने मुड़कर उस लड़की को देखा। धरती पर खड़ी थी। सिर का पल्लू जाने कब दोपहर की हवा से सरक गया था, इसका ख्याल भी उसे नहीं रहा।

वह आदमी फिर हंसा। बोला, "यह गाड़ी किसकी है ? आप तो ड्राइवर हैं न ?"

उसने गम्भीर होकर उत्तर दिया, "हां, ड्राइवरी हम खुद करते हैं, लेकिन गाड़ी भी हमारी ही है।"

निताई ने और भी साफ कर दिया, "टैक्सी है। सिंहजी मालिक हैं, खुद ड्राइव करते हैं।"

"टैक्सी ?"

"हां, हां, भाड़े की गाड़ी।"

वह आदमी हंसा, "पता है मुझे। लेकिन इधर कहां जा रही थी टैक्सी ?"

नरसिंह ने शान्त चित्त से कहा, "घर। गिर्वरजा गांव जानते हैं आप ?"

"हां, हां।"

"वहीं है हमारा घर।"

"हां, हमने सुना है कि छत्रियों के एक लड़के ने इमाम बाज़ार में एक टैक्सी ले ली है। हमारा नाम आपने नहीं सुना ? सुखनराम साहू। शहर श्यामनगर में हमारी गद्दी है। हम हैं तंबाकू और चावल के आढ़तिया। गिर्वरजा में हमारे तीन-चार व्यापारी हैं।"

यह नाम नरसिंह का सुना हुआ है। यह आदमी बहुत बड़ा व्यापारी है। लेकिन इसका ओछा ढंग नरसिंह को भाया नहीं। उसने कहा, "नहीं, ऊं हूं, आपका नाम तो हमने कभी नहीं सुना।" कहते-कहते ही वह गाड़ी की तरफ बढ़ा। बोला, "निताई, रेडियेटर में पानी भर लिया ? समय बहुत हो चुका है।"

"अरे, सुनो-सुनो ! नाम क्या है तुम्हारा ?"

नरसिंह ने कोई जवाब नहीं दिया। मगर निताई उसकी तरफ बिना मुड़े रह नहीं सका।

"श्यामनगर पहुंचा दोगे हमें ?"

हंसकर निताई बोला, "कितना किराया देंगे ?"

"तुम बोलो, कितना लोगे ?"

अब नरसिंह ने उसे परेशान करने के लिए कहा, "पचास रुपये।"

"पचास ?" भौंहें सिकोड़कर उस आदमी ने कहा, "पन्द्रह मील के लिए पचास रुपये ?"

नरसिंह बोला, "गाड़ीवान को बगल के गांव में भेजो, वह एक बैलगाड़ी ठीक करके ले आएगा। निताई, मार हैंडिल !"

"रुको ! हम पचास ही देंगे।" वह आगे बढ़ आया और गाड़ी के दरवाज़े का हैंडिल पकड़कर खड़ा हो गया।

"पचास रुपये !" निताई नरसिंह के चेहरे की तरफ देखता रहा।

नरसिंह बोला, "खोल दे दरवाज़ा।"

यह आदमी बड़ा अजीब है। गाड़ी में बैठते ही उसने सिगरेट निकाली और एक सिगरेट नरसिंह की ओर बढ़ाकर बोला, "लो भाई !"

नरसिंह ने इन्कार किया, "नहीं।"

वह पीछे की सीट से उठकर और नरसिंह के कंधे पर हाथ रख-

कर बोला, "क्यों भाई, मुझपर तुम इतने नाराज़ क्यों हो ? मैंने क्या कसूर किया है तुम्हारा, भइया ?"

निताई मतलब समझ गया। वह कह बैठा, "क्या 'तुम-तुम' लगा रखी है ? टैक्सी चलाते हैं तो क्या हम लोग छोटे लोग हैं ?"

"अरे राम-राम ! राम कहो, भाई ! इसीलिए नाराज़ हो ? अरे भइया, आप ही सोचिए, आप लोगों से मेरी उमर कितनी ज़्यादा है ? देखिए, सिर के सभी बाल सफेद हो गए हैं। हम हैं दद्दा, आप लोग मेरे छोटे भाई।" यह कहकर वह ज़ोर से हंस पड़ा।

इस बार निताई को भी हंसी आ गई। बोला, "इसके आगे तो कोई बात ही नहीं है।"

राम 'ही-ही' हंसता ही जा रहा था। उसने निताई के कान में कहा, "देख, उसके कानों पर बाल हैं ! मां कसम, जैसे बकरे की दाढ़ी !" वह सिर्फ यही ढूंढ़ रहा था कि उस आदमी के शरीर में कहां क्या बेढंगापन है, हंसने योग्य।

नरसिंह की पीठ पर हाथ रखकर सुखनराम ने फिर कहा, "लो भाई—पियो सिगरेट !" इस बार उसने नरसिंह के होंठों में सिगरेट लगा दी।

निताई ने वातावरण की गम्भीरता को अपने हंसी-मज़ाक से हल्का बना दिया। बोला, "भइया, ले लो। साहूजी हमारे बड़े भाई ठहरे !"

साहूजी खुश हो उठे, "बहुत अच्छे ! पियो, तुम भी सिगरेट पियो।"

राम अचानक और भी ज़ोर से हिनहिनाया। बोला, "यह लड़की हुई हमारी भौजी—क्यों साहूजी ?"

नरसिंह ने अचानक मुड़कर उस लड़की की ओर झटके से देखा। वह लड़की जाने कब सो गई थी।

श्यामनगर जाने की सड़क पर पड़ता है पांचमति। इसी पांचमति के कायस्थ घराने में गिर्वरजा की भाग्य-लक्ष्मी आ बैठी है। यहां के कायस्थ आज देश-देशान्तर में नामवर हैं। धनी-मानी और बुनियादी ज़मींदार ! बड़े-बड़े पक्के तिन-महला, चार-महला मकान ! ऊंची-ऊंची दीवालों के घेरे में बाग-बावड़ी ! राजे-रजवाड़े की तरह शान-शौकत ! एक से चार हुए, चार से अब और अधिक। यहां के कायस्थ सिर्फ ज़मींदार ही नहीं हैं, सभी खूब पढ़े-लिखे भी हैं। कई तो जज-मजिस्ट्रेट बन गए हैं। डिप्टी तो ढेर-से हैं। कायस्थ घरानों के जो

लड़के छोटा काम करते हैं, वह भी हैं सब-रजिस्ट्रार। बहुत-से वकील-बैरिस्टर भी हैं। सरस्वती के प्रासाद में कायस्थों ने लक्ष्मी को कैद कर लिया है।

नरसिंह की दिदिया का यही तो कहना था। कहती थी वह—आदमी के मन में जो सर्प-मणि-सी मति है, मूर्ख आदमी उस मणि यानी मति को जब गोबर से ढंक देता है तो सब तरफ अंधेरा हो जाता है और इंसान अपने आगे की राह नहीं देख पाता।

... ...

लिखने-पढ़ने की गरज़ से ही नरसिंह घर से भागकर मामा के दरवाज़े पर आ खड़ा हुआ था। लेकिन नरसिंह की किस्मत का वे क्या करते?

प्रयत्न में उसने कोई कमी नहीं की। मामा के घर की रोटी तोड़ने में उसे नमक की परवाह भी थी। पर एक-एक कौर मुंह में डालने के साथ-साथ मामी के वाक्य-बाण कलेजे में छेद करते। नतीजा यह कि आंसू टपक-टपककर भात में मिल जाते। यह भी उसने झेला। मगर उसके मामा धरणीधर बहुत नेक इंसान थे। वे थे वहां के डाकबंगले के रखवारे। डिस्ट्रिक्ट बोर्ड से महीना मिलता था बारह रुपये। मामा ने उसे इमाम बाज़ार के स्कूल में भर्ती करा दिया था।

मामी ने पूछा था, 'भांजे को स्कूल में तो दाखिल करवा दिया, अब महीने-महीने फीस कौन भरेगा भला?'

वह शाम का वक्त था। मामा गांजे में धुत थे। आंखें झपकाए हुक्का गुड़गुड़ा रहे थे। मामा ने शायद कुछ सुना नहीं।

मामी मामा के मुंह पर गरज उठी, 'सुन नहीं रहे हो क्या?'

मामा ने अब कहीं पलकें उठाकर कहा, 'क्या है? चिल्लाती काहे है रे?'

'चिल्ला क्या शौक से रही हूं? पूछ रही हूं कि भांजे की फीस कौन देगा?'

मामा कुछ पलों तक गुमसुम मामी की ओर ताकते रहे। मामी बोली, 'ऐसे देख क्या रहे हो, खा-चबा जाओगे क्या?'

मामा उठ खड़े हुए थे। मामी कुछ पीछे खिसक गई थी।

मूछों पर ताव देते हुए मामा बोले, हम देंगे। हम—बाबू धरणी धर राय। वह मेरा भांजा है, मुझे ही फीस देनी पड़ेगी।'

'बाबू धरणीधर राय! बाबू! पाते हैं महीने में बारह रुपल्ली, और बने हैं बाबू!'

इतना कहना था कि मामा ने उछलकर मामी की गर्दन पकड़ी और लगाए दो-चार धौल, 'बारह रुपल्ली के बाबू हैं हम ?' फिर धक्का देते हुए घर से निकाल दिया, 'निकल, निकल, अभी निकल !'

नरसिंह सुध-बुध खो बैठा था। उसे महसूस हुआ कि दोष उसीका है। धत्तेरे की ! क्यों वह घर से भाग आया ? उस दिन रात रोते-रोते बीती। मामी तो उसी समय दूसरे दरवाज़े से वापस भीतर आ गई थी।

महीने के तीस दिनों में कम से कम बीस दिन ऐसे ही बीतते। ऐसा जो कुछ होता, वह शाम के बाद ही। क्योंकि मामा सवेर को पगड़ बांध, मूंछ पर ताव चढ़ा, लाठी लेकर निकल जाते थे और सारा दिन डाक-बंगले के बरामदे में बैठ सन की रस्सी पागते रहते। सामने ही खुली जगह में उनकी गायें चरती रहतीं। ग्यारह बजे वे घर आते। नरसिंह उनके आने के पहले ही स्कूल चला जाता। मामा की गैरहाज़िरी में मामी उससे बदला चुकाती। नरसिंह के आने के बाद से ही मामी का शरीर गिरने लगा था। सवेर को यथानियम उठकर काम-काज करते हुए अपनी किस्मत को कोसती रहती। यही नरसिंह को सबसे अधिक सालता था। आज भी मामी की याद आने पर सबसे पहले उसकी आंखों के सामने उसका वही गुस्से में तमतमाया विक्षिप्त रूप ही उभरता। वह आज भी उसे याद कर कांप उठता है। मामी सवेर को उठते ही शुरू करती, 'झाड़ू मारूं ऐसी किस्मत को ! मर जाती तो तर जाती। विधना अगर एक बार मिल जाए, तो मुंहजरे से पूछूं, तेरी करनी कैसी है रे ?' साथ ही साथ दरवाजा खोलकर वह दाई को कोसती, 'अरे ओ हरामज़ादी, जागरचोर ! अब कब आएगी ?' इसके बाद नम्बर आता नरसिंह का, 'और तुम तो हो भैया नवाबज़ादा नवाब के भांजे; तुम्हें तो कुछ कहने का हमको हक ही नहीं है ! पढ़ो, भइया, पढ़ो ! हाकिम-हुक्काम हो जाओ ! अमीर-उमराव बनो ! कोढ़ी मामा को पिण्ड दोगे तुम्हीं न, मामा बत्तीसी निपोरकर रथ पर सवार स्वर्ग पा जाएंगे !'

इतना कहकर दनादन निकलती और गायों को बाहर हांक देती। उधर से लौटती तो बकबकाते हुए, 'तुम्हें कसम है, हमको मत तारना तुम, समझे !'

मामी की आवाज़ ऐसे समय में सुनाई पड़ती। मामा लौटते दिशा-फरागत से। मामी झट से मुड़ जाती मामा की तरफ। गांजे का सरंजाम करती। आईना-कंघा, धोती-अगौंछा निकालती और भुनभुनाती रहती,

कबई गतर से छुटकारा मिलेगा राम ? न खाए का सुख, न सोए से शान्ति। खटते-खटते मैं बुढ़ा गई। न रोग-बिरोग की किसी को परवाह, न अच्छे-बुरे की सुध। बस, बारह माह लौंडी की तरह खटो, खटते जाओ।'

मामा कहते, 'छोड़ो-छोड़ो मैं सब कर लूंगा।'

'ऊंहूं, इतने दिखावे की ज़रूरत नहीं है।'

'नहीं। मेरा काम तुम्हें करने की ज़रूरत नहीं है। मेरे हाथ-पैर हैं। मैं निकम्मा नहीं हूं।'

'देखो, ठीक नहीं होगा। हम सिर पटक देंगे।' यह कहती हुई मामी सब कुछ ला रखती। मामा सब कुछ को सामने से हटाकर कहते, 'नहीं चाहिए कुछ भी। एकदम नहीं।' वे यह कहकर सब कुछ को उठाकर वहीं ले जाते जहां से मामी ले आती थी। मामी गला फाड़ती रहती, 'यदि वहां रखा तो मेरा मरा मुंह देखोगे।'

तब कहीं मामा सारा सामान लेकर पुनः लौट आते और यथास्थान बैठ जाते।

मामा के जाने के बाद ओसारे में आंचल बिछाकर मामी एक नींद मार लेती। कभी अपने मरे हुए बाप के नाम पर रोती रहती। किसी दिन खुद अपना सिर टटोलती रहती, 'अरे दइया, अरे मइया !' फिर कुछ ही पल बाद उसकी नाक बजने लगती। डेढ़-एक घंटा सोकर मामी उठती और कुछ देर उबासी लेती और देह तोड़ती। फिर कहीं शुरू होता भंडारे और रसोई का काम। इसी में बज जाते साढ़े नौ, दस।

डरता हुआ नरसिंह कहता, 'मामी, स्कूल का वक्त हो गया।'

मामी कहती, 'तो मामी क्या करे, भइया ?'

नरसिंह कुछ सोचकर कहता, 'एक मुट्ठी फरही दे दो न हमें।'

मामी कहती, 'दो दिनों से फरही नहीं भुनी है। बासी भात है, खाना है तो खा लो।'

दूसरे दिन नरसिंह बासी भात ही मांगता। पर मामी कहती, 'बासी भात तुम्हें खिला दूं तो दइया का मुंह कैसे जलाऊंगी ? फरही है, खाओ मज़े में।'

रात को वह मामा के साथ खाना खाता। तब उसकी इच्छा होती खूब अघाकर खा ले, मगर मामी के डर से दोबारा वह मांग नहीं पाता।

डेढ़ महीना ! डेढ़ महीना वह मामा के यहां रहा, इतने दिलों में

ही उसे लगा कि वह कमज़ोर हो गया है। स्कूल दो मील पर है, इतना तय करने के लिए वह दो-तीन बार सड़क के किनारे के किसी पेड़ के नीचे बैठकर सुस्ता लेता। डेढ़ महीने के बाद अचानक एक दिन फिर कुरुक्षेत्र मच गया। नरसिंह को दिन का खाना नहीं मिलने की बात मामा न जाने कैसे तो जान गए थे।

मामी ने साफ-साफ मुंह चढ़ाकर कह दिया, 'हमसे नहीं होगा। पराए पूत के लिए दस बजे रसोई नहीं बनेगी हमसे।' मामी अचानक जैसे पागल हो उठी थी। उसने नरसिंह से कहा, 'तू मरकर मेरी कोख में आ रे! हम तब···।'

मामी अपनी बात खत्म भी नहीं कर पाई थी कि मामा जानवर की तरह चिल्ला पड़े। नरसिंह भी उस चिल्लाहट से चौंक उठा था। मामी चुप हो गई थी। फिर वह उठी और दौड़कर कमरे में चली गई अन्दर जाकर उसने दरवाज़े का बेड़ा लगा लिया।

मामा कुछ क्षण चुप बैठे रहे, फिर सहसा उठे और नरसिंह का हाथ पकड़कर बोले, 'चल, आ मेरे साथ।'

लगभग घसीटते हुए ही मामा नरसिंह को ले गए इमाम बाज़ार के राधेश्याम बाबू के यहां। उनका कोयले का कारबार है, डिस्ट्रिक्ट बोर्ड का कंट्राक्ट है, ज़मींदारी है, बड़े आदमी हैं। सिर्फ बड़े आदमी ही नहीं हैं, वे अन्न-दान भी करते हैं। दो-तीन छात्र राधेश्याम बाबू के यहां खा-पहनकर स्कूल में पढ़ते हैं। धरणीधर डाक बंगले का बहुत पुराना दरबान है। डिस्ट्रिक्ट बोडे के ओवरसियर, इंजीनियर उसे जानते हैं और उनके हुक्म पर वह बहुत दिनों से कंट्राक्ट के सिलसिले में बाबुओं के घर पर भी आता-जाता है, इसी अधिकार पर घरणी राय नरसिंह को साथ ले बाबू को नमस्कार कर सामने आ खड़ा हुआ। बोला, 'यह मेरा भांजा है। स्कूल में पढ़ता है। इसे भी आपको दो रोटियां देनी पड़ेंगी।'

नरसिंह फटी-फटी आंखों से चारों तरफ देख रहा था। गिर्वरजा के बाहर के जीवन से उसका विशेष परिचय नहीं था, मगर पांचमति वह कई बार आया-गया था। पांचमति का ढंग-ढांचा और धन-ऐश्वर्य उसने देखा था, उसके आगे यह मकान कुछ भी नहीं था। पांचमति के बाबुओं के अस्तबल में घोड़े हैं, पिलखाने में हाथी हैं; एक लंबे बरामदे में पालकी रखी रहती है। साईस, महावत, बेयरा, सर्दार—ओह उनके यहां बहुत बड़ा मजमा है! यहां एक ओर लकड़ी के ताखे पर रखी हुई है दो पहिये की गाड़ी। हाफपैण्ट पहने दो छोकरे बरामदे में रखी दो

गाड़ियां साफ कर रहे थे। सहसा भट्-भट् करती हुई दो पहियेवाली एक मज़बूत गाड़ी आ खड़ी हुई। मोटे-मोटे पहिये, बहुत से कलपुर्जे ; पीछे की ओर एक पाइप से भक्-भक् धुआं छोड़ती वह गाड़ी ! गाडी से उतरे एकदम फिटफाट साहबी पोशाक पहने एक बहुत कम उम्र के बाबू ! टोप उतारकर खटाखट घर में चले आए।

मामा धरणीधर ने बड़े सम्मान के साथ कहा, 'लो' आ गए मंझले बाबू ! अब क्या बात है !'

'क्या बात है राय, मेरे बारे में इतना क्यों सोचते हो जो रात को नींद नहीं आती ! लो एक सिगरेट पीओ फिर सुनूंगा तुम्हारी बातें।' मंझले बाबू ने सिगरेट के टिन से एक सिगरेट निकालकर बढ़ा दी। मंझले बाबू के बोलने का तौर-तरीका नरसिंह के लिए बिलकुल नया था। मंझले बाबू बड़े अजीब से लग रहे थे। किन्तु इससे भी अजीब उसे वह दो पहियेवाली कल-पुर्ज़े से भरी गाड़ी लग रही थी। एक बार उसे छूकर देखने की इच्छा हो रही थी उसकी।

मंझले बाबू थे दरियादिल। मामा धरणी राय की बात सुनते ही फौरन हुक्म दे दिया, 'ठीक है, इसमें भला ऐसी क्या बात है ! तुम्हारा भांजा यहीं रहे, पढ़े।'

बड़े बाबू चुरुट पी रहे थे। इतनी देर बाद बोले, 'तुम्हारे ओवर-सियर साहब कब आ रहे हैं, जी ? मैं तो भई पत्थरों के ठेके में रकम फंसा बैठा। उन्होंने तो बस 'नहीं लेना है' कहकर छुट्टी पा ली। वे आएं तो ज़रा कहना उनसे !'

सन् १३२६ का बाइसवां फागुन—वह दिन नरसिंह को याद है। इसी दिन इमाम बाज़ार के राधेश्याम बाबू के यहां वह आया था।

... ...

निताई ने उसे सावधान किया, "सिंह जी !"

"हूं!"

"धूल के कारण धचके खूब लग रहे हैं। स्पीड और भी कम कर दें।" अगल-बगल देखकर उसने कहा, "अच्छा हो, मैदान पकड़ लें। धचकों से भी बचेंगे और गाड़ियों को 'पास' भी कर लेंगे। सड़क पर बैलगाड़ी की साली 'लीक लग गई है, बाप रे बाप !"

गाड़ी की स्पीड कम करना सचमुच ज़रूरी है। भरपूर धूल के नीचे कहां खाई-खन्दक है, कौन जाने। इस सड़क पर आते ही यह बात नरसिंह के मन में उठी थी। पर अन्यमनस्कता में कब तो वह इसे भूल बैठा। इसके अलावा गाड़ी में पैसिंजर हो तो गाड़ी तेज़ चलाने की

अपने-आप ही इच्छा होने लगती है। पैसिंजर गाड़ी में बैठा कि उसकी ताबेदारी शुरू हो जाती; 'रोको' कहते ही रुकना पड़ता, 'जल्दी चलो, कहते ही स्पीड बढ़ानी पड़ती। जितनी जल्दी उसे पहुंचा दे, उतनी ही जल्दी पिंड छूटे और रुपये भी अपनी जेब में आएं। पांचमति के कायस्थों के मकान के मुंडेरे नज़र आते ही वह अनमना हो जाता है। जाने कब उसके सचेत मन पर यह अनमना भाव हावी हो गया। गाड़ी बहुत हिचकोले ले रही है। 'बॉडी' हिल-डुल रही है। स्प्रिंग रह-रहकर मचमचा रही है और सामने हैं कतार से बैलगाड़ियां। उधर सामने एक ओर नदी का किनारा सरकता आ रहा है। इस छोटे-से गांव की सड़क नदी-घाट की पुराने नवाबी ज़माने की बड़ी सड़क से जा मिली है। घने बरगद की छाया में यहां-वहां गाड़ी रोककर यात्री बैठकर खाते-पीते हैं।

नदी पार एक सड़क श्यामनगर की तरफ चली गई है, और फिर श्यामनगर से मुर्शिदाबाद। मुर्शिदाबाद पार करने पर पड़ता है वर्द्धमान। नरसिंह जिस सड़क से आ रहा है, वह निकली है रामनगर घाट से। बीच-बीच में इधर-उधर से दो-चार गांवों की पगडंडिया आ मिली हैं। कतार से लोग चले जा रहे हैं। कई गाड़ियों में लदा है माल—कलाई सरसों, आलू। वे परदेश में जाएंगे और माल बेचकर धान खरीद लाएंगे। कुछ गाड़ियों में यात्री हैं। इनमें मामले-मुकद्दमे वाले यात्री ही अधिक हैं। वे सब श्यामनगर-कचहरी, मुर्शिदाबाद-कचहरी जा रहे हैं। इनके अलावा और भी कई यात्री हैं, जो अपने-अपने काम से यात्रा पर निकले हैं। आदमी के काम का कोई अन्त है ?

सड़क की शक्ल विचित्र हो गई है। फैले मैदान चारों ओर से साफ हैं, सिर्फ बीच में धूल की एक भयानक कुंडली बन गई है; रेल के इंजन के पीछे दौड़ती हुई धुएं की कुंडली की तरह।

नरसिंह अब सावधान हुआ।

लम्बे मैदान पारकर अरब कहीं 'मानुषराज' आया। आदमी चले जा रहे हैं, कदम-कदम पर धूल उड़ रही है, बैलगाड़ियां चली जा रही हैं। गाड़ी के चक्के के इर्द-गिर्द और बैलों के खुर के आस-पास धूल उड़ रही है। धूल आदमी के शरीर में लिपट रही है, यहां से वहां तक।

निताई ने पीछे मुड़कर देखा—साहूजी तल्लीन बैठे हैं। क्लच पर पैर रखकर स्टियरिंग का सुडौल गोल मुट्ठा घुमाते ही सामने के दोनों चक्के मोड़ लेते हैं। धीरे-धीरे मैदान में गाड़ी उतर रही है।

निताई ने ठीक ही कहा था, मैदान वाली सड़क बहुत अच्छी है।

सड़क श्यामनगर की तरफ जितनी बढ़ती गई है, उसकी हालत उतनी ही अच्छी होती गई है। कच्ची सड़क होने पर भी खूब समतल है। लेकिन गाड़ी और चलने वालों की संख्या भी बढ़ रही है। रहरहकर छकड़ा भी श्यामनगर से आता है। यहां इसे लोग 'करांची की गाड़ी' कहते हैं। श्यामनगर से पांचमति तक आदमी-पीछे आठ आना किराया लगता है। अधिकांश यात्री मामले-मुकद्दमे वाले होते हैं। दोपहर के बाद से करांची-गाड़ी की संख्या बढ़ती जाती है। पांचमति तक जाकर रात को वहीं रुकी रहती है, दूसरे दिन आठ बजे यात्री लेकर फिर श्यामनगर लौटती है।

"अब तो सड़क अच्छी आ गई, ज़ोर से चलाओ, भाई !" सुखनराम ने पीछे से कहा।

नरसिंह ने पीछे मुड़कर देखा।

"ज़ोर से, और ज़ोर से चलाइए। स्पीड बढ़ा दीजिए।" सुखनराम पहले से भी ज़्यादा गंभीर हो गया।

नरसिंह एक्सिलरेटर दाबता है। सुखनराम को देखने के बाद उसकी संगिनी को भी देखने का मन हुआ उसका, लेकिन मुड़कर देखना मुश्किल है। साथी-मर्दना राज़ हो सकते हैं। लोगों की नाराज़गी का डर उसे नहीं है, मगर बदनामी का डर हमेशा बना रहता है। पैसिंजर कम हो जाते हैं। औरत को लेकर ऐसे ड्राइवरों की गाड़ी में कोई चढ़ना नहीं चाहता। ऐसी हालत में सामने से पीछे की गाड़ी या राहगीरों को देखने के लिए जो आइना लगा है, नरसिंह उसे ज़रा मोड़ लेता है और पीछे की सड़क के बदले अन्दर का सब कुछ देखने लगता है।

निताई समझ गया। वह मुस्कराया।

आईने में उस लड़की की शक्ल उभर आई है। लगा, वह हंस रही है। बहुत मीठी हंसी ! आइने में ही उसकी आंखों से नरसिंह की आंखें मिलीं, वह भी आईने की तरफ ही देख रही है। घूंघट खींच लेती है। उसकी हंसी बड़ी विचित्र है ! होठों के कोनों पर इत्ती-सी लगी हुई।

"बायें, बायें ! बाईं ओर !" सुखनराम ने कहा।

श्यामनगर के पास सड़क तीन तरफ निकल गई है। धान के गोले, कलाई, मिर्चा, प्याज़, आलू की आढत, जलावन-लकड़ी को आढ़त,

कोयले के दो-एक डिपो ! इसीके बीच है सुखनराम की गद्दी। वह धान, चावल, तम्बाकू का व्यापारी है। ऊपर से नीचे एक पक्का मकान, सींखचों से घिरा हुआ। बरामदे में चौकी पर तोशक, उसपर चादर डालकर मालिक के बैठने की जगह बनी है। मालिक की गद्दी पर बैठा है सुखनराम का लड़का—चौबीस-छब्बीस की उम्र।

सुखनराम ने कहा, "बस, रोको-रोको !"

सुखनराम उतरा। सबसे पहले उसने हुक्म किया, "छोटी पेटी पहले उतारो।" तंबाकू की एक छोटी पेटी थी, जिसे वह अपने पास ही रखे था। सुखन ने लड़के से कहा, "एकदम ऊपर कमरे में, ठीक जगह पर रखना। समझे ! निगाह रखना इसपर।"

लड़के ने कहा, "और वह औरत ?"

सुखन ने लड़की को डपटा, "अरे, उतर ! ऐ हरामज़ादी कुत्ती !"

आईने में नरसिंह उस समय भी उसे निहार रहा था। वह लड़की भी रह-रहकर उसे देख लेती थी। डपट से वह चौंकी। इसके बाद संभलकर धीरे से उतरी।

सुखनराम ने कहा, "अन्दर ले जा। दाई है। एक नई दाई ले आया हूं।"

नरसिंह उतरकर खड़ा हो गया, "भाड़ा ?"

सुखन बोला, "मिलेगा। लेकिन बहुत समय हो गया है। नहा-धोकर खा-पी लो।"

नरसिंह कुछ सोचकर बोला, "हम लोग दो दिन यहां रहना चाहते हैं। रहने के लिए जगह होगी ?"

सुखन ने नरसिंह के मुंह की ओर देखा, फिर नौकर से बोला, "एक कमरा सिंहजी को दे दो।"

निताई ने कहा, "पोखर कहां है, बता दीजिए। गाड़ी धोनी पड़ेगी न !"

राम मुंह बाये सब देख रहा था। उसे जैसे काठ मार गया। डर भी लगा उसे। सुखनराम की तोंद और कानों में उगे बाल देखकर वह खूब हंसा था।

शाम हुई तो नरसिंह उसी तिमुहाने पर एक पेड़ के नीचे एक बोतल दारू, चना और थोड़ा मांस लेकर जा बैठा। राम और निताई

भी थे। नरसिंह गहरी दृष्टि से सब निरख-परख रहा था। निताई गिलास में दारू भर-भरकर उसकी ओर बढ़ा देता और नरसिंह गिलास साफकर निताई की ओर बढ़ा देता। रह-रहकर बुदबुदाता, "राम !"

राम मांस का भांड संभाले था। वही मांस परोस रहा था। निताई डोम का लड़का, भला मांस छुए तो कैसे? बोला, "आप हैं छत्री। बामन के बाद आपकी पदवी है।"

थोड़ा-सा मांस राम ने जीजाजी की हथेली पर रखा।

नरसिंह ने कहा, "निताई को भी दो।"

निताई ने कहा, "बना अच्छा है। लेकिन कुछ तेज़ है।" फिर हंसकर बोला, "यों इस मुंह में तेज़ अच्छा ही लगता है।"

नरसिंह कुछ बोला नहीं।

निताई उसे कुछ क्षण घूरता रहा, फिर बोला, "सिंहजी !"

नरसिंह ने उसकी ओर मुड़कर देखा।

"क्या सोच रहे हैं आप ?"

नरसिंह की आंख गड़ी थी बादशाही सड़क पर। घोड़ागाड़ी और छाजनवाली बैलगाड़ी चली जा रही है। कतार से राहगीर चले जा रहे हैं। छकड़ा आया, गाड़ी गई, आदमी चले···।

निताई ने फिर टोका, "सिंहजी !"

नरसिंह बोला, "गाड़ी गिन। जो कहता हूं, वह कर।"

राम छकड़ा गिनता रहा। निताई हिसाब में कमज़ोर है, वह गिनने लगा छाजनवाली बैलगाड़ियां। सड़क पर चलते लोगों की गिनती कोई ज़रूरी नहीं। निताई ने एक सिगरेट सिंहजी को देकर एक खुद ले ली। दियासलाई जलाकर सिंहजी के आगे कर दी, अपना सिगरेट भी सुलगाया। पैकेट राम की तरफ उछाल दिया। फिर सहसा बोला, "आपसे कुछ कहना है।"

नरसिंह ने उसकी ओर मुड़कर देखा।

"इजाज़त है ?"

नरसिंह खुशी से मुस्कराया।

निताई बोला, "नाराज़ न होइएगा। हां ! 'नहीं' किया तो मानूंगा भी नहीं !"

सर्वशक्तिमान् ईश्वर की तरह गंभीरतापूर्वक नरसिंह बोला, "बोलो।"

निताई बोला, "बोलें ?"

"बो—ल। कह तो रहा हूं।"

"राम बड़ा हुआ है या नहीं ?"

नरसिंह बोला, "हुआ है।"

निताई पूरे विश्वास के साथ गर्दन हिलाकर बोला, "बिल्कुल !" फिर हीं-हीं-हीं करके हंसने लगा।

नरसिंह ने कहा, "तू उसे दारू देने को कहता है न ? लेकिन बिलल्ला हो जाएगा वह।"

"हो जाएगा तो मार डालेंगे। क्यों रे राम, तू बिलल्ला होगा ?"

राम ने मुस्कराकर गर्दन हिला दी, "नहीं।"

निताई ने फौरन गिलास भरा और नरसिंह की ओर बढ़ाकर बोला, "लीजिए, प्रसाद बना दीजिए।"

नरसिंह हाथ में गिलास लेकर कुछ सोचता रहा, फिर बोला, "ले, ठीक है। आज नहीं तो कल तू पिएगा ही और जिस-तिस के साथ पिएगा। अच्छा है मेरे साथ ही पी ले।" गिलास में मुंह लगाकर उसने उसकी ओर बढ़ा दिया, "ले ले। शर्म कैसी, ले !"

शर्माते हुए राम ने गिलास लिया और ज़रा मुंह फेरकर ज्योंही पीने को हुआ कि निताई चिल्ला पड़ा, "अरे ऐ ! ऐ राम उल्लू कहीं का ! पहले गुरुदेव के पैर छू !"

मारे शर्म के वह गड़ गया। यह उससे बहुत बड़ा कसूर हुआ था। उसने नरसिंह को प्रणाम किया और पैर छुए। नरसिंह बोला, "खबरदार ! दारू पीना, मगर बद्मिज़ाजी मत करना।"

बोतल थी एक और पीनेवाले दो की जगह तीन। देखते-देखते खत्म ! इतने से क्या कभी कुछ हुआ है !

निताई को यह दुनिया निःसार लगने लगी है। वह बोला, "गुरुदेव, और लाऊं ?"

नरसिंह की हलक भी नहीं भीगी। कच्ची सड़क पर गाड़ी चलाने की थकान भी नहीं मिटी। उसने राम को ठीक से देखा, ऊं हूं, राम ठीक है। भांग पीकर हंसनेवाला लड़का दारू पीकर तो गुमसुम होगा ही। आखिर है तो छत्री-बच्चा !

"गुरुदेव !"

"हां, एक और न !"

"हां गुरुदेव !" निताई उठा।

नरसिंह ने उसे देखा। कहा, "चलो, सब लोग चलें। दूकान में

बैठकर पिएंगे। लेकिन ज़रा बैठ, हिसाब लगा लें। राम, दे घोड़े-गाड़ी का हिसाब।"

घोड़ेगाड़ी ? हिसाब ? राम उड़-सा गया। पी लेने के बाद वह गिनती भूल गया था।

नरसिंह पुनः बोला, "भूल गया, क्यों ?"

"आठ ही तक याद है।"

"बैलगाड़ी ?"

निताई ने जवाब दिया, "वे बहुत थीं। चली आ रही हैं तो आती ही जा रही हैं। बीस-पच्चीस तो होंगी ही।"

इतने से ही नरसिंह को समझा लिया जा सकता है, क्योंकि इससे अधिक गिनती की वह कल्पना नहीं कर सकता। चार अट्ठे बत्तीस, बीस दूनी चालीस। बत्तीस और चालीस बहत्तर। हूं ! निताई की ओर देखकर नरसिंह ने कहा, "चलेगा, समझा निताई, चलेगा ?"

गूढ़ ज्ञानी की तरह निताई की बाछें खिल गईं। वह बोला, "हां, सब समझ गया। तिमुंहाने पर आकर जब गाड़ी गिनने को आपने कहा, तभी मैं समझ गया, बिना कुछ बताए। सर्विस पांचमति तक !"

नरसिंह ने कहा, "चलो, अब दूकान चलें। शहर की सर्विस-बसें और टैक्सियां सब की सब अब तक आ गई होंगी। ड्राइवर लोग वहीं जुटेंगे। चल !"

निताई खुश होकर बोला, "पहले मैंने क्या सोचा, जानते हैं !"

नरसिंह सोचता हुआ ही चल रहा है। इन बातों में उसकी कोई दिलचस्पी नहीं है, कोई खिंचाव नहीं। वह बहुत कुछ सोच रहा है। आठ मील की सड़क। जाने-आने की एक ट्रिप का सोलह मील। एक गैलन तेल। घोड़ेगाड़ी का किराया आदमी पीछे आठ आना। पहले आठ आने से अधिक किराया नहीं चलेगा। नौ आने चल सकता है। मोटर पर चढ़ना इज़्ज़त की बात है, लोग जल्दी पहुंचेंगे, आराम मिलेगा। इतने के लिए लोग एक आना ज़्यादा नहीं देंगे ? नहीं, नहीं देंगे; पैसिंजरों में अधिकांश हैं कोर्ट-कचहरी के लोग। जमींदार के गुमाश्ते, महाजन के कर्मचारी, किसान, रैयत, देनदार-गृहस्थ। कुछ कोर्ट के किरानी होंगे। वे घर से खा-पीकर डेली-पैसिंजरी करते हैं। अधेले की बीड़ी लेते हैं, चाय के साथ दो पैसे का नमकीन खाते हैं। इनकी हैसियत एक आना अधिक देने की नहीं है। देंगे तो लाचारी में, जब घोड़ागाड़ी उठ जाएगी, तब। पहले घोड़ेयाड़ी वालों से भिड़न्त होगी, वे अपना दर घटाएंगे। आठ आने से सात आना,

छः आना। चार आने तक भी उतर सकते हैं तब। तब !

मंझले बाबू की याद आई।

मंझले बाबू ने ही सबसे पहले मोटर-बस खरीदी थी और इमाम बाज़ार से जंक्शन स्टेशन तक सर्विस शुरू की। उन्हें छोटी लाइन की रेल से कम्पीटीशन करनी पड़ती थी। इस प्रकार पैसिंजर जोड़ना, सोचना-विचारना नरसिंह ने मंझले बाबू से ही सीखा। पन्द्रह दिनों तक नरसिंह की ड्यूटी स्टेशन पर थी। आने-जानेवाले यात्रियों और बसों को गिनो। रेल-कम्पनी ने बस को नीचा दिखाने के लिए किराया कम किया तो मंझले बाबू ने भी कम कर दिया था। नरसिंह ने सोचा ज़रूरत पड़ी तो वह भी भाड़ा कम करेगा।

निताई बहुत देर से बातें करने को उकस रहा था। उसने कहा, "गुरुदेव !"

"हूं।"

बहुत रस लपेटकर वह बोला, "हमने क्या सोचा था, जानते हैं ? सोचा था, उस लड़की से आपकी आशनाई हो गई है और इसीलिए आप यहां रुक गए हैं।"

अब नरसिंह उखड़ गया। एक पल में उसका रुख ही बदल गया। उसे वह लड़की याद आई। उसकी अचरज-भरी हंसी नरसिंह की आंखों में तैर गई। उसके विधुर जीवन की ताप पल-भर में ही मानो अकस्मात् ज्वालामुखी के उत्ताप-सी बढ़कर उसे पागल बना गई। निताई की तरफ हाथ बढ़ाकर वह बोला, "ला, बोतल दे।"

"अभी खरीदी कहां है ? चलिए, दूकान में ही चलिए।"

राम आगे आया, नरसिंह को सुनाते हुए बोला, "कल हम ठीक साहूजी के घर में घुस जाएंगे। उस लड़की को कहेंगे, रात को दरवाज़ा खोलकर चली आओ। मोटर तैयार रखेंगे। बस, दे गियर अपडाउन ! राम बहुत बढ़ गया है। दिमाग चुनचुना रहा है। जीजाजी के लिए आज वह जान दे सकता है। खोलकर यह कहा भी, "जान चली जाए, परवाह नहीं।"

वह शहर के बीच पहुंचे। नरसिंह ने कहा, "बकबका मत, राम ! चुप, एकदम चुप।"

व्यापार की जगह है शहर। रब्बी की आढ़त। इलाके-भरकी रब्बी यहीं इकट्ठी होती है, देश-परदेश को चालान होती है। बड़ी-बड़ी गद्दियों के सामने फैली ज़मीन खूब खुली हुई है। वहीं पर बैलगाड़ियां इकट्ठी हो गई हैं। गाड़ियों पर ठसमठस बोरे लबे हुए हैं।

गोलों में पेट्रोमेक्स जल रहे हैं।

वे आ पहुंचे मोटर-बस के डिपो के पास। यहां एक पेट्रोमेक्स जल रहा है। सामने है एक शेड जिसमें पांच बसें और दो टैक्सियां खड़ी हैं। ये सभी सदर शहर तक जाती हैं। यह बहुत मुनाफे की सर्विस है। मोटर की दूकान बहुत छोटी-सी है। उसकी असली दूकान शहर में है। यहां थोड़ा-बहुत ही पैट्रोल-मोबिल रहता है। बाकी जो ज़रूरत पड़ती है, वह शहर से मंगवा ली जाती है। तिमुंहाने पर आने के पहले दोपहर को वह यहां आकर नौकर से जान-पहचान कर गया है। फैनबेल्ट की ज़रूरत भी थी, तार पुराना हो गया है। इसी गरज़ से वह दूकान तजवीज़ गया था। इस समय वह फिर एक बार रुका।

निताई का मन दारू की दूकान की ओर भाग रहा है। उसने ज़ोर देकर कहा, "बेकार की दूकान है, कुछ मिलता नहीं। चलिए, चलिए। उधर दूकान बन्द हो जाएगी।"

नरसिंह बढ़ा।

दारू की दूकान पर आखिरी दौर के पियक्कड़ों की भीड़ टूट पड़ी है। दूकान बन्द होगी। नाक-मुंह पर रूमाल रखकर भद्र ग्राहक आ रहे हैं। उनमें कुछ ऐसे भी हैं, जिन्हें किसीकी परवाह नहीं। गुमाश्ते आम-मुख्तारों को देखते ही पहचाना जा सकता है। जेब मे क्लिप लगी पेंसिल, किसीकी जेब में सस्ती फाउण्टेनपेन! कागज़ों-नोट-बुकों से फूली हुई जेबें! बातचीत में कानूनी धाराएं उगली जा रही हैं। नरसिंह ढूंढ़ रहा था कुर्ते पर काली ग्रिज-मोबिल के दाग। दारू की गन्ध में भी वह ढूंढ़ रहा था—मोबिल-पेट्रोल मिली अति-परिचित विचित्र गंध, बैक ब्रश किए हुए रूखे लम्बे बाल, रूखी कठोर शक्लें और ऐंठी मूंछें। भीड़ में उसने पांच को खोज निकाला। जान-पहचान का रास्ता सहज है। सवाल किया, "सवेरे को मोटर कब छूटती है?"

"साढ़े सात बजे।"

"ठीक साढ़े सात बजे?"

"टाइम है सात पच्चीस, मगर हो जाता है साढ़े सात-पौने आठ। शहर में घूम-घूमकर पैसिंजर इकट्ठा करने में वक्त लगता है न?"

"यहां फैनबेल्ट मिलेगा या नहीं, बता सकते हैं?"

"फैनबेल्ट?" विस्मय से उसकी ओर उस आदमी ने देखा। "फैनबेल्ट लेकर आप क्या करेंगे?"

"मैं पैसिंजर लेकर यहां आया हूं," नरसिंह ने कहा "इमाम

बाजार से।"

"बैठिए, बैठिए।"

"आप भी तो मोटर-सर्विस के ही लोग हैं ?" नरसिंह हंसा।

सभी जमकर बैठ गए। रसीद मियां, ज़फर शेख, रामेश्वरप्रसाद, जीवन, तारक, ये ड्राइवर हैं और पगला, सरफटा, नैपाल, फोकट, हाफिज़ ये हैं क्लीनर। क्रिश्चियन जोसेफ ? वह है एस० डी ओ का ड्राइवर जोसेफ रजनीदास ! सबमें भला उसे जोसेफ ही लगा। रसीद, ज़फर से उसका अलगाव स्वाभाविक ही है। बस-टैक्सी के ड्राइवर और प्राइवेट गाड़ी के ड्राइवर में फर्क होना भी चाहिए। और फिर जोसेफ ठहरा एस० डी० ओ० का ड्राइवर। चार-चार एस० डी० ओ० को जोसेफ ने पार किया है। इनमें से एक एस० डी० ओ० अपने साथ ड्राइवर लेकर आए थे। उस समय वह डी० एस० पी० के यहां काम कर रहा था। जोसेफ बहुत भला है, हंस-मुख और गंभीर भी। वह शराब की चुस्की लेता है, पीता नहीं। रसीद, ज़फर आदि के लिए पूरे गिलास का मतलब है सिर्फ दो घूंट। रसीद, तारक दोनों पीने के बाद मार-पीट पर उतारू हो जाते हैं। उनकी दो-एक बातों से खाकी हॉफ-शर्ट की बांह न होने पर भी आस्तीन चढ़ाने से और कलाई से घुटने तक हाथ सहलाते रहने से नरसिंह को ऐसा लगा। ज़फर गुम बैठा है। सड़क पर आते-जाते लोगों पर उसकी आंखें टिकी हैं। लोग आ-जा रहे हैं। ज़फर देख रहा है। आंखें लाल हैं और उनमें कुछ ढूंढ़ने-पाने की लालसा है। वास्तव में उसे चाहिए एक औरत।

नरसिंह को समझाने में देर न लगी। रामेश्वर सबों में बड़ा विकट है। होंठ हरदम काटता रहता है। वह एक तेज़ छुरी से नाखून काट रहा है। उसे छुरेबाज़ी की भी आदत है, इसमें नरसिंह को संदेह नहीं है। उसकी ज़िन्दगी गाली-गलोज में ही कट रही है।

रामेश्वर ने नरसिंह से कहा, "ताश खेलोगे ? चलो।"

अच्छा तो वह छुरेबाज़ ही नहीं, जुआरी भी है। नरसिंह उठ खड़ा हुआ। बोला, "नहीं। अच्छा राम-राम, सबको सलाम।"

दूकान से वह बाहर आया। जोसेफ साथ-साथ आया। बोला, "अच्छा किया। रामेश्वर अच्छा आदमी नहीं है। आप परदेशी—।"

नरसिंह मुस्कराया। बोला, 'मैं कोई परदेशी नहीं हूं। गिर्वरजा का सिंह हूं। यहां एक आवाज़ लगाऊं तो मेरे भी बीस आदमी निकल आएंगे।"

"गिर्वरजा ? गिर्वरजा के सिंह हैं आप ?"

"हां !" नरसिंह ने मूंछ पर ताव चढ़ाया।

जोसेफ ने कहा, "हमारा मकान भी कभी गिर्वरजा में था।"

"गिर्वरजा में था ?" नरसिंह अचरज में डूब गया।

"मेरे दादा के बाप यहां आए और क्रिश्चियन बन गए। उनका नाम था प्रणकृष्णदास।" ज़रा रुककर हंसा। बोला, "वे जात के डोम थे।"

नरसिंह चौंका। उसे अपने गांव के डोमों की याद हो आई। यह उसीके गांव का लड़का है—जोसेफ !

जोसेफ ने सिगरेट नरसिंह की ओर बढ़ा दी। नरसिंह ने अपने बायें हाथ में जोसेफ का दाहिना हाथ ले लिया। उसे लगा, जोसेफ उसका अपना कोई है। सहसा उसने कहा, "अच्छा बताओ तो—बताइए तो—यहां से पांचमति तक सर्विस खोली जाए तो कैसा रहे ?"

"पांचमति ! श्यामनगर से पांचमति ?"

"हां।"

"अचानक आपका यह ख्याल कैसे हुआ ? आपके यहां इमाम बाज़ार से जंक्शन होकर सदर तक तो बड़ी अच्छी सर्विस है।"

नरसिंह चुप रहा।

जोसेफ ने कहा, "और यहां आठ मील तक कच्ची सड़क है—इत्ती-सी ! जोसेफ सोच में पड़ गया।

नरसिंह ने कहा, "अब मैं चलूं। आप सोचकर देखें। कल फिर मिलेंगे।"

जोसेफ ने पूछा, "आप ठहरे कहां हैं ?"

"सुखनराम साहू की गद्दी में।"

"सुखनराम साहू ?"

"हां।"

जोसेफ कुछ सोचने के बाद बोला, "अच्छा, कल बातें होंगी। नमस्कार।"

राम ने कहा, "देखिए भला, कहां से निकल आया अपना आदमी।"

नरसिंह फिर विचारमग्न हो गया।

सिर्फ साठ मील सड़क है। सर्विस थोड़ी असुविधाजनक है। आठ मील तो लोग पैदल चल सकते हैं या बैलगाड़ी से तय कर सकते हैं। सड़क की दूरियां जितनी पहुंच के बाहर हों मशीन की कदर उतनी ही

बढ़ती है। आठ मील सड़क पार करने में घोड़ेगाड़ी को डेढ़ घंटा लगता है। नौ बजे पांचमति से चले तो श्यामनगर पहुंचेगी साढ़े दस बजे। और मोटर आधे घंटे में। मगर घोड़ागाड़ी यदि भाड़ा चार आना कर दे, तो चार आने की बचत के लिए लोग समय की बचत की बात सोचेंगे ही नहीं। उसकी आंखों में बादशाही सड़क तैर गई। वह काफी दूर तक चली गई है। इस सड़क पर वर्द्धमान की ओर बढ़ा जाए तो तीस मील की दूरी पर रेल-लाइन पड़ेगी। कितने यात्री, कितनी गाड़ियां, कितना माल आता-जाता है, जिसका कोई अन्त नहीं। अगर उसकी कलम में ज़ोर होता तो वह डिस्ट्रिक्ट-बोर्ड को लिख-लिखकर यह सड़क ठीक करने पर विवश कर देता। और अगर चार बसें खरीदने लायक रुपये होते तो श्यामनगर से पांचमति होकर वर्द्धमान तक सर्विस खोल देता। सर्विस के लिए तो कितनी लाइनें पड़ी हैं। सड़क नहीं है। रेल-कम्पनी तो अपनी सड़क बनाकर लाइन ले गई है हरिद्वार, दिल्ली, लाहौर, पेशावर, बम्बई और मद्रास तक। सबसे अन्त में उसे सहसा भूगोल की पुस्तक में पढ़े हुए कुमारी अन्तरीप स्थित रामेश्वरम् तीर्थ की याद आई—रामेश्वरम् तक रेल-लाइन गई है। हज़ारों-लाखों लोग आते-जाते हैं। सड़क होती, रुपये होते तो वह खोल देता ऐसी ही सर्विस—श्यामनगर से कलकत्ता। कलकत्ता से बम्बई।

निताई बोला, "सिंहजी, यह आदमी चालबाज़ लगता है। डोम से क्रिश्चियन हुआ है न, डींग खूब मार गया।"

नरसिंह बोला, "नहीं। वह भला है। उससे बहुत काम निकलेगा।"

निताई ने कहा, "जो हो, खोल दीजिए सर्विस आप। हां!"

नरसिंह बोला, "हां, सर्विस मैं खोलूंगा ही। देखें, किस्मत में क्या बदा है?"

"आपकी किस्मत अच्छी ही है। सोच-विचार लीजिए। देखिए न, काम-धाम बन्द करके हम घर लौट रहे थे कि अचानक पैसिंजर मिल गया। बहुत होगा तो बीस मील, और भाड़ा आया पचास रुपये। इसे ही कहते हैं संयोग। लक्ष्मी मैया ने अविलम्ब पैसिंजर जुटाकर यहां की लाइन माथे में घुसा दी है।"

यह बात नरसिंह के दिमाग में बैठ गई। निताई बहुत ठीक कह रहा है। उसने इस रूप में सोचा-विचारा नहीं था। वहां के एस० डी० ओ० के लिए कुछ कर गुज़रने की वह सोचे बैठा था, अब ऐसा छोटा काम नहीं करेगा। जिस काम में इस तरह अपमानित होना पड़ता है, वह छोटा नहीं तो और क्या है? उसने सोच रखा था कि गाड़ी बेचकर

ज़मीन खरीदेगा और महाजनी का काम करेगा। ब्याज का कारबार। पर सहसा याद हो आई दिदिया। मां मर गई, कक्का भी मर गए। बढ़िया दिदिया आज भी ज़िन्दा है। उसे मोटरगाड़ी दिखाएगा, उसे एक बार बैठाएगा गाड़ी पर; इसी विचार से वह गाड़ी गिर्वरजा ले जा रहा था। वह पगले माधव कक्का और गांव के लोगों को अपनी गाड़ी दिखाना चाहता था। मोटर ही तो उसका कृतित्व है! उन सभीकी विस्मय-विस्फारित दृष्टि की कल्पना करके वह मन ही मन खुश भी हुआ था।

लेकिन रास्ते में अचानक सुखनराम की गाड़ी उलट गई। उसका ख्याल था कि पचास रुपये किराया मांगने पर सुखनराम दांत निपोर देगा। लेकिन उसने मंजूर किया और वह यहां आया। राह में आते-आते उसकी आंखें खुलीं।

सुखनराम है धनी-मानी। और वह लड़की? उसकी वह हंसी? हो सकता है, यही हो उसकी भाग्य-लक्ष्मी। बचपन में दिदिया के मुंह से वह भाग्य-लक्ष्मी की कथा सुन चुका है। भाग्य-लक्ष्मी के सर्वाङ्ग में हीरे-जवाहरात झलमल करते थे, साड़ी सोने के सूत से बुनी हुई थी; आफत-विपत में राजा को वे दर्शन देती थीं। वह मोटर चलाता है। सवेरे से रात तक उसके इर्द-गिर्द दुनिया चक्कर काटती है। गर्मी के दिनों में वह तलवे से घुटने तक झुलस जाता है। शरीर में पेट्रोल की गंध भर जाती है। जाड़े में बन्द दरवाज़े खिड़कियों में मिट्टी के तेल का धुआं कलेजे में घुस जाता है। उसकी भाग्य-लक्ष्मी यदि वही लड़की हुई तो यह भी उसका बड़ा भाग्य है। वह खोलेगा सर्विस। श्यामनगर पांचमति टैक्सी-सर्विस! जो होगा देखा जाएगा। छोटी नदी पार करके वह बादशाही सड़क पकड़ लेता है।

बाज़ार की यह सड़क खत्म हुई एक चौमुंहाने पर। बाईं तरफ उसे जाना है।

यह सड़क अंधेरी है। लकड़ी की आढ़त और कोयले के डिपो में डिबरियां टिमटिमा रही हैं। दुकानों में लालटेन लटको हैं।

नरसिंह ने कहा, "निताई, मोमबत्ती खरीद ले।"

एक तो दारू का नशा और ऊपर से चिन्ता की गर्मी! नींद आए तो कैसे?

नरसिंह करवटें बदल रहा है।

राम और निताई दोनों सो गए हैं।

दो मोमबत्तियों में एक जल रही है। प्रायः आधी जल चुकी है।

नशे में आंखें लाल-लाल ! नरसिंह अपलक बैठा है। यह जोसेफ उसके ही गांव का है, यह आज वह छाती ठोककर कह सकता है। बोलचाल में वह भला है। वह गिर्वरजा के सिंह-घराने का लड़का है। उनके पूर्व-पुरुष डोमों की छाया तक से घिन करते थे। सिंह का जूठन ये लोग प्रसाद के रूप में पाते थे और उनके मकान का मैला साफ करते थे। उनके मन में एक प्रकार की ईर्ष्या पैदा हुई। सहसा उसे लगा, राम मुंह बाए सोया है। उसका मन हुआ कि वह उसका गला दबोच दे। उसके भरोसे वह जी रहा है। राम उसकी पत्नी का भाई है। पत्नी मर गई, अब उससे कैसा नाता ?

उसकी पत्नी थी उसकी मामी की भतीजी। पहले तो मामी से उसे डर लगता था, फिर उसे गुस्सा आने लगा। इसी गुस्से में उसने मामी की भतीजी से ब्याह कर लिया था।

राधे बाबू के यहां उसके खाने-रहने का इन्तज़ाम कर मामा इमाम बाज़ार उसे छोड़ आए थे। उधर उसकी मामी चुपचाप अपनी भतीजी को बुला लाई। बहाना बनाया कि अब उससे अकेले काम-धाम नहीं होता। रोग-विरोग से कमज़ोरी बढ़ गई है। कोई एक उसे तीमार-दारी के लिए चाहिए।

उम्र बढ़ी तो मामी के ऊपर गुस्सा भी कुछ बढ़ा। बाबुओं के घर में रहने से मंझले बाबू को देखकर एक क्रुर लालसा भी उसके मन में जगी।

मंझले बाबू बड़े तूफानी थे। उन्हें वह जितना चाहता था उतना ही घिन करता और डरता भी। मंझले बाबू की याद आते ही वह मन ही मन कह उठता, 'सलाम हुज़ूर !'

दूसरे ही क्षण वह राम या निताई को अकारण गाली बकने लगता, 'सूअर का बच्चा कहीं का !'

निताई कहता, 'क्या बात है ?' राम भकर-भकर उसकी ओर तकता रहता। नरसिंह मनोयोगपूर्वक हाथ के कागज़ देखने लगता। कभी निताई को उत्तर देता, 'कुछ नहीं।'

मंझले बाबू बड़े तूफानी थे।

डेढ़-एक वर्ष के बाद सहसा एक दिन वे उसी फटफटिया पर सवार होकर आ धमके। उन्हें इमाम बाज़ार में कोयले का एक नया डिपो खोलना था और कोयले का कारबार भी बढ़ाना था। कलकत्ता के दफ्तर से दो-तीन गाड़ी कोयला भेजने की व्यवस्था हो चुकी थी। वे

'बिल्टी' यानी रेलवे-रसीद अपने साथ ही लेते आए थे। उन्होंने फटफटिया से उतरकर हैट इस कायदे से फेंका कि वह चक्के की भांति घूमता हुआ मेज़ के ऊपर चुपचाप जा पड़ा। इसके बाद बोले, 'गाड़ी उठाओ।'

शाम को नरसिंह की पुकार हुई। ईज़ीचेयर पर मंझले बाबू आसीन थे। एक हाथ में विलायती शराब का गिलास, दूसरे में सिगरेट। गिलास बायें हाथ में था। आज भी नरसिंह जब पीता है तो उसके बायें हाथ में गिलास और दाहिने में सिगरेट होती है। बड़े बाबू मसनद के सहारे बैठे थे, उनका गिलास सामने रखा था। आश्चर्य है, दोनों भाई एक संग बैठकर शराब पीते थे!

मंझले बाबू ने कहा, 'अब पढ़ना छोड़, कोयले के डिपो का काम देख। समझा?'

उस समय भी नरसिंह पढ़ाई का सपना देखता था। जैसे भी हो वह लिखना-पढ़ना सीखेगा। इंसान बनेगा। दिदिया कहती थी, आदमी के मन में जो मोती रूपी मति है, वह गजमुक्ता से भी दुर्लभ है। उसे खोकर ही गिर्वरजा के सिंह रायों की यह दुर्गति हुई। उसे लौटा लाना होगा। जो 'मति' रूपी मोती अंधेरे में चन्द्र छटा बिखेरकर आगे की राह दिखाती है, वह जिसके पास होती है, उसके लिए सागर की लहरें भी दो भागों में बंटकर राह बना देती हैं; दिदिया का कहना था, वह लौट सकती है लिख-पढ़कर इंसान बनने से। लिखना-पढ़ना उसे अपने वश का नहीं लगता। फिर भी वह कोशिश से बाज़ नहीं आता। वह पूरे दम से चिल्ला-चिल्लाकर पढ़ता है। उसके ऐसे पढ़ने से पड़ोस के लोग झुंझलाते हैं, बहुतों का उलहना भी आता है; वह सब सहता है। लेकिन आज का पढ़ा कल भूल जाता रहा। फिर भी वह निराश नहीं हुआ। डेढ़ वर्षों से बाबुओं के यहां पड़ा है, इस बीच दो माह के अन्तर में तीन-तीन परीक्षाएं हुईं, लेकिन वह एक में भी पास नहीं हो सका। चौथी परीक्षा में पास होने का दृढ़ संकल्प कर अब वह लगन से पढ़ने में लगा था। उसने सोचा था, मंझले बाबू आएं तो वह कहेगा कि अपने अंग्रेज़ी पढ़े-लिखे किरानी से कुछ समझाने-बुझाने के लिए कह दें। मगर सब उलट गया। उसका दिल बैठ गया।

मंझले बाबू ने एक सिप लेकर कहा, 'समझा?' एक ही सिप में आधा गिलास साफ। उस दिन का स्मृति-चित्र नरसिंह की आंखों के सामने उभर आया। घूंट लेकर मंझले बाबू ने सांस ली। इससे आस्वाद का तीखापन और गन्ध का तेज़ फैल गया।

बड़े बाबू ने कहा, 'थोड़ी-थोड़ी ले। इस तरह घट-घट नहीं पीते।'

सिगरेट का कश लेते हुए मंझले बाबू ने कहा, 'उस तरह मैं पी नहीं सकता।' धुआं उगलकर मंझले बाबू ने पुनः कहा, 'एक्सक्यूज़ मी! वाइन एण्ड वुमैन···।'

बड़े बाबू बीच में ही बोले, 'स्टॉप!' नरसिंह की ओर बड़े बाबू ने आखों से इशारा किया।

'आई सी!' नरसिंह को घूरते हुए मंझले बाबू गिलास साफ कर बोले, 'यहां कोयले का एक नया डिपो खोलना है, उसी डिपो में तुझे नौकरी देनी है। समझे?'

नरसिंह की धड़कनें डर के मारे तेज़ हो गईं।

मंझले बाबू ने फिर कहा, 'समझा?'

बात सीधी थी, फिर भी नरसिंह ने बुद्धू की तरह कहा, 'जी!' उसकी कमज़ोरी और डरते हुए अस्वीकार का भाव इस भंगिमा में निहित था।

मंझले बाबू यह सोच भी नहीं सकते कि उनकी बात कोई टाल भी सकता है। और जो उनके उपकार से जी रहा है, वह? यह उनकी कल्पना के परे था। उन्होंने कहा, 'कल सवेरे मेरे साथ चलना। काम समझा देंगे। पहले एक आदमी साथ रहेगा, वह डिपो चालू कर देगा। तुझे डर नहीं है।'

नरसिंह अब हिम्मत बटोरकर बोला, 'पढ़ाई का क्या होगा?'

'पढ़ाई?' मंझले बाबू की भौंहें सिकुड़ गईं और होंठ उलट गए। वे हंसे।

बड़े बाबू ने पूछा, 'तू पढ़ेगा? जो तीन परीक्षाओं में पास नहीं हो पाया, ऐसे को पढ़ाने के लिए हम···।'

हाथ के इशारे से बड़े बाबू को चुप कराकर मंझले बाबू बोले, 'सुन, बन्दर सिखाने पर कसरत करता है, कमाल दिखाता है, लेकिन गदहा पिदाई खाकर भी सिवा बोझा ढोने के और कुछ नहीं कर सकता!'

नरसिंह को लगा, कक्का माधवसिंह की मार से मंझले बाबू की बात ज़्यादा चुटीली है।

मंझले बाबू ने कहा, 'लिखने-पढ़ने में तू गदहा है। तुझसे कुछ नहीं होगा। अन्त में चपरासी का काम करना पड़ेगा या बोझा ढोना होगा। इससे अच्छा है, डिपो का काम सीख ले।' इतना कह चुकने

के बाद मंझले बाबू की आवाज़ बदल गई, 'जा, जो कहता हू, वही करना होगा।'

असहाय-सा नरसिंह सामने से हट गया।

कोई चारा नहीं था। गिर्वरजा में सिर्फ कक्का माधवसिंह ही नहीं, बाबा भी उसकी शक्ल देखना नहीं चाहते। धरणी राय उसके मामा हैं, पर यह भी कोई रिश्ता है! अपने घर से भागकर वहां शरण ली, फिर बिना कुछ किए 'बाबुओं' का नमक खाता है; ऐसे की शक्ल क्या देखी जा सकती है? ऊ हूं!

नरसिंह ने सुना है, माधवसिंह उसके बारे में कहते हैं, 'मर गया, वह मर गया।'

बाबा चुप रहते हैं।

गिर्वरजा के सिंह-घराने का वह मान लौटा लाने चला था, मगर जादूगर के मंत्र से जानवर बन गया।

फिर मंझले बाबू को सलाम! हज़ार बार सलाम? उसकी रोज़ी की प्रेरणा वे ही हैं। डिपो की नौकरी ही सही। मन आध मन, दस सेर, पांच सेर, अढ़ाई सेर के बटखरों का धंधा। कोयले बेचना। कच्चा हिसाब रखना, मजदूर से चलनी में चलवाकर कोयले की धूल रखना; और बैठे रहना। पांच आना मन। मन पीछे एक सेर मारने का मतलब है एक अधेले की बचत। निताई का पिता यह सब करता है। नरसिंह को हिस्सा देता, वह नहीं लेता।

इसके बाद कैसे, क्यों, कब से वह लेने लगा था, यह नरसिंह को पता नहीं। पीतल के कटोरे में घी को कौन कहे, तेल रखने से भी कुछ दिनों में उसका रंग बदल जाता है। कोयले का डिपो तो पीतल के कटोरे से भी बदतर है, लोहे का कटोरा है। कोयले के डिपो के आस-पास कोयला गिरा पड़ा रहता, उसे बटोरने आतीं छोटी जात की औरतें। गिर्वरजा की इस जाति की औरतों में और इनमें कोई फर्क नहीं है। वहां पहले सिंह लोग रात को जब पीते, तब झोंक में उनके झोंपड़ों में चले जाते। दरवाज़े पर लात मारकर पुकारते। सोए दम्पती की नींद टूट जाती। दरवाज़ा कहीं टूट न जाए, इस भय से मर्द निकल आता और कहीं दूर जाकर सिंह महोदय के निकलने की प्रतीक्षा करता रहता या वहीं सो भी जाता। कभी पौ फटने पर नींद टूटती, कभी रात रहते ही पत्नी की पुकार से नींद टूटती, अब अवश्य ऐसे दिन नहीं हैं, फिर भी रिवाज है। दोनों पक्ष अभ्यास भूले नहीं हैं। सिंह-घराने के जवान लड़के सीटियां बजाते घूमते, औरतें भी पेड़ की ओट, गलियारे

के मुंहाने पर नज़र आतीं। मैदानों में औरतें लकड़ी तोड़ने जातीं, सिंह-घराने के लड़के भकुआ-सी उनपर निगाह गड़ाए सड़क के किनारे बैठे रहते। यहां भी ऐसा ही है। पहले यहां के बाबू भी सिंहों की तरह दरवाज़े पर लात मारते थे। चपरासी औरतों को बुलाकर ले जाते बाबुओं की बैठक में। आज भी चपरासियों को यह काम करना पड़ता है। यहां की औरतें भी आज पेड़ों के नीचे, गलियों की ओट में छिपकर मिलती हैं। स्टेशन पर, बाज़ार में या डिपो में वे काम के बहाने इसीलिए आती-जाती हैं।

निताई का बाप है नोटन; वह उन्हें छेड़ता है। पहले तो नरसिंह को यह अच्छा नहीं लगता था। फिर धीरे-धीरे मज़ा आने लगा। एक दिन फटफट करते हुए अचानक मंझले बाबू आ धमके। पिछली रात ही वे घर लौटे हैं। हिसाब-किताब मिलाकर और डिपो की जितनी सफाई हो सकती थी, उतनी कर-कराकर नरसिंह बैठा था। घबराकर उठ खड़ा हुआ।

मंभले बाबू देखते ही बोले, 'वाह !'

नरसिंह को खुशी हुई। सफाई का फल उसे हाथों-हाथ मिला।

मंझले बाबू ने पूछा, 'वह कौन है रे नोटन ? देखने में तो अच्छी है !'

नोटन ने कहा, 'कुंजू डोम के बेटे की बहू है।'

'बुला न उसे।'

हंसकर नोटन ने कहा, 'जी, वह बहुत डरपोक है, नया है न ! मंझले बाबू अब डिपो के पीछे चले गए। अच्छी तरह चारों तरफ घूम-फिरकर देखते हुए वे बहू के पास पहुंचे और झट से उसे पकड़कर बोले, 'ऐ, इसे थाना ले जा। कोयला चुराती है।' खींचते हुए वे उसे डिपो में ले आए। उसके साथ दो औरतें और थीं। वे हंसने लगीं। नोटन भी हंसने लगा। दोनों औरतों ने कहा, 'बाबू से आज एक-एक रुपया लेंगे। हां !'

नरसिंह पहले तो स्तम्भित हुआ, इसके बाद अकस्मात् उसे अनुभव हुआ कि नख से शिख तक उसमें कैसी तो सनसनाहट दौड़ रही है। दोनों कान गरम हो गए हैं, आंखें जल रही हैं। दिल धड़क नहीं रहा है, जैसे डोल रहा है। सांस मोटी हो गई है, वैशाख की शाम की हवा जैसी।

मंझले बाबू बाहर आ गए।

मनी-बैग से पांच रुपये का नोट निकालकर नरसिंह को देते हुए

बोले, 'ले।' नोटन को भी पांच रुपये का एक नोट दिया।

नोटन मुस्कराता हुआ बोला 'ये औरतें कह रही थीं, दो रुपया लेंगी।

दो रूपये सामने फेंककर मंझले बाबू ने फटफटिया पर सवार होकर पैडल पर पैर का झटका लगाया। देखते-देखते जैसे वे उड़ गए। पल भर में नरसिंह की देह में आग-ती लग गई। औरतें चली गईं। नरसिंह का स्तम्भित भाव मिट गया। वह अफसोस में डूबा कमरे में जा रहा था कि उसके पैरों से कोई चीज़ टकराई। वह मंझले बाबू के कंधे पर झूलता रहने वाला थर्मस था। उसमें गरम चाय ठंडी नहीं होती, ठंडा पानी बाहर की गरमी से गरम नहीं होता। लेकिन उसमें से गंध निकल रही है विलायती शराब की।

नरसिंह तपाक से उसे खोलकर गटागट पी गया था।

वह दिन नरसिंह को सदा याद रहेगा।

दांत पीसकर नरसिंह चिल्लाया, "सूअर का बच्चा, हरामज़ादा !"

राम, निताई गहरी नींद में सो रहे थे। राम गोंगिया रहा था, निताई के मुंह से लार चू रही थी। नरसिंह इधर-उधर करवट लेकर उठ बैठा। फिर घर में जो दो बोतलें थीं, उन्हें हिला-डुलाकर देखा। एकदम खाली, एक बूंद भी नहीं। गिलास का पानी बोतल में उंड़ेल-कर उसे ही पी गया।

मामी की भतीजी को इसके पहले वह कई बार देख चुका था। इस राम की तरह ही देखने में थी वह। मगर वह थी जैसे कीच से गढ़ी हुई। जितनी डरपोक थी, उतनी ही सहनशील। अब की बार वह जैसे अपने नये रूप में उसके सामने आई।

फिर वह चिल्लाया, "रामा, सूअर का बच्चा !"

खड़े होकर उसने निताई की पीठ पर एक लात जमाई। निताई एक बार कुछ बड़बड़ाया; अर्थहीन भाव से आंखें मिटमिटाकर देखा; इसके बाद करवट लेकर सो गया।

नरसिंह घर से निकल आया।

सुखनराम की गद्दी के सामने है कुआं। पाट पर लोहे की ज़ंजीर में बंधी बाल्टी पड़ी है। बाल्टी कुएं में उसने डाल दी। छपाक से बाल्टी पानी में जा गिरी। बड़ी मशक्कत से पानी निकालकर उसने अपने सिर पर उंड़ेल लिया।

'जानकी, जानकी ! मुझे माफ कर दे। जानकी, ओ मेरी सोने

की जानकी !' कुछ देर रास्ते पर टहलकर वह लौटा और घर में आया। मोमबत्ती बुझ गई थी, अंधेरे में ही टटोलकर वह अपनी जगह लेट गया।

कुछ देर बाद वह फिर उठा। दियासलाई जलाकर उसने दूसरी मोमबत्ती ढूंढ़ी और उसे जला लिया।

जो हो गया, सो हो गया, छोड़ो। फिर से शुरू करो।

श्यामनगर-पंचमतिया-सर्विस। आठ मीलवाली सड़क। अब वह कागज़-पेंसिल लेकर बैठा। आठ मील सड़क, सवेरे ग्यारह बजे दो ट्रिप आना, दो ट्रिप जाना। रात को दो बार जाना, दो बार आना। आठ बार। आठ अठे चौंसठ मील। गाड़ी पुरानी है, सड़क खराब है। सोलह गैलन रखना ही ठीक है। चौंसठ मील में चार गैलन तेल। अट्ठारह आने के हिसाब से साढ़े चार रुपये। मोबिल हाफ गैलेन, दो रुपये। टायर वर्ष-भर में एक के हिसाब से चार, पच्चीस चौके एक सो। ट्यूब चार; चार अठे बत्तीस। इसके अलावा पूरे बरस में एक सौ रुपये मरम्मत खाते।

कौए बोलने लगे हैं। छोड़ो हिसाब। हिसाब लगाकर सर्विस नहीं हो सकती। जो कुछ होगा देखा जाएगा, ठीक है।

श्यामनगर-पंचमतिया-सर्विस। किराया, आदमी पीछे आठ आना।

"पांचमति, बाबू पांचमति। खाली गाड़ी। आठ आना सीट। सिर्फ आठ आना। टैक्सी-मोटर, बाबू ! चलना है, बाबू ? चलिएगा, साहब ?" चौमुहानी पर खड़े होकर राम चिल्ला रहा था। नरसिंह अपनी गाड़ी 'मोटर एक्सेसेरिज सप्लाई' की दूकान पर ले गया था। तेल लेकर लौटा वह। निताई उसीके साथ था। नरसिंह आते ही राम पर बिगड़ा, "अरे उल्लू, चिल्ला मत।"

"चिल्लाएं नहीं ?" राम विस्मित हुआ।

"नहीं। अभी सर्विस-लाइसेंस नहीं मिला है। केस हो जाएगा।"

"तब ?"

नरसिंह ने कहा, "घोड़ागाड़ी के अड्डे पर नज़र रख। पैसिंजर दीखे, तो उसे बुलाकर धीरे से कहा।"

देखते-देखते चार पैसिंजर जुट गए। घोड़ागाड़ी का भी आठ आना और मोटर का भी आठ आना ! लोग मोटर छोड़कर घोड़ेगाड़ी

से क्यों जाएंगे भला? नरसिंह अलस भाव से स्टियरिंग पर हाथ रखे सिगरेट पी रहा था। उसकी आंखें गाड़ी के अड्डे पर गड़ी थीं। दिदिया के भंडारा के सामने सवेर को वह जा बैठता और नाश्ता करता। फरही और गुड़ के साथ रहती कक्का की जूठी एक रोटी। चींटे चक्कर काटते रहते थे भंडारा के सामने। रोटी का टुकड़ा बनाकर वह उनके सामने डाल देता। देखते-देखते रोटी के टुकड़े के चारों ओर अनगिनत चींटे इकट्ठे हो जाते और उसे खींचकर ले जाते बिल की ओर। सहसा आ जाता एक बड़ा चींटा। वह रोटी के ऊपर लगभग कूद-सा पड़ता। चींटे व्याकुल होकर पहले तो इधर-उधर बिखर जाते बाद में दल-बल के साथ आते और टुकड़े का दूसरा किनारा पकड़कर खींचते। अन्त में बड़े चींटे पर सब टूट पड़ते।

घोड़ागाड़ी के कोचवान आपस में काना-फूंसी करने लगे थे। सबकी निगाह टैक्सी पर गड़ी थी।

नरसिंह को पुराने ज़माने की बात याद आई। उसने आंखों से देखा नहीं, पर कक्का माधवसिंह कहते थे। माधोसिंह के बचपन की हैं ये बातें। तब इस जोसेफ के पूर्व-पुरुष पांचमति से श्यामनगर तक यात्री ढोकर ले जाते थे। उनके पास एक पालकी थी। ये लोग पांचमति से श्यामनगर, श्यामनगर से मुर्शिदाबाद आते-जाते। माधोसिंह कहते थे, एक दिन आई दो घोड़ोंवाली 'करांची गाड़ी'। अन्दर बैठने की गद्दी-दार जगह। घोड़े तेज़ चलते थे और पालकी में लगते थे दो घंटे। करांची गाड़ी एक घंटे के अन्दर ही पहुंचा देती। बस, पालकी खत्म!

और अब करांची गाड़ी का नसीब फोड़ने के लिए वह ले आया टैक्सी कार। बहुत आरामदेह गद्दी और मजबूत स्प्रिंगवाली हवा-गाड़ी! यह हवा में उड़ सकती है! जब वह आई है, तब करांची गाड़ी को जाना ही होगा। हाड़-पिंजरवाले जानवरों को देखकर उसे तरस भी आता है, बुरा भी लगता है। सोचता है, छोड़ दो, उन्हें छोड़ दो? बख्शो!

कोई एक आ रहा है। उसके हाथ में कागज़ात रखनेवाला चमड़े का बैग है। जाने क्या कहते हैं उसे? अटैची केस। हां अटैची झुलाते आ रहा है वह। उसने काफी शौकीन कपड़े पहन रखे हैं।

नरसिंह ने कहा, "निताई, हैंडल मार।"

"और पैसिंजर नहीं लोगे?"

"हो गया, ले।" नरसिंह जानता है कि अटैचीवाला उसकी मोटर में ज़रूर आएगा। वह पूरी गाड़ी का भाड़ा भी तय कर सकता है।

"क्यों बाबू ? पांचमति ? आइए-आइए। मेरा घोड़ा बढ़िया है।"

"मैं, हुजूर अभी छोड़ आऊंगा। इधर सरकार, मेरी गाड़ी अच्छी है।"

नरसिंह गाड़ी से हटकर उसके पास जा खड़ा हुआ, "मोटर से चलेंगे सर? आठ आना किराया है।"

"मोटर ? टैक्सी ?"

"जी हां। आइए सर। दो सीटों का किराया दें तो सामने की पूरी आपकी।"

"और ये लोग जो बैठे हैं ?"

"आप ज़रा अन्दर चले जाइए, भाई ! पीछे की सीट चार जनों के लिए है। देखिए न, सामने की सीट से कितनी चौड़ी है वह। सामने की सीट अगर तीन जनों की है तो पीछे की चार की है या नहीं ? आप ही विचारिए। बैठिए सर, बैठिए।" गियर को बायें हाथ से पकड़ कर उसने पैरों से एक्सिलरेटर दबाया। गरजकर ढेर-सा धुआ छोड़कर नरसिंह की गाड़ी चल पड़ी और शहर की सड़क पारकर गाड़ी आ पहुंची तिमुहाने पर। यहीं से पांचमति की सड़क शुरू होती है। बाईं तरफ एक मन्दिर है। नरसिंह ने प्रणाम किया—जो भी देवी-देवता हो, तुम्हें प्रणाम ! कुछ दूर पर एक मस्जिद की भहराई आधी दीवाल दीखती है—सलाम, अल्लाताला खुदाबख्श ! तुम्हें भी सलाम ! नरसिंह ने नया कारबार आरम्भ किया है, नई सड़क पर गाड़ी चली है। तुम सभी कल्याण करो। अचानक जोसेफ याद आया। जोसेफ के गिर्जा के गॉड, तुमको भी नमन !

यह देखो, मूर्खों की महामंडली ! सामने छकड़ों की लम्बी कतार थी। लोग मस्ती में हुक्का पीते हुए सड़क घेरे चले जा रहे थे। हटाओ, हटाओ, हटाओ छकड़ा गाड़ी ! गाड़ी की गति धीमी करके वह हॉर्न बजाने लगा—पों-पों-पों। इसके बाद उसने इलेक्ट्रिक हॉर्न पर हाथ रख दिया। तेज आवाज़ में हॉर्न बजने लगा। हटाओ, हटाओ ! जल्दी करो ! हटो !

निताई ने पूछा, रस्सी निकालें क्या ?"

"नहीं, नई जगह है।"

छकड़े हट रहे हैं, धीरे-धीरे। पैसिंजर को भी मोटर पर चढ़ने का अहसास हो रहा है। नरसिंह की बगल में बैठे बाबू ने कहा, "उल्लुओं को कोड़े लगाने चाहिए।"

उसे मंझले बाबू याद आए। मंझले बाबू कोड़े चलाते थे। बड़े

साहसी थे वे। किसी से डरते नहीं थे।

एक बार वे मोटर-बस खरीद लाए। सुनहले रंगोंवाली बस बाहर द्वार पर खड़ी रहती। कलकत्ते से रहमत ड्राइवर आया। बस चलाकर मंझले बाबू लाए थे। रहमत बगल में बैठा था। पहले गए सदर, वहां से उन्होंने बस का लाइसेंस निकलवाया। दूसरे दिन बस-सर्विस चालू की गई। उस दिन तीन ट्रिपों में ट्रेन की दो ट्रिपें मिस हो गईं।

मंझले बाबू क्रोध में आग-बबूला हो गए, 'रहमत, यह क्या बात है?' रहमत बंगाली मुसलमान था। उसने कहा, 'क्या करें हुज़ूर? जाने के लिए रास्ता तो चाहिए ही। एक साथ दस-बीस गाढ़ियों की कतार सड़क के बीच से चले और वे रास्ता भी न दें, तो हम क्या करें? उस समय माल से लदी बैलगाड़ियां जा रही थीं। सब के सब गाड़ीवान इमाम बाज़ार के बगलवाले गांव के छटैल थे। उनकी यह आदत-सी है। सड़क किसी हाल पर नहीं छोड़ी।'

मंझले बाबू ने कहा, 'अच्छा, कल से मैं साथ रहूंगा।'

दूसरे दिन मंझले बाबू हाथ में हंटर लेकर बाईं ओर दुबककर बैठे।

लौटकर रहमत ने बताया, 'बाप रे बाप, हम तो काम छोड़ देंगे!'

नरसिंह उस वक्त कोयले के डिपो में काम कर रहा था। उसने कहा, 'क्या हुआ?'

'क्या हुआ? मंझले बाबू ने न आव देखा न ताव, बस एक तरफ हंटर चलाते गए।'

नरसिंह को हंसी आ गई। रहमत मंझले बाबू को नहीं जानता है।

रहमत ने कहा, 'मंझले बाबू तो हमेशा साथ नहीं रहेंगे। तब कहीं सब मिलकर बस रोक लें, तब मेरी तो जान गई।'

मंझले बाबू नहीं रहेंगे, तो उनका नाम रहेगा। नरसिंह फिर हंसा। लेकिन रहमत माना नहीं, मंझले बाबू से उसने कहा। वे ज़ोर से हंसे, यह कलकत्ता नहीं है, रहमत। बैलगाड़ियों के गाड़ीवान यहां दंगा नहीं करते। जो हंटर उन्हें लगा है, उसका निशान भूलते-भूलते बरसों में भूलेंगे और तुम्हारी गाड़ी घंटे में साठ मील भागेगी, कोई डर नहीं है।'

'हुज़ूर, सामने बैलगाड़ी खड़ी हो, तो हमारी बस तो उसके ऊपर से उछलकर नहीं जा सकती न?'

'तुम मुसलमान बच्चे हो, मुकाबला नहीं कर सकते?'

'कर तो सकता हूं हुज़ूर, पर अकेला मैं क्या करूंगा ?'

'अच्छा, हम तुम्हें एक जबर्दस्त आदमी देंगे।'

नरसिंह की बुलाहट हुई। नरसिंह कच्चे बांस की तरह तन गया। उसके साथ निताई को भी लगा दिया। नरसिंह कंडक्टर। निताई क्लीनर। मंझले बाबू बोले, 'अब ठीक है न ?'

'हां हुज़ूर। अब ठीक है।'

मंझले बाबू उनके साथ कई दिनोंतक रहे। वे निताई और नरसिंह को दोनों तरफ खड़ा कर देते। दोनों चिल्लाते—हटो ! हटो ! हटो !

रहमत कुछ भी हो, आदमी पक्का था। उसने ठीक समझा था। उसका कहना था—आदमी और बादल में फर्क नहीं है, भाई ! जो बादल पानी देता है, पिघलकर बह जाता है, वही एक समय तड़ाक से बिजली कड़का देता है। कब वह चटकेगा और कब उसमें बिजली कड़केगी, इसका पता पाना टेढ़ी खीर है।

एक दिन गाड़ी अटक गई। सामने एक बैलगाड़ी अड़ी थी। नरसिंह और निताई ने चिल्लाना शुरू किया, 'हटाओ, हटाओ···!'

बैलगाड़ी वाले घबराए नहीं। बोले, 'आओ, उतरो !'

नरसिंह और निताई उतरें-उतरें कि उनसे पहले मंझले बाबू उतर पड़े। धीरे से बोले, 'लाठी निकालो।' और डग पर डग बढ़ाते वे आगे बढ़ गए। बैलगाड़ी पर लात जमाकर बोले, 'हटाओ !'

वे लोग गरज उठे, 'हंटर मारने का आज बदला लेंगे। हंटर चलाना छुड़ा देंगे।'

मंझले बाबू ने बायां हाथ जेब में डाला और दाहिने से हंटर नचाते हुए बोले, 'आज हंटर ही नहीं, पिस्तौल चलाएंगे।'

हाथ में लाठी लिए नरसिंह और निताई अगल-बगल खड़े थे। मंझले बाबू ने कहा, 'बे-अख्तियार का काम करने पर हंटर खाना ही पड़ेगा।'

एक बोला, 'कैसी बे-अख्तियारी ! सड़क सरकारी है। इसपर सभीको चलने का अख्तियार है।'

'हां।' मंझले बाबू हंसे। फिर बोले, 'पर कौन आगे और कौन पीछे चलेगा, इसका भी ख्याल है ?'

'जो बड़े आदमी हैं, वे ही आगे चलेंगे क्या ?'

मंझले बाबू ज़ोर से हंस पड़े, ऐसी हंसी कि हवा भी चौंक पड़े। बोले, 'नंबरी उल्लू है तू !'

वह आदमी घबरा गया। तब दूसरे ने कहा, 'गाली मत बकिए।'

मंभले बाबू ने कहा, 'गाली तुझे नहीं तेरी कम-अक्ली को बक रहा हूं रे, बेवकूफ कहीं का।'

'हमने ऐसी क्या बे-अक्ली की बात की ?'

'बड़े आदमी को ही आगे जाने का अख्तियार है, जो ऐसा कहता है, वह बेवकूफ है। आगे वही जाएगा, जिसमें सबसे तेज़ चलने की ताकत होगी। बैल से घोड़े को और घोड़े से मोटर को आगे जाने का अधिकार है। जो जितना ज़ोर से चलेगा, उसे उतना ही आगे जाने का अख्तियार है। जो आहिस्ते चलेगा, उसे जल्दी जाने वालों को राह देनी ही पड़ेगी। हटाओ, गाड़ी हठाओ !'

आश्चर्य है, उन्होंने रास्ता साफ कर दिया।

मंझले बाबू गाड़ी पर जा बैठे, 'गाड़ी में पैसिंजर हैं। किसीका मुकदमा है; हो सकता है किसीके घर में कोई बीमार हो और वह दवा लेने जा रहा हो; और तुम हो कि सड़क के बीच से गाड़ी लेकर चलो, गीत गाते हुए ! 'सजनी, समझे न मन की पीर'···गाते हुए आप लोग खरामा-खरामा चले जा रहे हैं ! यह नहीं चलेगा। तुम्हारी सजनी ने तुम्हारी पीर नहीं समझी तो तुम उदास हो सकते हो। गाड़ी किनारे लगाकर पेड़ के नीचे बैठकर चिलम चढ़ाऔ, दारू पिओ, रोओ, गाओ। हमें क्या ?'

वे भी यह सुनकर हंसने लगे।

मंझले बाबू ने कहा, 'और न हो तो मेरी गाड़ी के आगे दौड़ो।'

एक ने कहा, 'इससे तो हमारी बैलगाड़ी आफत में पड़ सकती है, बैल बहुत बार बेकायदे हो जाते हैं।

'ज़रूर, ऐसे मौके पर मेरी गाड़ी रुकेगी। मेरे आदमी तुम्हें मदद देंगे। तुम्हीं कहो, आज आठ दिनों से यह सब चल रहा है, क्या हमने कभी यों ही हंटर चलाया, या योंही किसी गाड़ीवान को मारा ? अगर मारा हो तो मैं कसूरवार हूं, माफी चाहूंगा।'

वे चुप रहे।

अचानक एक बोला, 'हम लोगों को एक दिन गाड़ी पर चढ़ाना पड़ेगा।'

मंझले बाबू ने कहा, 'बड़ी खुशी की बात है। आओ, बैठ लो किसी दिन। मैं ड्राइवर से कह देता हूँ, कभी किसीके घर कोई आफत आए, हारी-बीमारी हो या गाड़ी टूट जाए तो उसे गाड़ी पर चढ़ा ले। इमाम बाज़ार पहुंचा दे, किराया न ले।'

उन लोगों ने कहा, 'बाबू, जयरामजी की ! जै रामजी की !'

मंझले बाबू ने कहा, 'रहमत, चलो।'

रहमत गाड़ी स्टार्ट करने से पहले बोला, 'हुज़ूर, मैं तो आपको मान गया।'···

गाड़ी पांचमति में घुस रही है।

गिर्वरजा की भाग्य-लक्ष्मी की कृपा से पांचमति धन-दौलत से जगमग कर रहा है। बड़े-बड़े मकान, धनी ज़मींदारों का निवास ! वकील, मुख्तार, अदालत के झमेले ? श्यामनगर जैसी जगह न होते हुए भी जगह बड़ी है। दो-तीन ज़मींदारों की अपनी कारें हैं, कई परिवारों में दरवाज़े पर हाथी झूमते हैं। दूकानदारी, हाट-बाज़ार ! निताई ने कहा, "गुरुदेव, जगह अच्छी है।"

एक चाय की दूकान के सामने नरसिंह ने गाड़ी रोकी, "ले, एक बार और चाय पी ले। राम, ज़ोर से आवाज़ लगा—श्यामनगर। खाली गाड़ी। सिर्फ आठ आना !"

निताई चायवाले के पास बैठ गया। चायवाले से बोला, "आप मालिक हैं न ? आपका नाम भाई ?"

चायवाले का चेहरा कसरती था। मज़बूत तन-बदन। एक आंख भैंगी। सिर के बाल लहरिया। बड़ा मिज़ाजी स्वभाव। उसने निताई की ओर देखा तो लगा कि देख रहा है नरसिंह को। राम की बहन यानी उसकी पत्नी भी 'भैंगी' थी। नरसिंह का मन कैसा तो हो उठा। उसकी याद हो आई।

चायवाले ने कहा, "मेरे नाम से क्या काम ? चाय पिओ, पैसे दो और रास्ता लो।"

निताई ने कहा, "बाप रे बाप, यह तो एकदम मिलिटरी मैन है।"

राम 'हीं-हीं' कर हंसने लगा। बोला, "वह कैसे ताक रहा है, देख न ; मां कसम ! हीं-हीं-हीं !" चाय गले में अटक गई, खांसी आई ; फिर भी उसकी हंसी रुकी नहीं।

चायवाले ने उत्तर दिया, "तुम मिलिटरी तो हम भी मिलीटरी। तुम अच्छे, तो हम अच्छे। तुम उठाओ लाठी तो हम उठाएंगे सोटा। तुम बोलोगे भाई, मैं कहूंगा दादा। बाबा सुरेशदास के जो मुंह में है, वही पेट में। किसीके बन्दे नहीं हैं हम। यह पांचमति, बाप रे बाप ! इतनी खराब जगह और कहीं नहीं है। यहां जितने लोग हैं, सब बड़े आदमी हैं। वकील, मुख्तार, सब एक से एक नमूने। सूत भर इधर से उधर हुआ कि बस एक नम्बर का मामला ? मार-पीट ! यहां

किसी की दाल नहीं गलेगी। समझे भाई !"

नरसिंह को बाबा सुरेशदास अच्छे लगे। वह बोला, "ठहरिए दोस्त, ठहरिए। नाराज़ क्यों होते हैं। हम ठहरे परदेशी।आपके यहां दोस्तों का नाता जोड़ने आए हैं।"

"बस, बस। आपने हमें दोस्त कहा, अब हम हैं आपके दोस्त। बैठिए, आराम करिए। चाय-सिगरेट पीजिए। मेरे घर पर ठहरिए और वहीं जूठन गिराइए। हम वैष्णव हैं !"

"बस, बस। हमें और चाहिए क्या ?"

सुरेश के होंठों पर हंसी निखरी, "कहां जाना है ?"

"जाना कहीं नहीं है। हम तो यहीं आए हैं।"

"आए हैं ? मोटर लेकर ? किसकी है ?"

"अपनी है। टैक्सी है। श्यामनगर से पंचमती की सर्विस चालू करने का इरादा है।"

"क्या ? हरे कृष्ण, जय राधेश्याम, बहुत अच्छे ! सर्विस खूब चलेगी। करांची वाले खूब कमाते हैं। फिर भी सावधानी से काम करें। यहां के मुख्तार, वकील, अमले बहुत पाज़ी हैं।" ज़रा रुककर फिर बोले, "दो-चार भले भी हैं यहां। ये हरिनारायण मास्टर भले हैं। आइए, मास्टर साहब···!"

खद्दर के लिबास में हंसते हुए एक कम-उम्र के व्यक्ति आ खड़े हुए।

"ये आए हैं टैक्सी लेकर। पांचमति-श्यामनगर की सर्विस खोली है। आप तो रोज़ के ग्राहक हैं।"

"हां, ठीक ही तो है।"

"बैठिए, जाइएगा गाड़ी पर ?"

सुरेश की टेढ़ी आंखों ने जैसे चिनगारी उगली।

श्यामनगर, श्यामनगर। टैक्सी-कार ?

सुरेश ने कहा, "लो, जाओ···हार्न-वार्न बजाओ।"

पों-पों, पों-पों !

मास्टर साहब ने पुकारा, "अरे, ओ अरविन्द बाबू !"

"क्या है, यह गाड़ी कहां की है ?"

"आइए, आइए, टैक्सी है सर्विस खुली है। श्यामनगर से पांचमति।"

"किराया ?"

"किराया, वही आठ आना सीट।"

"वाह, बहुत बढ़िया ! अब मरियल घोड़ा, खड़खड़ही गाड़ी पर कौन चढ़े ! अरे ओ नवगोपाल, पुतूल ! इधर-उधर। टैक्सी में चले आओ।"

हरिनारायण ने नरसिंह से कहा, "आप एक काम करिए। बंधी-बंधाई ट्रिप तय कर लीजिए। रुपये और नाम लिख लीजिए।"

नरसिंह की कार फिर चल पड़ी श्यामनगर।

पांचमति-श्यामनगर !

बादशाही सड़क के ऊपर पहले ट्रिप का निशान अभी मिटा भी नहीं था कि उसपर दूसरे ट्रिप के टायर की बर्फीनुमा छाप पड़ गई।

राम अब भी हंस रहा है, "भाई साहब, उसकी आंखें कैसी थीं ! हीं-हीं-हीं !"

नरसिंह को राम की बहन की याद हो आती है जब-तब—अपनी पत्नी की ! राम बड़ा वैसा है ! उसे अपनी बहन की, एक कोख की बहन की याद नहीं आती।

निताई ने पुकारा, "गुरुदेव !"

निताई यह कहकर सावधान करता है। अभी एक्सीडेंट हो जाता। नरसिंह हंसा। आंखों में पानी भर आया था, सामने धुंध छा गई थी।

भला धुंध छाएगी नहीं ? जानकी की याद जो आ गई थी। इसी नाम से घर के लोग पुकारते थे उसे। जानकी ! उसकी दोनों आंखे भैंगी थीं। बारह-तेरह बरस की लकलक-सी जानकी ने अचानक उसके शान्त मन में उधल-पुथल मचा दी थी।

मामी अपनी भतीजी और भांजे को ले आई थी। मामा ने जब अपनी बहन के लड़के को बुलाया तो वह क्यों चूके ? नरसिंह जब वहां से गया तो उसे उपयुक्त अवसर मिला। लेकिन नरसिंह थूकता है—राम-राम, मामा के पास है क्या, जिसके पाने की लालसा हो ? एक कच्चा घर और कई बीघे ज़मीन ? इसके लिए नरसिंह ने घर नहीं त्यागा। फिर भी पहले इन दोनों पर उसे बड़ा गुस्सा आया था। कभी कभी मामा उसे घर बुला लाते थे। वह आता था। आता था सिर्फ मामा के लिए, मामी के लिए नहीं। एक बात और थी और वह थी, कक्का माधवसिंह का यह कहना कि नरसिंह की शक्ल हम नहीं देखना चाहते। दूसरे के घर भीख मांगकर खाता है।

बाबा कुछ कहते नहीं। मगर उन्होंने एक बार भी खोज-खबर नहीं ली। नरसिंह राधेबाबू के यहां सिर्फ पोथी की दुर्बोध्यता में सिर कूटता, उसे गिर्वरजा के छत्रिय–वंश का उद्धार करना ही होगा।

वह रविवार को मामा के घर आता। तब जानकी छोटी थी। भैंगी आंखों से किसकी तरफ वह ताक रही है, नरसिंह भांप नहीं पाता। वह उसका खूब ख्याल रखती थी। सोमवार को जब वह चला आता, वह पूछती, 'अब कब आओगे ?' माटी के लोंदे-सी वह उससे हमेशा लिपटी-चिपटी रहना चाहती थी। कहती, 'अपनी तरह राम की भी पढ़ाई की व्यवस्था करा दो न ! उसे अपनी पुरानी पोथी दे दो। बड़ा होकर वह भी पढ़ेगा।'

पहले तो नरसिंह जानकी से बात नहीं करता था। वह जानकी को दुत्कारता रहता था, 'भाग जाओ यहां से, भागो। कुत्ते की तरह पूंछ मत हिलाओ—भागो !'

इसके बाद उसे चांटे मारने लगता।

वह दिन रविवार का था। दूसरे दिन इमाम बाज़ार में रथ-यात्रा का मेला लगा था।

जानकी ने मिन्नत करते हुए कहा था, 'रथ-मेला में हमको क्या दोगे, नरसिंह भइया ?'

नरसिंह तिलमिला उठा। उसने जमकर एक चांटा रसीद कर दिया, 'बड़ी भाई है। जाओ, अपनी बुआ को दिखाओ ये नखरे !'

राम जनम का गदहा है। बिल्कुल उल्लू ! नरसिंह उसे ऐसा ही समझता है। जानकी को मार खाते देखकर वह हीं-हीं करके हंसता था।

जानकी रो पड़ी थी, उसे चोट लगी थी। 'सिंहनी' उसी समय कहीं बाहर से लौटी थी। दोनों की तरफ भौं सिकोड़कर देखती रही थी। लगा, दोनों आंखें आग उगल रही हैं। नरसिंह डर गया था। जानकी और राम दोनों सहमी नज़र से बुआ की ओर देख रहे थे। बुआ की दृष्टि से वे भी डर गए थे। राम की हंसी उस समय सहसा रुक गई थी। उसकी हालत बुरी थी। बुआ कुछ बोले कि जानकी रोती हुई बोली, 'पैर में ठेस लग गई।'

अब मामी की त्योरियां ज़रा नरम पड़ीं। वह दांत पीसती हुई बोली, आंख फूट गई थी ? भैंगी कहीं की !'

'दौड़कर आ रही थी…।'

बात काटकर बुआ ने कहा, 'हरामज़ादी, इतनी उछल-कूद कैसी रे?' यह कहते हुए उसने एक धौल जानकी को जमा दी।

नरसिंह की इच्छा हुई कि वह चिल्लाए पर उससे चिल्लाया नहीं गया था। आश्चर्य है—जीवन-भर सिंहनी के प्रति अपना क्रोध

वह व्यक्त नहीं कर सका। कई बार उसके मन में आया कि इतना डर किस बात का। मामा का वह खाता नहीं। वह है गिर्वरजा के सिंह-राय वंश का लड़का। मामा धरणीराय इज़्ज़त में सिंह-रायों से बहुत छोटे हैं। मामी उससे भी छोटे घराने की है। उसके पैरों को धूल से इन्हें कृतार्थ होना चाहिए। ऐसों से डरता क्यों है वह ?

उस दिन उसे वेतन मिला तो वह मामा के घर पांच रुपये लेकर आया। उसके मन में था कि वह मामा के चरणों पर पांच रुपये रख-कर हाथ जोड़ेगा। मामी की तरफ देखेगा भी नहीं। पूछने पर बताएगा, पच्चीस रुपये वेतन मिलता है। मामी की आँख निकल आएगी। मामी कहेगी क्यों बेटे, मामी बिसुर गई।

वह कहेगा ! हम गिर्वरजा के सिंह-राय हैं। हम छोटी जात को प्रणाम नहीं करते।—वह मामी के जात-परिवार को कड़ी से कड़ी बात कहेगा। किन्तु आश्चय की बात यह हुई कि मामी को ही उसने हाथ जोड़े और रुपये भी दिए।

मामी खुश हुई। बोली, 'बैठ, बेटा। खूब कमाओ। मामी को याद रखना मेरे तो न बेटी है, न बेटा। जो कुछ है, तू ही है।'

मामी ने जानकी को पुकारा, 'जानकी ! जानकी ! अरे हरामज़ादी, बदमाश। देख बेटा, देख, तू ही देख। उसे लाई थी कि मुझे कुछ सहारा देगी, मगर उसकी करतूत देख। कहां गई, कुछ पता नहीं।'

मामी बड़बड़ाती हुई उठी और बाहर नरसिंह के लिए मिठाई खरीदने गई। इधर जानकी पोखर से नहाकर घर में घुसी। उसके अंग-अंग में भीगी साड़ी चिपकी हुई थी।

नरसिंह का दिल अचानक मोटर इंजिन जैसा चलने लगा। उस समय जानकी के ऊपर जवानी का रंग चढ़ना शुरू ही हुआ था। इतने दिनों उधर नज़र नहीं उठी थी। आज सहसा देखा उसने। ऐसा भी हो सकता है कि इतने दिनों तक नरसिंह की आंखे मुंदी रही थीं और उस दिन मंझले बाबू ने खोल दीं। उस दिन डिपोवाली घटना याद आते ही उसके मन में आग की लकीर यहां से वहां तक दौड़ गई।

कभी उसने मंझले बाबू को अपने एक मित्र से कहते हुए सुना था कि एक दिन घाट पर कोई बहुरी कपड़े धो रही थी। वे वहां पैर धोने को उतर पड़े थे। बहुरी ने देखकर एक हाथ का घूंघट काढ़ लिया था। मंझले बाब जान-बूझकर वहां रूमाल में दस-दस के दो नोट लपेटकर गिरा आए। फिर पांच मिनट बाद गए। वहां रूमाल नहीं था। लौटते समय वे बहुरी से कह आए—रुपये से घर भर दूंगा।

शाम को यहां मिलना। फिर उन्होंने अपने मित्र से भी कहा था—इससे भी काम न बने तो अकेले में पाओ और पकड़कर खींच लो। बस, चुप हो जाएगी। और वे खिलखिलाने लगे थे।

शैतान कहीं का ! उनकी वह हंसी आज भी कानों में गूंजती है।

जानकी, तुने···तुने नरसिंह को बचा लिया, वरना वह भी मंझले बाबू की तरह शैतान हो जाता।

मन में लहकती आग से अधीर होकर नरसिंह ने भी मंझले बाबू की तरह उसे रुपये दिखाकर फंसाना चाहा था। मगर बड़े अचरज की बात है कि जानकी ने उसे रुपये हाथ में उछालते देखकर थूक दिया था—थू-थू-थू !

नरसिंह अपने को रोक नहीं सका था और मंझले बाबू के मंत्र के अनुसार जानकी को खींचकर छाती से चिपका लिया था।

जानकी ने क्या किया था ? अपने हाथों के टड्डे से ऐसा मारा था कि भौंहों के ऊपर से तड़ातड़ खून नरसिंह के गाल पर से बहता हुआ जानकी के चेहरे पर चूने लगा था।···

शयामनगर आ गया।

नरसिंह ने दाहिने हाथ से स्टियरिंग घुमाकर मुहाने की सड़क पर गाड़ी मोड़ ली। उसका बायां हाथ अनायास भौंह के ऊपर घाव के निशान पर चला गया। जानकी ने उसे बचा लिया।

उस दिन रात-भर नरसिंह का दिल धड़कता रहा। वह वहां से भाग आया था। दूसरे दिन उसके पास राम आया था। उल्लू ! न कभी उसे बुद्धि थी, न समझ। वह आया और उसके सामने एक रुपया बढ़ाकर बोला, 'दीदी ने कहा है कि एक रुपये का अफीम खरीदवा दीजिए।' रुपया उसने रख लिया था। कह दिया था, मैं सांझ को लेकर आऊंगा।

और शाम को जब गया था, तब मामी से बोला था, 'मामी, हम जानकी से ब्याह करेंगे। मानोगी ?'

जानकी राजपूत की लड़की थी। आश्चर्य है, बचपन में जो माटी के लोंदे जैसी थी, वह बड़ी होकर सीधी तलवार की तरह तेज़ हो गई। पुराने ज़माने के राजपूतों की तलवार की धार जैसा ही उसका मन-मिज़ाज भी तेज़ हो उठा।

दारू पीने का वह विरोध नहीं करती थी। दारू तो मर्द पीते ही हैं ! दारू अगर नहीं पिएं तो खून में रवानी कैसे आए ? लेकिन व्यभिचार की बात सुनते ही वह तलवार की तरह तन जाती थी। कहती,

'खबरदार ! मुझे हाथ न लगाना कभी।'

नरसिंह सहम जाता।

जानकी कहती, 'मुझसे तुम्हारा मन न भरे तो और दो-चार कर लो, मगर ऐसा काम, इतना पाप करने के बाद मुझे छुओ मत।'

जानकी, तुझे बारम्बार नमस्कार ! तुम अक्षय स्वर्गवास भोगो।

जानकी की बदौलत ही आज वह कुछ बना है। उसी ने कहा था, 'टैक्सी खरीदो।' मंझले बाबू की भी जय ! तुम चाहे शैतान या कुछ भी रहो, तुम्हें प्रणाम ! तुमने ही कहा था, 'नरसिंह रहमत से ड्राइवरी सीख ले। रहमत को जवाब देना है। वह मुंह चढ़ाकर बातें करता है मुझसे।'

रहमत से उसने ड्राइवरी सीखी। यों उसकी इच्छा पहले से थी।

गाड़ी भागी जा रही है। इंजिन फर्र-फर्र कर रहा है। लू से देह झुलस रही है। सामने बिन्दु-सा छोटा-सा लक्ष्य देखते-देखते बड़ा होता जाता है पास और पास आता जा रहा है। घंटे में तीस मील की दूरी पैरों में सिमट आती है। नशा चाहिए, खूब नशा ! दारू के नशे में दुनिया चक्कर काटती है। कोई रोकनेवाला है ? नहीं। बगल से सरसर करके पेड़-पौधे, सड़क, नदी और सब कुछ पीछे की ओर भागते जाते हैं। निकट और बगल का सब कुछ अपनी धुरी पर चक्कर काटता रहता है। इतनी बड़ी दुनिया इतनी छोटी हो गई। चल-चल-चल !

निताई ने कहा, "सिंहजी, स्पीड कम करिए। इसी मोड़ पर तो सभी उतरेंगे।"

नरसिंह का होश लौट आया। एक्सिलेटर से उसने पैर हटा लिया।

जोसेफ चौराहे के नुक्कड़ पर खड़ा दीखा।

बाज़ारवाले चौराहे के मुहाने के किनारे जोसेफ खड़ा था। गाड़ी रुकते ही उसने नरसिंह को नमस्कार किया और कहा, "शुरू कर दिया ?"

जोसेफ ने जिस भाव से नमस्कार किया, वह उसे भाया नहीं। गिर्वरजा के डोमों का लड़का ! सिंह-रायों का भाग्य ! जोसेफ का क्या दोष ? फिर भी वह नमस्ते का उत्तर बिना दिए रह नहीं सका।

गिर्वरजा के डोम की औलाद होगी, ठीक है; पर आज तो उसमें रंचमात्र भी डोमों की छाप नहीं है। फिर कैसे उसकी अवहेलना की जा सकती है ? आचार-प्राचरण, बातचीत, रहन-सहन, सभी दृष्टि से उसने ऐसी योग्यता अर्जित की है कि उसे नमस्कार न करने पर जोसेफ छोटा नहीं हो जाएगा, नरसिंह स्वयं छोटा हो जाएगा। सदा अपने मन को लगता रहेगा कि यह गलत हुआ, नमस्कार न करना ठीक नहीं हुआ।

वह बेमन से हंसकर नमस्कार का उत्तर दे देता है, "नमस्कार।"

जोसेफ गाड़ी के पास बढ़ आया और बड़ी आत्मीयता के साथ ज़रा झुककर दरवाज़े से कुहनी टिकाकर जेब से सिगरेट का पैकेट निकाल लिया। एक सिगरेट उसकी तरफ बढ़ाकर बोला, "लीजिए।"

कीमती सिगरेट है—गोल्ड फ्लैक। नरसिंह पी चुका है गोल्ड फ्लैक। मंझले बाबू की बदौलत उसने सभी अच्छी सिगरेटें पी हैं। मोल्ड फ्लैक, फाइव फिफ्टी फाइव, थ्री कैसेल।

गोल्ड फ्लैक का लोभ वह संभाल नहीं सका। सिगरेट होंठों में टिका दी। सलाई जलाकर उसने पहले जोसेफ की ओर बढ़ाई, फिर खुद सुलगा ली। भक् से धुआं छोड़ता नरसिंह उसे उलट-पलटकर देखने लगा। इस प्रकार सिगरेट देखने के द्वारा वह जो कहना चाहता था, उसका सीधा अर्थ यह था, कि उसे जोसेफ से कोई लगाव नहीं है।

जोसेफ ने कहा, "बढ़िया सिगरेट है ?"

नरसिंह ने कहा, "हां, मगर फाइव फिफ्टी फाइव···।"

बीच में ही जोसेफ बोला, "स्टेट एक्सप्रेस बहुत नरम है।"

"हां, उसकी गन्ध अच्छी है। इसके बाद थ्री कैसल।" नरसिंह हंसा।

जोसेफ ने कहा, "मेरे साहब इसे ही पसन्द करते हैं। खानसामे से मुझे हाफ-प्राइज़ में मिल जाती है। स्टॉक ज़्यादा हो या कम, खुले पैकेट से एक-दो निकाल-निकालकर तीन-चार दिनो में एक पैकेट दे देता है।"

नरसिंह मुस्कराया। बोला, "अपनी बीड़ी ही ठीक है, समझे ! जितनी लम्बी चादर हो उतना ही पैर पसारना ठीक होता है। एक पैसे की आठ।"

जोसेफ भी मुस्कराया। बोला, "यह सब तो ऊपर की कमाई है। तनख्वाह है तीस रुपये। नागा हुआ तो एक रुपया कट गया। कभी-

कभी हाकिम नाराज़गी में डेढ़ भी काट लेते हैं। ऊपर से फाइन भी।"

निताई दरवाज़े का हैंडल खोलते हुए बोला, "आइए बाबू आइए।"

जोसेफ ने फीकी हंसी हंसकर कहा, "सुनिए, आज आप ट्रिप न लगाइए।"

"ट्रिप न लगाऊं ? क्यों ?"

"सारे कोचवान इकट्ठे होकर मेरे साहब के यहां गए थे। बिना लाइसेंस का ट्रिप न लगाइए।"

नरसिंह ने कहा, "हूं।" इसका आभास उसे पहले ही था। उसे इन बातों का बहुत अनुभव हो चुका है। इस काम का हाल-चाल, कायदा-कानून सब उसे मालूम है। मोटर-सर्विस के लिए सरकारी लाइसेंस चाहिए, डिस्ट्रिक्ट बोर्ड की अनुमति आवशयक है; पुलिस के अफसर गाड़ी देखकर मंजूरी देते हैं—तब कहीं जाकर सर्विस चालू हो पाती है। फिर बात-बात में केस ! गाड़ी की लाइट अगर बिगड़ गई, तो केस। अधिक सवारियां ले लीं, तो भारी जुर्माना। धक्का लगना तो दूर की बात, अगर गाड़ी ज़रा-सी किसी से सटी कि केस। पुलिस ने हाथ उठाया—रुको। रुकते-रुकते पांच हाथ आगे बढ़ गए, तो नम्बर नोट। दो दिनों बाद सम्मन, इसके बाद मुकदमा; और फिर भारी जुर्माना। सड़क सरकारी है। गाड़ी उसकी अपनी है। लोग अगर उसपर चढ़ते हैं तो अपनी गांठ के पैसों से। इतने पर भी चाहिए लाइसेंस-हुकुमनामा ! नरसिंह का पारा चढ़ गया। दिमाग की नसें तन गईं। कदम-कदम पर कानून ! तमाम मुल्क के लोगों के पैर में ज़ंजीर। नरसिंह की कनपटी की नसें फूल गईं। गिर्वरजा के क्षत्रियों की यह विशिष्टता है। क्रोध आते ही खून दिमाग पर चढ़ जाता है। सभी का चढ़ता है, मगर गिर्वरजा के क्षत्रियों का खून ज़्यादा खौलता है।

निताई नरसिंह का मुंह ताकता हुआ बोला, "अब, सिंह जी ?"

नरसिंह बोला, "एक लोटा पानी ले आ।"

निताई चला गया।

जोसेफ बोला, "एक बात कहूं ?"

नरसिंह ने उसकी ओर देखा।

"चलिए मेरे घर। चाय पिएं। वहीं बैठकर दरखास्त लिखकर साहब के पास चलेंगे। मुझसे जितना हो सकेगा, करूंगा। कुछ भी हो, वह मेरा मालिक है। उनसे रिकोमेंड करवाकर, सदर चले जाइएगा। वहां पुलिस से डिस्ट्रिक्ट बोर्ड का परमीशन लेकर कल लौट

आइएगा।"

नरसिंह के कुछ कहने के पहले ही निताई पानी ले आया। नरसिंह गटा-गट थोड़ा पानी पी गया और बचे पानी से हाथ-मुंह-सिर धोकर बोला, "ठीक है, चलिए।"

जिस प्रकार बाज़ार में बिकनेवाली जादुई स्याही की लिखावट ताप पाकर उभर आती है, उसी प्रकार पुराने छत्री के नये ज़माने के लड़के के खून की गर्मी ठंडी होते ही वह नये ज़माने का आदमी बन गया। मामी की निर्मम उपेक्षा में जो बड़ा हुआ, इमाम बाज़ार के बाबुओं के अन्न और संस्कार में बंधे रहकर जिसने अपनी राह ढूंढ़ी, मंझले बाबू को सलामी बजाकर और बख्शीश पाकर जिसको खुशी की अनुभूति हुई, ड्राइवर रहमत की आमद-खुशामद से जिसने ड्राइवरी सीखी, यह वही नरसिंह है, जिसने उस दिन तम्बाकू वाले को ताव दिखलाकर पचास रुपये किराया वसूला और ससम्मान श्यामनगर तक पहुंचाया, यह वही नरसिंह है।

जोसेफ बरामदे में एक कुर्सी खिसकाकर बोला, "आइए, बैठिए सिंहजी।"

नरसिंह चारों ओर मुग्ध दृष्टि डालकर बोला, "वाह, घर तो बड़े कायदे का है।"

जोसेफ अघाकर बोला, "गरीब आदमी हूं। जितना हो सका, किया। बैठिए।" इसके बाद उसने पुकारा, "मां, कहां हो मां ?"

जोसेफ की मां आई। ठिगना कद। सीधी-सादी। साफ-सुथरी। नमस्ते के बाद वह बोली, "आप हमारे गिर्वरजा के सिंह-राय परिवार के लड़के हैं? मेरा बड़ा भाग्य, जो आप आए।"

नरसिंह हंसा।

जोसेफ ने राम और निताई को पुकारा, "आइए, आप लोग भी आइए, बैठिए।"

राम खड़ा-खड़ा सोच रहा था, कहां बैठे? कुर्सी पर या मोढ़े पर? निताई खुद एक मोढ़ा खींचकर बैठा और दूसरा राम के आगे सरकाकर बोला, "बैठ न।"

जोसेफ ने मां से कहा, "मां, चाय-वाय बनाओ न।"

जोसेफ की मां चकित-सी बोली, "ये लोग हमारे यहां चाय पिएंगे!"

"क्यों नहीं। मैं कहकर साथ लाया हूं।"

जोसेफ की मां का सवाल नरसिंह के दिल में चुभ गया। मानो क्षणभर के लिए वह विद्रोही हो उठा हो। वैसे ईसाई और मुसलमानों की दूकानों में वह चाय पीता है, मगर ये तो किसी ज़माने में गिर्वरजा के डोम थे ! पर तभी उसे याद आया कि इसीसे दरखास्त लिखानी है और इसीके साथ एस० डी० ओ० के यहां भी जाना है। सर्विस खोलने में इसकी मदद चाहिए ही। इसलिए वह प्रसन्नता व्यक्त करते हुए बोला, "हां भई, चाय बनाइए, हम पिएंगे।" इसके बाद जोसेफ की ओर मुड़ा 'आप दरखास्त लिखिए और आज ही साहब से 'रिकोमेंड' कराने की व्यवस्था भी कराइए।"

"हां, मेरी बहन आ जाए, उसकी लिखावट अच्छी है। उसीसे लिखवाना ठीक रहेगा।"

"आपकी बहन ?"

"हां, यहां माइनर सकल में पढ़ाती है। आजकल सवेरे का स्कूल है न अभी आ जाएगी।" जोसेफ का चेहरा उतर गया। बोला, "उसे मैट्रिक के बाद आगे पढ़ा नहीं पाया। क्या करें ? यह मिशनरी स्कूल है। हम ईसाई ठहरे। सुविधा मिली तो वहां पढ़ाने में लग गई।"

नरसिंह क्या बोले ? वह चुप रहा। मगर यहां बैठने से उसे कुछ समय पहले जो असुविधा महसूस हो रही थी, वह अब खत्म हो गई। निताई ने राम की बांहों में चिकोटी काटी। राम एकाएक तिलमिला उठा, मगर दूसरे ही क्षण वह खिलखिलाने लगा।

जोसेफ ने जेब से सिगरेट निकालकर बढ़ा दी। फिर अचानक पूछ बैठा, "कल आपने कहा था कि आप सुखनराम की गद्दी में ठहरे हैं, वहां कैसे पहुंचे आप ?"

नरसिंह की भौंहें सिकुड़ आईं। वह बोला, "क्यों, क्या बात है ? उसे ही लेकर तो कल वहां आया था।"

निताई ने कहा, "बेटा बहुत दौलतमन्द है। है न ? हम लोगों ने भी छोड़ा नहीं उसे। ऐंठ लिए पचास रुपये।"

जोसेफ ने गम्भीरता के साथ कहा, "आदमी ठीक नहीं है। पांच-सात दफे उसके मकान का सर्च हो चुका है।"

"सर्च ? क्यों ?"

"वह गांजा-चरस का कार-बार करता है।"

"नरसिंह कुछ नहीं बोला, सोच में डूब गया।"

जोसेफ ने फिर कहा, "बाहर से पठान, पंजाबी लोग अफीम,

गांजा, चरस लाते हैं सुखनराम यहां तम्बाकू के व्यापार की ओट में उसका कार-बार करता है।" वह हंसा। फिर बोला, "इसीलिए तो इतना बड़ा व्यापारी होकर भी खुद देहातों में जाता है। यहां-वहां गांव-देहात में उसके जो एजेण्ट हैं, उनसे बीच-बीच में बिना मिले काम भी तो नहीं चलता। यह सब काम नौकरों पर तो छोड़ा नहीं जा सकता।"

नरसिंह की आंखों के सामने छोटी-सी सन्दूक नाच गई। गाड़ी से उतरते ही सुखनराम ने सबसे पहले उसे संभालकर ऊपर वाले अपने कमरे में रखने का आदेश दिया था।

जोसेफ ने आगे कहा, "इसके अलावा वह देहात से लड़कियां भी खरीदकर लाता है। गरीब घरों की लड़कियों को, जो कुंवारी रह जाती हैं या जिनका पैर इधर-उधर बढ़ गया हो या जो विधवा हों, जिन्हें मां-बाप संभाल नहीं पाते; उनके मां-बाप को रुपये थमाकर और पट्टी पढ़ाकर ले आता है। कुछ दिनों तक उन्हें घर में रखता है। फिर उसके पास जो पंजाबी, पेशावरी आते हैं, खुश करने को उन्हें सौंप देता है। कभी-कभी बेच भी देता है।"

नरसिंह के कान खड़े हो गए। उसे ये बातें झूठी नहीं लगतीं। लगता है, जोसेफ को सब कुछ अच्छी तरह मालूम है। उसे उस लड़की की याद हो आई और याद आया सुखनराम का उसे गाली बकना।

नरसिंह के दिल में खलबली मच गई। उसका गला जैसे सूख गया हो। कल जब गाड़ी गद्दी के सामने खड़ी हुई और जिस ताम-झाम के साथ सुखनराम उतरा था, यह देखकर भी उसे डर लगा था। उसे लगा था कि यह कोई ज़ालिम आदमी है और आज वह साफ हो गया।

जोसेफ की मां आ खड़ी हुई—रजनी !

जोसेफ ने पूछा, "चाय बन गई ?"

"हां, लाऊं ?"

"हां, हां।"

अचानक नरसिंह मन ही मन आक्रोश में भर आया। उसकी सब-कुछ तोड़-फोड़ देने की प्रबल इच्छा हुई। हरामज़ादा सुखनराम, सूद-खोर, मुनाफाखोर बनिया !

जोसेफ ने एक फोल्ड की हुई मेज़ लाकर रख दी और उसपर एक रंगीन चादर बिछा दी। जोसेफ की मां ने चाय के कप लाकर रखे। बोली, "कुछ नाश्ता लाएं ?"

जोसेफ मुस्कराकर बोला, "मां पुराने विचारों की है न ! अरे मां,

हम एक जात के हैं, एक ही काम करते हैं। और फिर···।" नरसिंह की ओर देखकर वह खुशी में बोला, "कभी तुमने दारू की दुकान पर हम लोगों को देखा नहीं न !"

नरसिंह चुप बैठा रहा।

जोसेफ ने मिठाइयों की प्लेटें ला रखीं। इसके बाद वह एक कापी और पेंसिल लेकर बैठा, "आपका नाम, पिता का और आपके गांव का नाम तो हमें मालूम है, कहें तो दरखास्त लिख डालें। मेरी के आने का वक्त हो गया है।"

उस दिन जिला एस० डी० ओ० के साथ घटी घटना का ख्याल नरसिंह को अचानक हो आया। वह पहले इमाम बाजार में टैक्सी चलाता था, यह जानते ही आफिसर वहां से इन्क्वायरी कराएगा। उसका लाइसेंस भी उसी ज़िले का है। मगर और उपाय भी क्या है ?

जोसेफ ने फिर कहा, "बताइए ?"

नरसिंह ने कहा, "अभी छोड़िए, पीछे बताएंगे। कुछ आपसे बातें करनी हैं।"

उसी समय एक लड़की आई। आबनूस की तरह काला रंग था उसका। निताई से भी अधिक काली लगी वह। हो सकता है, उजले कपड़ों की वजह से वह अधिक काली लग रही हो। मगर नरसिंह को काफी अच्छी लगी।

जोसेफ बोला, "आ गई मेरी ? ये हैं अपने गिर्वरजा के सिंह-राय परिवार के लड़के।"

मेरी मुस्कराहट के साथ बोली, "ओह, नमस्कार।"

नरसिंह ने नमस्ते का उत्तर दिया।

निताई अवाक हो गया। वह एकदम स्कूल की बहन जी से मिलती जुलती लगी उसे।

राम की हंसी फुर्र हो गई। उसका रंग इतना काला है, फिर भी वह हंस नहीं पाया।

'मेरी नीलिमा दास !' जोसेफ ने उसका सबसे परिचय कराया। यह लड़की बातें कम करती है। उसने जो कुछ कहा, बहुत कम शब्दों में कहा; मगर हंसकर और बड़े स्नेह के साथ। "जब मैं छोटी थी, तब दादा मुझे गिर्वरजा की कहानियां सुनाया करते थे—सिंह-रायों की गौरव-गाथाएं। वे मुझे बड़ी अच्छी लगती थीं। राजे-रजवाड़ों की कहानियों से भी अच्छी।"

नरसिंह गम्भीर बना बैठा रहा। नीलिमा के आने के बाद से ही

वह किसी अतल गहराई में उतर गया था। वह रुक-रुककर बोला, "न रहे वे राम, न वह अयोध्या।"

नीलिमा भी एक कप चाय लेकर बैठी। वह कप में चम्मच चलाती हुई बोली, "पर आप लोग गौरव लौटा लाएंगे। यह देखिए न, आपने एक नई राह पकड़ ली है।"

नरसिंह ने सूखी हंसी हंसकर कहा, "इससे क्या वे दिन लौट सकते हैं?"

नरसिंह बोला, "अच्छा तो अब चलें। शाम को बातें होंगी।"

जोसेफ ने पूछा, "शाम को किस समय आ रहे हैं ?"

"शाम को ?" नरसिंह सोचने लगा।

"हां भई, दरखास्त लिखानी है न आपको ?"

"ओह, हां, हां।" चुटकी से मूंछों पर ताव चढ़ाकर नरसिंह ने कहा, "थोड़ा सोच-विचार कर लें।"

"फिर अड़ंगा लगा दिया आपने ?" जोसेफ हंस पड़ा।

"हां, अड़ंगा !" नरसिंह भी हंसा।

पूरी दोपहरी नरसिंह खूब सोचता-विचारता रहा। राम ने रसोई बनाई। खा-पीकर उसने स्थिर किया और शाम को सुखनराम के गद्दी में आते ही वह उसके पास गया। एक नौकर सुखनराम के सामने भांग का गिलास रख गया। सुखन दारू नहीं पीता। वह भांग, चिलम-चरस और गांजा लेता है। नरसिंह को देखते ही सुखनराम की भौंहें तन गईं, "क्यों सिंह जी, आज तो पांचमति की चार-पांच ट्रिपें मार दीं आपने ? सर्विस खोलने का इरादा है क्या ?"

नरसिंह ने कहा, "अगर आप साथ दें तो खोल दूं।"

"मैं ?" सुखन ज़ोर से हंस पड़ा, "राम कहिए सिंह जी, वह काम मुझसे नहीं हो सकेगा। मेरा काम फैला है, उसे ही संभाल नहीं पाता।"

नरसिंह गर्दन जरा आगे झुकाकर बोला, "आपकी मोटर-सर्विस अपनी हो तो बड़ी सुविधा होगी। आपका माल पांचमति से श्यामनगर बेखटके मोटर से आ-जा सकता है।"

सुखनराम के कान खड़े हुए। उसने आंखें गड़ाकर उसकी ओर देखा, कुछ कहा नहीं।

नरसिंह पुन: बोला, "मेरा मतलब छोटी पेटी के माल से है।"

सुखनराम बुरी तरह से उसे घूरने लगा और ज़रा आगे सरक

आया। नरसिंह शंकित हो उठा। मेज़-कुर्सी पर बैठकर मंझले बाबू बात करते-करते अचानक हथेलियों पर टिक जाते थे और उनकी आंखें स्थिर हो जाती थीं। इससे मालूम पड़ जाता था कि वे गुस्से में हैं। सुखनराम सहसा सरल हुए और अपने काम में उलझ गए। वे नौकर-चाकरों से 'यह करो, वह करो' कहने लगे और खाते-बही उलटने-पलटने लगे। उसी उलझन में सुखनराम ने कहा, "हमें अभी बहुत काम है, आपकी बात बाद में सुनेंगे।"

शाम के बाद सुखनराम ने स्वयं उसे घर में बुलाया। एक नौकर गांजे को गुलाबी बना रहा था। एक उसकी चम्पी में लगा था। सुखनराम ने कहा, "हां, अब कहिए ?"

नरसिंह ने कहा, "मुझे जो कहना था, कह चुका। अब आप बताइए।"

"इसके बारे में किसने आपसे कहा, मैं यह जानना चाहता हूं।"

नरसिंह हंसा, "कौन क्या कहेगा, सेठ जी ! हम हैं गिर्वरजा के सिंह-रायों के घरानों के लड़के। श्यामनगर में कौन क्या करता है, किसकी दाल में कितना नमक है; यह हमसे छिपा नहीं है।"

कुछ सोचकर सुखनराम ने कहा, "ठीक है, बताओ अब हमें क्या करना है ?"

"करना क्या है ? सर्विस खोलने में मदद कीजिए। हो सकता है, आपको दो-चार सौ रुपये उधार देने पड़ें। मैं गाड़ी गिरवी रख दूंगा। आप मुसीबत में देख लिया करें। बस, यही और क्या ?"

"ठीक है। मंजूर। मगर इतना ही ! और कुछ नहीं ? भाई, मेरी गाड़ी-वाड़ी के व्यापार में दिलचस्पी नहीं है। उस सड़क पर सर्विस का मतलब है रुपयों की बर्बादी। गाड़ी तीन दिनों में तीन-तेरह हो जाएगी। लेकिन हां, गाड़ी गिरवी रखकर, हम आपको रुपये दे सकते हैं।"

"तो यह तय रहा ?"

"हां, एकदम तय।"

"अच्छा, राम-राम। तो अब मैं ठीक-ठाक करूं। गाड़ी पास कराने से पहले उसकी मरम्मत जरूरी है।" वह लौटा।

सहसा नरसिंह चौंक उठा। सीढ़ी के घुमाव के नुक्कड़ पर वह कौन है ? घूंघट निकाले और मारकीन पहने ? उसके सिर्फ दो छूछे हाथ नज़र आ रहे थे। नरसिंह का दिल फड़क उठा। एक बार उसने पीछे मुड़कर देखा, फिर तपाक से उसने उसका घूंघट हटा दिया।

वही औरत है! विह्वल दृष्टि से उसने उसकी ओर ताका। नरसिंह पिघलकर बोला, "तुम्हें यह पंजाबी या पेशावरों के हाथों बेच डालेगा।"

लड़की की शक्ल डर से नीली पड़ गई।

नरसिंह ने कहा, "अगर हो सके तो आज रात को जहां हम लोग ठहरे हैं, वहां चली आना।"

शाम को यहां के ड्राइवरों और कंडक्टरों से रफ्त-ज़ब्त बढ़ाने की गरज़ से नरसिंह उनके साथ ताश खेलने बैठा था। रामेश्वर, ज़फर, रसीद और वह। दारू की बोतल लेकर बगलवाली चखने-चाट की दूकान में बहुत बड़े छप्पर के नीचे ताश का अडडा जमा था।

रामेश्वर का गुट अलग बैठता है। वह पहले जमता है दारू की दूकान पर, फिर बोतल लेकर रेस्तरां के अन्दर आ जाता है। व्यवस्था पक्की है सबकी अपनी-अपनी बैठने की जगह हैं, जैसे वे उनकी खरीदी हुई हो। रामेश्वर, ज़फर, रसीद आदि ने अपनी-अपनी कैन-वेस की कुर्सियां खरीद रखी हैं और क्लीनर नैपाल, फटिक, हाफिज़ आदि के पास स्टूल हैं। इन लोगों ने साझे में यानी चंदा उगाहकर एक आराम-कुर्सी भी खरीदी है जो दरअसल एक चौड़ा-सा स्टूल और एक बेंच है। उसपर उठंग होकर रामेश्वर आदि आराम करते हैं। मेज़ पर ताश के पत्ते फेंके जाते हैं। तिनतसिया खेला जाता है। पहले नियत पत्ता सभी को दो-तीन दिखा दिया जाता, फिर तीन पत्ते मेज़ पर फेंक दिए जाते और नियत पत्ते को पहचानकर उसपर बाज़ी बांधी जाती।

जोसेफ आज दारू की दूकान पर नहीं आया। नरसिंह पहुंचा तो पता चला कि जोसेफ दो बोतलें खरीदकर ले गया है। नरसिंह की समझ में आ गया कि जोसेफ इन लोगों की प्रतीक्षा अपने घर पर ही कर रहा है। बड़ा होशियार है वह। नरसिंह की परोसी थाली में हिस्पा बंटाना चाहता है। नरसिंह हंसकर वहीं बैठ गया। उसकी ओर अब वह नहीं जाएगा। राम को बाज़ार भेज दिया, 'ले आ अंडे और मांस।' रामेश्वर निकट आकर बोला, "राम-राम, सिंह जी!"

नरसिंह ने उत्तर दिया, "राम-राम!"

रामेश्वर के पीछे रसीद आ खड़ा हुआ, "सलाम, भाई।"

"सलाम।"

रामेश्वर ने अचानक उसका हाथ थामकर कहा, "मैंने सब सुन लिया है। तुमने पांचमति सर्विस खोली है न ?"

नरसिंह गम्भीर होकर बोला, "देखूं, क्या होता है ? चेष्टा में तो हूं।"

उसका हाथ खींचते हुए रामेश्वर ने कहा, "चलिए।"

"कहां ?"

रसीद ने कहा, "हम लोगों की अपनी एक जगह है।"

"चलिए, वहीं बातें होंगी।"

रामेश्वर ने कहा, "साला जोसेफ आज आया नहीं। अच्छा है। चलिए।"

नरसिंह कुछ सोच में पड़ गया। कहीं दंगा-फसाद हो गया तो ! उसने एक नज़र निताई पर डाली। इस बेटे डोम की आंखें इतने में ही लाल हो गई हैं, कमीज़ खोलकर कन्धे पर रख ली है; लगता है, जैसे एक डरावना भैंसा खड़ा हो। इसी समय राम सामान लेकर आया। लम्बा छरहरा बदन। वह लाठी बढ़िया चला सकता है। नरसिंह उठ खड़ा हुआ, "चलिए।"

ज़फर खिड़का की ओर खड़ा था। रसीद ने उसे धकिया दिया, "चल बे।"

ज़फर ने चुपचाप उसकी और देखा, फिर बोला, "चलता हूं।"

रामेश्वर मुस्कराकर बोला, "कुछ समझा ? जाने दो उसे।"

नरसिंह निताई को एक किनारे ले जाकर बोला, "माल ज़्यादा नहीं पीना।"

"नहीं ?"

"घर पर चलकर पिएंगे। खबरदार ! अनजाने लोग हैं—परदेश में।"

उसे वहां बुरा नहीं लगा। आराम है, मौज करने लायक व्यवस्था है। नरसिंह का मन प्रसन्न हो उठा। वह एक आराम कुर्सी पर बैठते हुए बोला, "अच्छी जगह है !"

रामेश्वर ने कहा, "जोसेफ साले के संग अपनी रफ्त-जब्त बेसी नहीं। वह साला एस० डी० ओ० का ड्राइवर है, सी ० आई० डी ० है।"

"हां, यह मुझे पता चल गया है।"

रसीद ने दारू का गिलास मेज़ पर रखकर कहा, "आज तो तुमने

कई ट्रिप लगाईं, क्या पता चला ?"

"बहुत अच्छा रहा।" निताई ने कहा।

नरसिंह मन ही मन निताई पर बिगड़ पड़ा। मगर हंसकर बोला, "पैसिंजर तो अच्छे ही मिले। लेकिन सड़क का जो हाल है, उससे गाड़ी तीन महीने में ही खत्म समझिए।" ज़रा रुककर फिर बोला, "लगता है, अपनी टैक्सी चलेगी नहीं।"

अब चुपचाप दारू का दौर चला।

नरसिंह ने सुखनराम की चर्चा छेड़ी।

रामेश्वर ने कहा, "बाप रे बाप ! वह तो मगरमच्छ है।"

रसीद बोला, "साला औरतों का कारबार करता है ! देहात से औरतें खरीद लाता है और उन्हें कलकत्ता चालान कर देता है। ओफ ! दो महीनों पहले जैसा माल उसने चालान किया, उसके बारे में क्या कहें ! साला ज़फर गाड़ी-वाड़ी छोड़-छाड़कर बोला—हम जाते हैं कलकत्ता। उसे सियालदह में ही टीप लेंगे।"

रामेश्वर ने ताश निकाल लिया।

रसीद कहता है, "जोसेफ की बहन को देखा है प्रसाद भइया, तुमने ?"

ज़फर कहता है, "मैं ईसाई बनकर उससे शादी करने को तैयार हूं।"

नरसिंह ने टालते हुए कहा, "छोड़ो इन बातों को।"

"आपने उसे देखा नहीं है ?"

"देखा है।"

"अ—।" रसीद हंसता है, "तुम्हारी निगाह भी गड़ गई ?"

"यह क्या फिजूल की बातें कर रहे हो ? भली लड़की है, अपने दोस्त की ही बहन, पढ़ी-लिखी।"

"ओहो—हीं-हीं-हीं। देख लो दरद।" रसीद उल्लास में बुरी तरह हंसने लगा। निताई को भी हंसी आ गई, राम तो हंसेगा ही। नरसिंह अचानक उठ खड़ा हुआ। निताई के सिर के बाल पकड़कर बोला, "क्यों बे, हंसता क्यों है, उल्लू ! तेरी बहन के बारे में भी अगर ऐसा कहा जाए तब ?"

रामेश्वर भी खड़ा हो गया, "अरे भाई, यह क्या कर रहे हो ? छोड़ो-छोड़ो। बैठो। अबे रसीद, ढाल।"

रसीद गिलास में दारू उंड़ेलने लगा। रामेश्वर पत्ते बांटने लगा। गिलास खाली होते ही वह बोला, "आइए, दो-दो हाथ हो जाएं। देखें, आपकी किस्मत कैसी है ? पांचमति सर्विस अच्छी चलेगी या नहीं,

ज़रा अन्दाज़ा लगाया जाए।"

वह ताश खेलने लगा। उसके होंठ का एक कोना बार-बार फड़कने लगा। इस बगल की नाक भी फड़क रही है। रामेश्वर को नशा चढ़ रहा है।

नरसिंह रामेश्वर के हाथ पर आंखें टिकाए रहा। वह पूरा जुआरी है। तीन पत्ते अगल-बगल बिछाकर बोला, "लगाओ दांव !"

निताई ने एक पत्ते पर एक चवन्नी रख दी। उल्लू मरेगा ! नरसिंह को इसमें रत्ती-भर भी शक नहीं रहा।

रसीद ने दूसरे पत्ते पर अठन्नी लगाई। रामेश्वर ने कहा, "आप ?"

नरसिंह क्षण-भर कुछ सोचता रहा। उसने रसीद के पत्ते पर एक रुपये की बाजी लगा दी।

रामेश्वर ने पत्ते उलटे। सब फांक। जिस पत्ते पर किसीने कुछ नहीं रखा, वही जीत का पत्ता था। उसने बाज़ी समेट ली। फिर पत्ते सजाए। रसीद ने अब की तपाक से एक रुपया फेंका। नरसिंह ने एक बार उसे घूर लिया—रसीद इस बार जीतेगा।

निताई चवन्नी में ही हांफने लगा।

नरसिंह ने जेब से पांच रुपये का एक नोट निकाला और रसीदवाले पत्ते पर ही बाज़ी लगा दी।

रामेश्वर ने रसीद की तरफ कनखियों से देखा। कुछ इशारे बाज़ी हो गई।

नरसिंह ने कहा, "पत्ते उठाइए।"

"ठहरो।" रसीद झुककर बोला, "एक गड़बड़ है।" जवाब में रसीद मेज़ पर और झुक गया। बोला, "मेरी किस्मत का हिस्सा देना होगा। यानी जोसेफ की बहन…।" दांत पीसकर वह हंसने लगा। रसीद जानता था कि जोसेफ की बहन की बात उसे लगेगी।

नरसिंह ने दोनों हाथों से उसका कन्धा पकड़कर उसे सीधा बैठा दिया। मगर इतने में ही मेज़ पर पत्ते बिखर गए और खेल बिगड़ गया। रामेश्वर चिल्ला पड़ा, "उल्लू कहीं का ! खेल बर्बाद कर दिया।"

नरसिंह ने नोट उठाकर कहा, "जीत मेरी थी, रुपये देने होंगे।"

रामेश्वर चाकू निकालकर बोला, "बैठिए। पत्ते फिर से चलते हैं।"

"ऊंह ! जीत का रुपया नहीं देना चाहते, मत दीजिए। मगर निताई की चवन्नी वापस कर दीजिए। मुझे जाना है।"

रसीद उठ खड़ा हुआ। बोला, "यह आपकी ज़बर्दस्ती है।"

"ज़बरदस्ती नहीं, हक की मांग है; रुपया निकालिए !"

रामेश्वर चाकू लेकर उठा। नरसिंह ने उसका गट्टा पकड़ लिया। छ: फुट के लगभग है न सिंह। उसका हाथ भी उसी अनुपात में लम्बा है। उसने कहा, "देख रहे हैं न, मैं कितना लम्बा हूं ? आपके चाकू का फल छोटा है, मेरे कलेजे तक पहुंच भी नहीं सकेगा।"

नरसिंह की बगल में निताई भी खड़ा हो गया है। काले भैंसे की जैसी शक्ल ! उसकी छाती मारपीट की सम्भावना से फूल उठी है। राम भी मुस्तैदी से खड़ा है। रसीद आस्तीन समेटने लगा। नैपाल और फटिक भी उठ खड़े हुए। हाफिज़ बैठा था। वह गम्भीर आवाज़ में बोला, "परसाद भाई, गलती आप लोगों की है। जीत सिंहजी की हुई तो रसीद भाई ने जान-बूझकर खेल गड़ बड़ा दिया।"

हाफिज़ का इतना कहना था कि सब कुछ 'बर्स्ट' होने के बजाय 'पंचर' होनेवाले मोटर के चक्के की तरह 'फिस' से रह गया। रामेश्वर ने कहा, "छोड़िए, हाथ छोड़िए। बैठ जाइए।" नरसिंह ने हाथ छोड़ दिया, मगर बैठा नहीं। वह अडडे से निकल आया और बाहर से पुकारा, "निताई, राम ! चले आओ।" आते समय दरवाज़े पर पहुंचकर उसने हाफिज़ को सम्बोधन करके कहा, "सलाम दोस्त ! हम चले।"

वह चला आया वहां से, लेकिन दारू की बोतल लाना भूल गया। उधर उस वक्त तक दारू की दूकान बन्द हो चुकी थी। नई अनजान जगह है। दारू की दूकान की छिपी जगह का पता नहीं था; निताई करम ठोकने लगा। नरसिंह मन बिगाड़कर बैठा रहा। दारू के बिना उसका मन बिगड़ जाता है, जोसेफ की बहन मेरी बेचारी की खाम-खाह बेइज़्ज़ती हो गई। जोसेफ ने कल ही इन लोगों के बारे में सावधान किया था। खामखाह इन लोगों से झगड़ा हो गया। हो सकता है, अब ये दुश्मनी करें। उनके कहने पर सुखनराम भी मुंह फेर सकता है। सभी एक ही बात कहते हैं। सुखनराम शैतान है, बदमाश है। पता नहीं वह कैसा रुख ले ? नरसिंह का एक मात्र अस्त्र है, सुखनराम की आबकारी के मालों को 'चुपका' बेचने की कमज़ोरी। अपनी गाड़ी में उसका माल पहुंचाया करेगा। लेकिन वह नामाकूल यदि अन्त में उसे ही गिरफ्तार करवा दे तो ? कुछ कहा नहीं जा सकता। इसी चिन्ता में नरसिंह का दिमाग गरम हो उठा। सब गड़बड़ाता जा रहा है।

रात के समय निताई घबराया हुआ कमरे में आया। दबी आवाज़

में बोला, "गुरुदेव !"

नरसिंह चौंक गया। वह जो कुछ सोच रहा था, सब छिन्न-भिन्न हो गया। निताई को वह बुरी तरह घूरने लगा।

"इधर आइए न। ओह, क्या मुश्किल है !"

"क्या हुआ ?"

"आइए भी। चुपचाप। आपको एक मज़ा दिखाऊं।"

निताई उसे साथ लेकर एक पेड़ के नीचे जा खड़ा हुआ। बोला, "देखिए।"

नरसिंह की बड़ी-बड़ी आंखे विस्मय भरी आकुलता में फैल गईं।

सफेद साड़ी में सिर से पैर तक ढंकी वह कौन है ? नरसिंह को फौरन याद आया—आज ही शाम से ज़रा देर पहले सीढ़ी के नुक्कड़ पर उससे भेंट हुई थी। उसने उसे आने को कहा था। दिल के अन्दर जैसे मोटर-गाड़ी भों-भों करने लगी। वह दौड़ा गया। बड़ी दुस्साहसी है—अजीब लड़की है ! नरसिंह ने उसे ज़मीन पर गिरने से बचा लिया, अपनी लम्बी बांहों में उसे रोक लिया।

वह लड़की चौंक उठी, लेकिन दूसरे ही क्षण चांदनी में नरसिंह की ओर देखकर दोनों बांहें उसके गले में डालकर खिलखिलाकर हंस पड़ी।

निताई यह देखकर ज़मीन पर लोट गया, "बाप रे बाप, यह लड़की है या···!"

गोरी के गांव के लोग भी उसे ठीक यही कहते थे। गोरी उसका पुकार का नाम था। हो सकता है उसका कोई बढ़िया नाम रहा हो, पर गांव के लोगों को उसका पता नहीं था। उसका गोरा-चिट्ठा और दूधिया पत्थर जैसा रंग देखकर गांववाले उसे गोरी कहने लगे होंगे। बचपन की लुनाई गांव की धूल और गरीबी की छुअन से भी मलिन नहीं हो पाई, बल्कि जो कुछ हुआ इसके विपरीत ही हुआ और दिनों-दिन उसमें निखार ही आता गया।

छोटी थी तो उसकी मां उसे दुलार में नचाती थी। जब वह तीन-चार बरस की थी तो रंगीन फिराक पहनाकर मां उसे मुहल्ले में घूमाती थी और लोग उसे दुलार से गोद में उठा लेते थे। कहते थे, 'अरे वाह, बड़ी खूबसूरत लड़की है ! क्या नाम है तेरा ?'

'गोरी।'

'वाह-वाह ! देह का रंग भी गोरा और नाम भी गोरी।'

पड़ोसी घरों की माएं कहती थीं, 'बहू लाओ तो ऐसी। अरी ओ गोरी, मेरे बेटे की बहू बनेगी?'

गोरी गर्दन टेढ़ी करके कहती, 'हां।'

कुछ उम्र और बढ़ी और जब मुहले के लड़के-लड़कियों के बीच खेलने-खाने की उम्र हुई, तब लड़कों के गुटों में झगड़ा होता कि गोरी का पति कौन हो? गोरी तटस्थ रहती और खड़ी-खड़ी तमाशा देखती रहती। इसके बाद पुराने ज़माने के वीर बांकुरे सा जिस दिन जो विजयी होता, गोरी उस दिन के लिए उसीकी हो जाती।

उम्र थोड़ी और बढ़ी तो वह फ्रॉक के बदले साड़ी पहनने लगी। लड़के कहने लगे, 'गोरी नारी, गांव की पियारी।' वह सुनकर हंसने लगती। असली मरम जानने लायक समझ उसमें अभी नहीं आई थी, लेकिन यह सब सुनने में उसे अच्छा लगता था।

इसी उम्र में उसका ब्याह हुआ। दस बरस की लड़की, अठारह बरस का लड़का।

'उमरदराज़ वर पाए नहीं घर! गोरी नारी, रह जाती बिना वर!' यह उक्ति चरितार्थ हुई बेचारी गोरी के जीवन में। वर्ष बीतते न बीतते उसकी मांग धुल गई। गोरी को यह सब याद है। पति के मरने की खबर पाकर उसे दुःख नहीं हुआ था, बल्कि उसने संतोष की सांस ली थी! अठारह बरस के जवान किसान के पट्ठे से वह डरती थी। एक बरस में करीब तीन बार वह गोरी के मैके आया था और हर बार वह रोई थी। अब उसका ख्याल आने पर कभी-कभी उसकी आंखे भर आती हैं। पति की कद्दावर देह और चौड़ी छाती की याद से वह उदास हो जाती है।

और भी दो बरस गुज़रे। गोरी को महसूस हुआ कि दुनिया की रंगीनी में उसका मन भीग रहा है। मां-बाप उसे चेत कराते रहते, 'बाहर जाना बन्द, जाना हो तो मां के साथ जाओ।' अकेली वह निकलती तो छोकरों की आंखें उसपर गड़ जातीं। उसे शर्म आती, वह अपने-आपमें सिकुड़ जाती; छाती धड़कने लगती। अकेला देखकर छोकरे हंसने की कोशिश करते। गोरी सिर झुकाकर निकल जाती। वे गीत गाते, चुटकी बजाते। उनमें एक ऐसा भी छोकरा था, जो देखते ही गाना जोड़ने लगता। उसने एक नहीं, कई गाने जोड़ डाले थे।

गोरी, गोरी, ऐसी गोरी, आंख न टिकने पाय
खाया पिया न जाय, हाय!

एक और गाने की याद है उसे :

गोरी छोरी मटके,
मन मेरा भटके।

उसका मन हंसने को होता, मगर दिल में पैठा एक आतंक उसे स्तब्ध कर देता। इस स्थिति में वह कैसी तो हो जाती। उसे दुनिया बुरी लगने लगती, कुछ भाता नहीं और मां से झगड़ती, यों ही बे-बात का झगड़ा! वह उस दिन न कुछ खाती, न पीती। अब तक उसकी समझ में सब आने लगा था। दिल के अन्दर पड़ी धुएं-सी घबराहट अब लपट बन चुकी थी। सचमुच उसे लगता रहता कि उसकी देह जल रही है। पोखर में उतरती तो हटने को जी नहीं चाहता। वह रात को मां-बापू के कमरे के बगलवाले कमरे में सोती। घर का दरवाज़ा बन्द करते ही वह बिछावन उठाकर फेंकती। उसे रात भर नींद नहीं आती। खिड़की पर दो-एक बार खटखटाहट होती, ढेले फूटते, कभी सीटी की आवाज़ आती, कभी दबे गले से कोई गीत सुनाई पड़ता।

अचानक एक बार उसे लगा था कि उत्तर-दक्षिण में लम्बा-सा जो कोठा-घर है, उसकी खिड़की पर कोई चढ़ आया है। अगल-बगल दो कोठरियां हैं। दक्षिण की कोठरी में मां-बापू सोते हैं, उत्तर की कोठरी में गोरी। उत्तर की ओर पड़नेवाली खिड़की को खोलना मना है। उस खिड़की पर बापू की नज़र नहीं जाती। शंका होते ही गोरी उठ बैठी। दिल धक-धक करने लगा। चिल्लाने की इच्छा हुई, मगर पता नहीं क्यों वह चिल्ला नहीं सकी। वह अपलक खिड़की की ओर ताकती रही। कुछ टूटने की आवाज़ आई। क्या टूटा! काठ का फट्टा! तभी खिड़की का एक पल्ला खुल गया। एक शक्ल दीखी। गांव के बड़े 'मोड़ल' का लड़का घर में घुस आया। अब कहीं उसे चेत हुई और दरवाज़ा खोलने को लपकी, किन्तु दरवाज़े पर बाहर से सांकल चढ़ी थी। रोज़ ही उसके दरवाज़े की सांकल बापू बाहर से चढ़ा देते थे। तब तक उस छोकरे ने पीछे से उसे कसकर पकड़ लिया। वह छटपटाई, चिल्ला पड़ी, 'बापू, मां···मां!'

छोकरा गरज उठा, 'चिल्लाओगी तो मार डालूंगा।'

दूसरे कमरे में बापू को उसकी पुकार सुनाई दी। वे भूत के भय से भू-भू करने लगे। मां छाती फाड़कर चिल्लाई, 'अरे, मेरी लड़की को मार डाला रे, मार डाला!'

गोरी उस वक्त बेसुध थी। छोकरा फिर चिल्ला पड़ा, 'किसी ने

दरवाज़ा खोला तो मैं उसके टुकड़े-टुकड़े कर डालूंगा। हां!'

मां-बाप चुप हो गए।

फिर वह छोकरा उसी टूटी खिड़की से निकल भागा। गोरी बेसुध-सी पड़ी थी।

वह दिन गोरी कभी नहीं भूल सकती।

दूसरे दिन मां-बापू दोनों ने उसे खूब कोसा, डूब मर, ज़हर क्यों नहीं खा लेती, फांसी लगा ले!'

वह करे क्या? सिर्फ आंखें फाड़े उनकी ओर देखती रही।

'वह कौन था, बता?'

उसने कहा, 'बड़े मोड़ल का छोकरा।'

पिताजी ने कहा, 'मैं रपट लिखाऊंगा।'

मां ने कहा, 'गरजकर सबको सुनाओ मत। बदनामी अपनी ही होगी। जात से निकाल दिए जाएंगे।''' मुंहझौंसा छोकरा!'

बापू बड़े मोड़ल से मिले। उनके यहां क्या हुआ, क्या नहीं; कौन जाने? पर बापू वहां से ज़मीन-बन्धकी की दलील हाथ में लेकर लौटे। बोले, 'जो हो गया, सो हो गया; अब कुछ नहीं होगा।'

गोरी दिन-भर पत्थर की बुत बनी बैठी रही। रात को तय हुआ, सभी एक साथ सोएंगे। मां और बापू दोनों सो गए, पर उसे नींद नहीं आई। एक अजानी घबराहट में वह छटपटाती रही। रात चढ़ आई, तो उसे लगा कि बाहर कोई सीटी बजाता हुआ गुज़र गया! पंछी कुहके।'''खेतियार का घर ठहरा, चूहे दौड़े, खटर-पटर हुई। गोरी को लगा कि उधर की खिड़की पर चढ़कर कोई पल्ला खोल रहा है। नींद उसे तब आई, जब रात उतरने लगी। कुछ देर तक वह बुरे सपने देखने से बड़बड़ाती रही। उसे लगा, जैसे उसपर कोई चढ़ता आ रहा है। मां ने सोए से उसे जगाया। पर लाज की मारी वह कुछ कह न सकी कि उसने क्या सपना देखा।

कई दिनों के बाद की एक सांझ! गो-थान पर वह गाय बांध रही थी। अकस्मात् बड़े मोड़ल का लड़का आ घुसा और दरवाज़ा अन्दर से बन्द कर दिया। बोला, 'चुप! मेरा कुछ नहीं बिगड़ेगा, तुम्हारी ही इज़्ज़त जाएगी।

गोरी चुप रही।

दूसरे दिन फिर यही हुआ।

एक दिन कई छोकरे आए और बाहर से ज़ंजीर चढ़ा गए। मोड़ल का बच्चा गोरी को लेकर मचान पर जा छिपा और छप्पर काटकर

उसे ले-देकर नौ-दो ग्यारह हो गया।

उस छोकरे को वह कभी भूल नहीं सकती। उसने गोरी के अन्दर शेरनी का साहस जगाया था। उसे यह बड़े अचरज की बात लगती थी कि दिन के उजाले में इस साहस की प्रतीति उसे नहीं होती थी, किन्तु रात का अन्धेरा जैसे-जैसे घना होता जाता था, साहस उतनी ही तीव्रता से अनुभूत होता था, अंगारे की आंच जैसा। शाम होते ही उसका शरीर जलने लगता। पहले पहर में वह गुनगुना उठती और पहरुआ के ठनकने के बाद जैसे वह धक्-धक् जलती रहती। सभी बाधा विघ्नों को पारकर वह बाहर निकल आती।

अचानक मोड़ल के लड़के का देहान्त हो गया। जैसा वह था, मौत भी उसे वैसी ही मिली। वह छतनार पर मुलायम पत्ते तोड़ने को चढ़ा था। उसीपर से गिरा और मर गया। उसकी शक्ल कैसी बिगड़ गई थी ! उफ़ !

गोरी के मां-बाप ने राहत की सांस ली थी। गोरी कुछ उदास हो गई थी। पहले की तरह मां-बाप और गोरी अपने-अपने कमरे में सोने लगे। एक ही कमरे में सबका सोना ठीक नहीं लगता।

अब आया गीत-जोड़नेवाला लड़का। एक दिन अकेले में मिलकर बोला, 'गोरी, ओ गोरी !'

गोरी के मन में लपटें लपट लेने लगीं। वह इधर-उधर देखकर बोली, 'रात को खिड़की के पास—हां। हौले से सीटी बजाना, पहरुआ ठनकने के बाद।'

रात को पहरुआ ठनक गया। गोरी उठ बैठी। धीरे-धीरे मोड़ल के छोकरे के द्वारा तोड़ी गई खिड़की के पास आई। बीच में फिर एक बार खिड़की बनाई गई थी, मगर आज ही उसे गोरी ने तोड़ दिया था। पल भर के बाद उसने उसे धीरे से ज़रा-सा उभारा। फिर पूरी खिड़की खोल ली। वह अधीर-अस्थिर हो उठी।

उसके नारी-जीवन की शारीरिक भूख को वैधव्य के दायरे में समाज ने दबा रखा था। उस दबाव को रात के घने अंधेरे में मोड़ल के छोकरे ने अपने गर्म सांस से उभारा था। अभ्यास और प्रवृत्ति के वशीभूत होकर अंधेरे में उसकी भूख तड़प-तड़प उठती। उस समय क्या बुरा है, क्या भला; क्या पाप है, क्या पुण्य—यह सब उसे व्यर्थ लगता।

वह अधीरता में अपने को रोक नहीं सकी। टूटी खिड़की से बाहर झांका तो मोड़ल के लड़के के साथ छप्पर के ऊपर से कूदकर वहां

गिरने की उसे याद आ गई।…वह कूद जाए ? मगर खिड़की छोटी थी। वह एक मन से उपाय सोचने लगी। फिर एक साड़ी खिड़की के बेड़े से बांधी और उसी के सहारे दीवाल पर पैर अड़ाकर बाहर झूल गई।

गोरी की देह उस समय तप रही थी। लग रहा था मन के अन्दर जैसे आंधी चल रही हो। वह हांफ रही थी। उसकी सांस में भयानक तपन थी। उसने कहा, 'चलो गांव के बाहर। आम के बगीचे में।' वहां पर रात भर वह डायन की तरह नाचती-गाती रही। रात के अंतिम क्षणों में वह वहां से लौटी और बड़ी चतुराई से उसी साड़ी के सहारे अपने कमरे में आ गई।

गोरी को देखकर गाना-गानेवाला छोकरा फिर नहीं आया। गोरी को जब उसकी याद दिन में आती, तो वह विद्रूप की हंसी हंस देती और जब रात को उसका ख्याल आता तो ज़मीन पर थूक देती।

आदमियों की कमी थी भला ?

दूसरे दिन रात को एक नया लड़का आया। गोरी खिड़की के पास खड़ी थी। निश्चित लड़का नहीं आया तो वह सोच में पड़ गई। अचानक कोई और सामने आ खड़ा हुआ। पहरुआ ठनककर लौट गया था। जो लड़का आया था, उसने तपाक से उसे पकड़ लिया।

गोरी बोली, 'छोड़ मुझे।'

'नहीं।'

गोरी ने कसकर उसके गाल पर एक थप्पड़ लगाया तो उस चमार उस चमार के बच्चे ने दूसरा गाल फौरन उसकी ओर बढ़ाकर कहा, 'इस गाल पर भी।'

गोरी को हंसी आ गई। बोली, 'मरदुआ !'

इसके बाद आए गांव के जमादार। घाट की ओर जानेवाले रास्ते में कचहरी पड़ती है। अचानक एक दिन उसने देखा, जमादार साहब आ रहे हैं। जमादार उसके मन में बस गया था। दिन को गोरी कुछ और हो जाती और रात को कुछ और। पलकें झुकाकर घूंघट निकाल-कर वह कचहरी पार कर गई। जमादार किस घर में रहता है, वह जानती थी। बागदी, गुमाश्ता और गांव के लोगों का कहना था—बावड़ी के पासवाली छोटी कोठी में बाबू का कमरा है। उसी कमरे की खिड़की पर उसने दस्तक दी। दो बार, तीन बार, चार बार। खिड़की खुली। बाबू की आवाज़ आई, 'कौन है !' वह ओट में ज़रा दीवाल से सटकर खड़ी थी, दबी आवाज़ में बोली, 'खोलिए न।'

जमादार की आंखें भी उसपर गड़ी थीं। लेकिन उस डोम के बच्चे चौकीदार ने भांडा फोड़ दिया। वह जमादार का नगदऊ था। यह सब याद आने पर गोरी को हंसी आती है। हरामज़ादे की नौकरी ही छूट गई। जमादार से उसे एक नया सुख मिला था।

पता सबको था, पर म्याऊं का मुंह कौन पकड़े ! मां-बाप तक कुछ नहीं कहते थे। बाप को नई ज़मीन की सनद मिल गई थी—बिना सलामी के। दो-एक ने जमादार से उसकी रफ्त-ज़ब्त देखकर अपना सुद-खज़ाना माफ कराने की सिफारिश भी उससे कराई थी।

जमादार चला गया तो उसी चौकीदार चमार के छोकरे ने अपने तीन संगी साथियों के साथ एक बार दिन-दहाड़े घाट से उसे उड़ा दिया। उनमें दो मुसलमान और एक डोम था। अगर कुछ देर और हो जाती तो उसका पता पाना भी मुश्किल हो जाता, मगर गोरी के लिए व्याकुल छोकरों की गांव में कमी नहीं थी। वे फौरन दोड़ पड़े और गोरी का उद्धार कर चौकीदार तथा उसके संगी-साथियों को घसीट लाए। बात छिपी नहीं रह सकी। मामला-मुकद्दम हुआ।

मुकद्दमे में खूब जिरह हुई, थुक्का-फजीहत भी हुई; मगर दिन की रोशनी में गोरी को देखकर मजिस्ट्रेट को विश्वास नहीं हुआ। उन लोगों को तो सज़ा हो गई। पर समाज को अब कैसे ठगा जा सकता था ? समाज में उसके पिता मिट्टी में मिल गए।

इसी समय आ गया सुखनराम। उसने बाप को अढ़ाई सौ रुपये दिए। समाज में भेंट-पूजा चढ़ाकर बाप पंचायत में ठौर पा गए। उसने बचन दिया कि गोरी को वह अपने घर में नहीं रखेगा, नवद्वीप या और कहीं भेज देगा। नवद्वीप के बदले उसके बाप ने एक दिन उसे सुखनराम की तम्बाकूवाली गाड़ी में ठूंस दिया। सुखनराम उसे ले आया। गोरी ने भी कोई आपत्ति नहीं की। सुखनराम को देखकर उसका तनन्मन घिनघिनाया था, पर उसके पास खूब दौलत थी और वह हैसियतदार भी था। वह उसे भोगने आई है।

फिर सीढ़ी के कोने में नरसिंह से मुलाकात। उसने उसे बुलाया। तब से उसके मन में नशा-सा छा गया था। पंजाबड़े से सुखनराम उसका सौदा करेगा, यह सुनकर पहले तो वह डरी थी; फिर चेहरे पर हंसी की रेख फूट उठी थी। डर ! कैसा डर ! इस देश से उस देश घूमेगी वह। स्फटिक माला की तरह आज इसके गले, कल उसके गले। फिर यह मोटरवाला क्या कहता है, ज़रा सुन लिया जाए। इसे जब से देखा है, तब से गोरी का मन मचल-मचल रहा है।

शाम से ही वह बुखार का बहाना बनाकर पड़ी थी। इसलिए आज उसकी पुकार नहीं हुई। गहरी रात में वह उठकर चली आई।

गोरी को बाहुओं में रोककर नरसिंह कमरे में आया और मोमबत्ती जलाई। राम सोया था। गोरी ने हंसकर पूछा, "यह कौन है ?"

"मेरा साला।"

"तुम्हारी मेहरारू का भाई ? उसका अपना भाई ?"

"हां।" नरसिंह सन्न रह गया। उसे जानकी को दिए वचन का ख्याल हो आया। लम्बी सांस लेकर उसने कहा, "वह मर गई। तुम बैठो।"

गोरी झट-से मोमबत्ती बुझाकर उसके गले में बांहें डालकर फूलों की माला की तरह उसकी छाती से चिपक गई। फूलों की माला या आग की चिनगारियां—नरसिंह का तन-बदन लहक उठा। पर वह था छत्री-बच्चा ! वचन की रक्षा के लिए पत्थर का बुत बना बैठा रहा। केवल उसने उसकी पीठ पर हाथ भर सहलाया। इस छोकरी पर उसे दया आती है, सिर्फ दया। खूबसूरत पंछी या हरिण के छौने देखने पर जैसी दया मन में उमड़ती है, वैसी ही। इससे अधिक कुछ नहीं। रात भर गोरी लाड़-प्यार में उससे लिपटती-झपटती रही, पर नरसिंह सिर्फ उसकी पीठ सहलाता हुआ प्यार करता रहा। उसे अफसोस भी हुआ, क्यों उसने उसे बुलाया ! जानकी को दी हुई कसम की याद उसे आई। मोटर ड्राइवर है तो क्या हुआ, है तो वह छत्री-बच्चा। कसम का मान उसे रखना ही पड़ेगा। कठोर संयम से उसने अपने को रोका। इसका उसे अभ्यास भी है। औरतों से वह दिल बहलाता, पकड़ा-पकड़ी भी करता। मगर व्यभिचार ? कदापि नहीं ! गोरी अनर्गल बड़बड़ाती रही। वह अपनी जीवन कहानी सुनाती रही। नरसिंह उसकी बातें सुनता और सोचता रहा।

गहरी रात के अंधेरे में गोरी को न लज्जा रहती, न भय। उसे पिशाचिन कहो या डायन कह लो। वह बिना बाधा-विघ्न के सब कुछ कह गई। सुबह का शुक्र-तारा आकाश पर नज़र आया। निताई ने बाहर से आवाज़ दी, "गुरुदेव शुक्रा उग आया !"

नरसिंह ने बड़े स्नेह से कहा, "चलो, तुम्हें बरामदे तक पहुंचा दें, रात शेष हो आई।"

उसे छाती पर लिटाकर बिना भोगे कोई विदा करे, यह गोरी के लिए बिल्कुल अजीब-सी बात थी। वह पल-भर में ही कैसी तो हो उठी। नरसिंह से लिपटकर और छाती पर सिर रखकर वह सहसा रो

पड़ी।

नरसिंह बड़े हौले-हौले उसकी पीठ पर हाथ फेरता रहा। उसके होंठों पर एक बेबस हंसी फैली।

गोरी बोली, "मुझे भगा ले चलो।"

नरसिंह ने जवाब में फिर पीठ पर हाथ सहला दिया, "आज तुम जाओ। कल···कल तक कुछ सोच-विचार कर लें, तो कुछ करेंगे।"

उस कुलटा के संपर्क में आकर नरसिंह कैसा तो हो गया ! बहुत उदास और चुप !

उसने जानकी को छूकर कसम खाई थी। जानकी ने उसे हिदायत दी थी—अगर इच्छा हो तो और दो-एक ब्याह कर लो। लेकिन किसी कुलटा के साथ पाप नहीं कर सकते। इस हिदायत की रक्षा वह बड़ी कठोरता से करता आ रहा है। बीच-बीच में उसके जीवन में कुलटा स्त्रियां आकस्मिक रूप में आती रही हैं। दारू पीकर दिल का दरिया जब उमंग उठता, तब जो भी सामने आ खड़ी होती, उसे वह पकड़ लेता। मौज में आकर लहरों को वह कई बार रोक लेता, फिर उन्हें अचंभे में डालकर किनारे से टकराकर टूट जाने के लिए छोड़ देता और अलग हट जाता। मगर व्यभिचारी वह कभी न हुआ। नशे की झोंक में वह जब तक रहता, तब तक छिछला भी बना रहता। ज़ोर से हंसता और गंदे हंसी-मज़ाक में दिलचस्पी लेता। नशा उतरा कि फिर जस का तस न खुशी, न गम। सपाट आदमी की तरह सवेरे उठकर चाय पीता और काम में लग जाता। मोटर स्टार्ट करके इंजिन गर्म करता और फिर झटके से गाड़ी को ले उड़ता।

गाड़ी चलती रहती और नरसिंह बीती रात की घटनाओं पर निताई से हंसी-मजाक करता रहता। कभी-कभी निताई जवाब भी देता, 'गुरुदेव, आपकी बात और है, आप सिद्ध-महात्मा हैं, दरस-परस से ही खुश !'

नरसिंह ज़ोर से हंस पड़ता। कहता, 'अबे जा, डोम कहीं का !' और कई बार गहरा भी उठता, कहता, 'अबे, जो छत्री बात का पक्का नहीं, वह जात का पक्का नहीं। वह कभी क्षत्री नहीं हो सकता।'

सड़क पर तेज भागती गाड़ी में बैठे अगल-बगल के राहियों में अचानक किसी खूबसूरत छोकरी पर नज़र पड़ी कि फौरन मुस्काकर

आवाज़ कस दी, 'अबे, निताई !'

ऐसे आदमी में ऐसा विकट परिवर्तन ! निताई को थोड़ी खुशी हुई। लगता है, गुरुदेव का मन मोह लिया इस मैना ने।

निताई बार-बार उससे अनुरोध करता है—अब शादी कर डालो, गुरुजी ! राम अपने जीजाजी के लिए दुःखी रहता है। कभी-कभी वह भी अनुरोध करता है।

गिर्वरजा से कई बार उसके बाप ने भी लिखा था।

मगर नरसिंह को कुछ अच्छा नहीं लगता। क्यों आखिर अच्छा नहीं लगता; इसका कारण वह नहीं जानता। जानकी को वह बहुत प्यार करता था, इसमें ज़रा भी संदेह नहीं। मगर उसके लिए वह आजीवन अविवाहित रहे, यह भी तो ठीक नहीं है। वह कहता है—कह दिया ब्याह कर लो, बस ! यह भी कोई बात हुई भला ?

श्यामबाज़ार के सदर शहर के पढे-लिखे घरानों को स्त्रियों जैसी लड़कियां उसके गिर्वरजा में या उस इलाके में उसकी जाति में एक भी नहीं मिलती। उसे बड़ा अफसोस होता है।

दरअसल उसके अज्ञान में ही उसकी रुचि बदल गई है। रुचि के इस तरह बदल जाने का ही नतीजा है कि नारी के प्रति उसका मन ऐसा हो गया है।

कल रात को गोरी के सम्पर्क में उसका यह अभ्यास कुछ डिग-सा गया था। गोरी का लावण्य, उसकी देह की कमनीयता,गर्म छुअन, नरसिंह की नई रुचि की पर्त-पर्त को गुदगुदाने में मोहमयी क्षमता रखती थी। मन के भीतर एक भयंकर तूफान मचा था।

मन में जानकी खड़ी थी और बाहर गोरी। उसे लगा था, दोनों में जैसे लड़ाई हो रही हो। अभी भी वह लड़ाई चल रही थी।

नरसिंह अचानक तड़प उठा। अब तक उसकी आंखों के सामने जानकी नाच रही थी। पर उसे यह जानकर आश्चर्य हुआ कि जानकी की जगह नीलिमा आ खड़ी हुई थी, जोसेफ की बहन मेरी नीलिमा !

वह घायल-सा तड़प उठा। कुछ दूरी पर बैठा निताई बीड़ी पी रहा था। वह भी चौंक उठा। बोला, "क्या बात है, गुरुदेव ?"

नरसिंह उसकी ओर मुड़ा।

"कुछ कहा आपने ?"

एक लम्बी सांस लेकर नरसिंह उठ खड़ा हुआ। बोला, "उठो। गाड़ी खोल डालो। एक बार ठीक से तजवीज़ लें कि किस-किस पार्ट को बदलना है।"

"यहां सब पार्टस मिल जाएंगे क्या ?"

"नहीं मिलेंगे तो कलकत्ता जाना होगा।"

निताई उदार मन का था, उसने कहा, "अब की बार राम को ले जाइएगा। उसे भी कलकत्ता दिखा लाइए।" वह हंसा और फिर बोला, 'एक शाम उसे हरकट्टा गली में भी छोड़ दीजिएगा।'

श्यामनगर ज़िला के सदर शहर तक की बस-सर्विस की गाड़ियां पहली ट्रिप लगाकर लौटने लगी हैं। पहली गाड़ी आ पहुंची है। उस गाड़ी का ड्राइवर है रामप्रसाद, कंडक्टर है तारक और क्लीनर है पगलैट। वे गाड़ी से उतरे। क्लीनर की दशा वास्तव में कुछ पगलैट-सी है। उसके सर पर झौआ भर बाल ऐसे लगे थे, जैसे मेमसाहब के बॉब कटिंग बाल! चुपड़े तेल पर धूल पड़ने की वजह से बालों का स्थायी भाव लल-छांह हो गया है। रह-रहकर सामने या कनपटियों पर बालों के लपक आने से वह गर्दन उठाकर सर पीछे की ओर झटकार लेता है। बाल चाबुक की तरह सर पर अपनी जगह जा चिपकते हैं।

दूकान के बाबू से नरसिंह का परिचय पहले ही दिन शाम को हो चुका था। कल सवेरे भी उसने वहीं से तेल खरीदा था। बाबू ने नरसिंह को एक स्टील की कुर्सी की ओर इशारा करके कहा,"बैठिए। सर्विस की गाड़ी आई है, ज़रा उसे देख लूं।"

पगलैट ने जेब से एक कंघी निकालकर कई बार सिर पर फेरी। फिर नरसिंह की ओर टेढ़ी निगाह से देखकर मुंह फेर लिया और रामेश्वरप्रसाद की ओर देखा—सम्भवत: कुछ इशारेबाज़ी हुई।

रामेश्वर गाड़ी से उतरकर अंदर आ गया। बोला, "राम-राम। आप यहां बैठे हैं ?"

नरसिंह ने भी हंसकर कहा, "राम, राम।"

"क्या हाल है, ट्रिप नहीं लगाते अब ?"

"नहीं।"

"क्यों ?"

"लाइसेंस नहीं बना है।"

"ओहो, ठीक।" वह ज़रा रुका, फिर हंसकर बोला, "आज शाम को आइए न ?"

"नहीं।" संक्षेप में उत्तर देकर नरसिंह ने अपनी लिस्ट टेबल पर सरका दी और उसपर झुक गया।

रामेश्वर भी टेबल के कोने पर कुहनी टिकाकर झुक गया।

बोला, "क्या है यह ? पार्टस खरीदने हैं क्या ?"

लिस्ट समेटकर नरसिंह ने उत्तर दिया, "हां।"

बड़े मिठास से रामेश्वर ने कहा, "मुझे दिखाइए, कुछ मैं भी दे सकता हूं।"

नरसिंह उसकी ओर देखकर मुस्कराया। वह जानता है कि ड्राइवरों पर जितनी भी कड़ाई क्यों न की जाए लेकिन वे पार्टस चुरा ही लेते हैं। उसने कोई उत्तर नहीं दिया।

रामेश्वर नरसिंह के कानों में झुककर बोला, "सस्ते में दे दूंगा।"

नरसिंह ने कहा, "यहां मिल जाएं तो ठीक है, वर्ना कल कलकत्ता तो जाना ही है।"

रामेश्वर ने सिवा 'राम-राम' के आगे कुछ नहीं कहा। वह वहां से चला गया और खाली बस पर बैठकर उसे स्टार्ट करके वहां से ले गया। ड्राइवर की सीट के बगल में फुटबोर्ड पर खड़े होकर पगलैट चिल्लाया—आ जाओ, हमारे मोरपंखी भाइयो, हम ईसाई मुहल्ले के पोखर में चलें। ईसाई मुहल्ले के पोखर में पीने को मिलेगा नीला पानी, नीला पानी, नीला पानी, नीला पानी। पीने चलें हम मयूरपंखी।

पीछे से दूकान का बाबू चिल्ला उठा, ऐ, ऐ, ऐ! लेकिन बस निकल गई, शायद किसी ने कुछ ध्यान नहीं दिया। बाबू ने दूकान के नौकर से कहा, "ये बिना झंझट किए नहीं मानेंगे। बार-बार मना किया है कि ईसाई मुहल्ले के पोखर पर मत जाओ। जोसेफ एस० डी० ओ० का ड्राइवर है और अगर पादरी साहबों को पता चल गया तो थ्री-वर्ल्ड् स यानी तीन दुनियाएं देखनी पड़ेंगी।"

नौकरों ने कहा, "कुछ दिनो तो इनका उधर जाना बन्द था। लगता है इनपर आज फिर भूत सवार हो गया है।"

नरसिंह के लिए कुछ छिपा नहीं रहा। वे लोग नीलिमा को तंग करना चाहते हैं। इस बारे में पहले भी सर्विस-दफ्तर में जोसेफ ने सावधान कर दिया था। एस० डी० ओ० से कहेगा, पादरी साहबों को भी बताएगा—ऐसा उसने कहा था। इसका नतीजा यह निकला था कि रामेश्वर-पगलैट का दल उधर नहीं जाता था। आज वे सिर्फ नरसिंह को चिढ़ाने की गरज से नीला पानी चिल्लाते हुए ईसाई मुहल्ले के पोखर की तरफ निकल गए।

बदमाश ! भाई-बिरादर की मां-बहिनों की जो इज़्ज़त नहीं करता, वह पूरा बदमाश है।

बाबू अन्दर आए। बोले, "लिस्ट छोड़ जाइए, आज ही हेड

ऑफिस हमारी बस जाएगी। दो-तीन दिनों में माल आ जाएगा।"

'अच्छा, बाबू साहब !'

आठ बज रहे हैं। शहर का हाट-बाज़ार गुलज़ार हो गया है। चाय की दूकानों के अड्डे इसी बीच जमकर उखड़ने लगे हैं। एक चाय की दूकान में वह जा घुसा। दूकान के सामने ही चौमुहानी है। कुछ दूर पर म्युनिसिपैलिटी का बाज़ार है। बाज़ार के आधे हिस्से में घोड़े गाड़ी का अड्डा है। सामने गाड़ियां आ खड़ी हुई हैं। दो-तीन गाड़ियां चौमुहानी के करीब बढ़कर भाड़ा ढूंढ़ रही हैं। नरसिंह को चाय पीने को इतनी इच्छा नहीं थी, जितनी गाड़ीवानों के हाल-चाल जानने की। इसीलिए वह चाय की दूकान में घुसा और एक गरम समोसा और एक कप चाय लेकर बैठ गया। आज गाड़ीवानों की हाक-डाक बड़ी तेज़ है।

"पांचमति, बाबू पांचमति। भाड़ा एक आना कम कर दिया। एक आना कम। आज से सात आना सीट। सात आना।"

एक पानवाले ने मुंह बिगाड़कर कहा, "क्यों शोभन, एक ही दिन में एक आना कम ?" शोभन ने बड़ी तेज़ आवाज़ में उत्तर दिया, "हां जी, हां, ज़रूरत पड़ने पर और भी कम कर देंगे। दो आने पर हेड गाड़ी चलेगी।"

"इसके बाद ?"

"इसके बाद डंडेबाजी।"

शोभन के पीछेवाली गाड़ी के गाड़ीवान ने कहा, "खत्म कर डालेंगे साले को एकदम ! बारह गाड़ियां हैं और तीस जने हम हैं, एक आदमी फांसी पर लटक जाएगा। बस !"

उसे देखकर नरसिंह को लगा कि वह किसी की भी जान ले सकता है।

दुनिया में जितनी गड़बड़ी है, सब पेट के लिए, रोटी के लिए। वे लोग जो इतने गुस्सा उठे हैं कि उसकी हत्या करेंगे, इसके लिए नरसिंह उन्हें कुछ कह नहीं सकता। पर वह भी करे क्या ? उसे भी रोटी चाहिए। सारी दुनिया का हाल यही है।

श्याम बाज़ार से रेल जंकशन तक उस ज़माने में चलती थी बैलगाड़ी। कतार से पचास बैलगाड़ियां स्टेशन पर हाज़िर रहती थीं।

फिर आई रेल-लाइन, सब गाड़ियों को हटना पड़ा।

इसके बाद मोटर-बसों का आगमन हुआ। मोटर में क्षमता है कि

वह रेल से होड़ ले सकती है। सड़क अच्छी हो तो रेल से भी तेज़ चल सकती है, बढ़िया मोटर हुई तो रेल के फर्स्ट क्लास से भी ज़्यादा आरामदेह।

इमाम बाज़ार के बाबुओं को एक दफे शौक चढ़ा कि वे कलकत्ते में प्राइवेट टैक्सी का कारोबार करें। उस समय टैक्सी में मीटर नहीं होता था। बड़े-बड़े लोग दिन-भर का कण्ट्रैक्ट कर लेते थे।

उस समय अमेरिका से टूरिस्टों के आने का सिलसिला लगा हुआ था। उनके पास खूब पैसे थे, दिलदरिया खुशमिज़ाज ! वे मोटी रकम देते थे। उनके लिए बाबू ने एक मास्टर-ब्यूक गाड़ी खरीदी थी। वह गाड़ी नरसिंह चला चुका है। क्या आरामदेह थी वह, उसके अंदर कितनी करामात थी ! उसी वजह से मोटर टिकी है, रेल से होड़ लेते हुए। मोटर से हार मानकर अगर घोड़ागाड़ी को हटना पड़े तो हटना ही होगा। इसके लिए वह क्या कर सकता है।

अरे भाई, मान लिया कि उसे मार डाला, इससे नरसिंह तो मर जाएगा; लेकिन मोटर···? मोटर तो नहीं मर सकती। नरसिंह की हत्या के बाद जब बात फैलेगी तब मोटर के दूसरे कारोबारियों की निगाह पर यह सड़क चढ़ जाएगी। तब एक के बजाय दो-चार टैक्सियां यहां पहुंच जाएंगी। उनके लिए भी यह रोटी का सवाल हो उठेगा। हिस्सेदारों में कोई-कोई अपनी करामात भी दिखायेगा। इससे इतना डरने से काम नहीं चलेगा। डरे, कि हार निश्चित है। नरसिंह यह जानता है। पर दिमाग गरम करने से भी काम नहीं चलेगा। ठंडे दिमाग से काम लेना होगा। डंडे चलेंगे, तो उसे रोकना पड़ेगा; उलटे डंडा चलाने से कोई लाभ नहीं होगा। वह छत्री-बच्चा है, यह ठीक है। उसके वंश का कोई भी आदमी डंडा खाकर चुप नहीं रहा। उनमें एक डंडे का जवाब दो डंडों से देने की आदत है। परन्तु गिर्वरजा में जो कुछ होता है, वह बाकी दुनिया में भी हो, यह कोई ज़रूरी तो नहीं। गिर्वरजा से निकलकर अनेक घाटों का पानी पीने के बाद उसे बहुत कुछ का पता चल गया है। अगर सम्भव हुआ तो वह कोचवानों से कोई समझौता कर लेगा। वे इसके लिए तैयार नहीं होंगे, तो लड़ो लड़ाई ! वह करे क्या ? उन्हें भी रोटी चाहिए, उसे भी रोटी चाहिए। रोटी के पीछे ही तो दुनिया में सदा से इतनी सरगरमी, लड़ाई और झगड़ा झंझट है।

गाड़ी के आगे की सीट पर निताई बेखबर सोया पड़ा है। मोटर साफ करने और कल-पुर्जे खोलने की बात तो दूर रही, बोनेट खोलकर

उसे बन्द तक करने का ख्याल भी नहीं रहा उसे ! कोई और दिन होता तो नरसिंह को क्रोध आ जाता, पर आज मन-मिज़ाज भी ठीक नहीं है; और फिर सदर शहर जाने का विचार भी करके लौटा है वह। गाड़ी खुल जाती तो बड़ी असुविधा होती। इससे उसे सुविधा हो हुई है। पर राम कहां गया ! कहां गया वह ?

राम अपने जीजा की खातिर कहीं गया था। सवेर को उठा तो निताई ने उससे कल रात की सारी बातें सुनाईं। उससे बिगड़कर कहा था, "बेहोश होकर सोया रहा, बेवकूफ कहीं का ! देखा नहीं, रात को क्या-क्या गजब हुआ ? अबे साले, आकाश से एक परी उतरी थी। मैंने दिखाया, गुरुदेव को—परी उतरी चली आ रही है ! बस, गुरुदेव ने हाथ फैलाकर उसे रोक लिया। परी ने दोनों बांहें डाल दीं गुरुदेव के गले में। सवेर को कहती क्या है, जाऊंगी नहीं मैं, रहूंगी तुम्हारे पास। ऐसा रोई, इतना रोई कि बस दिल ऊब-डूब हो गया। गुरुदेव ने कितना समझाया कि जाओ, कल सब ठीक करेंगे। तब कहीं गई वह।"

राम की दोनों आंखें निकल आई थीं, मुंह बाये वह सब सुनता रहा। निताई की बातें सुनकर उसने दिमाग लगाया, फिर सोचा—उहूं, परी के आने की बात एकदम झूठ है ! निताई मज़ाक कर रहा है। वह अनुभवी मज़ाकिए के स्वर में बोला, "चल, हट !"

निताई ने उसके सिर पर हाथ रखकर कसम खाई, "मां कसम, तेरे सिर की कसम !" अपने कहे को और भी महत्त्व देने के लिए बोला, "काली माई की कसम, परी ऊपर से उतर आई और गुरुदेव ने रोक लिया।"

काली माई की कसम से राम को मानना ही पड़ा। वास्तविक विचार-बुद्धि पंगु हो गई। वह चुपचाप आंखें फाड़े निताई को ताकता रहा।

निताई ने कहा, 'वह थी भी हज़ारों में एक।"

राम ने सवाल किया, "आज फिर आएगी ?"

"आने की बात तो है।" निताई हंसते हुए बोला, "परी को तूने देखा है ? उस पेड के नीचे चल। मैं तुम्हें गाड़ी में बैठकर सब कुछ बताऊंगा।"

राम कुछ क्षणों के लिए चुप रहा। निताई ने फिर कहा, "काहे

रे, तू तो बिल्कुल भीगी बिल्ली हो गया" राम ने इसका भी कोई जवाब नहीं दिया। फिर भी निताई का मन रंगीन-खां था, उसने कहा, "जो भी हो, उस छोकरी ने गुरूजी का मन मोह लिया है।" वह हंसने लगा।

राम ने गहरी सांस ली। निताई से उस कोमल-कमलीय छोकरी की अकल्पनीय और दुःस्साहसिक अभिसार की कहानी सुनकर पहले तो उसके मन में गुदगुदी हुई थी। लेकिन सब कुछ सुन लेने के बाद उसका मन कैसा तो हो उठा। अपनी बहन की मौत के बाद से नरसिंह का यह स्त्री-सम्पर्क उसे बहुत पीड़ा पहुंचाता है! नरसिंह उसके लिए देवता है। बचपन में ही उसकी मां मर गई थी, बाप गरीब था। उसकी बुआ यानी धरनीराय की पत्नी नरसिंह को हटाने की गरज़ से ही दोनों भाई-बहिनों को ले आई थी। बुआ बार-बार उससे कहती थी—'फूफा के पास जा, उसकी बातें सुन, मन-मिज़ाज भांपकर उन्हें लाड़-प्यार दिखा और गोद में चढ़ जा। समझा?'

राम सब कुछ सुनता रहता। वह इसका अर्थ नहीं समझता था।

बुआ समझाकर कहती थी, 'जब तुझे दुलार करें, तो कहना कि आप नरसिंह को खूब मानते हैं! समझा?'

बुआ ईर्ष्या के बीज बोता चाहती थी और बीजों से अंकुर फूटकर शायद विष-वृक्ष बन जाते, परन्तु ऐसा हो नहीं सका। धरनीराय ने नरसिंह को इमाम बाज़ार के बाबू के यहां भेज दिया। राम छोटा था फिर भी ऐसा कोई कारण उसे नहीं मिला कि वह नरसिंह से ईर्ष्या करे। नरसिंह जब सब कुछ त्यागकर यहां से चला गया, तब फूफा से यह कहना कि आप नरसिंह को खूब मानते हैं, व्यर्थ था। बुआ के यह सब सिखाने का परिणाम उलटा निकला। वयस्क लड़कों में अनुकरण की जो स्वाभाविक प्रवृत्ति होती है, उससे वह नरसिंह के प्रति और भी आसक्त हो उठा।

इस बीच शनिवार-रविवार को नरसिंह आने लगा। अपनी मामी को वह कहता सिंहनी। नरसिंह के इस शब्द में राम को बुआ के प्रति एक विद्रूप का भाव मिला था। और इसी भाव ने जानकी और राम को उसके प्रति आकृष्ट किया था। नरसिंह उम्र में बड़ा था, इसके अलावा उसकी बड़ी-बड़ी आंखों में उग्र दृष्टि का आभास भी उन्हें मिला था। वे यह समझ गए थे कि उसमें तेज़ है। नरसिंह की मामी यानी राम की बुआ कभी-कभी कहती, 'नरसिंहवा की आंखें तो देखो, जैसे निगल जाएगा। खून-खराबा करना तो उसके वंश का काम ही

है।' बुआ के मुंह से यह सुनकर नरसिंह के प्रति उनकी भक्ति बढ़ गई थी। दोनों भाई-बहन नरसिंह को अपने दल का अगुआ मानने लगे थे।

जानकी नरसिंह को बहुत मानती थी और अपने भाई से कहती थी, 'नरसिंह भैया बड़ा इलमदार है। पढ़ना-लिखना जानता है। कलम चलाएगा, ढेर-ढेर-सा रुपया कमाएगा।'

नरसिंह से कभी-कभी कहती थी, 'तुम अपनी पुरानी किताब देना नरसिंह भइया, राम पढ़ेगा।' बुआ ने कह रखा था कि राम गायों को मैदान चराने ले जाया करेगा और फूफा से रस्सी बंटना सीखेगा। जो थोड़ी बहुत ज़मीन-जायदाद है, उसे संभालेगा। बड़ा होने पर वह फूफा के डाक-बंगले का जमादार बनेगा। राम को इसमें कोई तकलीफ नहीं थी ! इसलिए वह भी गायों को हांकता हुआ मैदान में चक्कर काटता रहता। सांझ को फूफा उसे अ-आ-क-ख पढ़ाते। इसी प्रकार दिन कट रहे थे कि अचानक न जाने क्या ऐसा गुज़रा कि राम की समझ में कुछ नहीं आया। फिर भी घर में कुछ हुआ ज़रूर था। नरसिंह उस दिन नई नौकरी की पहली तनख्वाह लेकर बाघिन का चरण छूने आया था। फिर कब तो चला गया···? दूसरे दिन जानकी ने उसे उसके पास भेजा था। कहा था, 'तू नरसिंह भइया के पास जा, उससे कहना कि एक रुपये का अफीम खरीद दे।'

नरसिंह ने उससे रुपया लेकर कहा था, 'कह देना, सांझ को हम लेकर आएंगे।'

शाम को वह आया तो सिंहनी से बोला, 'मामी, जानकी से हम ब्याह करना चाहते हैं, करोगी उसका ब्याह मेरे साथ ?'

राम यह सुनकर अंधेरे मैदान में जी भरकर नाचा था, और अपने मन में बोला था, 'क्या बात है, जय भगवान् ! जय हो रामजी की !'

नरसिंह अब उसका सचमुच का भाई हो गया था। इससे राम को बड़ी प्रसन्नता हुई थी। बाद में जब नरसिंह ने जानकी से ब्याह करके इमाम बाज़ार में अपनी गृहस्थी जमाई तो राम को भी वहां बुला लिया। वह खुशी में पागल हो उठा था। नरसिंह उस वक्त भी कोयले के डिपो में काम करता था। उसने राम को स्कूल में भर्ती करा दिया। उस समय राम को भाई साहब पर बड़ा गुस्सा आया था। जानकी कहती, 'गधा कहीं का ! पढ़े-लिखेगा नहीं तो करेगा क्या ? देख अपने भाई साहब को। लिखना-पढ़ना जानते हैं, तभी न डिपो का हिसाब-किताब करते हैं।'

इसके बाद भाई साहब बाबू के ड्राइवर हो गए। भाई साहब ड्राइवर की सीट पर बैठकर गोलाकार चक्का घुमाते हुए गाड़ी को जंगली सूअर की तरह गों-गों की आवाज़ के बीच जब जिधर चाहते उधर मोड़ देते। भाई साहब की यह करामात देखकर वह अवाक हो जाता था। आज भी वे बातें याद आने पर अपने आप हंसने लगता है। उसने भी गाड़ी चलाना सीख लिया है। वह भी आज उस गोलाकार चक्के को पकड़कर मन मुताबिक गाड़ी घुमा सकता है।

मंझले बाबू मर गए तो नरसिंह सिर पकड़कर बैठ गया। जानकी ने उससे कहा था, 'तुम अपनी गाड़ी खरीद लो। उसने पांच सौ रुपये निकालकर गिन दिए, जो उसने नरसिंह की तनख्वाह और ऊपरी आमदनी से काट-छांटकर जमा किये थे। नरसिंह ने उन्हीं रुपयों से बुआ बाबू से यह पुरानी गाड़ी खरीद ली।

राम कंडक्टर बन गया। वह टिकट काटता और पैसे लेता। नरसिंह का जैसे वह खरीदा हुआ गुलाम हो गया। उम्र अभी पूरी नहीं हुई थी, फिर भी बहन और भाई साहब की रोटी तोड़ने में उसे कैसा तो लगता था। मोटर गाड़ी का कंडक्टर होने पर उसे महसूस हुआ था कि वह भी एक इज़्ज़तदार आदमी बन गया। उसे कभी-कभी यह ख्याल आता कि बुआ के यहां रहता तो वह आज भी गाय चराता रहता। सिंहनी बुआ के चरणों पर रुपये चढ़ाकर उसने भी प्रणाम किया था। उस दिन सिंहनी ने उसे ढेर-सा प्यार किया था। वह दिन वह कभी भूलेगा नहीं। वह दिन उसके जीवन में सबसे सम्मान का दिन था। सिंहनी की लानत, मलामत और कुफ्र से उसे उस दिन छुटकारा मिला था।

उसके जीवन का सबसे दुःखपूर्ण वह दिन है, जिस दिन उसकी बहन मरी थी। बहन मां बनने वाली थी कि मर गई। ओफ् ! भाई साहब का उस दिन बुरा हाल था।

बहन मर गई। भाई साहब ने कलेजे पर पत्थर रख लिया। राम का ख्याल था—भाई साहब दूसरी शादी करेंगे, नई बहू आएगी, उसका भी एक भाई होगा और वही कंडक्टर बनेगा। तब राम का क्या होगा ? फिर भी भाई साहब को प्रणाम, हज़ार बार प्रणाम ! उन्होंने उसे काम सिखाया,आदमी बनाया; अब तो वह कहीं भी कुछ कर सकता है। मगर बहन को मरे आज एक वर्ष बीत रहा है और उन्होंने दूसरी शादी नहीं की। यहां तक कि उन्होंने कहीं से भी उसे पराया होने नहीं दिया। भाई साहब जब किसी स्त्री से जी बहलाने का

नाटक करते हैं तो यह सोचकर उसका मन भर आता है और डर भी लगता है कि कहीं भाई साहब साधु-सन्यासी न हो जाएं !

आज निताई ने जब कहा, 'वह छोकरी गुरुजी को भा गई है।' तब राम का चेहरा उतर गया था। पहले तो उसे चिन्ता हुई थी कि अब भाई साहब ज़रूर ब्याह कर लेंगे, नई बहू आएगी और कहीं उसके साथ उसका भाई भी आया तो...? जो आएगा, वह जाने के लिए थोड़े ही आएगा ? फिर उसके मन में हुआ, आए तो आए अच्छा ही है ! भाई साहब का घर बसेगा तो उन्हें बाल-बच्चे होंगे। वह तो काम सीख ही चुका है, जवान भी हो चुका है। दुनिया में काम की कमी थोड़े ही है !

निताई बोनेट खोलकर अन्दर कुछ देख रहा था। बोला, "क्यों, तू चिन्ता में क्यों पड़ गया ? इधर आ, इधर...। गुरुजी मोटर-पार्टस की दूकान पर गए हैं। पूरा इंजन खोलकर पार्टस बदलने का हुक्म हुआ है। आओ, आओ।

राम निताई के साथ काम में जुटने ही वाला था कि अचानक उसकी नज़र साहू की छत के मुंडेरे पर गई। वहां गोरी खड़ी थी। वह सोचने लगा कि कैसे उसे बुलाए और कहे कि वह उसकी बहन बन जाए ? वह कहेगा, आज से तुम मेरी बहन हो। वह उससे यह भी कहेगा, सुनो भई, आज से तुम्हें मेरे भाई साहब का मन मोह लेना होगा। भाई साहब का मन अमीर है, बहुत ऊंचा। वह उसे सब कुछ बताएगा। वह दो कदम आगे बढ़कर खड़ा हो गया। वहां से गोरी बखूबी दीख रही थी।... उफ़ यह गोरी क्या है, जैसे दिन का उजेला ! वह अनेकों में एक है ! जिस तरह बिल्लियों और सिंहों की आंखे रात को चमकती हैं, भाथी की आंच में पड़ा लोहे का टुकड़ा आग में पिघलकर लाल हो जाता है और पद्म-पत्ते के ऊपर पड़ी पानी की बूंदों-सा रात की छुआन से ढलमल करता है; उसी तरह गोरी की आंखें भी बाध-बिलार की आंखों जैसी चमकती हैं और भाथी में पड़े लोहे के टुकड़े की तरह पिघलने-सी लगती हैं। पर दिन की छटा में बाघ-बिलार की आंखों की पुतलियां ऐसे सिमट जाती हैं कि लगता है, गोरी कितनी भली है ! जैसे ठण्डक पाकर पिघला हुआ लोहे का रंग काला हो जाता है और ठोस भी, दिन में गोरी का रूप भी उसी तरह बदल जाता है। ललाट तक घूंघट और पलकें झुकी-झुकी। राम ने निताई को पास बुलाकर उसकी ओर इशारा किया।

निताई मुस्कराकर बोला, "अरे, इधर आ। अभी काम कर, रात

को देखना, वह आएगी और ज़रूर आएगी।"

राम का मन काम में नहीं, बल्कि उधर ही लगा रहा। छिपकर कुछ करने में एक नशा होता है। वह उसी नशे में उतर चुका था। उसने कहा, "तुम बैठो, मैं आता हूं।" वस्तुतः वह जल्दी से जल्दी उसके साथ भाई-बहन का रिश्ता जोड़ना चाहता था।

निताई ने उसे मना किया, "उधर मत जा। गुरुजी नाराज़ होंगे। यहां ज़रूरी काम पड़ा है, पहले उसे पूरा कर लो।"

राम माना नहीं। वह जो कुछ भी कर रहा है, सब भाई साहब के लिए ही।अगर भाई साहब नाराज़ होंगे तो वह सह लेगा··· ! और काम ? काम तो लगा ही है। थोड़ा इधर थोड़ा उधर। वह चला गया।

थोड़ी देर में जोसेफ उनके निकट आ पहुंचा और नरसिंह की गाड़ी के पास रुक गया। उसने हंसकर नमस्ते की। बोला, "मैं सोच भी नहीं सका था कि आपसे मुलाकात होगी ! आज गाड़ी नहीं निकालेंगे क्या ?"

नरसिंह ने कहा, "नहीं जब तक लाइसेंस नहीं बन जाता, तब तक कैसे गाड़ी निकालें ? कल आपने ही तो मना किया था।"

'हां, यह ठीक है। सुनो भाई मेरी गाड़ी खराब हो गई है। ठीक होने में दिन-भर लगेगा। और साहब को किसी ज़रूरी काम से सदर शहर जाना है। उन्होंने मुझसे बस में सीट का बन्दोबस्त करने के लिए कहा तो मैंने उनसे बताया कि एक टैक्सी है, जो यहां भाड़ा लेकर आई है ; वह आपको सदर शहर पहुंचा देगी। इसलिए आप साहब को लेकर चले जाइए। जितना किराया दें, ले लीजिएगा। लाइसेंस बनवाने में सुविधा होगी।"

नरसिंह संभलकर बैठ गया। निताई से बोला, "हैंडिल घुमा।"

निताई ने कहा, "राम को बुला लें ?"

नरसिंह बोला, "छोड़ उसे, हैंडिल मार।"

जोसेफ ने कहा, "आप ज़रा यहीं ठहरिए, हम घर से लौटकर आते हैं। नीलिमा को शायद शहर से कुछ मंगाना है···।" वह साईकिल पर पैडल मारता हुआ चला गया।

नरसिंह ने मन ही मन सोचा, चलो ठीक हुआ कि वह घर ही गया है।

अगर रामेशवर कुछ बदमाशी करेगा तो यह उसका कोई न कोई इन्तज़ाम करके ही लौटेगा।

निताई ने कहा, "आप जो भी कहें गुरुदेव, डोम के लड़के से इतनी बढ़ती ठीक नहीं है।"

नरसिंह ने आश्चर्य-चकित होकर उसकी ओर देखा।

निताई बोला, "मान लिया कि आज वह ईसाई है, लेकिन है तो गांव-जवार का डोम ही! बस, आपसे दोस्ती गांठने के लिए ही नमस्कार करता रहता है।"

नरसिंह ने कोई उत्तर नहीं दिया। वह कुछ सोच रहा था। बहुत सोच-विचार करने पर भी उसे जोसेफ और नीलिमा में कोई खोट नज़र नहीं आया। जोसेफ ने उसके साथ अच्छा ही व्यवहार किया है और नीलिमा भी बड़ी भली लड़की है। वह भले ही डोम की लड़की हो, लेकिन ऊंची जाति की कोई भी लड़की उसके आगे पानी भरेगी।

जोसेफ लौट आया। उसके साथ नीलिमा भी आई। साइकिल का हैंडिल पकड़े दोनों पैदल ही आ रहे थे। जोसेफ के चेहरे पर तनाव मौजूद था। उसने कहा, "किस्मत अच्छी थी, जो मैं घर पहुंच गया। रामेश्वर व पगलैट मेरे मुहल्ले के तालाब में गाड़ी धोने के बहाने...।" वह रुक गया।

नरसिंह ने कहा, "हां, वे लोग मेरे सामने ही गए थे। वे आवाज़ लगा रहे थे—ईसाई-तालाब का पानी पीने हमारी गाड़ी चली?"

"हां, वहां वे गड़बड़ी मचा रहे थे। उन्हें वह बुरा लगता है कि नीली स्कूल में पढ़ाती है। वे लोग आवाज़ कसते हैं, सीटियां बजाते हैं। बस, हमारा कसूर है ईसाई होना और मोटर-ड्राइवर होना और नीलिमा का मेरी बहन होना। कुछ दिनों तक ये लोग शान्त थे, आज फिर शुरू हो गया, इसलिए इसे साथ लेता आया हूं। इसे स्कूल पहुंचाकर अभी लौटता हूं, तब आपके संग चलूंगा।"

नरसिंह ने कहा, "अरे, इन्हें भी मोटर में बैठा लीजिए न, स्कूल में उतारकर हम लोग चले चलेंगे।" फिर नीलिमा की ओर देखकर स्नेह से उसने कहा, "बैठिए, चलिए।"

नीलिमा ने भाई की ओर देखा। जोसेफ बोला, "बैठो।"

नरसिंह ने हंसकर कहा, "आपके घर जब जाऊंगा, तब किराया दे दीजिएगा। न हो तो चाय पिला दीजिएगा। सचमुच, आपके यहां की चाय बहुत अच्छी होती है।"

किस्मत की करामात बड़ी अजीब होती है। उस करामात से बढ़कर दुनिया में कुछ नहीं है। एकदम आसानी से यानी फौरन से पेशतर नरसिंह को सर्विस का लाइसेंस मिल गया। यहां के एस० डी० ओ० ने सब कुछ कर-करा दिया इसीका डर उसे था। इन्क्वायरी होती तो पुरानी घटनाएं उभरतीं—और श्यामनगर से रिपोर्ट जैसी आती, उसका अंदाज़ नरसिंह को पहले ही था। इसी वजह से उसने तय किया था कि सर्विस सुखनराम के नाम से खोलेगा। मगर बड़े अचरज की बात है कि यहां के एस० डी० ओ० ने बिना इन्क्वायरी किए ही लाइसेंस दे दिया। जोसेफ जिन्दा रहे, उसीने साहब से मिलाया-जुलाया। साहब ने गाड़ी के फुट-बोर्ड पर जैसे ही पैर रखा कि उसे तीखी निगाह से देखकर कहा था, 'तुम इमाम बाज़ार में थे। वहां सुधांशु बाबू की मोटर-सर्विस में गाड़ी चलाते थे ?'

सुधांशु बाबू—इमाम बाज़ार के मंझले बाबू !

नरसिंह ने साहब को अब पहचाना। ये तो 'गुप्ता' साहब हैं—इमाम बाज़ार इलाके के सर्किल अफसर। इकहरा शरीर ! कम उम्र ! चेहरे पर तेज ! गुप्ता साहब महीने में दो राउंड इमाम बाज़ार का लगाते थे। मंझले बाबू से उनका दोस्ताना सलूक था।

नरसिंह देखते ही समझ गया कि गुप्ताजी पक्के साहब हो गए हैं।

'हुजूर !' अदब से सलाम करके उसने कहा था, 'हुजूर, आप मजे में तो हैं न ?'

'हां।'

साहब गाड़ी पर बैठे और सफर के दौरान बहुत सारी बातें हुईं। मंझले बाबू के मर जाने की खबर सुनकर उन्होंने गहरी सांस लेते हुए कहा, 'यह मुझे पता था कि सुधांशु बाबू अधिक दिनों तक ज़िन्दा नहीं रहेंगे। अपने शरीर के साथ कोई आदमी इतना अन्याय करता है भला ? अधिक उम्र तक जीवित रहते तो और भी बिगड़ जाते। ओह, कैसे मतवाले होकर सड़क के पनाले में पड़े रहते थे ? लोग उन्हें देखकर नाक सिकोड़ते थे।'

फिर ज़रा देर बाद कहने लगे, 'हमने ऐसा आदमी नहीं देखा कभी।'

नरसिंह ने किसी भी बात का जवाब नहीं दिया। वह जानता है, जवाब देने से अच्छा है, चुप रहना। अफसरों की जात को वह अच्छी तरह पहचानता है; वे कब किस बात से खुश होंगे और कब नाखुश, नरसिंह के पास यह समझने लायक बुद्धि है। बहुत बार जी-

हुजूरी करने पर भी ये लोग खफा हो उठते हैं।

गुप्ता साहब ने पुनः पूछा, 'टैक्सी तुम्हारी अपनी है ?'

'जी हां, हुज़ूर।'

'कितने दिन हुए, खरीदे ?'

'बहुत दिन हुए सरकार। मंझले बाबू के मरने के बाद बस का कारबार डेढ़-एक वर्ष तक चालू रहा, इसके बाद बन्द कर दिया गया। उसी वक्त मैं…। उस बात को आज पांच-छह वर्ष हुए होंगे, हुज़ूर।'

साहब ने पूछा, 'इतने दिनों तुम्हारी सर्विस कहां थी ? वहीं ?'

'जी हां।'

'वहां शायद अब सर्विस अच्छी नहीं चलती ?'

नरसिंह ने कोई उत्तर नहीं दिया। सही-सही बताना उचित होगा या अनुचित, यह निर्णय नहीं ले सका वह।

'अब वहां कितनी गाड़ियां चलती हैं ? बहुत सारी, या…?'

'जी?'

'कितनी गाड़ियां वहां चलती हैं ?'

नरसिंह सच बता बैठा, 'जी, गाड़ी तो एक ही थी, सो भी मेरी ही।'

'फिर ?'

'फिर ?' जी…।' नरसिंह उत्तर देने में घबरा गया।

'ओह, ट्रेन से कम्पटीशन करना शायद मुश्किल लगता होगा ? रेल कम्पनी ने बहुत गाड़ियां उस लाइन पर दे दी हैं। मैंने सुना था कि वहां शटल ट्रेन भी मुकर्रर कर दी गई है। इमाम बाज़ार से जंकशन तक दो-दो गाड़ियां जाती और आती हैं।'

नरसिंह को लम्बी सांस लेने के बाद राहत मिली। बोला, 'हां हुज़ूर, यही बात है।'

गुप्ता साहब कुछ सोचने लगे, फिर बोले, 'पर यहां से पांचमति तक तुम्हारी सर्विस चल पाएगी ? सड़क कच्ची है; बरसात में तो बैलगाड़ियां तक नहीं चल पातीं।'

'जी, मैं कोशिश से बाज़ नहीं आऊंगा।'

गुप्ता साहब ने कहा, 'ठीक है, देखो क्या होता है ? हां, चाहो तो एक दरखास्त दे देना।'

नरसिंह ने खुशामदी लहजे में कहा, 'हुजूर ही तो मालिक हैं। आप जो चाहेंगे वही होगा।'

गुप्ता साहब बोले, 'पर घोड़ेगाड़ी वालों का नुकसान होगा, सो...।' कुछ सोचकर पुनः बोले, 'ठीक है, देखा जाएगा। तुम कुछ ओहदेदारों की सुविधाओ का हवाला देकर मोटर सर्विस के लिए दरखास्त दे देना।'

'जी सरकार ऐसा ही करूंगा।'

गंगा का किनारा नज़दीक आता जा रहा है। जंगली झाऊ सड़क के किनारे नज़र आने लगे हैं। आम के बड़े-बड़े बाग दीख रहे हैं। अगल-बगल की जगह बांध जैसी ऊंची होने लगी है; पुलिया की संख्या भी एक के बाद एक बढ रही है। यात्री सवारी की भी संख्या बढ़ने लगी है नरसिंह की गाड़ी पक्के जॉकी के घोड़े की तरह चली जा रही है।

गुप्ता साहब बहुत देर तक चुप बैठे रहे। सिगरेट का धुआं बहुत ही कायदे से वे छोड़ते हैं, रिंग खूब बनाते हैं वे, छोटे से बड़ा और बड़े से और बड़ा आवर्त। मंझले बाबू भी धुएं का ऐसा ही रिंग बनाते थे।...बड़े लोगों की बड़ी बातें।

वैसे नरसिंह बहुत दूर तक सोच गया था, मगर उसे लाइसेंस बड़ी सरलता से मिल गया। इसे किस्मत के अलावा और क्या कहा जाए! उसकी किस्मत नहीं, सुखनराम का भाग्य है यह। उस दिन शहर से लौटकर जब नरसिंह ने सुखनराम से यही कहा, तो वह हंसकर बोला, "अरे भाई, मेंरे भाग्य से जब अपना भाग्य तुमने जोड़ दिया तब तो यह होना ही था।" और वह सहज रूप में हंसने लगा।

सुखनराम उसी दिन सवेर-सवेर एक सौदे में पांच हज़ार का मुनाफा कमाकर दिलदरिया और मिज़ाज मौला बनाए बैठा था। सुखनराम की बातें नरसिंह को चुभ गईं, पर उसके कहे में उसे सत्यता को झलक मीली।

सुखनराम ने कहा, "अब तो सब ठीक हो गया। मुझसे रुपये लीजिए और गाड़ी मरम्मत करा लीजिए।" इसके बाद धीरे से उसने कहा, "आज रात को पांचमति जाइए न? दो पेटी वहां चालान करनी हैं।"

नरसिंह ने दो पेटियों का अर्थ लगाया था कि बहुत माल होगा। मगर पांच सेर वाले घी के दो डिब्बों में पांच-पांच सेर माल था। गांजा नहीं, अफीम! गंध छिपाने के लिए उसे घी के डिब्बों में भरकर भेजा जा रहा था। चालान भेजने की तरह-तरह की व्यवस्थाएं

होती हैं। पांचमति के बाज़ार में जग्गू बाबू, जगबंधु बनर्जी, बड़े ज़मींदार घराने का भांजा, बाबू का मैनेजर आदि बहुत-से लोग घी का भी व्यापार करते हैं। वे लोग गाय-भैंसों का खांटी घी गंगा के किनारे के इन सरस इलाकों से इकट्ठा करके कलकत्ता चालान करते हैं और बाहर की आढ़तों से घी लाकर यहां बेचते हैं। इसीके साथ चलता है यह चुपका कारोबार। पांचमति के बाहर उसके खुदरा और बंधे कारोबारी हैं। वे गंवई-गांव में उसका वितरण करते हैं और 'भरी' पीछे कुछ मुनाफा देते हैं। नशेबाज़ों के लिए एक पैसा, अधेला भी मूल्यवान् होता है। और फिर चुपका-खरीदारी का भी अपना एक नशा होता है। इस माल में जो तेज़ी होती है, सरकारी माल में वह नहीं होती। नशेबाज़ों का कहना है कि सरकारी माल का अर्क निकाल लेने के बाद, उसमें रह क्या गया ? इस माल की काफी मांग है। माल लेकर आया था एक पंजाबी मुसलमान। उसका अमीर-उमरावों जैसा चेहरा था, वैसे ही वेशभूषा भी। नरसिंह ने उसे देखा है। वह आकर ठहरा था। सारा दिन चमड़े की खोज में बिताकर शाम को वह झुटपुटे में सुखनराम की गद्दी में आया था। सुखनराम ने रात को उसके खाने-पीने की व्यवस्था की थी। मकान के पीछे एक गुपचुप कोठरी है। उस कोठरी में ही सब इन्तज़ाम है। वहां जाने की राह शैतान की आंत से कम नहीं है। नरसिंह को सुखनराम ने घी के दो डिब्बे संभला दिए। बोला, "एक हज़ार का माल है। जग्गू बाबू से पांच सौ रुपये गिनवा लीजिएगा। डरने की कोई बात नहीं है। कचहरी बड़े ज़मींदार की ही है, धड़धड़ाते हुए घुस जाइएगा। दिल चाहे तो रात को वहीं टिक जाइएगा।"

मुसलमान व्यापारी ने कहा, "नहीं, रात को ही लौट आना। मैं रात को ही लौट जाऊंगा। गाड़ी मुझे चाहिए।"

नरसिंह अचरज में डूब गया था। वह व्यापारी खूब बढ़िया बंगला बोल रहा था। सिर्फ दो-एक शब्दों के तनिक अटपटे उच्चारण के सिवा पता ही नहीं चलता कि बंगाली नहीं है।

सुखनराम ने कहा, "अरे, नहीं, नहीं ! ऐसा नहीं हो सकता। इसके बाद उसने अश्लील वाक्यों की फुलझड़ी छोड़ दी ; जिसका मतलब था कि वह उसे एक औरत उपहारस्वरूप देना चाहता है।

नरसिंह चौकन्ना हुआ। कौन है वह ? कौन हो सकती है ?

दूसरे ही क्षण सुखनराम ने कहा, "पहले आप देख लीजिए।" और वह अन्दर चला गया। नरसिंह वहीं खड़ा रहा।

मुसलमान सज्जन ने कहा, "फौरन रवाना हो जाइए, ताकि आप जल्दी-जल्दी लौट सकें। मैं रात को ही चला जाना चाहता हूं। देर मत करिए।"

लेकिन नरसिंह खड़ा रहा। उसने कहा, "हां, जानता हूं।" और जैसे का तैसा खड़ा रहा।

उसका अनुमान सही निकला। ठीक इसी समय सुखनराम ने गोरी को सामने लाकर हाज़िर किया। गोरी को कमरे में धकेलकर विचित्र प्रकार से वह हंस पड़ा, फिर बोला, "लीजिए, देखिए।"

नरसिंह से अब खड़ा नहीं रहा गया। वहां से वह चला आया। गाड़ी पर सवार होकर निताई से बोला, "हैंडिल मार।"

निताई इसका कारण समझ गया। राम नहीं समझा था। राम ने विस्मित होकर कहा, "पैसिंजर कहां हैं ?"

गुस्से में नससिंह उबल उठा, "चुप साला, हरामी कहीं का ! इससे तुझे क्या मतलब ?"

गाड़ी घरघर्रा उठी। स्विच दबाकर हेडलाइट जला देने के बाद नरसिंह ने गाड़ी स्टार्ट की। घने अंधेरे को चीरती हुई पुच्छल तारे की तरह हेडलाइट की रोशनी के साथ गाड़ी भागी जा रही थी। जनहीन पथ ! सहसा निताई बोला, "सांप, सांप जा रहा है !"

सड़क पर एक करेत इधर से उधर सरसराता हुआ चला जा रहा था। नरसिंह ने गाड़ी की चाल तेज़ कर दी। एक कठोर आक्रोश और भरपूर शक्ति से पैर का दबाव हल्का कर उसने गाड़ी छोड़ दी। उसे वह दबा देगा, हां, खत्म कर देगा ! सांप धीरे से गाड़ी के सामने से गुज़र गया। नरसिंह ने अपने लचीले हाथों से स्टियरिंग मोड़ा। मुड़कर गाड़ी लगभग सड़क के किनारे पर आ गई। दो-एक हाथ के बाद ही सड़क की ढाल थी। फिर गाड़ी सड़क के मध्य आकर थोड़ी दूर जा रुकी। ब्रेक मारकर नरसिंह ने कहा, "टॉर्च जलाओ, ज़रा देखूं, तो !"

निताई ने टॉर्च जलाया। सांप का सिर पहिए से दबकर चिपट गया था। धूल में टायर के निशान बन गए थे। सांप की पूंछ अभी भी हिल रही थी।

"साला !"

मोटर अब संयत गति में चलने लगी।

जगबंधु बनर्जी का एक पैर नहीं है। वह बैशाखी के सहारे जा खड़ा हुआ। नरसिंह ने उसे एक ही नज़र में पहचान लिया—यह

सुखनराम से भी बढ़कर हरामी है। अगर इसकी दो टांगें होतीं तो दुनिया हिला देता। उससे भी बड़ा शैतान है वह पंजाबी। रात को स्टेशन के करीब उसने कहा, "ऐसे काम में पिस्तौल रखना ज़रूरी है।" और उसने अपनी पिस्तौल निकालकर उसे दिखाई भी थी।

नरसिंह ने पिस्तौल देखी। देखते ही उसका हृदय ललच उठा। मारण-यंत्र में एक अद्भुत आकर्षण होता है। ओह, यह अगर अपने पास हो तो दुनिया में फिर किसका डर हैं? एक लम्बी सांस लेकर वह फिर गाड़ी चलाने लगा।

सवेर को सोकर उठा तो मन उचटा-सा लगा। निताई और राम गाड़ी में लगे थे। इंजन खोलकर सब कुछ साफ करना है, रद्दी हो गए पार्ट्स देख-दाखकर बदलवाने हैं। सुखनराम आज ही रुपये देगा। वकील दलील तैयार कर रहे हैं। वृक्ष वकील की जुड़ी हुई मूंछें देखकर उसे लगा था कि वह एक पक्का वकील है। मगर नरसिंह को कुछ अच्छा नहीं लग रहा है। जोसेफ ने कहा था, 'सुखनराम से लेन-देन का सम्बन्ध उसे जंचा नहीं।'

निताई ने कहा था, 'बेटे डोम का ख्याल था कि अपनी बहन का जलवा दिखाकर हमारी गाड़ी में साझीदार बन जाएगा।'

नरसिंह ने इस बात पर उसे डांटा था। निताई गुमसुम हो गया।...उसे कुछ दुःख हुआ है, हो! नरसिंह ने सोचा, ऐसी बेमतलब की बातों को वह कभी तरज़ीह नहीं देगा। मेरी नीलिमा एक अच्छी लड़की है। पहले दिन देखकर उसे अपने पूर्वपुरुषों की जो बातें याद आई थीं, आज उन बातों के साथ नीलिमा को जोड़ने में नरसिंह को संकोच होता है, अनुचित भी लगता है।

नरसिंह का मन जाने क्यों तो मसोस रहा है। सुखनराम के साथ काम करना उसे भी ठीक नहीं लग रहा है। बीती रात की बातें उसे याद आ रही हैं। गोरी पर उसे घिन हो रही है। उसे समझ में नहीं आता कि वह करे क्या? उसने खुद भी कल रात क्या किया? कल रात उसने जो कुछ किया, उसके लिए वह एक लाचारी थी। वैसी कोई लाचारी गोरी के लिए नहीं थी। उस छोकरी की किस्मत में यही बदा है। नरसिंह मोटर ड्राइवर है—यही उसकी नियति है। गज़ट की खबर पढ़िए न—पता चल जाएगा कि मोटर ड्राइवर की नियति क्या है? हर कदम पर मोटर-डकैती की खबर मिलेगी। ड्राइवरों की किस्मत चक्कर खाकर डकैतों से जा जुड़ती है। ऐसी एक नहीं, अनेक वारदातें मिलती हैं कि कोई एक ड्राइवर सड़क से

किसीकी बहू-बेटी को उठाकर चम्पत हो गया है। हां, रुपयों का लोभ ज़रूर एक अपराध है, और इन कुकर्मों में एक नशा भी है ; लेकिन नरसिंह का विश्वास है—यह सब मोटर ड्राइवर की किस्मत का फेर है।

उसकी इच्छा एकदम नहीं हो रही है कि वह सुखनराम के पाप में हाथ बंटाए। मगर करे क्या ? इसके अतिरिक्त कोई चारा भी तो नहीं है।

मोटा मुनाफा और काम का नशा ! मैदानों में खड़े रहते हैं बाबू और साहब-सूबे टैक्सी लेकर, उनकी प्यारी आती है और साथ में बैठ जाती है। ड्राइवर को मोटी रकम मिलती है। ड्राइवर आंखें सामने टिकाकर बैठा रहता है और पीछे होता रहता है अश्लील कारोबार। ड्राइवर करे क्या ? दस-पांच दिनों के बाद इस काम में उसे भी मज़ा मिलने लगता है। नरसिंह को भी आदत हो जाएगी और मज़ा आने लगेगा। कल रात स्टेशन पर पंजाबी युवक उसके हाथ में कड़ाकेदार दस-दस के दो नोट टिका गया था। उसने एक गहरी सांस ली।

"सिंहजी !" सुखनराम का नौकर पुकार रहा है, "चलिए, वकील के यहां चलना है। सेठजी ने कहा है।"

"चलो, बिना गए भी तो काम नहीं चलेगा !"

शाम को सेठजी ने उसे दारू की दो बोतलें दीं। कल रात का किराया सुखनराम से नहीं मिला था। यह दारू शायद उसीके बदले में मिली थी। लगता है, उसे डूबना ही होगा। गोरी भी डूबेगी और किसी दिन मोटी रकम में बिक जाएगी।

पांचमति ! पांचमति ! पांचमति !

श्यामनगर से सर्विस का पहला ट्रिप ! पांचमति-खेयाघाट छह आना ! मोटर-टैक्सी !

टैक्सी के फुटबोर्ड पर खड़े होकर रामचन्द्र आवाज़ लगा रहा है। निताई चक्कर काट रहा है। गंवई पैंसिजरों को धर-पकड़कर लाना होगा। ज़रूरत पड़ने पर गठरी-मोटरी भी ढोकर लानी पड़ेगी। हां, उतारने के वक्त यह जिम्मा अपना नहीं···! सामान गाड़ी से उठाकर सड़क के किनारे दे पटका; बस काम तमाम !

गाड़ी की मरम्मत हो गई है। नरसिंह ने सर्विस खोल दी है, जो बुरी नहीं चल रही है, वरन् अच्छी ही चल रही है। लेकिन सेठ को लेकर मन में खटका होता रहता है। वह भयानक मगरमच्छ है। मन ही मन वह क्या सोचता है, कौन जाने ? हो सकता है, वह सोच रहा हो कि उसने जो रुपये दिए हैं, नरसिंह उन्हें लौटाएगा नहीं। शाम के बाद गाड़ी का ट्रिप खत्म करके आने पर वह रोज़ हाज़िर हो जाता है। पूछता है, "क्यों भाई, आज आपकी कितनी कमाई हुई ?" और पूरा हिसाब लेकर ही वह लौटता है। हफ्ते के अंत में कहता है, "खरचा के बाद जो कुछ बचा हो, वह जमा कराते जाइए न ! अपने पास रखकर क्या कीजिएगा ? रुपये आपके पास अंडे तो देंगे नहीं।"

विकट आदमी है ! जिस आदमी को गद्दी पर बैठा देखकर डर लगता है, जैसे कि कोई शेर बैठा हो, वही आदमी नरसिंह के बगल में बैठकर सहज-सरल ढंग से बातें करता है और मज़ाक करता है। कभी-कभी कहता है, "अरे, कब तक अपने हाथों खाना बनाइएगा ? ब्याह कीजिए या किसी एक को रख लीजिए। काम-धाम करेगी, पड़ी रहेगी। इसमें हर्ज क्या है ?" यह सब वह बड़ी गम्भीरता से कहता। नरसिंह की इच्छा गोरी की बात चलाने की होती, मगर हिम्मत नहीं होती। निताई ने भी तो पहले ही दिन सुखनराम से मज़ाक में यह बात कहने की सोची थी, मगर सुखनराम के सामने आते ही निताई भी गुमसुम हो जाता है। नरसिंह ने गौर किया है कि सेठ के सामने पड़ते ही निताई के हाथ अनायास जुड़ जाते हैं।

राम सुखनराम के आते ही घर से निकल जाता है। अवसर मिलते ही नरसिंह का ध्यान इन बातों की ओर चला जाता है।"

स्टियरिंग के ऊपर छाती अड़ाकर अलसाई नज़रों से नरसिंह सामने की तरफ देखता हुआ सोचता रहता है कि वह कहां से कहां आ पहुंचा है ? सुखनराम ने उसे दो सौ की जगह चार सौ रुपये दिए हैं। कितने ही अपेक्षित–अनपेक्षित पार्ट्स बदल जाने पर गाड़ी मज़बूत हो गई है, एकदम नई-सी। दो सौ रुपये का एस्टीमेट बनाकर नरसिंह ने चार सौ खर्च कर डाले। सुखनराम ने कोई आपत्ति नहीं की। उसका कहना था, 'आप मेरे काम आएंगे तो मैं आपके काम क्यों नहीं आऊं ?'

किसी तरह सुखनराम के रुपये वह चुका दे तो झंझट मिटे।

"गाड़ी कब छूटेगी, भाई ?" पीछे की सीट पर तीन पैसिंजर बैठे हैं। वे उकता उठे हैं, "पब्लिक-सर्विस की गाड़ी के छूटने का कोई मुकर्रर समय होना ही चाहिए। यह नहीं चलेगा कि जब इच्छा हुई तब गाड़ी छोड़ दी। यह गैरकानूनी है।"

"घोड़ागाड़ियां कबकी चली गई हैं !"

"हमने एक आना ज़्यादा किराया इसीलिए तो दिया है कि जल्दी पहुंचेंगे, पर आप तो गाड़ी चला ही नहीं रहे हैं !"

नरसिंह स्टियरिंग से धड़ सीधा करके बैठा। बोला, "आप लोग घोड़ागाड़ी से पहले पहुंचना चाहते हैं न, बस ?"

"घोड़ागाड़ी के पहले-पीछे पहुंचने का सवाल ही नहीं उठता। पांचमति जिस टाइम पर पहुंचना तय हुआ है, हमें उसी टाइम पर पहुंचाइए। ठीक समय पर अगर नहीं पहुंचे तो उससे मेरा जो नुकसान होगा, उसके ज़िम्मेदार तुम होगे !"

नरसिंह ने इस बात का कोई उत्तर नहीं दिया। उत्तर देने से काम नहीं चलेगा। घोड़ागाड़ी वाले उसे भगाने पर तुले हुए हैं। उन लोगों ने किराया घटाकर पांच आना कर दिया है। तब नरसिंह ने लाचार होकर छह आना किया। वे लोग इस तरह सड़क घेर लेते हैं कि गाड़ी निकल ही न पाए। झगड़ा करने के लिए तैनात ! एक बार राम को बाज़ार में अकेला पाकर गाली-गलौज कर चुके हैं। मारने का प्रयत्न भी किया जा चुका है। नरसिंह ने ही किसी तरह उस दिन कुछ होने नहीं दिया।"

"पांचमति-श्यामनगर, पांचमति-श्यामनगर ! मोटर टैक्सी ! छह आना, छह आना।" हीं-हीं हंसता हुआ राम दो पैसिंजरों को लेकर आया।

"चलिए भई, चलिए। अब तो पैसिंजर पूरे हो गए।"

"यह तो बड़ी मुसीबत है इनके साथ। न तो गाड़ी छोड़ने का कोई समय है और न पैसिंजरों की संख्या का कोई नियम है। गाय-बैल की तरह ठूंस दिया, बस। कोई मरे या बचे, इनको चाहिए पैसे।"

निताई आया तो राम दांत निपोरकर उससे बोला, "अरे, तू खाली हाथ लौटा ! हम तो आज···।" और वह हंसने लगा।

"हां-हां, तेरी जीत हुई। मार हैंडिल।"

निताई ने एक पैसिंजर से कहा, "अपनी बगल वाली सीट खाली रखिएगा इन्स्पेक्टर साहब के लिए।"

"अन्दर जगह कहां है जी ? तीन-तीन तो बैठे हैं !"

नरसिंह ने अपनी नज़र पीछे दौड़ाकर रुखाई के साथ कहा, "वह चार लोगों की सीठ है, चार आदमी बैठेंगे वहां।"

"एकदम नहीं। सीट तीन आदमियों की है।"

"जी नहीं। चार आदमियों की सीट है।"

"कहां लिखा है, दिखाओ? भला यह भी कोई कानून है?"

नरसिंह का सिर गर्म हो उठा। वह जानता है, कुछ लोग कानून बाज़ होते हैं और हर बात में कानून छांटते हैं। नरसिंह की इच्छा हुई कि वह इस पैसिंजर को उतार दे। मगर इससे तो नई सर्विस की बदनामी होगी। अपने गुस्से को रोककर नरसिंह ने कहा, "बाबू, सात मील का ही तो सफर है, आधे घंटे में पहुंचा दूंगा। आप लोग ज़रा तकलीफ नहीं सहेंगे तो काम कैसे चलेगा? सभी को तो जाना है। और फिर हम भी क्या करें, पुलिस के इंस्पेक्टर ठहरे वे। किराया जो मिलेगा, वह तो आप लोग जानते ही हैं। उनके लिए सीट न रखने से हमारा काम भी तो नहीं चलेगा!"

इतने पर भी वह आदमी चूका नहीं, "हों पुलिस के इंस्पेक्टर! इनके लिए भी तो कोई कानून है! पुलिस के लोग हैं तो क्या सात खून माफ हैं उनके? या आदमी के सिर पर बैठेंगे?"

एक आदमी अपनी गठरी के लिए ही परेशान था। सामने बोनेट के ऊपर उसकी गठरी रखी हुई थी। वह बार-बार गर्दन उचकाकर अपनी गठरी देखता और कहता, "अरे, वह गिर तो नहीं पड़ेगी?"

"नहीं, नहीं, ठीक है।"

"ज़रा उसे ठीक से रख दो भाई, संभालकर। अरे, ओ भाई साहब, गठरी पर पैर मत रखिए। ओ-हो! देखिए, देखिए भला; गठरी की दशा बिगाड़ दी! अरे भाई, उसकी गांठ न खुल जाए।"

निताई ने कहा, "अरे ऐ भाई, बगुले की तरह उचकिए मत। आपकी गठरी ठीक ही है।"

"बैठिए भई, कायदे से बैठिए। गाड़ी पर सफर करने का भी कुछ नियम और कानून होता है, बैठिए, बैठिए।"

नरसिंह ने गाड़ी स्टार्ट कर दी।

आगे चलकर गाड़ी कचहरी के सामने रुकी। वहां इंस्पेक्टर साहब को सवार होना था।

निताई ने पूछा, "चाय पीजिएगा?" निकट ही चाय की दुकान थी।

"छोड़ो, पांचमति में दासजी की चाय पीएंगे।"

दासजी, यानी वही सुरेशदास ! चाय-खाने का वैष्णव दुकानदार। उसने कहा था, 'तुम मिल्टरी तो हम भी मिल्टरी।'

पांचमाती-श्यामनगर ! पांचमति-श्यामनगर ! मोटर सर्विस, छह आना।

निताई ने अर्थपूर्ण ढंग से पुकारा, "सिंहजी !"

नरसिंह ने उत्तर दिया, "हूं-ऊं।" यानी उसे पता है।

सामने घोड़ागाड़ी है—पांचमती से श्यामनगर। चार गाड़ियों में एक आगे है, उसके बाद दो अगल-बगल और एक उसके पीछे बड़े कायदे से टैक्सी का रास्ता घेर कर चल रही है। उन्हें काटकर निकलना मुश्किल है। हॉर्न देने पर भी वे नहीं हटेंगे। यानी उनका लड़ाई करने का पूरा इरादा है। नरसिंह यदि चाहे तो पीछे वाली गाड़ी को दाहिने छोड़कर, उससे आगे निकल सकता है। लेकिन उसे मडगार्ड पर बैठे लोगों का ख्याल रखना पड़ता है।

मन्थर गति में गाड़ी चली जा रही है। पुरानी गाड़ी है। स्पीडोमीटर बहुत दिनों पहले ही बिगड़ गया है। उसका कांटा हिलता-डुलता नहीं है, बस, पांच के अंक पर पट पड़ा रहता है। नरसिंह कांटे की तरफ देखकर कहता है, "यह साला भी मर गया।" छोड़ो, ये सब बातें। स्पीडोमीटर के बिगड़ जाने पर भी नरसिंह को इतना ज्ञान रहता है कि गाड़ी कितनी मील की स्पीड में चल रही है।

सामने घोड़ागाड़ियां चली जा रही थीं। उसने स्पीड कम कर दी, छह-सात मील और फिर पांच मील तक स्पीड कम करने पर भी उसे कोई फायदा नज़र नहीं आय। छकड़े के चिड़ीमार-से घोड़े इससे भी कम चाल से चल रहे हैं। दोष भी क्या है ? लोहे और लकड़ी से बनी गाड़ी में पांच से सात सवारियों का वज़न खींचने की ताकत ही उनमें कहां है ! जितना वे खींचते भी हैं चाबुक के बल पर, अपनी जान देकर और कलेजे को मुंह तक लाकर खींचते हैं। गाड़ी के खड़े होते ही हांफने लगते हैं। गाड़ी के साज-समान की रगड़ खाकर कई घोड़ों की पीठ का चमड़ा छिल जाने से घाव हो गया है, जो बजबजाता रहता है। नरसिंह को कभी-कभी बड़ी दया आती है। उसकी इच्छा होती है कि कोचवानों को उसी चाबुक से खूब पीटे। लेकिन कभी-कभी उनपर भी उसे दया आती है। उसे महसूस होता है कि उसके मोटर लेकर यहां आ जाने से उनकी बिगड़ी दशा और बिगड़ती जा रही है। मगर वह क्या करे ? यही तो दुनिया की रीति है ! कोई ऊपर उठता है, तो

कोई नीचे गिरता है ! मिट्टी का तेल आया, तो रेंड़ी का तेल उठ गया। लालटेन आई तो ढिबरी उठ गई ! उस्तरे का सिर भन्ना दिया 'ब्लेड' ने। गंगा की छाती पर से नौका का रिवाज स्टीमर ने खत्म किया। इधर तबाकू के व्यापार में मंदी आई, उधर होंठों में सिगरेट की शोभा बढ़ी। कलकत्ते में ट्राम ने घोड़ागाड़ी का सत्यानाश किया तो इसी ट्राम की हालत बिगाड़ती जाती है डबल-डेकर बस। श्यामनगर में मोटर लेकर वह आया है, तो घोड़ागाड़ी की हालत बिगड़ेगी ही। वह नहीं आता तो कोई और आता। अंतर केवल इतना ही है कि वह दो दिन पहले आ गया और कोई दो दिन बाद आता।

कई बार हॉर्न बजाने के बाद नरसिंह ने गर्दन उचकाकर कहा, "क्यों भाई, 'पास' दोगे ? इरादा क्या है ?"

किसी ने उत्तर नहीं दिया, केवल दांत पर दांत चढ़ाकर और चाबुक हवा में फटकारते हुए वे 'ऐ ऐ, चल-चल' बकते रहे।

हां ! लगता है, इनसे कभी न कभी लड़ना ही होगा···। निताई बगल में खड़ा-खड़ा गालियां बकने लगा है। बिना गालियां दिए काम भी तो नहीं चलता ! नरसिंह ठहरा छत्री-बच्चा। जब किसी से ठान लेगा तो पीछे नहीं हटेगा। मगर उसने गाड़ी में भरे पैसिंजरों की और देखा। सभी किरानी और स्कूल-मास्टर थे। सारी परेशानी इन्हींके कारण है। बस ज़रा कुछ हुआ कि ये लोग गाड़ी से उतरकर चुपचाप गायब हो जाएंगे और बाद में उसके व्यापार पर पानी भी फेर डालेंगे।··· इस बीच वे अधीर हो उठे हैं। हाथ की बीड़ियां बुझ गई हैं। उत्कंठित दृष्टि से घोड़ागाड़ियों की ओर देखकर, 'ऊंहा-आह !' कर रहे हैं। नरसिंह ने फिर कहा, "ऐ घोड़ागाड़ी !"

एक कोचवान ने कहा, "सड़क किसीके बाप की नहीं है, चुपचाप चलो पीछे-पीछे।"

अब निताई से रहा नहीं गया, वह कूदकर आगे बढ़कर बोला, "मोटर के साथ घोड़ायाड़ी नहीं चल सकती, रास्ता देना ही होगा।"

किसी एक ने, जो शायद शोभन था, बड़ी बुरी निगाह से उसकी ओर मुड़कर देखा। फिर सबसे पीछे की गाड़ी के कोचवान से कहा, "ऐ कादिर, साले के मुंह पर चाबुक चिपका दे न !"

निताई को बड़ा गुस्सा आ गया। गाड़ी में बैठे पैसिंजर भी गरम हो उठे। एक ने कहा, "आज ही एक दरखास्त देनी चाहिए—यह तो पूरी गुंडागर्दी होने लगी। वाह···!"

एक ने गर्दन निकालकर कहा, "क्यों जी, तुम लोग अपनी गाड़ी

किनारे करते हो या नहीं ?"

शोभन हंसा और दांत निपोरकर कादिर से बोला, "अबे कादिर, ये लोग क्या कह रहे हैं, सुनता नहीं है बे ?"

कादिर ने जवाब दिया, "बेईमान, हरामी कहीं के ! सभी आज मोटर वाले हो गए हैं। साले कहीं के !"

निताई घोड़े की लगाम खींचकर गाड़ी को किनारे करने के प्रभिप्राय से आगे बढ़ा, पर नरसिंह ने सहसा उसे रोका, "निताई !" निताई ने कहा, "आप रुकिए ज़रा, मैं सब ठीक किए देता हूं।"

"मैं कहता हूं, लौट आओ !"

"लौट आऊं ? क्यों ?" वह मुड़कर जहां का तहां खड़ा हो गया।

"हां !" नरसिंह स्टियरिंग घुमाकर गाड़ी बाईं तरफ मोड़ता है। बाईं तरफ की ढाल खूब चौड़ी है, जो क्रमश: ढालू होती हुई बगल के मैदान से जा मिली है। नरसिंह सामने स्थिर दृष्टि रखकर बोला, "निताई।"

निताई समझ गया कि गाड़ी ढाल में उतरेगी। सिंहजी की बाईं बगल में दो व्यक्ति बैठे हैं, मडगार्ड पर भी लोग बैठे हैं। वह जानता है बाईं ओर सिंहजी ठीक से नहीं देख पाएंगे। निताई को ही उधर नज़र रखनी होगी और कहना पड़ेगा, 'ठीक है। जाने दीजिए, होशियार, धचका है। हां, अब ठीक है'···

गाड़ी ढाल में उतर गई।

"अरे बाप रे ! यह मैदान में कहां ले चले, भाई ? अरे ओ, क्या मुसीबत है ? ऐ ! ऐ ! अरे ऐ।" मडगार्ड पर बैठे लोगों में से एक गरज उठा।

"चुप रहिए। सब कुछ ठीक है। डरिए मत।"

उधर शोभन चिल्ला रहा है, "चल-चल, जल्दी !" और घोड़े पर सपासप चाबुक चला रहा है। वे लोग समझ गए हैं कि नरसिंह मैदान में उतरकर आगे से फिर सड़क पर आ जाएगा। कोचवान घोड़ों को जी-जान से मार रहे हैं।

दौड़ की होड़ मची है। पैसिंजरों का मन भी होड़ का मज़ा ले रहा है। सभी दाहिनी और सड़क पर पीछे होती घोड़ागाड़ियों को देखने में मगन हैं। कोचवान दांत पीस-पीसकर घोड़ों को मार रहे हैं। नरसिंह ने एक नज़र उधर डाली, फिर सामने की तरफ आंखें स्थिर करके मुस्कराता हुआ बोला, "लगता है, एक दिन टकराहट होगी।"

निताई क्षुब्ध था कि आज ही टकराहट क्यों नहीं हुई ? उसने

कहा, "आप डर गए, वर्ना आज ही फैसला हो जाता।"

"डर ?" नरसिंह ने कड़ी नज़र देखकर कहा, "डर कैसा ?"

"हां, और नहीं तो क्या ? आज ही···।"

"हां, सो तो ठीक है; मगर पैसिंजरों का ख्याल भी पहले रखना पड़ता है। उन्हें दफ्तर, अदालत, स्कूल जाना है। पहले उन्हें तो समय से मुझे पहुंचाना ही होगा न ! और फिर मारपीट में अगर उन्हें कुछ हो गया तब क्या होगा।"

"हां, यह भी बिल्कुल ठीक है।"

"मान लिया कि तुझमे हज़ार गुण हैं, पर है तो तू हड़बड़िया ही। समझा ? हमारी लड़ाई घोड़ागाड़ी कोचवानों से है, इसमें पैसिंजरों को क्यों परेशान किया जाए ? इस लड़ाई में लड़ेंगे हम।" ज़रा रुककर उसने फिर कहा, "होगी लड़ाई और ज़रूर होगी, तब देखना मज़ा।"

निताई झेंप के मारे नज़र मोड़कर पीछे की तरफ घोड़ागाड़ी के कोचवानों को देख रहा था और चिल्लाकर कह रहा था, "आओ, आ जाओ जल्दी।" अपनी खुशी को वह जैसे ठीक व्यक्त नहीं कर पा रहा था, इसलिए बाबुओं की बोली रोककर अपनी मातृभाषा में बोला, "आओ साले, आओ···!" और उन्हें अंगूठा दिखाने लगा। फिर चिल्लाया, "पांचमति-श्यामनगर, श्यामनगर-पांचमति ! मोटर सर्विस।"

सहसा वह बोला, "अरे रे ! मरा, मरा साला, मरा रे !"

नरसिंह ने घबराकर गाड़ी को ब्रेक मारा। पैसिंजर थर-थर कांपने लगे। उनका दिल धड़धड़ कर रहा है।

"दौड़ो सालो, और दौड़ो ! सड़क रोककर चलेंगे, साले !"

संकट उनके सामने नहीं, घोड़गाड़ी वालों के सामने आया था। वे लोग तेज़ी से अगल-बगल गाड़ियां चला रहे थे। अचानक दो गाड़ियों के चक्के एक-दूसरे से भिड़ गए और आपस में टकरा गए। एक का चक्का एकदम टूट-फूट गया और गाड़ी दुसरे के सहारे किसी तरह टिक गई।

नरसिंह ने एक बार उनकी ओर मुड़कर देखा, फिर वह बहुत सावधानी से स्टियरिंग घुमाने लगा। अब वह मैदान से सड़क पर चला आया।

उसने पैसिंजरों से आंखें चार करके कहा, "जो दूसरे का नुकसान करेगा, उसे मुंह की खानी होगी और अपने धरम पर जो टिका रहेगा भगवान् उसकी रक्षा करेंगे ही।"

गाड़ी सड़क पर आ गई। सड़क खुली है। अब सामने घोड़ा गाड़ियां

नहीं हैं। निताई ने कहा, "लीजिए, लाइन क्लीयर !"

डेढ़ मील पार करने के बाद श्यामनगर की तरफ की तीन मील की सड़क अच्छी है। नरसिंह ने गाड़ी की स्पीड बढ़ाने के पहले मैदान की तरफ एक बार अच्छी तरह देख लिया। ग्रीष्म की धूसर कच्ची सड़क पर धूल का गुब्बार उड़ाते हुए गाड़ी चल रही है—पांचमति-श्यामनगर मोटर सर्विस !

आज यहां तक पहुंचने में पचास मिनट नहीं, बल्कि सैंतालीस मिनट ही लगे। तीन मिनट पहले ही गाड़ी आ पहुंची। एक-एक करके पैसिंजर उतरने लगे। फिर गाड़ी हाईस्कूल, पोस्टऑफिस और कोर्ट के सामने से होती हुई एक्साइज़ आफिस के पास से मोड़ लेकर बाज़ार की मोटर पार्ट्स की दूकान की तरफ बढ़ चली।

गाड़ी मोटर-पार्ट्स की दूकान पर आ रुकी। निताई ने रेडीयेटर का ढक्कन खोल दिया। उबलते पानी का एक भभका उठा, फिर धुआं निकलने लगा। निताई ने अन्दर से जग निकालकर उसमें ठंडा पानी डाला। गर्मी के दिन हैं, इंजन गरमा उठा है, ज़रा हवा लगनी चाहिए; इसलिए उसने इंजन का ढक्कन खोल दिया।

रामेश्वर और तारक तेल-कालिख लपेटे बैठे हैं। सलाम करके रामेश्वर ने कहा, "क्यों सिंहजी, क्या समाचार है ?"

नरसिंह हंसा। उसने भी सलाम किया। कहा, "अच्छा ही है। आप कैसे हैं ? कब आए ?"

रामेश्वर और तारक पहले वाले मालिक की नौकरी से हटकर किसी नये मालिक के पास काम करने लगे हैं। नया मालिक उन्हें सदर शहर ले गया था। वहां वे मरम्मत के काम में लगाए गए हैं। नीलिमा की वारदात के बाद यहां के पादरी साहब ने चिट्ठी लिखी थी। इसपर कम्पनी ने उनकी नौकरी छुड़ा दी और राहत की सांस भी ली।

मेरी नीलिमा अजब लड़की है ! निगाह सड़क पर टिकाकर जो घर से निकलती है, सो स्कूल पहुंचकर ही पलक उठाती है।

साढ़े दस बज रहे हैं। अभी यहां मार्निंग स्कूल चल रहा है। अब वह लौटेगी। पांचमति-खेप के समय रोज़ नरसिंह से उसकी भेंट हो जाती है। इस खेप में जान-बूझकर नरसिंह रास्ते का चक्कर काटता हुआ जाता है। इसका कारण निताई समझता है। वह हंसकर कहता है, "इस ट्रिप में सिंहजी को दिक् भ्रम हो जाता है।"

नरसिंह कुछ कहता नहीं। छिपकर गहरी सांसें लेता है। नीलिमा

दास भली लड़की है। वह उसे अच्छी लगती है। इससे अधिक कुछ नहीं। जोसेफ मोटर ड्राइवर है, मगर नीलिमा पढ़-लिखकर स्कूल में मास्टरी करती है। यह सब अपना-अपना नसीब है। वह खुद गिर्वरजा के सिंह-राय के परिवार का लड़का है, और गिर्वरजा के डोम, जिसके···। खैर,दुनिया की यही रीति है। अफसोस करने में कोई फायदा नहीं। नसीब का मारा वह आज मोटर-ड्राइबर है। उसे गोरी ही मुबारक···!

गोरी भी कई दिनों से नहीं आई है। शायद साहू सुखनराम को कुछ आभास मिल गया है। लकड़ी की दीवार में जो खिड़कियां बनी थीं, उनके पल्लों में आजकल शाम को ही ताला लग जाता है। साहू ने एक दिन हंसते हुए कहा था, औरत का कभी यकीन मत करना, सिंहजी !'

नरसिंह को यह भी पता लगा है कि गोरी को एक दिन बहुत पीटा भी गया है।

अनमना-सा नरसिंह एकान्त में खड़ा-खड़ा कुछ सोच रहा है। यहां से नीलिमा दास आती हुई नज़र आ सकती है।

निताई हॉर्न बजाता है। नरसिंह ने जेब से घड़ी निकालकर देखी। वह एक बड़ी-सी जेबी घड़ी रखता है, जो मंझले बाबू ने दी थी। साढ़े दस बज रहे हैं। नरसिंह गाड़ी के करीब आकर खड़ा हो गया। तीन पैसिंजर गाड़ी में आ बैठे हैं। निताई ने हैंडिल घुमाकर गाड़ी स्टार्ट की।

पांचमति ! पांचमति ! पांचमती। लास्ट ट्रिप, लास्ट ट्रिप !

गाड़ी चली और नरसिंह की दिक् भ्रम वाली सड़क की तरफ मुड़ी। कहां है, कहां है आज मेरी नीलिमा दास ? दूर से छाता नज़र नहीं आता ?

राह में बैलगाड़ियों का एक अड्डा है और वहां से तीन मील की दूरी पर एक कालीजी का मन्दिर। वह काली सच्ची काली है। वहां मंगल और शनिवार को दर्शनार्थियों की खूब भीड़ लगी रहती है। एक हटिया भी है वहां, जहां आलू-कलाई की ढेर-सी आढ़तें हैं तथा गाय-बैल का बाज़ार लगता है। शनि-मंगल को मां काली के दर्शनार्थियों को लेकर ये बैलगाड़ियां वहां जाती हैं। सोम-शुक्र को हाट लगती है।

आज यहां भूपा, महादेव और सखीराम अपनी घोड़ागाड़ियों पर कुछ यात्रियों को लेकर आए हैं। उनकी बैलगाड़ी वालों से यात्रियों को लेकर बतकही हो रही है। यहां दो-चार मिनट बिना रुके नरसिंह रह नहीं सका। भूपा और सखीराम यहां बैलगाड़ी वालों की रोज़ी छीनने

आए हैं। होगा, यह सब होगा ही। यात्रियों को घोड़ागाड़ी मिले तो वे बैलगाड़ी पर क्यों चढ़ेंगे ?

पांचमति ! पांचमति ! पांचमति ! लास्ट ट्रिप। गाड़ी श्यामनगर मिशन गर्ल्स-स्कूल के बरामदे में खड़ी है। शहर पार करके मैदान में पहुंचने पर नरसिंह ने कहा, "निताई, रविवार का दिन याद रखना। एक हड्डा लेना होगा उस दिन।"

रविवार को इस लाइन पर कम खेप लगते हैं। इमाम बाज़ार की तरह यहां भी नरसिंह, राम और निताई आराम करते हैं। घाटरोड-श्यामनगर की सर्विस कम्पनी भी रविवार को दो ट्रिपें कम लगाती है। मगर जोसेफ को रविवार को छुट्टी नहीं मिलती। एस० डी० ओ० साहब शुक्र, शनि तथा रविवार के लिए टूर पर निकलते हैं। टूर पर जब नहीं जाते हैं तो घाटरोड और सदर शहर का चक्कर ही लगा आते हैं। जिस सप्ताह वे कहीं नहीं जाते, उसी सप्ताह के रविवार को उसे छुट्टी मिलती है।

इस सप्ताह सवेर की लास्ट ट्रिप लगाकर निताई से नरसिंह ने कहा, "साहूजी से कह रखा है कि दो हड्डे ले जाऊंगा। मांगने पर वे दे देंगे।"

हड्डे की प्रयोजनीयता पर निताई का कोई अभिमत नहीं है। इस बारे में सारी बात कल रात को ही हो चुकी है। बंजर खेत के बीच में नरसिंह ने जिस नये रास्ते का आविष्कार किया था, उसी रास्ते को धान ढोने वाली बैलगाड़ी के पहिये के निशान के आधार पर रोड़े-पत्थर साफकर समतल बनाना होगा। यह काम मुश्किल नहीं है, तीनों के द्वारा मिलकर कई घंटे मेहनत कर लेने भर से सड़क समतल हो जाएगी। गाड़ी पहुंचने का समय पचास मिनट से उतरकर इन कई दिनों में ही पैंतालीस मिनट पर आ गया है। सड़क काट-छांटकर समान बना लेने पर समय चालीस मिनट लगेगा।

निताई के साथ सुखनराम भी बाहर आ गया। बोला, "चलिए, मुझे वकील बाबू के यहां छोड़ दीजिएगा, काम है।" वे खुद गाड़ी का दरवाज़ा खोलकर भीतर की सीट पर धप्-से बैठ गए। भारी देह के बोझ से गाड़ी हिल उठी।···कोई चारा नहीं ! वे महाजन हैं और वह उन्हींके मकान में रहता भी है। इतनी बेगार तो सहनी ही होगी।

साहूजी ने सिगरेट निकालकर बढ़ाया, "लीजिए।"

अचानक वे पूछ बैठे, "उस ईसाई के घर आप जाते हैं, सिंहजी ?"

नरसिंह ने झुंझलाकर एक बार मुड़कर साहूजी की ओर देखा, फिर फौरन आंखें मोड़ लीं।

साहू ने कहा, "अरे राम-राम ! वे लोग ईसाई हैं ! ऊंहूं, मत जाया करिए।" इतना कहकर वे जोसेफ और नीलिमा के प्रति भद्दे शब्दों का व्यवहार करने लगे और फिर नरसिंह को उपदेश देने लगे कि उस ईसाई लड़की के फेर में न पड़े।

नरसिंह चुपचाप गाड़ी चलाता रहता है, कोई उत्तर नहीं देता। खासकर आज रविवार के दिन साहूजी की बातें उसे ज़रा भी अच्छी नहीं लगीं। रविवार की शाम को जोसेफ के घर बड़ी अच्छी एक चाय-पार्टी होती है। रविवार का दिन जोसेफ के सजने-बजने का दिन होता है। खाने-पीने में भी एक प्रकार की विशेषता रहती है। खूब मक्खन चुपड़े टोस्ट, घर का बना केक, अंडे और चाय ! शाम को जोसेफ भी साहब का टूर पूरा करके प्राय: लौट आता है। बीच में दो-एक रविवार नहीं भी रहता है। मगर उसके न रहने पर भी कोई कमी नहीं आती। नरसिंह बिना हिचक पहुंचता है। मेरी नीलिमा का सम्पर्क उसे अच्छा लगता है। वह मन ही मन भगवान् को धन्यवाद देता है कि किस्मत से जोसेफ मोटर ड्राइवर हुआ, वर्ना नीलिमा जैसी लड़की से उसे बात करने का मौका ही न मिलता। वह दुनिया के मालिकों की खामखयाली के बारे में भी सोचता है। जोसेफ के दादा के पिता थे गिर्वरजा के डोम। छत्रियों के घरों में वे सबसे छोटा काम करते थे। वे क्यों ईसाई हुए, नरसिंह ने इस विषय में भी कुछ जानने का प्रयत्न किया था।

जोसेफ की बहन मेरी नीलिमा एक अलग तरह की लड़की है। इस काली लड़की के मन में कैसा तो सपना है, यह वही जाने ? वह इस दिशा में बिल्कुल हिम-शीतल, निस्पन्द है। यहां की लड़कियों में वही मैट्रिक पास है, सो भी थर्ड डिवीजन से। रेवेरेंड बनर्जी के प्रयत्न से यहां के एम० ई० गर्ल्स स्कूल में उसे छोटी मिस्ट्रेस की नौकरी मिली। उसने मैट्रिक भी रेवेरेंड बनर्जी की कृपा से पास की थी। उन्होंने अपने लंगड़े-काने से कह दिया था कि वह पढ़ाई में ज़रा उसकी मदद कर दिया करे। नीलिमा की हिम्मत की बलिहारी है कि वह चेचक के मुंह वाले काने और लंगड़े लड़के से माह के बाद माह साथ बैठकर

पढ़ती रही। अभी भी वह दिन में एक बार उसके पास जाती है, क्योंकि उसे प्राइवेट तौर पर आई० ए० की परीक्षा देनी है।

यहां के हिन्दू और सुसलमान नौजवानों का दल प्यासी नज़रों से नीलिमा को देखता है। ईसाई समाज में नारी-स्वतंत्रा विख्यात है। वे नौजवान ईसाई लड़कियों की इस उन्मुक्तता की बुरी व्याख्या करते हैं, उन्हें ललचाते हैं और झुंझलाहट में डालते हैं। कभी-कभी कोई काण्ड भी हो जाता है। दो-चार लड़कियां इस मनोभाव से खेलती भी हैं। इस दल के बहुतों की दृष्टि अब इस काली लड़की के ऊपर लग गई है। बंगाल में आज भी पढ़ी-लिखी लड़कियों के जीवन-यापन की विकृत चर्चा होती है, यहां वह कुछ ज़्यादा है। सिर्फ हिन्दू-मुसलमान ही नहीं, उनके अपने समाज के बेकार लड़के भी इनमें शरीक हैं। वे सीटियां बजाते हैं, इशारेबाज़ी करते हैं, उसे रास्ते में अकेला पाकर मुसलमान छोकरे मुंह मोड़कर आवाज़कशी करते हैं—"हाय जान !" हिन्दू लड़के गाना गाते हैं, उनमें कवि-भाव कुछ अधिक होता ही है। ईसाई छोकरे बगल से गुजरते ही कह उठते हैं, "डार्लिंग !" दो-चार वकील-मुख्तार भी नीलिमा से इशारे में अपना प्रेम-निवेदन करने से नहीं चूकते। मगर नीलिमा इन सबसे परे निस्पन्द एवं हिम-शीतल है।

नीलिमा की मां इन सब बातों से चिढ़ी रहती है। लड़की की उम्र अब काफी हो गई है, इसलिए मां इशारे में न कहकर खुल्लमखुल्ला कहती है, "आखिर तू चाहती क्या है ? क्या तू रेवेंरेंड बनर्जी के उस लंगड़े-काने लड़के से ब्याह करना चाहती है ? सुन, अगर तूने ऐसा किया तो मैं फांसी लगा लूंगी।"

नीलिमा कहती है, "क्यों उस बेचारे के पीछे पड़ गई हो, मां ? बताओ तो ज़रा ?"

मां कहती है, "और नहीं तो क्या, तुझे कोई बैरिस्टर ब्याहेगा।"

निलिमा चूंकि पढ़ी-लिखी है, इसलिए बातें कुछ बांकी-तिरछी करती है; इतना ही नहीं कभी-कभी तेज़-तर्रार भी बोल जाती है। मां के कहने पर वह ज़रा भी विचलित नहीं होती ; और अगर होती भी है तो प्रकट रूप में पता नहीं चलने देती। वह चुपचाप जो काम करती रहती है, उसीमें लीन रहती है। सिलाई का काम करती रही तो बिना आंखे उठाए वह कहती है, "मां, उसने भी आदमकद आईना दीवाल पर लगा रखा है और मैं भी बैग में आईना रखती हूं। वह काना नहीं है और न उसकी आंख में कोई खराबी है। और तुमसे वह कह सकता है कि दिन-भर के परिश्रम के बाद किसी रात भी सपने

उसकी नींद नहीं उचाटते, इसलिए···।" इसके आगे वह जो कुछ कहना चाहती है, उसे जान-बूझकर नहीं कहती। बस, मां की ओर देखती है और हंसने लगती है।

उसकी बातों का मतलब समझने में मां को कष्ट उठाना नहीं पड़ता, मगर वह ऐसी बातों का उत्तर नहीं दे पाती; इसलिए उसका पारा चढ़ जाता है। नीलिमा कहती है, "ब्याह तो करना ही होगा। है न ?" और ज़ोर से हंसती है।

"हंसती है ? उस समय क्या करोगी ?"

"करूंगी क्या ? जार्डन नदी तो बहुत दूर है, लेकिन गंगा तो पास ही है। गंगा को ही जार्डन मानकर रोज़ उसमें स्नान करूंगी और 'सुमति'-लिखित 'सुसमाचार' पढ़ूंगी, बाइबिल का भी पाठ किया करूंगी।"

"मां अब ज़रा दृढ़तापूर्वक कहती है, "आजकल तू सिंह की गाड़ी पर रोज़ स्कूल जाती है, जानती है, लोग कानाफूसी करने लगे हैं ?"

"रोज़ ?"

"यह तो तू ही जानती है, या जो कहते हैं, वे···।"

"छोड़ो। तुम जब नहीं जानती, तो ···?"

मां ने बीच में ही कहा, "और लोग कहते हैं, सो···?"

"लोगों के कहे पर यदि तुम विश्वास करती हो, तब मेरे कहने पर तो तुम्हें विश्वास होगा नहीं, इसलिए मेरे कुछ कहने से फायदा ?"

"फायदा नहीं तो नुकसान ही क्या है ?" मां ने कहा।

नीलिमा हंसकर बोली, "कुछ शब्दों के अपव्यय के सिवा और क्या होगा ?"

मां का चेहरा देखकर लगा कि वह गुस्से में फट पड़ेगी। मगर वह फटे कैसे, इसी सोच-विचार में पड़ी है। नीलिमा झंझट-झमेला पसन्द नहीं करती है। इसलिए उसके पहले ही बोली, "पांच दिन उसकी मोटर पर गई हूं। तीन दिन भइया साथ थे। दो दिन ज़रूर अकेले गई। इसे अगर मेरा दोष माना जाए, तो भइया के साथ जब वह हमारे घर आता है, तब उसकी इतनी खातिर क्यों करती हो ?"

"अब नहीं करूंगी। साफ-साफ उससे कह दूंगी कि लोग कानाफूसी करते हैं।"

नीलिमा हंसकर बोली, "लोगों की बात छोड़ो। लोग तो चाहते हैं कि उसकी मोटर पर न जाकर उनके अगल-बगल संग-साथ जागा करूं। भइया ड्राइवर है, वह भी ड्राइवर है और भइया का दोस्त

भी है। मुझे तो नरसिंह अच्छा आदमी लगता है। और उसमें अच्छाई क्या है, यह जानती हो मां ? गिर्वरजा के छत्री किसी ज़माने में हमारे दादा को जूता मारते थे और अपना जूठा खिलाते थे, उन्हींके घर का एक लड़का…।" नीलिमा हंसती है। हंसी रोककर फिर कहती है, "भइया भी उसे खुश करना चाहते हैं। कुछ कहना हो तो भइया से ही कहो न !"

जोसेफ नरसिंह को खुश करना चाहता है, यह सच है, यह सच है। नरसिंह सिर्फ ड्राइवर ही नहीं है, वह गाड़ी का ऑनर यानी मालिक भी है; वह किसीका वेतनभोगी नहीं, पुरी आमदनी का हकदार है। इसलिए सभी ड्राइवर उसकी खूब इज़्ज़त करते हैं, और उससे जलते हैं। मगर जोसेफ उसकी इज़्ज़त करता है। वह खुद भी ऐसे ही एक गाड़ी का मालिक बनना चाहता है। हर दृष्टि से नरसिंह उसका आदर्श है। जैसे नरसिंह के दो अनुचर हैं, वैसे ही उसकी इच्छा भी एक अनुचर रखने की है। दो व्यक्तियों का खर्च अधिक पड़ता है। हालांकि मोटर के काम के लिए दो आदमी ही ठीक होते हैं। मालिक को कम मेहनत करनी पड़ती है, मगर खर्च भी तो है ! वह खुद ज्यादा मेहनत के लिए तैयार है। इसके अलावा नरसिंह गिर्वरजा के सिंह-क्षत्रि घराने का लड़का है, उसके पूर्व-पुरुष भी कभी गिर्वरजा के निवासी थे, इसलिए भी उसे नरसिंह की दोस्ती अच्छी लगती है। उसके पूर्व-पुरुष सिंहों के गुलाम, कुजात और सिंहों की दया पर जीने वाले थे। और नरसिंह उसका दोस्त है समानता प्रदान करते हुए उसके संग-साथ घूमता-फिरता है। ये सारी बातें जोसेफ को भाती है। रामेश्वर और रसीद आदि से उसका मन नहीं मिलता। वह ईसाई है, उनसे अधिक लिखना-पढ़ना जानता है, सलीके-व्यवहार के बारे में भी उनसे अधिक ज्ञान है और सरकारी अफसर का ड्राइवर है; इसलिए वह उन्हें असभ्य और अहमक मानता है और अपने को उनसे श्रेष्ठ मानता है। उनमें औरतों को आज़ादी है और वे लिख-पढ़ तथा बन-ठनकर घूमती-फिरती हैं, इसलिए उनके प्रति वे लोग भद्दी बातें करते हैं। खासकर जोसेफ तथा नीलिमा से वे इसलिए भी चिढ़े रहते हैं कि वह पढ़ी-लिखी है और स्कूल में पढ़ाती है। इन्हीं कारणों को लेकर बीच में एक जटिल स्थिति पैदा हुई थी, जिसमें जोसेफ के साथ नरसिंह भी जुड़ गया था। प्रेम की अधिकता के कारण ही वह प्रेम को अकपट रूप में प्रकट करता है और हर रविवार को नरसिंह को अपने घर चाय पर बुलाता है। उसने अपने सामाजिक रिवाज़ के

अनुसार मां और नीलिमा से परिचय भी कराया है। नीलिमा स्कूल जाते वक्त नरसिंह की पांचमति वाली ट्रिप में उसकी गाड़ी में बैठ जाती है। नरसिंह को भी यह अच्छा लगता है। बहुत-बहुत अच्छा ! रूप और जवानी का भाना एक बात है, और अच्छा लगना कुछ और। सुन्दर अपढ़ लड़कियों में पढ़ी-लिखी काली लड़की अच्छी लगेगी ही।

गोरी तो उसके तलवे के बराबर है।

ड्राइवर नरसिंह अपने जीवन में नीलिमा जैसी लड़की के सम्पर्क की कभी कल्पना भी नहीं कर सका था। अपनी पत्नी जानकी के मरने के बाद जब भी उसका मन विवाह करने को हुआ, फौरन उसे स्कूल जाती हुई शहर की लड़की की याद हो आती। उसके समाज में ऐसी लड़कियां नहीं होतीं और अगर कहीं हों भी तो उसके जैसे ड्राइवर को मां-बाप अपनी लड़की क्यों सौंपने लगे ? कभी-कभी वह नशे में सोचता था कि ऐसी किसी एक लड़की का हाथ पकड़कर उसे गाड़ी में बैठा ले और गाड़ी को तीस-चालीस मील की रफ्तार में चलाता हुआ भाग निकले। परन्तु उसे गिर्वरजा के सिंह-कुल के पूर्व-पुरुषों का कथन याद आ जाता।··· और नशा उतरते ही यह सब कुछ उसे स्वप्नवत् प्रतीत होता।

उसका परिचय पढ़ी-लिखी काली-कुरूपा नीलिमा से है और वह उसे अपनी गाड़ी में स्कूल छोड़ आता है, यह उसका सौभाग्य है। साधारण ड्राइवर के जीवन में ऐसा अवसर आना असंभव है। उसने ऐसी कई कहानियां सुनी हैं कि दो-चार-दस बड़े परिवारों की बहू-बेटियां ड्राइवर के प्रेम में फंस गईं और बात फैली तो ड्राइवर को नौकरी चली गई। एक-दो घटनाएं ऐसी भी हैं कि उन परिवारों की लड़कियां ड्राइवर के साथ भाग भी गईं। जोसेफ नीलिमा को साथ लेकर उससे मिलता है, गाड़ी पर चढ़ता है, हंसी-मज़ाक करता है, लेकिन सहज स्वाभाविक रूप में। इसे नरसिंह अपना सौभाग्य ही मानता है।

जानकी से यह वचनबद्ध था कि चरित्रहीन लड़कियों से वह सम्पर्क नहीं रखेगा। परन्तु रूप-यौवन से सम्पन्न गोरी जैसी लड़की के आगे वह शायद अपसी प्रतिज्ञा की रक्षा न कर पाता, अगर नीलिमा उसकी बगल में नहीं आ खड़ी होती तो···।

आज सवेरे से निताई ट्रिप पर नहीं है। उसने छुट्टी ले रखी है। कहा था, 'मेरी तबीयत आज अच्छी नहीं है, सिंहजी ! हम आज नहीं जाएंगे।'

उसका शरीर छूकर नरसिंह ने अन्दाज़ा लगाया था, बुखार तो नहीं है !

'शरीर में दर्द है, सिर दुख रहा है; हम कोई झूठ कहते हैं क्या ?'

नरसिंह ने उसपर अविश्वास नहीं किया और न ही अविश्वास के कारण उसके शरीर को छुआ था। स्नेहवश ही उसने उसका शरीर छुआ था। ज़रूर उसकी तबीयत खराब है, वर्ना उसका मन खराब क्यों होता ! उसने स्नेह से हंसकर उसे छह आने पैसे दिए और कहा, 'जा, सो जा ! दुकान खुले तो चार आने की दारू और दो टिकिया कुनैन की ले लेना। मैं राम को ले जाता हूं।'

पांचमति का खेप खत्म करके जब लौटा, तब उसने देखा कि निताई डेरे पर नहीं है। वह दारू की दूकान और चाय-खाने में भी नहीं मिला। रास्ते में हाफिज़ मिला था, उसने बताया, "निताई शायद रामेश्वर के साथ शहर की तरफ गया है।"

"शहर ?" नरसिंह को बड़ा अचंभा हुआ। इतनी देर बाद अब धीरे से राम ने कहा, "समझ गया भाई साहब, आपको बताना ही मैं भूल गया था।"

राम की बातों पर उसे ज़रा भी आश्चर्य नहीं हुआ। पंछी के पर उड़ने के लिए ही निकलते हैं। निताई ने ड्राइवरी सीखी है तो लाइसेंस लेगा ही। मगर वह उससे छिपाकर या उसके शत्रु से मिलकर ऐसा करेगा, यह सोचकर उसे दुःख हुआ। एक ड्राइवर का दुःख खिन्नता में प्रकट नहीं होता, विक्षोभ में स्वरूप पाता है। नरसिंह ने कहा, "साला हरामी कहीं का ! इसीके लिए उसकी तबीयत खराब हो गई थी !"

विक्षुब्ध मन के खिंचाव में उसने गाड़ी को मोड़ने के बजाय बन रही सड़क की गिट्टियों के ढेर पर चढ़ा दिया। नरसिंह कोई ऐसा-वैसा ड्राइवर नहीं ! उसने मजबूती से स्टियरिंग पकड़कर पैरों के दबाव से गति नियंत्रित की और सड़क पार कर गया, "सा-ला !"

फस्-स्-स् !

क्या हुआ ? उफ्, एक चक्का गया। पीछे की ओर गाड़ी धंसी जा रही है। नरसिंह ने ब्रेक मारा। राम उछलकर उतरा।

'यहां एक टूटी बोतल का शीशा पड़ा है, भाईसाहब। जहां

टायर छिल गया था न, वहीं घुस गया है। पता नहीं किसने पत्थरों की गिट्टियों के ढेर में कांच के टुकड़े फेंक दिए हैं।"

नरसिंह उतरा।

ट्रिप का समय गुज़रता जा रहा है। दफ्तर का समय ! इस ट्रिप में बंधे हुए बहुत-से पैसिंजर हैं। वे उसकी प्रतीक्षा में होंगे।

"जग ले आ।" उसने राम से कहा और खुद स्टेपनी खोलने में लग गया। मन खिन्न हो उठा। पंचर हो गए पहिये का बोल्ट खोलने में परेशानी हो रही थी। साला, नमकहराम, बेईमान ! हूं, कुछ भी हो, है तो छोटी कौम का ही !

"क्या हुआ ? पंचर ?"

सामने जोसेफ और नीलिमा खड़े थे। नीलिमा स्कूल जा रही थी। नरसिंह का मन ज़रा पिघला। वह ऐसे में भी नमस्ते करना नहीं भूला, "नमस्ते !"

नरसिंह की बगल में जोसेफ आ खड़ा हुआ।

"उफ ! यह क्या किया ? उंगली काट ली ? हटिए आप हटिए ! ज़रा मैं भी देखूं। नीलि, जा, तू आज अकेली चली जा। मैं देखता हूं। सिंहजी ने अपनी अंगुली काट ली है…।"

नीलिमा अंगुली देखकर सिहर उठी, "ओह, उसे बांध लीजिए न ! राम, जल्दी से तू थोड़ी बरफ ले आ तो !"

नरसिंह ने हंसकर कहा, "ड्राइवरों को ऐसी चोटें लगती ही रहती हैं। राम को अभी कहीं भेजने से काम नहीं चलेगा।"

नीलिमा ने कहा, "अरे, यहीं पास ही तो बरफ मिलती है।"

"ऊंहूं, मेरे पैसिंजर पांचमति में बैठे इन्तज़ार कर रहे होंगे।"

नीलिमा तेज़ी से चली गई।

राम ने जग खोलकर गाड़ी के अंदर उसे फेंक दिया।

जोसेफ ने कहा, "ओ० के०, सब ठीक हो गया।"

पान की दुकान का एक लड़का दौड़ा आया। उसके हाथ में नीलिमा के रूमाल में लिपटा बरफ का एक टुकड़ा था।

जोसेफ बोला, "लीजिए, इसे लगाइए। राम, तू अंगुली पर बरफ रखकर पकड़े रहना। दाहिने हाथ से स्टियारिंग मज़े में पकड़ी जा सकती है।"

नरसिंह ने सिगरेट निकालकर दूसरे हाथ में पकड़ ली। कहा, "आप भी लीजिए, एक मेरे मुंह में लगा दीजिए, और सुलगा भी दीजिए।"

सिगरेट सुलगाकर वह गाड़ी पर चढ़ बैठा। राम हाथ पर बर्फ रखे बैठा था। नरसिंह ने सेल्फ स्टार्टर का व्यवहार किया। गाड़ी गरज उठी। राम से उसने कहा, "हां, आवाज़ लगा।"

पांचमति-पांचमति-पांचमति !

फूंक से सिगरेट फेंककर उसने बरफ से अपना हाथ हटा लिया और गियर पकड़ लिया।

पांचमति, पांचमति, पांचमति !

और एक महीने बाद।

शयामनगर, श्यामनगर, श्यामनगर !

वर्षा शुरू हुई। इस दफे वर्षा देर से उतरी। पूरे आषाढ़ भर नरसिंह ने गाड़ी चलाई। आसमान पर मेघ मंडरा रहे थे। रह-रह-कर रिम-झिम बरखा भी होती थी। सड़क कच्ची होते हुए भी नवाबी ज़माने की बनी हुई थी। कम से कम तीन-चार सौ वर्षों से तल प्रदेश जमकर 'वज्र कठोर' हो गया था। तीन चार सौ बरसों की इस सड़क का भीतरी भाग भी 'वज्र' है। ऊपर एक-डेढ़ हाथ मिट्टी अभी हाल में ही डाली गई है। तभी तो बरखा के दिनों में चक्कों से पिसकर कीचड़ के रूप में बदल जाती है और बरखा के बाद सूखकर घाव पर पड़ी पपड़ी की तरह फटने लगती है। किसी प्रकार अगर इसपर पुरानी गिट्टियां और लाल बालू लाकर डाल दी जाए, तो क्या कहने ! 'एकदम', नरसिंह कहता है, 'एकदम फर्स्ट किलास की मोटर-सड़क हो जाएगी।' मगर वह कहे किससे ? सड़क पर गिट्टियां और बालू बिछाने की बात तो दूर, इसी बीच उसपर कई गड्ढे बन गए हैं। उन्हें ठीक कराने के इरादे से नरसिंघ कंट्रेक्टर से मिला था। कंट्रेक्टर ने कहा था, 'अगर ओवरसियर कहें तो सड़क ठीक हो सकती है !' और ओवरसियर बाबू बोले थे, 'गिट्टियां ? दिमाग तो तुम्हारा ठिकाने है ? कच्ची सड़क पर गिट्टियां...! वाह !'

नरसिंह ने कहा था, 'अभी कई टोकरी गिट्टियां डाल देने से बरसात में ज़्यादा गड्ढे नहीं बनेंगे।' ओवरसियर ने हंसकर कह दिया था, 'उस समय पेड़ों के तने काटकर उसपर मिट्टी गिरवा देंगे। बस ?'

नरसिंह ने एस० डी० ओ० को भी पकड़ा। एस० डी० ओ० ने डिस्ट्रिक्ट बोर्ड में दरखास्त देने का उपदेश दिया। कहा 'मेरे थ्रू देना, हम रिकोमेंड कर देंगे।'

नरसिंह ने यह भी किया। डिस्ट्रिक्ट बोर्ड के चेयरमैन ने उत्तर

लिखा : कच्ची सड़क पर गिट्टियां डालने का कभी कोई रिवाज नहीं रहा है; जो नहीं है वह मैं कैसे करूं ?

रिवाज नहीं है ! इस देश में क्या कभी मोटर का रिवाज था ? पर नरसिंह ने इसपर अपना सिर नहीं खपाया। फिजूल परेशान होने से क्या लाभ ? अभी बरखा मामूली है, किन्तु पैसिंजर बढ़ते जा रहे हैं। पूरी सड़क चिपचिपी और फिसलनी हो गई है। आदमी को बरखा में भीगना पड़ रहा है, पैदल चलने वालों को बड़ी मुसीबत होती है। इसलिए सभी आजकल गाड़ी से सफर करना चाहते हैं। घोड़ागाड़ी मोटर से होड़ लेने में हार मान गई है। दस-बारह गाड़ियों में कई श्यामनगर में ही चलती हैं, दो-तीन बैलगाड़ियां सिर खाने को तत्पर हो उठी हैं। श्यामनगर से तीन मील पर सच्ची काली माता का मन्दिर है और गाय-बैलों की हाट—वे वहीं तक का भाड़ा कमाते हैं। प्रायः पांच-एक सड़क पर चलती हैं। इन पांचों के घोड़े बढ़िया हैं। पर सड़क पर कीचड़ देखकर उनकी हालत भी बिगड़ गई है।

आज बरखा कुछ ज़्यादा हुई। मोटर के पहिये फिसलते जा रहे हैं। कहीं-कहीं छोटे गड्ढों में पानी भर गया है। पूरी सड़क पर चार-पांच अंगुल कीचड़ की पर्त चढ़ गई है। इधर की मिट्टी बड़ी चिपचिपी है। टायरों में इस कदर भर जाती है कि मडगॉर्ड मचमचा उठता है। बड़ी सावधानी से चलना पड़ता है। मैदान वाली सड़क बन्द है।

रथ-चक्र अचल ! इंजिन चलता रहेगा, चक्के घूमते रहेंगे, मगर गाड़ी एक इंच भी आगे नहीं बढ़ेगी। कीचड़ में पहिये 'सर्र-सर्र' घूमते रहेंगे। लगता है, अब सर्विस बन्द करनी पड़ेगी। कोई चारा नहीं···! घोड़े के खुर जुड़े होते हैं, पर आजकल एक भी घोड़ागाड़ी नज़र नहीं आती। केवल बैल-गाड़ियां एक रव में चल रही हैं। क्या रात, क्या दिन, क्या गर्मी, क्या बरसात—'किच-किच-किर्रऽऽ' करती हुई एक-सी चाल में, दूर देहात में जैसे भारी चाल में बूढ़े-बुजुर्ग चला करते हैं, चलती रहती हैं। गाड़ीवान के एक हाथ में छाता और दूसरे में हुक्का—और गाड़ी चुपचाप चलती रहती है। मगर ये दिन खूब कमाने के थे। किराया बढ़ा देने पर भी कोई ना-नुकुर नहीं करता। टिपटिपाती बरखा से बचने के लिए लोग तपाक से हुड के अन्दर आ घुसते। जो लोग पांचमति की डेली-पैसिंजरी करते हैं, वे लोग इस बरसात में श्यामनगर में डेरा डालने को बाध्य हो जाते हैं। सर्विस बराबर चालू रहती तो उन्हें राहत मिलती। पर यहां के लोग इसके लिए कुछ करते भी तो नहीं हैं। खास पढ़े-लिखे भी तो नहीं हैं कि

दरखास्त लिखकर या हिकमत भिड़ाकर सात मील सड़क पक्की करवा सकें। यहां कुछ बड़े-बड़े जमींदार रहते हैं, पर उन्हें क्या गम ? वे तो बस, ज़मींदारी बनाकर मज़े में दूध-धी, मछली-मांस खाते हैं और पैर पसारकर सोते हैं। हां, मामला-मुकद्दमा तो लगा ही रहता है, पर यह देखते हैं, उनके कर्मचारी। सड़क पक्की हो या कच्ची, बाबुओं के लिए कोई फर्क नहीं पड़ता। कभी बाहर जाना बहुत ज़रूरी हुआ तो पालकी है ही। बरखा में भीगेंगे कहार, भीगें साले ! कीचड़ में मथेंगे वे, इसमें ज़मींदार को क्या परेशानी है ? कई घरों में बूढ़े हाथी हैं, बरसात में उन्हें निकाला जाता है, वे बरखा और कीचड़ को थपथपाते चलते हैं।

"सावधान हो जाइए सभी लोग !" नरसिंह बोला।

सामने एक बड़ा खन्दक है—बिल्कुल मध्य में ही। दोनों तरफ कीचड़ से भरी दो टुकड़ा धरती है; जिधर से भी वह गाड़ी काटेगा, उधर ही एक तरफ के पहिये सड़क के किनारे पड़ेंगे। यदि यह किनारा धसका तो गाड़ी करवट लेगी और सिर नीचे, पैर ऊपर ! चारों पहिये आसमान की और ! नरसिंह को कोई डर नहीं है, इस प्रकार गाड़ी चलाना उसके लिए कोई नई बात नहीं है। गांव-देहात में जो साइकिल चलाते हैं, वे मैदानों में भी चलाते हैं; उनके लिए यहां पर टैक्सी चलाना भी कुछ ऐसा ही है। बगल में बैठा राम अगल-बगल और सामने सतर्क दृष्टि रखकर कहता रहता है, "चलो-चलो, होशियार, बहुत अच्छा, बलिहारी है, क्या बात है—जय मां काली, ठीक है।" नरसिंह बहुत ही सावधानी से दुर्गम पथ पार कर लेता है। मगर लगता है, अब सर्विस नहीं चल सकती। ऊं हूं, बन्द करनी ही पड़ेगी। उधर डिस्ट्रिक्ट-बोर्ड भी दो-चार दिनों में सड़क-मरम्मत की नोटिस देकर ट्रैफिक बन्द कर देगा। उसकी सिगरेट पीने की इच्छा हो रही है, मगर इसकी गुंजायश नहीं है। सड़क की जैसी दशा है, उसमे एक हाथ से स्टियरिंग संभाली नहीं जा सकती।

साला, सुअर का बच्चा निताई ! बेटा भाग गया। पंछी के बच्चों के पंख निकल आने पर वे भी मां-बाप के घोंसले में नहीं रहते, उड़ भागते हैं। निताई भी भाग गया है। वह होता तो उसे स्टियरिंग संभलाकर एक सिगरेट पी लेता।

अब सड़क अच्छी है। नरसिंह ने गाड़ी की गति बढ़ा दी। सड़क पर लोग एक किनारे से जा रहे हैं। कई लोग बिल्कुल बीच सड़क पर चल रहे हैं। नरसिंह ने हॉर्न बजाया।

"हत्तेरे की, मोटर क्या आई, विपत् आ गई !"

गांव-देहात के आधुनिक खेतिहर मामले-मुकद्दमे के सिलसिले में शहर जा रहे हैं। नरसिंह को ये सोहाते नहीं। इनको 'अधकचरे' कहा जाता है, सो गलत नहीं है। अ-आ-क-ख आदि अक्षरों का आधा भी नहीं पहचानते। हां, छपे अक्षर पहचान लेते हैं और किसी तरह हिज्जे कर-करके पढ़ते हैं। अगर हाथ की लिखाबट हुई तो अजमेर गया' को 'आज मर गया' पढ़ेंगे, सो भी डंड-बैठक करने के बाद।

राम चिल्लाया, "ऐ-है, खन्दक—गचका !"

"देख लिया है।" नरसिंह गति तेज़ करके खंदक पार कर गया। पानी से भरे खंदक से कीचड़ और पानी का छपाका उठा। नरसिंह ने पीछे मुड़कर देखा, फिर बुड्बुदाया, "साला !"

राम की समझ में अब आया। वह हीं-हीं कर हंसने लगा, वही बेभाव की हंसी ! उसकी हंसी शुरू हुई कि खत्म होना नहीं चाहती। पैसिंजर भी हंसने लगे। उन दोनों खेतिहरों के कपड़े कीचड़ से भर गए थे। चेहरे तक पर छींटे पड़ गए थे। लगता है, एक के मुंह में कीचड़ चला गया था, वह थू-थू करके थूक उगल रहा था।

राम अभी भी हीं-हीं हंस रहा है। नरसिंह बड़ी कोशिश से हंसी रोके रहा था, पर आखिर उसे भी हंसी आ गई और वह हंसने लगा।

श्यामनगर आ पहुंचा। अब सड़क कंकरीली है।···हां चलाओ ! नरसिंह ने गति तेज़ कर दी, समय की बचत के लिए नहीं; बल्कि इसलिए कि अच्छी सड़क पर ज़ोर से चलाने में मज़ा आता है। समय पैंतालीस से बढ़कर पैंसठ हो गया है। इसके लिए पैसिंजरों को कोई आपत्ति नहीं है। बीस मिनट अधिक लग गए, पर उन्हें कोई शिकायत नहीं; क्योंकि वे सब कुछ अपनी आंखों से देख रहे हैं, और समझ भी रहे हैं। उनमें कोई अबूझ नहीं है, बुद्धि है उनके पास। हो सकता है, उन्हें ज़रा झुंझलाहट होती हो, लकिन ज़्यादा झुंझलाहट होती है खुद नरसिंह को। सात मील में यदि पैंसठ मिनट लग जाएं तो मोटर से क्या फायदा ?

"रोको, ऐ रोको !"

एकदम फिट-फाट और सिर पर हैट लगाए सड़क पर साइकिल संभाले जो खड़ा है, वह कौन है ? ओह ! श्यामनगर के म्युनिसि-पैल्टी के ओवरसीयर बाबू हैं !

"हूं !" नरसिंह की समझ में सब आ गया। उसी वक्त नरसिंह

ने राम को बारम्बार मना किया था कि 'अरे राम, एक ही ढेर से मत लेना, पांच जगहों से ले लेने पर चोरी कोई पकड़ नहीं पाएगा।'

"रोको !" ओवरसीयर बाबू गरजा।

नरसिंह रुका, "नमस्कार बाबू, कहीं जाइएगा क्या ? सीट रखूं ?"

ओवरसीयर दांत पीसकर उत्तर में बोला, "तुम्हारे नाम पर मैं रिपोर्ट करूंगा। तुम्हारा लाइसेंस रद्द करा दूंगा। बदमाश, पाजी कहीं का !"

नरसिंह के सिर से पैर तक क्रोध की एक लहर दौड़ गई। गिर्वरजा के छत्रियों का यह स्वभाव रहा है।

मगर इधर उसमें एक और अभ्यास का उदय हुआ है। अब वह ड्रगइवरी-कर्म करते-करते ओवरसीयर, इंजीनियर, एस० डी० ओ०, एस० पी०, मजिस्ट्रेट की धमकियों को टालते जाने का अभ्यस्त हो गया है। उसके यहां आने का कारण था, एस० डी० ओ० द्वारा बेंत मारना, उस बेंत को पकड़कर उसने कहा था, 'मारिए मत !' इसमें जो उसकी असहनशीलता थी, उसे वह बार-बार सोचता भी रहा है। उसे लगता रहा है बेंत पकड़ना नहीं चाहिए था। दो-चार बेंत एस० डी० ओ० लगाते, फिर शान्त हो जाते ; इससे उनका गुस्सा निकल जाता; और उसे भी इतने दिनों की लीक छोड़कर इस कीचड़ भरी दुर्गम सड़क पर नहीं आना पड़ता। अब सांप की ही बात लीजिए ! सांप तो सांप है, मगर मौका पड़ने पर उसे भी स्थिति के साथ समझौता करके चलना पड़ता है।

गिर्वरजा के छत्री बच्चे का खून वंश-परम्परा के अनुसार पहले खौल उठता है, पर दूसरे ही पल शांत हो जाता है। इसका अब अभ्यास हो गया है। नरसिंह अपने को स्थिर करने के लिए अवाक् कई पल ओवरसीयर की ओर ताकता रहा। ओवरसीयर ने कहा, "ओहो, कैसे देख रहे हो, जैसे खा जाओगे ?"

अब नरसिंह ने कहा, "आदमी-आदमी को कहीं खाता है भला ! उलटे आपका जो रुख है, उससे लगता है कि आप मुझे पकड़कर मार डालेंगे; पर आखिर क्यों ! बताइए, मैंने ऐसा क्या किया है ?"

"क्या किया है ? म्युनिसिपैल्टी की गिट्टियों के ढेर से तुमने गिट्टियां क्यों लीं?"

"गिट्टियां ?"

"जी हां, अनजान मत बनो। क्यों लीं ? बताओ !"

"खाने के लिए ! गिट्टियों का पुलाव बनाकर खाया, और क्या कहूं; बताइए ? गिट्टियों की चोरी ! गिट्टियां चुराकर भला मैं क्या करता उनका ? आप अपने कंट्रैक्टर से पूछिए ! वह गिट्टियों को यहां से हटाकर कहीं और ढेरियां लगवाए और नई गिनती गिनाए।"

"देखो जी, बहुत चालाकी मत दिखाओ। जिसने देखा है, उसीने मुझसे कहा है। तुम यहां की गिट्टियां अपनी गाड़ी में भरकर ले गए और उन्हें सड़कों की खंदकों में डाला। मुझे सब पता चल गया है।"

"ठीक है, जिसने आपसे कहा है, वह मेरे सामने कहे। आपने तो देखा नहीं। आप कोई प्रमाण तो नहीं दे सकते ?"

ओवरसीयर दो कदम आगे बढ़ आए। बोले, "चलो दफ्तर में, तुम्हें वहां चलना होगा। तुम्हें जो कुछ कहना हो, वहीं चेयरमैन साहब से कहना।"

फल भर चुप रहकर नरसिंह ने कहा, "अभी मेरी सर्विस का वक्त है। अभी तो नहीं जा सकता, बाद को चला जाऊंगा। फिर आपसे मिल लूंगा।"

'आपसे मिल लूंगा' वाली बात काफी थी। इतनी-सी बात में उसने बहुत-कुछ कह डाला। कम से कम पांच रुपये तो डूबेंगे ही। पांच रुपयों से कम में तैयार नहीं होगा ओवरसीयर। ऊं हूं ! एक खन्दक भरने के लिए उसने कई टोकरे गिट्टियां उठाई थीं। खंदकों का सिर-दर्द डिस्ट्रिक्ट बोर्ड का तो है नहीं, सड़क पर तो बोर्ड के मेम्बरों के धुले कपड़े फटते और गन्दे होते नहीं हैं; उन्हें क्या गम ? जो सड़क पर चलते हैं, गम उन्हें है और फिर अब तो सबसे अधिक यह सड़क नरसिंह की अपनी है। दिन भर में तीन बार, छह बार इस सात मील वाली सड़क पर उसकी गाड़ी दौड़ती है। एक खन्दक धीरे-धीरे बड़ा हो गया था, इसलिए उल्लू राम ने सड़क के किनारे की गिट्टियों की ढेरी से गिट्टियां उठाकर उसे भर दिया था। उसने एक ही ढेर से बहुत ज़्यादा गिट्टियां उठा ली थीं। नरसिंह ने उसे बार-बार मना किया था। मगर राम की वही ही-ही वाली हंसी, 'आप भी खूब हैं, भाईसाहब ! क्या पड़ी है ओवरसीयर को इन गिट्टियों की !'

नरसिंह ने कहा, 'अगर मेम्बर देख लें और कैफियत चाहें तो…?'

'तब कह दीजिएगा, गाय खा गई !' इतना कहकर वह हंसने लगा था।

नरसिंह को भी हंसी आ गई थी।

खैर, ओवरसीयर भी कोई न कोई बात बनाएगा ही। पर उसका तो पांच रुपये का नुकसान हो गया। अफसोस इस बात का है कि जात गई और पेट भी नहीं भरा। कई टोकरे गिट्टियां खन्दकों में डालकर भी वह अपनी सर्विस को चालू नहीं रख सका। कच्ची सड़क को पक्की बनाने के लिए जितनी गिट्टियों की ज़रूरत है, वह चोरी से इकट्ठी नहीं हो सकतीं।

लेकिन यह कहा किसने ? यहां कई घर पछहियां डोमों के हैं। ये शहर में झाड़ू दारी का काम करते हैं। किन्तु शाम के बाद ही उनकी आधी रात हो जाती है। वे शाम को ही दारू पीकर और कुछ हो-हुल्लड़ करके सो जाते हैं। इसलिए गिट्टियां चुराने का उन्हें क्या पता ? हां, उनकी औरतें अवश्य जागती रहती हैं। उनकी औरतें खूब कामुक होती हैं। अपने मर्दों के नशे में चूर हो जाने के बाद वे बाहर से इशारा पाने के लिए ड्योढ़ी अगोरती हैं। सीटियों का स्वर बहकर आता है, टपाटप ढेले गिरते हैं।··· नरसिंह अचानक खुश हो उठा। उसे एक उचित कैफियत मिल गई कि सड़क से गिट्टियां उठकर कहां जा गिरी हैं ? क्या वे गिट्टियां डोमपाड़ा के दालानों में और घरों के छप्परों पर नहीं बिखरी हैं ? हां, जो लोग डोमिनों की टोइ में रहते हैं, उन्होंने ही इशारा करने के काम में गिट्टियां उठाई हैं। ओवरसीयर यह मानेगा नहीं, मगर वह मान जाए तो म्युनिसिपैलिटी उसकी बात सुन सकती है।

राम ने सहसा कहा, "जानते हो भाईसाहब, यह किसने चुगली खाई है ?"

"किसने ?"

"निताई ने। यह काम उसी साले का है !"

निताई ! नरसिंह संभलकर बैठा। ठीक, यह काम और किसीका नहीं, उसीका है। बेईमान, नमकहराम, छोटी जात की औलाद। यह काम उसीका है। निताई ने ड्राईविंग-लाइसेंस निकलवा लिया है। रामेश्वर आजकल उसका मंत्री है, वही उसका बुज़ुर्ग-गार्जियन है। उसीकी तसवीर से यह लाइसेंस निकला था और उसीने निताई के लिए एक काम का भी जुगाड़ कर दिया था। यहां के एक बाबू ने एक पुरानी लक्कड़गाड़ी खरीदी है। वह बाबू म्युनिसिपैलिटी और डिस्ट्रिक्ट-बोर्ड के मेम्बर हैं। खूब दारू पीते हैं। मौज-मस्ती में मशगूल रहते हैं। चेयरमैन जो कुछ कहते हैं, उसीमें 'हां-हां' करते रहते

हैं। सारा समय वे एस० डी० ओ०, डी० एस० पी०, मजिस्ट्रेटों की खुशामद में लगे रहते हैं और रात को 'डोमिन' के साथ मस्ती लूटते हैं। उन्हींकी गाड़ी में खाना-कपड़ा और पन्द्रह रुपये माह पर निताई ड्राइवर नियुक्त हुआ है। राम कहो! ड्राइवर और पन्द्रह रुपये महीना! नरसिंह उसे क्या कम देता था? वह उसे खुराकी और बारह रुपये महीना देता रहा है। वह अगर कपड़े और तीन रुपये अधिक की बात उठाता तो नरसिंह उसे भी पूरा करता। उसने भी तो कहा था कि वह उसे लाइसेंस बनवा देगा। नरसिंह को लगता है कि निताई की तरह कृतघ्न और इतना भयानक बेईमान दुनिया में और कोई नहीं है, न होगा! इस साले डोम की औलाद का जीवन हरवाहा-चरवाहा या मिट्टी काटते बीतता। बहुत ज़ोर मारता तो इमाम बाज़ार के बाबुओं के यहां साईस हो जाता, घास काटता, घोड़े का मैला साफ करता। इसीने उसे मोटर का काम सिखाया, ड्राइवर बनाया। वही तो उसका गुरु है। यह कलियुग है, पाप का ज़माना! इस ज़माने में कृतघ्नता ही गुरु-दक्षिणा है! उसने निताई के लिए जो कुछ किया-कराया था—यानी उसकी देख-भाल करना, अपनी जान देकर भी उसके लिए मेहनत करना, वह सब कुछ आज तुच्छ लगने लगा। ठीक ही है! राम का ख्याल ठीक ही है! यह चुगली निताई ने ही की है, इसी बेईमान, नमकहराम छोटी जात की औलाद निताई ने! निताई डोम पाड़े में 'डोमिनों' को जुटाने की गरज़ से आता-जाता है। अपने लिए भी—मालिक के लिए भी। उसीने देखा होगा। निताई ने अपने मालिक से कहा होगा और उसके मालिक ने ओवरसीयर से कहा होगा। कहे! क्या कर लेगा वह, नरसिंह देख लेगा।···

"पांच रुपयों की बात है, बस। डोमपाड़ा की डोमिनों को इशारा करने के लिए ढेले फेंक-फेंककर ढेर खत्म किया गया है। अमुक बाबू का ड्राइवर निताईचरण डोम भी उनमें से एक है। रमेसरा ड्राइवर भी वहां जाता है।'

निताई के मालिक म्युनिसिपैल्टी के मेम्बर हैं। ओवरसीयर उनका नाम ले नहीं सकते। छोड़ो! समय आने पर नाम भी खुल जाएगा। म्युनिसिपैलिटी के चुनाव के दिन नज़दीक हैं। इस बार कांग्रेस खड़ी होगी। 'बन्दे मातरम्, इन्किलाब ज़िन्दाबाद!' ओह, क्या हो-हुल्लड़ रहता है! नरसिंह ने बराबर कांग्रेस को अपनी गाड़ी दी है। इस बार भी देगा। कांग्रेस इस बार डिस्ट्रिक्ट बोर्ड का चुनाव लड़गी।

उसे भी वह गाड़ी देगा।···

नरसिंह ने घच् से ब्रेक मारा। सामने ही थी दारू को दुकान। शाम चौंककर उसे देखने लगा। अरे, अभी तो सिर्फ छः ही बजे हैं! अभी भी दो ट्रिपें शेष हैं। एक बार जाना एक बार आना! तब कहीं भाईसाहब के बोतल लेकर बैठने का समय आता है। सड़क खराब है, बंदा-बादी हो रही है, ऐसे में नशा चढ़ा कि एक्सीडेंट हुआ। नरसिंह ने राम के ऐसे देखने को परवाह नहीं की। गाड़ी का दरवाज़ा खोल-कर उतर पड़ा। राम को बुलाया, "आओ!"

"क्यों और ट्रिपें नहीं लगानी हैं, क्या?"

"नहीं।"

"मगर इस ट्रिप में कुछ आमदनी होती···।"

"छोड़। आ। लगता है, तू हाय-हाय करता हुआ मरेगा। आ।" आज कमाई की चिन्ता नरसिंह को नहीं थी। वह दारू पीकर अपने मिज़ाज को चढ़ाना चाहता था। कमाई तो जाने और आने पर होती ही। वैसे इन दो महीनों में उसने कमाई भी खूब की है। खर्च बाद देकर चार सौ रुपये उसने जमा किए हैं। सुखनराम के रुपये उसने चुका दिए हैं। सुखनराम ने कहा है, ज़रूरत पड़ने पर वह और भी पांच सौ रुपये देगा। कमाई के लिए आज उसका मिज़ाज नहीं बिगड़ा है। आज वह मिज़ाज में गर्मी लाना चाहता है। इस दूकान में निताई रमेसरा के साथ आएगा ही। वह निताई को एक बार देखना चाहता है। निताई कोई एस० डी० ओ०, डी० एस० पी०, दरोगा और ओवरसीयर नहीं है। डोम की औलाद को उसीने ड्राइवर बनाया है। जरूरत पड़ेगी तो वह उसका हाथ भी तोड़ देगा।

शराब की दूकान पर नरसिंह को निताई दिखाई नहीं पड़ा। साला! बेकार में दो ट्रिपों का नुकसान हो गया ऐसी स्थिति में नशे का असर काफी तेज़ हो जाता है। कुछ उत्तेजनापूर्ण काण्ड किए बगैर उसका मन शान्त नहीं हो पा रहा था। नौ बजे दूकान बन्द हुई। नरसिंह क्षुब्ध-सा मोटर में आ बैठा। उफ, आज का नशा बिल्कुल बेकार गया। उसने सोच रखा था कि आज वह सुखनराम से मिलेगा और एक ट्रक खरीदने के लिए उकसाएगा। इतने रुपये दो महीनों में वापस मिलते देखकर सुखनराम पहले ही कम विस्मित नहीं हुआ

था। उसने जो कुछ कहा था, वह अभी भी नरसिंह के कानों में गूंज रहा था। सेठ ने कहा था, 'वाह ! दो महीनों में ही सारे रुपये वापस कर दिए आपने, सिंहजी ? कमाल है !' सब मिलाकर सेठ बढ़िया आदमी है। उसने रुपये उधार देकर एक पैसा भी सूद नहीं लिया था। सेठ बोला था, 'आपने बहुत कामों में मेरी मदद की है, आपसे सूद लेकर धर्म के सामने भला क्या कैफियत दूंगा ? बोलिए !'

नरसिंह ने सोचा था कि आज ही ट्रक के बारे में बात उठाएगा। पर इस समय उसने शराब पी रखी थी और उधर सेठ भी चरस-गांजे के नशे में बुत बैठा होगा। आज इस विषय में कोई बात करना असम्भव था। उफ़्, आज का दिन बरबाद चला गया !

मोटर की हेड-लाइट में घोड़ेगाड़ियों का अड्डा नज़र आ रहा था। उसने घोड़ागाड़ी के अड्डे और मोटर-कम्पनी के ऑफिस को पीछे छोड़कर गाड़ी को सुखनराम की गद्दी की ओर मोड़ लिया। गद्दी के पास ही उसकी रहने की व्यवस्था थी। एकाएक नरसिंह चौंका, "अरे, यह टॉर्च की रोशनी कौन फेंक रहा है ? कौन है ? वो, पेड़ के नीचे कौन खड़ा है ? ऐं !" नरसिंह आगे बढ़ गया।

"नरसिंह ! मुझे पहचाना ?"

"कौन हो ?"

"मैं···मैं इमाम बाज़ार के थाने के पास रहता था। पुलिस के कान्स्टेबलों से किराये की बात को लेकर···।"

"आप ? अनन्त बाबू ?"

"चुप ! आहिस्ते बोलो।" आगन्तुक खुद ही आगे बढ़कर नरसिंह के पास खड़ा हो गया।

नरसिंह ने दोनों हाथ मुंह फर रख लिए और डरकर नमस्कार किया। आगन्तुक हंसकर बोला, "तुमने शराब पी रखी है, इसके लिए शर्माने की ज़रूरत नहीं है !···पास आ जाओ।"

"कहिए।"

"मुझे ग्यारह डाउन वाली ट्रेन पकड़नी है और तुम्हें इसी समय मुझे स्टेशन पहुंचाना होगा। बोलो, कितना किराया लोगे ?"

इसका उत्तर न देकर नरसिंह ने पूछा. "आपका सामान ?"

"बस, जो मेरे हाथ में है, उतना ही।"

"आइए !"

आगन्तुक ने कन्धे पर रखा वाटरप्रूफ पहन लिया और सिर पर टोपी रख ली। इसके बाद वे कार में आकर बैठे।

"चला।" वे बोले, "और हां, मेरे यहां आने की बात कोई न जान पाए।"

नरसिंह गाड़ी स्टार्ट करके बोला, "ठीक है।"

गाड़ी चल पड़ी। नरसिंह को लगा, जैसे आज के नशे ने उसमें शेर जैसा साहस भर दिया है। हेडलाइट की रोशनी सड़क पर छितरा रही थी ओर रोशनी में पतिंगे उड़ते हुए नज़र आ रहे थे। सड़क के दोनों ओर जंगल था। गंगा की तटीयभूमि का सघन वन ? गाड़ी गम्भीर आवाज़ के साथ आगे बढ़ती जा रही थी। अनन्त बाबू ? वे किसके पास आए थे या कहां जा रहे हैं, नरसिंह नहीं जानता था। उसे मालूम था कि उनसे कुछ पूछना व्यर्थ है। उसने दो-तीन बार पीछे मुड़कर अनन्त बाबू को देखा। नरसिंह को शंका थी कि पीछे से मोटर हांककर पुलिस आ सकती है, या सामने से ही पुलिस के सिपाही उसे घेरने की कोशिश कर सकते हैं, लेकिन वह उन्हें चकमा देकर आगे बढ़ जाएगा।

स्टेशन पर अनन्त बाबू को उतारकर उसने पूछा, "बाबू, आपकी तबीयत तो ठीक है न ?"

"हां। पांच रुपये का नोट नरसिंह को देते हुए वे बोले। नरसिंह ने अपने बैग से एक रुपया निकालकर बाबू की ओर बढ़ाया।...वह उनसे एक पैसा भी ज़्यादा नहीं लेगा। अनन्त बाबू हंसकर बोले, "ठीक है, इसे अपने पास ही रखो।"

"जी नहीं, बाबूजी। आपसे...।"

"मैं खुशी से दे रहा हूं, मिठाई खाना। हां, शराब मत पीना।" और वे हंसकर स्टेशन की ओर चल दिए।

अनन्त बाबू !

ये भी एक ही मनुष्य हैं। दुनिया के मनुष्यों में ऐसे लोगों की अलग ही जात है। उसने देखा है, ऐसे लोगों को सभी प्यार करते हैं और सम्मान देते हैं। पुलिस तो पुलिस ही है, जो ऐसे लोगों को पीटती-पकड़ती है; पर वे भी इन्हें कम नहीं मानते। इस महकमे में जब उन लोगों ने नौकरी की है तो उन्हें हर प्रकार की ड्यूटी करनी ही पड़ेगी। लेकिन ड्यूटी करने के बावजूद वे लोग अनन्त बाबू जैसे लोगों को चाहते हैं और उनके छोटे मोटे कई दोषों को नज़र अन्दाज़ भी कर जाते हैं। नज़रबन्दी की अवस्था में इन क्रान्तिकारियों ने पुलिस के सामने जो मांगें रखी थीं, पुलिस उन्हें प्राणपण से पूरा करने की कोशिश

करती थी। नरसिंह ने अपनी आंखों से देखा है कि बुरी प्रकृति की पुलिस भी जो अपनी नौकरी और जेब के सिवा कुछ नहीं जानती, ऐसे लोगों की खातिर करती थी।

अनन्त बाबू जब पहले-पहल इमाम बाज़ार आए थे, तो उनके आने के कुछ दिनों बाद एक ही अप्रिय काण्ड घट गया था। इमाम बाज़ार के दो-चार बाबू भाई लोग शराब पीकर डोमपाड़ा गए और महिलाओं के स्नान करनेवाले तालाब के घाट में उतरकर हो-हल्ला मचाने लगे। ऐसा वे लोग बराबर करते थे। डोम तो निरीह और भिखारी जात के ठहरे, सो हाथ जोड़ने और बड़े-बाबू लोगों से शिकायत करने पर भी उनका कोई फायदा नहीं हुआ था। जहां तक पुलिस का सवाल था वहां वे नहीं जाते थे, क्योंकि वहां जाने की उनकी हिम्मत नहीं थी; इसलिए अब वे चुपचाप तमाशा देखते थे और सहते थे। उस दिन अनन्त बाबू घमते-घामते उधर पहुंचे तो हठात् डोमपाड़ा के तालाब पर उनकी नज़र पड़ी। उन्होने देखा कि चार आदमी तालाब में हाथ-मुंह धो रहे हैं और शोर मचा रहे हैं दो-चार लड़कियां भीगे कपड़े पहने रास्ते के एक ओर सिकुड़ी-सिमटी खड़ी हैं और एक लड़की बीच में काफी गहरे पानी में चुपचाप खड़ी है। यहां के लोग जिस बात को अब तक सहते आ रहे थे, उसे अनन्त बाबू सह नहीं सके। उन्होंने आगे बढ़कर इसका प्रतिवाद किया। पर वे सब थे यहां के बड़े बाबुओं के सुपुत्र और ऊपर से उन्होंने शराब पी रखी थी। उन लोगों ने अनन्त बाबू पर हमला बोल दिया। बस हो गई लड़ाई ! लेकिन अनन्त बाबू ने अपने घूंसों की चोटों से चारों को 'भानुमति का खेल' दिखा दिया। उसके बाद काफी हंगामा मचा। चारों ने अनन्त बाबू को धमकियां दीं कि वे उस पर केस चलाएंगे, पुलिस में रिपोर्ट देंगे; पर अनन्त मे इन सबकी परवाह नहीं की।

उन दिनों वहां जो दरोगा था वह भला आदमी था। उसने अनन्त बाबू का पक्ष लिया। बेचारे बाबुओं के सुपुत्रों की किस्मत···! वहां के कलक्टर भी काफी तेज़ आदमी थे। उन्होंने सब कुछ सुनकर चारों लड़कों की रही-सही इज़्ज़त की कसर भी निकाल ली। अब तक जो अनाचार होता जा रहा था, अनन्त बाबू के प्रयत्न से उस दिन खतम हो गया। सिर्फ यही नहीं, डोम जाति की जो पीठ अपमान सहते-सहते झुक गई थी, उस दिन से वह भी सीधी हो गई।

उस दिन के बाद अनन्त बाबू ने थोड़े-से समय में ही पूरे गांव को जीत लिया। होमियोपैथिक दवाइयां, प्यारी-सी हंसी और बातचीत

करने का सलीका—ये तीन गुण ऐसे थे, जिनके ज़रिये से अनन्त बाबू सबके प्रिय-पात्र बन गए। इसके अलावा उनमें जो सबसे बड़ा गुण था, वह था अन्याय के खिलाफ आवाज़ उठाना। खुद नरसिंह···!

नरसिंह एकाएक थम गया। सामने ही शहर जाने का तिन-मुहानी टेढ़ा-मेढ़ा मोड़ था। मोड़ देखकर नरसिंह के दिमाग में विद्युत की भांति एक बात कौंध गई। उसे याद आया कि इस मोड़ पर पुलिस का एक सिपाही खड़ा रहता है। उसने हेडलाइट बुझा दी।

राम ने पूछा, "क्या बात है ? रुक क्यों गए !"

"हूं।" नरसिंह बोला, "शहर में नहीं घुसेंगे।"

"क्यों ?"

"नहीं, यहां से सीधे पांचमति चलेंगे।"

"पांचमति ?"

"हां, तुम चुप करके बैठे रहो।" नरसिंह ने गाड़ी घुमा ली और उसे पांचमति की तरफ मंथर गति से बढ़ाने लगा। उसने राम से कहा, "बीच-बीच में टॉर्च जलाकर रास्ता दिखाते रहना।"

···नशा थोड़ा और गहरा रहता तो अच्छा रहता। पर अब कोई उपाय नहीं रहा। हां, पांचमति पहुंचकर सुरेशजी का गांजा मिलने की आशा थी। वैसे आज वह अनन्त बाबू को स्टेशन पहुंचाकर बहुत खुश था—सच, बहुत खुश ! सारा शरीर जैसे सन्-सन् कर रहा था। वाह, यह भी खूब ट्रिप रही !

श्यामनगर का इलाका पीछे छोड़कर नरसिंह ने अपनी गाड़ी बाद-शाही सड़क पर चढ़ा दी। इस बार उसने हेडलाइट जला दी।···चल, पांचमति ! वहां पहुंचकर रात सुरेशजी के यहां काटनी पड़ेगी। सुरेश-जी से बहाना करना पड़ेगा कि लास्ट ट्रिप के समय जब वे पांचमति से जा रहे थे, तो दो-एक मील के बाद एकाएक उनकी मोटर खराब हो गइ। उसी समय से वे लोग टॉर्च की रोशनी में खट्-खट्···खटर-पटर करते रहे और अन्त में इंजन के शैतान को बाहर निकालकर पांचमति वापिस आ गए। उस अवस्था में श्यामनगर की ओर ६ मील का लम्बा सफर तय करना असम्भव था। पांचमति की ओर दो मील का रास्ता था और यहां सुरेश जैसा मित्र भी था, इसलिए वह वापस यहीं आ गया। ये सारी बातें उसने राम को भी तोते की तरह रटा दीं।

राम बोल पड़ा, "भैया।"

लेकिन नरसिंह इसके पहले ही देख चुका था। उसके शरीर के सारे रोए खड़े हो गए। उसने तत्क्षण गाड़ी रोक दी और हेडलाइट

बुझा दी। सामने दो प्रकाण्ड सांप अपना फन उठाए खड़े थे। नरसिंह सब कुछ समझ गया। दोनों सांप बादलों से भरे आकाश के अन्धकार में एक-दूसरे को रिझाते-रिझाते रास्ता भूल गए थे और बीच रास्ते में फन उठाकर एक-दूसरे को निहारते हुए खड़े थे।

राम को डर लग गया। बोला, "आपने हेडलाइट क्यों बुझा दी ?"

"हेडलाइट का कड़ा प्रकाश आंखों में पड़ने से वे डर जाएंगे। सांप की आंखों में पलकें नहीं होती है न !"

"लेकिन···।"

धत्, तुम नहीं समझोगे। ये सांप यहां जोड़ा बांधने आये हैं। जरा टॉर्च मुझे देना तो।"

उसने अत्यन्त सावधानी से टॉर्च जलाई और उसका प्रकाश ऊपर की ओर इस तरह फेंका कि वह पृथ्वी स्पर्श न करे, सिर्फ उसका आभास-मात्र ही घरती पर नज़र आए। हां, वे रहे दोनों सांप! ठीक बीच में वे दो लताओं की तरह परस्पर गुंथे हुए पूंछ के सहारे खड़े थे। अचानक दोनों सांप नीचे गिर पड़े, लेकिन तत्काल उठकर फिर जुड़ गए। नरसिंह ने ऐसा चमत्कार आज तक नहीं देखा था। इसके पहले भी उसने सांपों का जोड़ा बांधना देखा था, लेकिन ऐसी अन्धकारमय और मेघाच्छन्न रात में और घने जंगलों से घिरी बादशाही सड़क पर अजगर जैसे मोटे सांप-सांपिनी का पागलों जैसा प्रणय नहीं देखा था। दोनों ने फुफकार-फुफकारकर सारी जगह घेर रखी थी। उनपर टॉर्च की रोशनी पड़ रही थी, पर उनका ध्यान उधर नहीं गया था। मोटर का इंजन चालू था और उसकी आवाज़ हो रही थी, पैट्रोल का धुआं भी भारी हवा में नीचे ही नीचे तैर रहा था; पर वे दोनों अपने में मगन थे।···अरे···रे, दोनों सांप फिर नीचे गिर पड़े। लेकिन वाह, एकाएक वे उठे और फिर गुंथकर खड़े हो गए। दोनों अपना मुंह आपस में मिलाकर नाच-से रहे थे। नरसिंह का शरीर कैसा-कैसा तो होने लगा। उसे लगा जैसे दिल की गति कुछ तेज़ हो गई है। बस, वह स्थिर दृष्टि से देखता रहा सांप-सांपिनी के लीला-तरंगायित शरीर की तरफ।—कैसे रतिमग्न हैं दोनों !

राम बोल पड़ा, "भैया !"

दोनों सांप जोड़ा बांधते-बांधते बगल के जंगल की ओर चले गए। वे अब नज़र नहीं आ रहे थे। राम ने नरसिंह को पुनः पुकारा। लेकिन नरसिंह को जैसेअब तक होश नहीं आता था। उसकी आंखों के सामने दो चेहरे नाच रहे थे—नीलिमा और गोरी, गोरी और नीलिमा।

राम ने पुकारा, "भैया, चलिए न।"

"हूं। हां, हां। ...तू चला पाएगा गाड़ी"

राम चौंक पड़ा। इस अन्धकार में और ऐसे रास्ते पर नरसिंह उससे गाड़ी चलाने को कह रहा है? कमाल है! पर कुछ भी हो, वह नरसिंह का सागिर्द है; वह क्या 'ना' कह सकता है? उसने जवाब दिया, "जब आप पास बैठे रहेंगे तो भय कैसा? गाड़ी चला पाऊंगा, और खूब चला पाऊंगा।"

नरसिंह ने उसे अपनी सीट देते हुए कहा, "गाड़ी घुमा लो।"

"घुमा लूं? यह क्या?"

हां, वापस श्यामनगर।"

कुछ दूर तक राम गाड़ी चलाता रहा, पर नरसिंह ने जल्दी ही उससे कहा, "हट, छोड़ दे! गाड़ी मैं चलाता हूं। इतना धीरे चलाने से तो श्यामनगर सुबह भी नहीं पहुंच पाएंगे।"

अब गाड़ी तीव्र गति से चल पड़ी। नरसिंह जैसे पागल हो गया था।

"प्रणाम गिरधारीसिंह, प्रणाम तुम्हें! जानकी, जानकी, नरसिंह को माफ कर देना तू—वह कसम की रक्षा नहीं कर पाएगा, नहीं कर पाएगा!'

वह आंधी की तरह गाड़ी चलाता हुआ क्रिश्चियन-पाड़ा के प्रवेश-द्वार पर आ पहुंचा। लेकिन यहां पहुंचकर एक क्षण के लिए रुक गया। इस रात में नीलिमा को संगिनी बनाने की कल्पना मात्र से ही उसे कैसा तो भय लग आया। उसे नीलिमा का नैकट्य मिलना असंभव-सा लगा। उसने गाड़ी पुनः घुमा ली और सेठ के मकान के अहाते में बने अपने घर के पास आकर रुका। गाड़ी से उतरकर उसने अकारण कई बार हॉने बजाया।

लेकिन गोरी की नींद टूटी नहीं!

सेठ के सन्दूक की भांति पूरा मकान निस्तब्ध था। कहीं से कोई आवाज़ नहीं...!

नरसिंह मकान के चारों ओर चक्कर काटने लगा। बीच-बीच में उसने नीचे से ढेले उठाकर खिड़कियों पर भी मारे।

राम ने बांस की खपच्चियों के बने गैरेंज में गाड़ी घुसा दी। वह नरसिंह के आने का कई क्षणों तक इन्तज़ार करता रहा, किन्तु उसने देखा कि वह पागलों की तरह इधर-उधर चक्कर काट रहा है। वह

साहस करके आगे बढ़ा और नरसिंह का हाथ पकड़कर बोला, "चलिए, अब सोना चाहिए।"

"हाथ छोड़ो!"

"नहीं, चलिए। बेकार में इधर-उधर की अफवाहें फैलने लगेंगी। चलकर अब सोइए।"

नरसिंह चुपचाप खड़ा रहा। उसे लग रहा था, जैसे उसका सारा शरीर मोटर के पेट्रोल की भांति जल रहा है। वह अपने को संभाल पाने का अख्तियार खो चुका था।

राम ने कहा, "कल...कल मैं उसे आपके लिए बुलवा दूंगा।"

नरसिंह ने दीर्घ-निश्वास फेंकी। राम उसका हाथ पकड़कर कमरे में लाया और उसका सिर पानी से धोने लगा। फिर उसे खाना देकर आराम से सुला दिया।

दूसरे दिन सुबह उठकर वह जोसेफ के घर गया।

नीलिमा ने उसे देखकर आश्चर्य प्रकट किया, "यह क्या? आपका चेहरा क्यों उतरा हुआ है?"

नरसिंह ने लाल आंखों से उसकी ओर ताका।

नीलिमा बोली, "लगता है, सारी रात आपने शराब पी है। आप लोग...!" नीलिमा ने अपना सिर झुकाकर आगे कहा, "जो ड्राइवरी करता है, क्या उसके लिए शराब पीना जरूरी है?...बैठिए, भैया को बुला लाती हूं।"

नीलिमा चली गई। नरसिंह से वहां ज्यादा न रुका गया। वह दस बजते ही शराब की दूकान पर जा पहुंचा और आकंठ शराब पीकर घर लौटा। उसने सारा दिन बेसुधी में गुज़ार दिया। राम ने उसे स्नान करवाया, खाना खिलाया और बिछौने पर सुला दिया। शाम को नरसिंह उठा और स्नानादि करके उसने नये कपड़े पहने। अपनी वेशभूषा ठीक-ठाक करके वह फिर जोसेफ के घर जा पहुंचा।

जोसेफ ने मां से कहा, "मिस्टर सिंह को चाय पिलाओ, मां।"

"नीलिमा कहां है?" नरसिंह ने पूछा।

"वह पढ़ने गई है—रेवरेंड बनर्जी के घर।"

कुछ देर तक चुप रहकर नरसिंह बोला, "दूकान नहीं चलोगे "नहीं। यहीं मंगा रखी है। पिओगे क्या?"

"हां थोड़ी-सी। आज बहुत पी ली है।"

"मां, चाय मत बनाना।" जोसेफ ने मां से कहा और नरसिंह को

भीतर वाले कमरे में ले गया।

नरसिंह ने थोड़ी तो नहीं, हां, सुबह की तुलना में कम ही पी। पी-पिलाकर वह घर आया और बिछौने पर पड़ गया। थोड़ी ही देर में उसे गहरी नींद आ गई।

वह कब तक सोता रहा, इसका उसे ख्याल नहीं था। लेकिन नींद में ही उसे एकाएक लगा, जैसे उसका शरीर किसीके स्पर्श से चंचल और सिहरन से भर उठा हो। वह लाल हो आई आंखें मलकर जग पड़ा। उसने देखा, गोरी उसको छाती पर सिर रखकर सो रही है। बाहर बादल गरज रहे थे और रिमझिम-रिमझिम बारिश हो रही थी। राम ने पुकारा, "भैया, उठिए। कुछ खा लीजिए।"

खाने की थाली नरसिंह के सामने रखकर राम बोला, "मैं गैरेज में जाकर गाड़ी में सो रहा हूं।"

नरसिंह उठ बैठा। उसको आंखों के सामने प्रणयरत सांप-सांपिनी का दृष्य नाच रहा था।

आकाश मेघाच्छन्न था। कहीं भी ऐसा स्थान नज़र नहीं आ रहा था, जहां आकाश निर्मल हो। ठण्डी-ठण्डी हवा बह रही थी और बीच-बीच में बरसात की फुहारें भी पड़ रही थीं। धरती का चेहरा काली बहू की तरह उदास हो उठा था। लग रहा था,जैसे काली बहू चेहरा झुकाकर बैठी हो! रूई जैसे सफेद बालों के नीचे काले रंग के मेघों के टुकड़ों का हुजूम जुटकर आ-जा रहा था। लग रहा था, जैसे कलकत्ते की पक्की सड़क पर तीस-चालिस मील की स्पीडसे बढ़िया इंजन वाली दामी कारें चल रही हों! हवा बन्द हो जाने पर बीच-बीच में बरखा की फुहारें भी पड़ रही थीं।

साहूजी के बरामके में टंगे हुए भीगे कपड़े हवा में उड़ रहे थे। कई साड़ियों के बीच एक अधमैली-सी साड़ी भी लहरा रहा थी। नरसिंह पहचान गया कि वह गोरी की साड़ी है। आज उसका मन बड़ा खुश था। अभी तक आबकारी की दूकान खुली नहीं थी, खुलते ही वह वहां जाएगा और कम से कम एक पाइंट खरीदकर ज़रूर लाएगा। घर में एक बोतल में थोड़ी-सी शराब बची पड़ी थी, नरसिंह उसे पीकर चुप-चाप सिगरेट फूंक रहा था। उसका मन हो रहा था कि एक पाइंट बोतल के साथ वह आधा सेर मांस और चावल-दाल की खिचड़ी

खाए। वह सोच रहा था कि अगर गोस्त न लाकर पूरा का पूरा एक हंस ही लाए तो कैसा रहे ?···पर हंस लाने से परेशान ज़्यादा होगी ! उसके पंख नोचना, काटना-कूटना और गला दबाना—इससे परेशानी तो होती ही है, पर साथ ही साथ उसका सारा शरीर भी घृणा से कांप उठता है। राम होता तो चिंता की बात नहीं थी, वह सब-कुछ संभाल लेता। लेकिन वह भी सात-आठ दिन से अपने घर गया हुआ है, इमाम बाज़ार में उसी नकचढ़ी अपनी मौसी यानी नरसिंह की मामी के पास। वह कह गया था कि लौटते समय गिर्वरजा भी होते हुए आएगा।

लगभग एक महीने से श्यामनगर-पांचमति की सर्विस बन्द थी। बादशाही सड़क के सारे खंदक-गडढ़े पानी कीचड़ से भर गए थे। गांव के गंवई और गाय भैंसों तक ने उसपर चलना बन्द कर दिया था। बैलगाड़ी वाले अभी तक कूद-फांद कर रहे थे और लम्बी-लम्बी बात बना रहे थे, लेकिन उन लोगों ने भी उस दिन की बारिश के बाद तीन दिनों से सड़क पर चलना बन्द कर दिया था। पिछले साल इन लोगों के साथ एक घटना भी घट गई थी। हुआ यह था कि इन्हीं दिनों एक बड़े खंदक में एक बैल गिरकर घायल हो गया था, बाद में गाड़ीवान को अपनी कमाई में से पैसे काट-काटकर ठेकेदार को देने पड़े थे। हां, इन दिनों घोड़ेगाड़ी के पक्षिराज कुछ मज़े में थे ! चारों और खूब घास उग आई थी। कोचवानों ने अपने घोड़ों के दोनों अगले पांवों को रस्सी से बांधकर घास के मैदान में छोड़ दिया था। वे बेच रे छककर घास खा रहे थे।

गंगा के तटीय भाग के जंगल में पेड़ कट रहे थे। वहां से लकड़ी का बोझ लिए एक बैलगाड़ी हिचकोले खाती हुई चली आ रही थी।

ठीक है, आने दो ! लेकिन इन्हें देखकर कभी-कभी नरसिंह का मन जल उठता। उसकी इच्छा होने लगती कि पैसिंजर-सर्विस बन्द करके वह भी एक ट्रक ले ले। उसके मन में कई प्रकार की ट्रक गाड़ियां चक्कर काट जातीं।···पर, पर यह कौन चला आ रहा है ? उसने देखा, बैलगाड़ी की बगल में एक आदमी सिर पर छाता ताने चला आ रहा है। उसे वह थाने का सिपाही सा लगा। उसका चेहरा नरसिंह को नज़र नहीं आ रहा था, पर पांव के नागरा जूते नज़र आ रहे थे। उसने पंजाबी-कुर्ता पहन रखा था, जिसकी एक बगल में तीन जगह सिलाई की हुई थी। वह बड़ी मुस्तैदी से चल रहा था। ऐसी मुस्तैदी

से तो सिपाही चलते हैं।' उसने सोचा।

हां, ठीक! नरसिंह ने अब उसे पहचाना। वह चामोरीसिंह सिपाही था।...पर इतनी सुबह वह किसके यहां जा रहा है ? उसे याद आया कि लगभग एक माह के पूर्व उसने अनन्त बाबू को रात के समय स्टेशन पहुंचाया था। उसकी छाती धक् से रह गई। वह संभलकर बैठ गया। लगता है, उस रात की रिपोर्ट पुलिस को मिल गई है !

बेईमान ! छोटी जात का बेटा निताई ! उसी सुअर के बेटे का काम है यह ! साला, उस दिन चुगली खाने आया था, नरसिंह को बचाने आया था ! राम से क्या कहा था उसने ?...कि नरसिंह से बात करने की उसकी हिम्मत नहीं है ! उस दिन हरामज़ादा-नमक-हराम हाथ से निकल गया था। अगर नरसिंह के पास आता तो वह उसे थप्पड़ों से मार-मार कर बेहोश कर देता। हरामज़ादा ! कुत्ता तो कुत्ता ही होता है, पर वह भी ऐसी बेइमानी और नमकहरामी नहीं करता। लेकिन आदमी ? उसे कोई रोटी का टुकड़ा अधिक दे दे तो बस वह तुम्हारा नमक भूलकर उसका गुलाम हो जाएगा।

निताई ने राम से कहा था, गुरुजी के पास जाने से मुझे डर लग रहा है, भाई ! लेकिन तुम गुरुजी से सब कुछ कह देना। एकदम 'प्राइवेट' बात है यह। उनसे कह देना कि पुलिस उनके पीछे लग गई है।

पुलिस खोज-बीन के लिए कई बार आई थी। अनन्त बाबू यहां आए थे, इसकी खबर पुलिस को लग चुकी थी। अनन्त बाबू निताई के मालिक के एक विद्रोही कर्मचारी से मिलने आए थे। पुलिस की धारणा थी कि वह रात में नरसिंह की मोटर में बैठकर आया था, लेकिन उसके बाद वह कहां और कैसे चला गया ; इसका पता पुलिस नहीं लगा पाई थी। उन्होंने तिताई से पूछा था, 'क्या तुम अनन्त बाबू को मोटर में बैठाकर स्टेशन ले गए थे ?' निताई ने बता दिया था कि मोटर की चाबी बाबू के पास रहती है और उनके हुकुम के बगैर वह गाड़ी कहीं नहीं ले जाता। पुलिस वालों का निताई के मालिक पर ज़रा भी अविश्वास नहीं था। वह अंग्रेज़ों का खैरख्वाह था और रायबहादुर के खिताब का लोभी ! वह साहबों को खाना खिलाता, उनके हुक्म पर दान-चन्दा देता और उनके इशारों पर नाचता। हां, सचमुच नाचता ! सुना था एक साहब उन्हें नचा गया था। बाबू के विश्वास पर पुलिस ने निताई को रिहा कर दिया था। लेकिन निताई का मन नरसिंह के प्रति आशंकित हो गया था और यही बात वह राम से बता

भी गया था। वास्तव में निताई ने ही अनन्त को नरसिंह का पता दिया था। अनन्त उसके मालिक के विद्रोही कर्मचारी से मिलने आया था। हठात् उसकी मुलाकात निताई से हो गई थी और वह उसे नरसिंह के घर के पास वाले पेड़ के नीचे खड़ा कर आया था।

साला! अगर नरसिंह को पहले मालूम होता तो नरसिंह उन्हें कभी भी नहीं ले जाता। पर नहीं···! वह अनन्त बाबू को 'ना' नहीं कर सकता था। देश के लिए जो लोग फांसी पर झूलते हैं, जेल में खटते हैं, नज़रबन्द रहते हैं; उन्हें भला 'ना' बोला जा सकता है? वह जानता है, उसकी जात-बिरादरी के लोग, यानी सभी मोटर-ड्राइवर कभी भी क्रान्तिकारियों को 'ना' नहीं बोलते थे। उस ज़िले के मोटर-कम्पनी के मालिक बुधा बाबू सरकार के खैरख्वाह और पुलिस के दोस्त थे। लेकिन उसकी कम्पनी के ही कई ड्राइवर क्रान्तिकारियों की मदद करते रहे हैं, जिसका बुधा बाबू को पता भी नहीं चल पाया था। अनन्त बाबू सिर्फ क्रान्तिकारी ही नहीं थे, बल्कि उन्होंने नरसिंह के ऊपर भी उपकार किया था; जिसे वह आज तक नहीं भूल पाया।

इमाम बाज़ार में उन दिनों एक बदमिजाज़ दरोगा आया हुआ था। उसके कार्य-काल में पुलिस के आदमी बिना किराये के उसकी गाड़ी पर चढ़ते और ऊपर से रौब भी गांठते। सब कुछ सुनकर अनन्त बाबू ने एक दरख्वास्त ऊपर भेजी और सारा हवाला अखबार में छपवा दिया। बस,उस दिन से सब ठण्डा हो गया लेकिन बदला लेने के लिए एक दिन नरसिंह को एक छोटे कारण पर पकड़ लिया गया और उसका अपमान करने के लिए थाने में लाया गया। थाने के बगल में ही अनन्त बाबू का घर था। उन्होंने हंसते-हंसते थाने में प्रवेश किया और बोले, 'ओह, तो हितोपदेश की कहानी का अभिनय किया जा रहा है? वाह!' फिर बोले, निश्चित रूप से यह वही कहानी है—भेड़िया और मृगशावक! क्यों, है न?' इतना सुनते ही दरोगा ने उसे चुपचाप छोड़ दिया था। क्या नरसिंह उनका वह उपकार भूल सकता है?

उसने जो सोचा था, वही हुआ। चामोरीसिंह साहूजी की गद्दी के पास ही आकर रुका।

"ऐ सिंह, ऐ ड्राइवर साहब।" चामोरीसिंह उसका नाम लेकर पुकार रहा था। नरसिंह ने उत्तर देने के लिए मुंह खोला, पर उसकी आवाज़ गले में अटक गई।

"ऐ नरसिंह, सिंह!"

नरसिंह ने किसी तरह जवाब दिया, "कौन है ?"

"अरे, बाहर आओ, भाई !"

नरसिंह के पांव कांपने लगे। घर में सारी बोतलें भी खाली पड़ी थीं। उसने सुराही से एक गिलास पानी भरकर पिया और बाहर निकला।

चामोरीसिंह बोला, "आज तीन बजे कलैक्टर साहब और डिस्ट्रिक्टबोर्ड के चेयरमैन आएंगे। पांचमति वाली सड़क की स्थिति को लेकर तुमने दरख्वास्त दी थी, उसकी इन्क्वायरी होगी। तुम्हें हाज़िर होने का हुकुम दिया गया है।"

एक क्षण में ही नरसिंह का शरीर हलका-फुलका हो आया। सांस की गति बंद करने वाले भय से आकस्मिक छुटकारा पाकर उसे जिस आनन्द की अनुभूति हुई, वैसी उसने जीवन में कभी महसूस नहीं की थी।

अब चामोरीसिंह सेठजी को पुकारने लगा।···सेठ को क्यों बुला रहा है ? चामोरी बोला, "दरख्वास्त देने वालों में सेठजी भी थे। उन्हें भी बता देना, भाई !"

"हां-हां, ज़रूर बता दूंगा। उन्हें अपने साथ ही लेता आऊंगा।"

चामोरीसिंह चला गया। नरसिंह अपने कमरे में जाकर क्या करे—यह उसकी समझ में नहीं आया। अपने आनन्द को प्रकट किए बगैर उसे चैन नहीं आ रहा था। गोरी से मिलने का इस समय कोई उपाय नहीं था। क्या जोसेफ के यहां जाना ठीक रहेगा ? वहां जोसेफ मिलेगा, मेरी नीलिमा मिलेगी। नीलिमा उसे चाय पिलाएगी और जोसेफ शराब···।

'पांचमति वाली सड़क के लिए दरख्वास्त···।' चामोरी बता गया था। दरख्वास्त वाली बात उसे मालूम थी, क्योंकि इसमें उसीका हाथ था। लेकिन उसके फलस्वरूप यह सब होगा, इसकी उसे कतई आशा न थी। नरसिंह का मन प्रसन्न हो उठा।···हां, फेंको कंकड़ सड़क पर ! छा इंच तक खूब उसे पीटो ! फिर उसपर लाल सुर्खी डालो। उसके बाद चलाओ रोलर···खट्-खट्-खट्···! बस, फिर स्टियरिंग पर हाथ रखे और एक्सिलरेटर पर पांव दबाए चुपचाप बैठे रहो, चलने दो गाड़ी को बीस-पच्चीस मील की रफ्तार से। सर्र-सर्र करके वन-जंगल-मैदान और अगल-बगल के पेड़ पीछे छूटते जाएंगे।···सड़क पक्की बन जाने पर काफी आराम रहेगा। उसने एक सिगरेट

जलाकर होठों पर रखी और बड़े आनन्द और रौब के साथ जोसेफ के घर की ओर चल पड़ा।

...वह दो टैक्सियां लेगा! नहीं दो, नहीं; एक टैक्सी के बदले एक बस लेगा। उसके बाद एक कार, टैक्सी और फिर एक ट्रक...। जोसेफ को तिहाई भाग का हिस्सेदार बताएगा। इतना करने पर भी क्या वह नीलिमा को नहीं पा सकेगा? वे लोग क्रिश्चियन हैं!...पर इससे क्या? नरसिंह जात-पांत नहीं मानता। नरसिंह की खुद की जात कब की मर चुकी है। वह निताई के साथ खा चुका है, रहमान के साथ खा चुका है और जोसेफ के साथ भी। अब उसकी जात में क्या रखा है। उसकी कोई जात नहीं है। बस, उसके पास जो कुछ है, वह है उसका पेट और टैक्सी-कार।

उसके आंख-मुंह पर सर्र-सर्र करती बारिश की बूंदें पड़ रही थीं, हवा में लम्बे-लम्बे बाल उड़ रहे थे और सब कपड़े-लत्ते भीग गए थे। भीगने दो...?

वह चुपचाप जोसेफ के घर की ओर बढ़ता गया।

जोसेफ की मां ने पहले दिन बड़े प्यार के साथ नरसिंह की खातिर की थी। गिर्वरजा के क्षत्री-वंशों की कहानियां वह बचपन से सुनती आ रही थी। शुरू-शुरू में वह उसे उन्हीं कहानियों का नायक-सा लगा था। लेकिन बाद में उसने जब नरसिंह को व्यावहारिक-जगत में पाया तो वह उसे साधारण मनुष्य से ज़्यादा कुछ नज़र न आया। उसका नरसिंह के प्रति जो पहले वाला प्यार का भाव था, वह भी उपेक्षा में बदल गया। और जब नीलिमा नरसिंह के साथ अधिक मिलने लगी तो उसका उपेक्षा का भाव और प्रखर हो उठा। वह नरसिंह की गाड़ी में स्कूल जाती है, उसके साथ बात करती है, चाय बनाकर पिलाती है—ये सब बातें उसे अत्यन्त आक्रोश पहुंचाती थीं।

लेकिन आज जब नरसिंह उनके यहां पहुंचा तो वह बड़ी खुश हुई। ...पांचमति-श्यामनगर वाली सड़क पक्की बन रही है। नरसिंह उसपर एक-एक मोटर-बस, टैक्सी और ट्रक चलाएगा। उसने जोसेफ को अपने व्यवसाय की परिकल्पना बताई और उसे भी तिहाई हिस्से का बनने का निमन्त्रण दिया। जोसेफ की मां सुनकर प्रसन्न हो गई।

यों वह नरसिंह के आने पर झुंझलाती तो थी, पर उसके सामने वैसा भाव न प्रकट करके सिर्फ नीलिमा को बार-बार वहां से भगा

देती। लेकिन आज उसने बेटी को वहीं रहने दिया और खुद बरामदे के मोड़ पर बैठकर अपने घुटने दबाने लगी। उसे उनके निकट से हट जाना आज अशोभनीय-सा लग रहा था, इसलिए घुटने के दर्द का बहाना करके वहीं बैठ गई। लेकिन काफी देर तक अपने घुटने दबाने का नाटक उसे आसान नहीं लगा, सो नरसिंह और जोसेफ की बातचीत मे बाधा देते हुए वह बोली, "तुम लोगों की सड़क तो खूब पक्की हो रही है, अब तुम लोग उसपर आराम से मोटर चलाओगे और रोज़गार करोगे। लेकिन मैं भी काली-मां के मन्दिर जाने वाले रास्ते के बारे में एक दरख्वास्त भेजूंगी। क्यों नीलिमा, तू लिखकर देगी न एक दरख्वास्त ?…ओहो, मैं तो बादी के दर्द से मरी जा रही हूं। मैं बादी के सभी रोगियों की हस्ताक्षरयुक्त एक दरख्वास्त भेजूंगी।" और वह ही-ही करके हंस पड़ी।

नीलिमा खूब चतुर लड़की थी। उम्र बढ़ जाने पर सभी लड़कियां कमोबेश चतुर ही हो जाती हैं। वे जानती हैं कि नाट्याभिनय औरतों का एक विशेष गुण है। नीलिमा ने इन सबके बारे में विशेष चतुरता अपने स्कूल की सहकर्मियों से सीखी थी। वह मां की ओर तिरछी नज़रों से ताककर हंस पड़ी।

तिरछी निगाहों एवं व्यगात्मक हसी का वज़न हालांकि कम होता है, लेकिन उसकी धार ब्लैड से कम नहीं होती। नीलिमा की हंसी मां को लग गई। मां बोल पड़ी, "तुम्हारी यह हंसी मुझसे नहीं देखी जाती, और न ही तुम्हारी ये तिरछी निगाहें…"

"तो आंखें बन्द करके क्यों नहीं घुटने दबाती हो ? आराम भी अधिक मिलेगा और मेरी हंसी भी नहीं देख पाओगी।" नीलिमा उसी तरह ताककर फिर हंस पड़ी।

मां इस बार चिल्लाकर बोली "हे भगवान्, तू मुझे मार दे ! मुझे मार दे ! मुझे वापस बुला ले ! यहां किसीमें दया-ममता नहीं ! मैं बादी के दर्द से मरी जा रही हूं और ये लोग…मुझे…" आगे कुछ न बोल पाकर वह बुक्का फाड़कर रो पड़ी। नीलिमा समझ गई कि मां का रोना अभिनय मात्र नहीं। वह नीलिमा के व्यंग्यों का उपयुक्त उत्तर नहीं दे पाई थी, उसी क्षोभ के कारण उसे रोना आ गया था।

जोसेफ हंसने लगा ! वह भी मां को जानता था। नीलिमा तीसरी दफा चाय बनाने लगी। इसके पहले अण्डे और केक के साथ चाय पी जा चुकी थी। इसी बीच जोसेफ नरसिंह को श्यामनगर-पांचमति वाली सड़क के सम्बन्ध में तथा मोटर-कम्पनी से रुपये पाने के बारे में बता

चुका था। नरसिंह ने भी उसको अपने व्यवसाय के बारे में सब कुछ बता दिया था।

तीसरी बार चाय बताकर नीलिमा ने अपना कप भी भर लिया और उनके बीच बैठी रही। मां के रोने-झींकने की उसने बिन्दु-मात्र भी परवाह नहीं की। पर नरसिंह ज़रा परेशान हो गया। एक तो भद्रता का भी तकाज़ा था, दूसरे वह नीलिमा की मां थी; इसलिए उसे खुश करने के लिए वह बोला, "लगता है, काली-मन्दिर की बादी की दवा काफी लाभदायक है। एक दिन चलिए न मेरे साथ, मैं आपकों वहां पहुंचा आऊंगा। ज़रा धूप निकले और रास्ते की कीचड़ आदि सूख जाए तो मैं आपको ज़रूर ले चलूंगा।...मेरी गाड़ी आखिर किस काम आएगी ?"

बस, इतना सुनते ही मां खुश हो गई। आंखों के आंसू पोंछकर बोली, "जीते रहो, बेटा ! खूब उन्नति करो। तुम्हारे साथ हमारा जोसेफ भी उन्नति करे, यही कामना है। ओह, तुम्हारे बाप-दादों का कितना बड़ा वंश है, तुम लोगों का कितना मान, कितना नाम और कितना रौब है...। अपने ससुर से मैंने सब कुछ सुन रखा है।"

नरसिंह अहंकार से अकड़कर बैठ गया, उसे थोड़ी तृप्ति मिली। बस, इससे अधिक नहीं...। इसके बाद वह सारा क्षोभ और आक्षेप भूल जाता है।

जोसेफ उठकर बोला, "अच्छा, अब स्नान आदि कर लूं। आकाश मेघाच्छन्न है, पर समय काफी हो गया है। आज हमारे साहब का कलैक्टर साहब आने वाला है—मुझे गाड़ी लेकर घाटरोड स्टेशन जाना पड़ेगा। नदी के उस पार से वह नौका द्वारा आएगा। बहुत चालाक है यह कलैक्टर, अपनी गाड़ी कभी साथ नहीं लाता।"

नरसिंह हंसकर बोला, "पांचमति का मेरा दोस्त सुरेशदास ऐसे आदमियों को बाप का बाप कहता है।"

जोसेफ बोला, "यह कलैक्टर बेटा बड़ा बदमिजाज़ है।" फिर नीलिमा की ओर ताककर उसने पूछा, "तुम्हारे स्कूल तो नहीं जाएगा ?"

"क्या पता ?"

"तो भी आज ज़रा साफ-सुथरी होकर जाना। हो सके तो अपने साथ सिलाई की हुई चीज़ भी ले जाना।

नीलिमा हंसकर बोली, "हमारे यहां विज़ीटर के आने पर वह 'टेल दि मैन टु कम टु मी' बोलने वाली के पास पहुंचकर आगे नहीं बढ़ता।"

नीलिमा के मिशन-स्कूल की प्रधानाचार्य एक अंग्रेज महिला थी। नीलिसा भी कभी उसकी छात्रा रह चुकी थी। अंग्रेज़ी में दबे गले से हर बात पर 'टेल दि मैन टु कम टु मी' कहती थी। सड़क पर बच्चे उसे देखकर धीरे से कहते थे, 'टेल दी मैन टु कम टु मी।' सुनकर मेमसाहब चुपचाप हंस पड़ती।

जोसेफ नहाने चला गया।

नरसिंह उठा और बोला, "तो मैं भी चलूं ?"

मां बोली, "बैठो बेटा, थोड़ी देर तक और बैठो।" नरसिंह से बैठने को बोलकर वह उठी और अपने घुटने का दर्द भूलकर सहज गति से दूसरे कमरे में चली गई।

नीलिमा सशब्द हंस पड़ी।

नरसिंह पूछ बैठा, "क्या हुआ ?"

"मां अपने घुटनों का दर्द भूल गई।··· वह बादी-बादी चिल्ला रही थी न ?"

"ओह !" नरसिंह बोल पड़ा, किन्तु वह कुछ समझ नहीं पाया। सूक्ष्मता से किसी विषय पर सोचना उसके वश की बात नहीं थी।

तभी बाहर से साइकिल को घंटी की आवाज़ सुनाई दी, "ड्राइवर साहब।"

"ओह, एस० डी० ओ० का अर्दली···" नीलिमा व्यग्रता से बोली।

हिंदी-भाषी मुसलमान सिपाही नीलिमा को सामने देखकर हंस पड़ा और बोला, "आज कलक्टर साहब आने वाले हैं। साहब ने जल्दी आने के लिए कहा है।"

नीलिमा ने उत्तर दिया, "भैया नहा रहे हैं। बस जल्दी ही पहुंच जाएंगे।" इतना बोलकर वह तुरंत अन्दर चली गई।

अर्दली इस बार नरसिंह से बोला, तुम्हें भी साहब ने तलब किया है। डिस्ट्रिक्ट-बोर्ड के चेयरमैन और मेम्बर भी आएंगे आज। उनके लिए तुम्हें गाड़ी लेकर पहुंचने का हुक्म दिया गया है।"

एक क्षण के लिए नरसिंह का दिमाग गर्म हो उठा। उसका जी चाहा कि कह दे, 'नहीं जाऊंगा, जाओ, बोल दो अपने साहब को।' लेकिन उसने अपने को संयत कर लिया। पांचमति-श्यामनगर का रास्ता ठीक होने से उसपर उसकी बस और टैक्सी चलेगी ! इसके अलाव। उसे इमाम बाजार-जंक्शन-स्टेशन वाली सर्विस भी याद आ गई—उसकी सुनहरी और लाभदायक सर्विस भी उसके गरम मिज़ाज

के कारण हाथ से निकल गई थी। उसने अपने को संभालकर कहा, "जाओ, साहब से कह दो कि मैं टाइम से आ जाऊंगा।"

नीलिमा को हंसी आ गई। नरसिंह और भैया पर उसे रोष हुआ। ···वह अर्दली उन्हें तुम-तुम करके बात कर रहा था।

नरसिंह नीलिमा से बोला, "अच्छा, अब चलूं।"

"ठीक है।"

नरसिंह गाड़ी लेकर बाज़ार में जा खड़ा हुआ। घाट रोड से घाट स्टेशन ···। गाड़ी तो खाली ही ले जानी पड़ेगी, पर यदि दो-चार पैसिंजर मिल जाते तो ···? प्रति आदमी चौदह आना ··· ! हो सकता है, डिस्ट्रिक्ट-बोर्ड का चैयरमैन भी भाड़ा दे दे; लेकिन कितना देगा, इसका पता नहीं। और अगर नहीं भी देगा तो नरसिंह उसका क्या कर लेगा ? कलकत्ते में ट्राम-बसों में जब कान्स्टेबल आदि सफर करते हैं तो वे भी भाड़ा नहीं देते। ये सारी बातें सोचकर मन खराब हो जाता है—छिः, ये सब छोटे आदमियों का काम है ?

"गुरुजी।"

उसकी गाड़ी के पास एक फोर्ड-गाड़ी आकर रुकी, जिसे निताई ड्राइव कर रहा था।

नरसिंह ने कोई जवाब नहीं दिया। मुंह फेरकर बैठा रहा।

निताई बोला, "मैं भी आप लोगों के साथ जाऊंगा। जोसेफ की गाड़ी में मैजिस्ट्रेट, आपकी गाड़ी में चेयरमैन और मेरी गाड़ी में मेरे बाबू के साथ मेम्बर आदि सवार होंगे।"

नरसिंह ने इस बार भी कोई जवाब नहीं दिया।···हरामज़ादा, बेईमान कहीं का ! १५ रुपये माहवारी का ड्राइवर···। छि: ! नरसिंह तेरे साथ बात करेगा ? कदापि नहीं !

निताई बोला, "मेरे ऊपर आपको काफी गुस्सा है न ?"

"नहीं, नहीं, मैं किसी पर गुस्सा नहीं करता।"

निताई एक क्षण चुप रहकर बोला, "अच्छा, सलाम ! गाड़ी में तेल भरवाने आया था।" और वह गाड़ी स्टार्ट करके चला गया। वहां से चलते समय अन्त में फिर निताई आया। उसकी गाड़ी में उसका मालिक बैठा था। निताई हॉर्न बजाकर और हाथ से इशारा करके उससे रास्ता देने के लिए कह रहा था। नरसिंह ने उसे रास्ता दे दिया। निताई का मालिक डिस्ट्रिक्ट-बोर्ड का मेम्बर था। निताई ने काफी भड़कीली पोशाक पहन रखी थी। वापस लौटते समय भी

नरसिंह को निताई के लिए रास्ता साफ करना पड़ा। निताई की गाड़ी में उसके मालिक के साथ ही चेयरमैन बैठे थे। दोनों खासे गहरे दोस्त थे। निताई के मालिक को पीने का शौक था और चेयरमैन साहब को भी।

नरसिंह अपनी गाड़ी में दो मेम्बरों को बैठाकर सबसे पीछे-पीछे आया।

रात को लगभग दस बजे मीटिंग खतम हुई थी। नरसिंह का सिर गुस्से से गरम हो गया था, सारा शरीर जल रहा था।...उफ्, यहां तो शैतानों का राज्य है ! बेईमानों की खूब बन आई है ! यह भी खूब रही ! लगता है, धर्म का नामों-निशान तक खत्म हो गया है, भगवान मर गया है ! किसी समय विलायती अमरीकन कम्पनी ने कई लाख रुपये दिए थे, पर उन रुपयों से भी डिस्ट्रिक्ट बोर्ड और यहां की बस कम्पनी का पेट नहीं भरा। मीटिंग में तय किया गया—मोनो पोली सर्विस चालू की जाएगी। जो प्रत्येक वर्ष रुपया देगा, वही सर्विस पाएगा। वर्ष में पच्चीस रुपये—सड़क की मरम्मत के लिए।

यहां के एस० डी० ओ० ने आपत्ति की थी, क्योंकि उनका स्वार्थ पूरा नहीं हो सका था।... ओह, यह कैसा शैतानियत से भरा स्वार्थ है लोगों का !

नरसिंह ने क्षोभ में काफी शराब पी ली। वह नशे में हिलता डुलता घर पहुंचा।

सुखनराम के एक आदमी ने आकर कहा, "सेठजी डाक-बंगले में चेयरमैन के यहां बैठे हैं। आपको गाड़ी लेकर वहां आने के लिए कहा है।" बाप रे !

यह सेठ भी एक ही आदमी है। आज सेठ का चेहरा देखकर नरसिंह को बड़ी हंसी आई। हाकिम-चेयरमैन के साथ एक कुर्सी पर बैठकर और माथा ऊंचा करके वह क्या बोल रहा था ? हालांकि मोनोपोली सर्विस के सम्बन्ध में कुछ नहीं कहा था, पर सड़क को पक्की करवाने के बारे में उसने खूब बड़ी-बड़ी बातें बनाईं।...उसे माल आदि मंगवाने में भारी असुविधा होती है न !

नरसिंह सेठजी को गाड़ी में बैठाकर घर की तरफ चल पड़ा और पागलों की तरह हंसता रहा। आज सेठ चेयरमैन के साथ शराब पी-पीकर बेहोश हो गया था। किसी तरह धर-पकड़कर उसे गाड़ी में चढ़ाया गया था। नरसिंह सारा रास्ता हंसते-हंसते घर पहुंचा।

अपने कमरे में घुसते ही वह एक क्षण को चौंका।…यह कौन है? दीवार से सटकर यह कौन खड़ा है?

ओह, गोरी!

मोटर-ड्राइवर के लिए रात-दित एक समान है। दोनों हाथों में स्टियरिंग! पांव के नीचे क्लच, एक्सीलरेटर और फुट-ब्रेक! हाथ के निकट गियर का हैण्डिल और हैण्ड-ब्रेक! आंखें सामने के रास्ते पर—निष्पलक! नीचे से हर समय गर्म भाप उठती है, जिससे छाती तक शरीर उबलने-सा लगता है। नाक में अविरल पेट्रोल के धुएं की गंध जाती रहती है। कानों के अगल-बगल और सिर के बालों को उड़ाती हुई ज़ोरों की हवा चलती है। सुबह और शाम की हवा ठण्डी और दोपहर की गरम। गर्मी की दोपहरी में ड्राइवर का मुंह जलने लगता है, बरसात के दिनों में उसपर पानी के छींटे पड़ते हैं और सर्दियों में चेहरे का चमड़ा सिकुड़ जाता है। सारा समय गाड़ी अगल-बगल के पेड़ों, घरों और लोगों को पीछे छोड़कर भागती रहती है। कभी-कभार गाड़ी कहीं रुकी तो ड्राइवर नीचे उतरता है और आराम से अंगड़ाई लेकर अपने शरीर की थकावट दूर करता है। हां, अगर गाड़ी कुछ देर के लिए रुकती तो वह गाड़ी से नहीं उतरता, बस, स्टियरिंग पर सिर रखकर चुपचाप बैठा रहता है। सारा दिन गाड़ी चलाने के बाद जब 'पूरी छुट्टी' मिलती तो उसका शरीर डोलता। लगता, जैसे नीचे की ज़मीन घूम रही है। मोबिल-पेट्रोल, तैलाक्त औज़ारों और हवा में उड़ते धूल-कीचड़ के बीच सारे दिन के परिश्रम के बाद उसका शरीर टूट-सा जाता। लगता, जैसे शरीर के अस्विपंजर टूटकर नीचे गिर पड़ेंगे…

ड्राइवर इन सबके अभ्यस्त होते हैं। यह उनके लिए ऐसा ही है, जैसे क्षय रोगी को रोज़ शाम को हल्का बुखार चढ़ आना! हां, उस समय ड्राइवरों को चाहिए शराब; बस, शराब के पेट में पहुंचते ही सारा शरीर चंगा हो उठता! "क्या है? कौन है? किसी साले की परवाह नहीं!" उस समय उनके मुंह से यही बोली निकलती और नशे से लापरवाह होकर डोलते-डोलते चलते। नरसिंह भी ऐसे ही चलता। चलते-चलते राम से या साथ में चल रहे किसी भी साथी से कहता, "यहां क्या है? कुछ भो नहीं।" फिर अंगुलियों को चटखाते

हुए कहता, "मौज तो कलकत्ते में है।"

नरसिंह ने कलकत्ता भी देखा है—रसा रोड, हाजरा मोड़, श्याम बाज़ार, भवनाथ सेन स्ट्रीट के मोड़ पर रात के दस-ग्यारह बजे तक सिख-ड्राइवर हल्ला मचाते हुए इधर-से-उधर टैक्सी दौड़ाते हुए चलते हैं। कलकत्ते का मोटर-व्यवसाय सिखों के हाथ में ही है। सिर पर पगड़ी, शरीर पर लम्बा कुर्ता और हाफपैण्ट, पांव में नागरा जूते, लम्बे-चौड़े जवान ! सब चिल्लाते रहते, हो-हो हैया ! खबरदार ! मारो डण्डा ! इसके साथ ही ज़ोरदार अट्टास—हा-हा-हा ! श्रश्लील वारतालाप और अश्लील गाने ! दस-बारह बजे तक सारा दिन लोहे के घोड़े ओर पैट्रोल की गैस के उत्ताप के साथ लड़ाई करते-करते अन्त में वे अपना थका शरीर किसी की कोमल देह को समर्पित करने के लिए बेचैन हो उठते और गन्दी बस्तियों की ओर चले जाते।

नरसिंह कहता, 'यहां कुछ भी नहीं है।'

गंगा के किनारे, रैड रोड या विक्टोरिया मेमोरियल के अगल-बगल के वृक्षों से भरे रास्तों पर रात को टैक्सियां ऐसे चलतीं, जैसे गंगा पर धीरे-धीरे नौकाएं। पीछे की सीट पर मेम और साहब बैठे रहते। उनकी फुसफुसाहट और हंसी-मज़ाक से ड्राइवर का शरीर सिहर-सा उठता। वाह, यह है कलकत्ता।

यहां कुछ भी नहीं है। 'कुछ नहीं है' वाली शिकायत करते हुए भी, रमेश्वर, तारक, इस्माइलन और रशीद आदि शराब पीने के लिए यहां के अपने अड्डे पर पहुंचते—उसी चाय की दूकान पर। थोड़ी देर जुआखेलते, भगड़ा करते और उसके बाद जाते वेश्याश्रों वाली बस्ती में। हाड़ी-डोमवाली बस्ती के आस-पास ही एक गंदी बस्ती थी, जहां दरवाजों पर ढिबरी जलाए कुलत्यागिनी लड़कियां ग्राहकों के इन्तज़ार में बैठी रहतीं।

नरसिंह ने कई दिनों से अपने को ऐसे मोहल्लों से दूर रखा था। जानकी ने शुरू-शुरू में ही उसके जीवन की लगाम मज़बूती से अपने हाथों में पकड़ ली थी। वह अनवरत उसे याद दिलाती रहती कि वह गिर्वरजा के छत्री-वंश का लड़का है। वह कहती, 'जिसकी बात ठीक नहीं रहती, उसकी जात चली जाती है। तुमने कसम खाई है कि तुम कोई ऐसा-वैसा काम नहीं करोगे, इसका ध्यान रखना।'

बाद में जानकी मर गई तो नरसिंह ने उसके शोक में कसम का पालन करने के लिए खुद को और मज़बूत कर लिया था। छत्री-वंश के अपने अहं को वह मन ही मन बढ़ा-चढ़ाकर याद करता। लेकिन

दुनिया में तो शैतानियत का राज्य है…! नरसिंह कहता, 'हरामियों की जगह है दुनिया।' यहां कोई भी भलमनसाहत के साथ नहीं रह सकता। किसी न किसी तरह दुनिया उसे छोटा आदमी बनाकर ही छोड़ती है। नरसिंह का क्षत्री-वंश का गौरव भी पैसिंजरों से लेकर ओवरसीयर, थाने के जमादार, दारोगा, इंस्पेक्टर आदि ने सिर पर डण्डा मार-मारकर भगा दिया था। सभी की एक ही बोली—'ये साले टैक्सी ड्राइवर छोटे आदमी होते हैं।' क्या गिर्वरजा के क्षत्री-घराने का लड़का छोटा आदमी हो सकता है ? पर वह भी क्या करे ? पेट के लिए पैसिंजरों की बात सहते-सहते और ओवरसियर-दारोगा-जमा-दार आदि की लाल आंखें देखकर सज़ा के भय से सलाम करते-करते उसका वंश-गौरव खत्म हो गया था। अन्त में उस दिन एस० डी ० ओ० के हाथ से बेंत की मार खाकर वह अपना रहा-सहा वंशगौरव भी गंवा बैठा था, उस मार के बाद ही वह अपने घर गिरर्वजा की ओर चल पड़ा कि रास्ते में उसकी मुलाकात सुखनराम से हो गई थी। नरसिंह ने पहले तो उससे रौब के साथ बात की थी, लेकिन उसके ५० रुपये देते ही उसने उसे गाड़ी में बैठा लिया। उसे लगता है, वे पचास रुपये पचास चांदी के जूतों के समान थे। सच, छोटा कारोबार करते-करते नरसिंह छोटा आदमी बन गया है। अब यहां आकर वह जो कुछ करने लगा था, उससे उसका मन हाहाकार कर उठा था—भागो, भागो ! भाग जाओ यहां से !

गोरी कभी-कभी चौंककर उसके आलिंगन से छूट पड़ती।

"क्या बात है ?" वह पूछती। उसे लगता, शायद नरसिंह उसीसे चले जाने को कह रहा है।

नरसिंह सिर हिलाने लगता, उसके चेहरे को निहारते हुए कहता, "नहीं, तुमसे नहीं कह रहा।"

"तो किससे…?"

"किसीसे नहीं।"

नरसिंह ने गोरी का नैकट्य स्वीकार कर लिया था। हालांकि जानकी को दी गई कसम वह भूला नहीं था, पर अब वह उसे नहीं मानता।

और मानकर होगा भी क्या ? वह गिर्वरजा के क्षत्री-वंश का लड़का है, पर आजकल वही अपने गांव के हाड़ी-डोम के वंशज क्रिश्चि-यनों के घर में उनके हाथ की बनी चीज़ें खाता था। उनकी लड़की मेरी नीलिमा उसे नये मॉडल की कार 'मास्टर-ब्यूक' की तरह स्वप्न

की वस्तु नज़र आती। अपनी पुरानी गाड़ी का ड्राइवर और मालिक नरसिंह जब नई गाड़ी को देखता तो उसका मन नशे से भर जाता और गाड़ी चलाते-चलाते दिन के प्रकाश में 'मास्टर-ब्यूक' के सपने देखने लगता। सोचता, एक दिन वह बढ़िया-सी ब्यूक कार खरीदकर ज़रूर चलाएगा। इसके अलावा मेरी नीलिमा को लेकर भी उसकी कल्पना कई-कई सपनीली कहानियों की रचना करती। कभी-कभी उसे लगता कि यह सब झूठ है, ऐसा होना सम्भव नहीं; पर उसका मन मानता नहीं।

सारा दिन गाड़ी चलाने की थकावट के बाद वह शराब पीता और उस नशे में गोरी को अपनी छाती पर खींच लेता, लेकिन सुबह जब नशा खतम हो जाता तो गोरी के प्रति वितृष्णा होने लगती। उस समय उसका मन नीलिमा के लिए बेचैन हो उठता। नीलिमा—हाड़ी-डोम वंशज क्रिश्चियन घराने की काली लड़की! इसके बावज़ूद नरसिंह नीलिमा में कुछ खासियत पाता। उसे वह संभ्रान्त, मर्यादामय और दुर्लभ-सी लगती और दिन के प्रकाश में अपनी आंखों के सामने उसका श्याम-वर्ण चेहरा नज़र आता। साफ और सुरुचिपूर्ण आधुनिक पोशाक में वह काली लड़की उसे अपरूप लगती। हाड़ी-वंश की मैट्रिक पास नीलिमा की बातचीत सुनकर और तौर-तरीका देखकर उसे लगता, यही लड़की उसके मन की क्षोभ-ग्लानि को धो-पोंछकर उसका जीवन आनन्द और शान्ति से परिपूर्ण कर सकती है मन में आता, ऊंह, कैसी जात...? नीलिमा के लिए अपनी जात बिगाड़ने से भी उसे कोई दुःख नहीं। किन्तु फिर भी उसे यही लगता, 'यह सब झूठ है, ऐसा होना सम्भव नहीं।' नीलिमा को लेकर उसे सारी कल्पनाएं सपने-सी लगतीं।

इमाम बाज़ार के बाबुओं की बस का रहमत ड्राइवर उसका गुरु रहा है। उसने नरसिंह को अपनी ज़िन्दगी की एक ऐसी ही कहानी सुनाई थी। कलकत्ता में तब वह टैक्सी-ड्राइवर था। वहीं कॉलेज पढ़ने वाली एक लड़की को देखकर वह पागल हो उठा था। कॉलेज जाते समय वह जिस स्टॉपेज से ट्राम पर सवार होती थी, उस समय वह भी थोड़ी दूरी पर अपनी टैक्सी खड़ी करके उसकी ओर अपलक देखता रहता था। लड़की ट्राम पर चढ़ती तो वह ट्राम की बगल से उसकी गति के साथ-साथ अपनी टैक्सी आगे बढ़ाने लगता। स्टॉपेज आने पर लड़की ट्राम से उतरकर कॉलेज में चली जाती और रहमत चला जाता अपनी कमाई करने।

'उसके बाद ?' नरसिंह ने रहमत से पूछा था।

'उसके बाद और क्या ? एक दिन देखा कि वह आई नहीं ! ...दो दिन नहीं आई, तीन दिन नहीं आई। अन्त में जब नहीं रहा गया तो एक दिन टैक्सी लेकर मैं उसकी गली में चला गया। इस बीच मैं गली में उसका घर देख आया था। वहां जाकर देखा कि एक मोटर में माल असबाब लादा जा रहा है, घर की छत पर तिरपाल टंगा हुआ है और वह लड़की बहू के वेश में गाड़ी पर चढ़ने के लिए तैयार खड़ी है। बस मैं तुरन्त वापस लौट पड़ा। हां लौटते समय सिर्फ उन दो ड्राइवरों से झगड़ा हो गया, जो बरातियों के लिए टैक्सियां लेकर आए थे। कसूर मेरा ही था, क्योंकि मेरी गाड़ी से उनकी गाड़ियों के मड-गार्ड को धक्का लग गया था।'

एक दिन नीलिमा भी किसीका हाथ पकड़कर चर्च जाएगी और उस दिन वह भी किसीके साथ झगड़ा कर बैठेगा !

गोरी कहती, "मैं इस बुढ़ऊ के साथ अधिक नहीं रह सकती, तुम मुझे कहीं ले चलो।"

रात के नशे में यह सुनकर नरसिंह उत्साहित हो उठता। कहता, "ज़रूर ज़रूर !"

गोरीपरामर्श देती,, "चलो, यहां से पांचमति चलें। वहां किराये पर एक घर लेकर मुझे तुम अपने साथ रखना।"

"हां, यह ठीक रहेगा।" नरसिंह गोरी की बुद्धिमानी देखकर खुश हो जाता।...हां, गोरी ठीक कहती है। यह जीवन अब अच्छा नहीं लगता। ऊंहूं, यह लुक-छिपकर रात को मिलना-जुलना क्या नरसिंह के लिए ठीक है ? यह तो डरपोकों का काम है।

"इसके अलावा" गोरी नरसिंह को खुशमिज़ाज देखकर अपने गाल किंचित् फुला लेती और कहती, 'इसके अलावा मेरा इस तरह रोज़-रोज़ आना बड़ा कठिन है, राजा ! किसी दिन अगर पकड़ ली गई तो वह कलआ सेठ मेरा खून ही कर देगा।"

"हूं !"

गोरी बोलती जाती, "उस दिन हरामज़ादी बूढ़ी नौकरानी ने सेठ को बता दिया था कि मैं बरामदे से कपड़े लटकाकर नीचे उतरती हूं। पर सेठ को विश्वास नहीं हुआ। कहता था, ऐसे कोमल चेहरे वाली लड़की भला कपड़ों से झूलकर नीचे उतर सकती है ?" वह जोरों से हंस पड़ती।

नरसिंह चुपचाप सोचता हुआ बैठा रहता।

"क्या सोच रहे हो ?"

"कुछ नहीं। ठीक है, चलो। पांचमति ही चलते हैं। वहां घर लेकर तुम्हें साथ रखूंगा। हां, सुखनराम को पहले सब रुपये लौटा दूं...।"

गोरी प्यार से नरसिंह के गले से लटक जाती। नरसिंह स्नेह से उसकी पीठ पर हाथ फेरता रहता। हठात् गोरी बोल पड़ती, "छोड़ो, मैं तुम्हारे पांव दबा दूं।"

"नहीं, रहने दो।"

नशे की उत्तेजना में उसे गोरी की यह सेवा-भावना अच्छी न लगती। उस समय वह सिर्फ चाहता दैहिक क्षुधा की परितृप्ति

रात के अन्तिम पहर में गोरी उठकर चली जाती। किसी दिन नरसिंह को जगाती, किसी दिन बिना जगाए चली जाती।

सुबह उठकर नरसिंह सारी बातें सोचने लगता। क्या गोरी के साथ रहकर जीवन काटा जा सकता है ? और क्या गोरी ही उसके साथ रहकर जीवन काट सकती है ? कब उसका मन किसी दूसरे के प्रति आकर्षित हो जाएगा—इसका कोई ठिकाना नहीं !

सुबह-सुबह मुंह में एक दातुन डालकर वह मैदान की ओर चल देता। वापस आते समय वह क्रिश्चियनपाड़े की तरफ से आता। रास्ते में जोसेफ के घर के दरवाज़े पर पुकारता, "जोसेफ, उठ गए ?"

बिना संवारे हुए रूखे बालों की ढीली चोटी लिए काली लड़की अन्दर से उत्तर देती, "आइए, नरसिंह बाबू !" उसके काले चेहरे पर रूखे-सूखे बाल उसे बहुत भाते, और साथ ही मुक्ता जैसे झिलमिलाते हुए दांत भी।

"जोसेफ अभी जगा नहीं ?"

"नहीं। अभी तक नाक बजा रहा है।" नीलिमा धीरे से हंसती। वह खिलखिलाकर कभी नहीं हंसती थी।

"मैं तो चलूं ?"

"बैठिए न, चाय पीकर जाइए।"

नरसिंह से उसकी बात टाली नहीं जाती। बाहर के बरामदे में ही एक स्टूल खींचकर बैठ जाता। चेयर पर नहीं बैठता, क्योंकि वहां खटमल काटते थे।

जोसेफ के घर से होकर वह अपने डेरे पर लौटता और फिर

बाज़ार चला जाता। निताई उसे छोड़कर चला गया था। बेईमान, इस समय बाबू के घर पर ड्राइवरी कर रहा है। ड्राइवरी नहीं, साला गुलामी कर रहा है। वहां उससे जूते भी उठवाए जाते होंगे। वह जात का ही हाड़ी-डोम है। नरसिंह जानता है कि जब उसके मालिक ने उसे १४ रुपये और दो टाइम खाने पर अपने यहां ड्राइवर बताकर रखा है तो वह ज़रूर हुकुम देता होगा, 'ऐ निताई, मेरे जूते ला तो !' इस बीच निताई के बारे में एक खबर तो वह पा भी चुका है। बीच-बीच में उनके यहां सर्किल डिप्टी अफज़लखां साहब आते हैं, शराब पीते है और खाना खाते हैं। खां साहब के जूठे बर्तन कोई नहीं छूता। निताई को ही वे बर्तन उठाने पड़ते हैं और धोने पड़ते हैं। बदज़ात निताई…। ठीक है, जिसका जैसा नसीब, नरसिंह आखिर क्या कर सकता है ?

यह राम साला कब लौटेगा, कुछ समझ में नहीं आता ! उस उल्लू के लौटने के बाद ही वह सारी झंझटो से छुटकारा पा सकता है। बाज़ार जाना, खाना बनाना—यह सब झंझट ही तो है! कई दिनों तक वह होटल में खाता रहा था, पर होटल में भला रोज़-रोज़ दोनों वक्त भोजन खाया जा सकता है ? और फिर आजकल रोज़गार भी मन्दा है। कोई काम-धाम नहीं, ऐसे समय में खाली बैठे रहना भी तो अच्छा नहीं लगता।

बाज़ार से खरीददारी करने के बाद एक बार उसे अपनी गाड़ी बाहर निकालनी पड़ती। इस समय कई वकील, मुहर्रिर और मामले मुकद्दमे के लोग छकड़ा-गाड़ी में बैठकर कोर्ट आते जाते थे। तीन वकील नरसिंह के रोज़ के बंधे ग्राहक थे। वे यहां के बड़े वकीलों में से थे। एक वकील अकेला आता-जाता था। उसने १३ रुपये माहवारी में यह सवारी तय की थी। चार रविवार छोड़ कर रोज़ आठ आने के हिसाब से २६ दिनों के १३ रुपये …! बीच की अन्य छट्टियों की नरसिंह गिनती नहीं करता। हां, कभी-कभार अगर घर की लड़कियां किसीके घर घूमने आदि के लिए जातीं तो नरसिंह उन्हें पहुंचा आता। बाकी दो वकील एकसाथ जाते थे। वे दोनों नरसिंह को १२-१२ रुपये देते थे। उनसे वह छुट्टियों का पैसा नहीं छोड़ता, और न उनके यहां की लड़कियों को इधर-उधर ले जाता।

इसके अलावा शहर में एक-आध पैसिंजर उसे और मिल जाते। उनसे वह प्रति व्यक्ति एक रुपया लेता।

एक रुपये से कम मोटर की सवारी नहीं मिलती। अगर कम किराये में जाना चाहते हो तो चले जाओ छकड़ागाड़ी के अड्डे की

ओर। हां, वह एक रुपये से कम के रेट पर भी पैसिंजर चढ़ा सकता है, पर उसे अन्दर गद्दे पर नहीं बैठा सकता। अगर उसे चलना है तो मडगार्ड या फुट बोर्ड पर बैठ जाए! जूते वाला चीना मैन कम रेट के लिए कहता तो वह जवाब देता, "पूरी एक पत्ती लगेगी। भागो यहां से, रास्ता दो। छकड़ा गाड़ी से जाओ, किराया कम लगेगा। सबसे अच्छा यह है कि पैदल चले जाओ, कुछ भी खर्च नहीं होगा।"

दोपहर के खाने के बाद वह एक बार पांचमति की सड़क की तिनमुहानी पर खड़ा हो जाता। वहां वह सड़क की मरम्मत होते देखता। ···इतने दिनों की पुरानी बादशाही सड़क अब अंग्रेजी सड़क बन रही थी। एकदम अंग्रेज़ी स्ट्रीट! सड़क पर कंकड़ डाले जा रहे थे, उनके ऊपर मोरम बिछाया जाएगा और अन्त में रोलर चलेगा। सड़क पक्की बन जाते ही उसपर नरसिंह की कम्पनी की गाड़ी चलेगी। 'सिंह दास एण्ड कम्पनी'—अर्थात् नरसिंह जोसेफ एण्ड कम्पनी की गाड़ी! नरसिंह और जोसेफ की गाड़ी! सारी बातें तय हो गई थीं। मोटर-कम्पती वालों से पत्र-व्यवहार चल रहा था। चिट्ठियां नीलिमा लिखती थी। नरसिंह कम्पनी वालों को अपनी पुरानी गाड़ी बेच देगा और उसके बदले नई गाड़ी लेगा, बाकी पैसे इन्स्टालमेंट द्वारा धीरे-धीरे चुका दिए जाएंगे। जोसेफ भी रुपयों के बन्दोबस्त की चेष्टा कर रहा था। सुखनराम को अपने दल में मिलाया जाए या नहीं, अभी तक यह तय नहीं हो पाया था। जोसेफ इसका विरोध कर रहा था, नरसिंह का मन भी कुछ स्थिर नहीं कर पा रह थ।। वह गोरी के कारण कुछ सोच नहीं पा रहा था, अन्यथा सुखनराम को कम्पनी में मिलाने की कल्पना-मात्र से ही उसे मिर्चें लग जातीं। पर सुखनराम प्रगर दो ट्रकें खरीद ले तो पांचमति से बाहर जाने-आने वाले माल का ये लोग लाभदायक बिजनेस कर सकते हैं। दो ही क्यों, चार ट्रकें भी मज़े से चलाई जा सकती हैं! बातचीत के सिलपिले में नरसिंह ने सुखनराम को ये बातें बता दी थीं, लेकिन सुखनराम 'हां' या 'ना' कुछ बोलता ही नहीं था। अगर सुखनराम से सारी बातें तय हो जाएं तो वह तुरन्त गोरी को साथ ले जाकर पांचमति में घर बसा ले···।

यह निश्चित है कि इससे सुखनराम को बढ़त बुरा लगेगा। नरसिंह इसी दुविधा में पड़ा हुआ था।

सड़क के दोलों ओर के मैदानों में बरखा का पानी भर गया था। धान-रोपन आरम्भ हो गया था। किसानों को अपने काम से फुरसत नहीं थी। उनकी आंखों से स्फूर्ति झलक रही थी। काम-काज के बीच

में ही आदमी को वास्तविक स्फूर्ति मिलती है। इधर नरसिंह प्रायः बेकार बैठा हुआ था, इस लिए वह बड़ी झुंझलाहट महसूस कर रहा था।

शहर से घण्टे की आवाज़ आ रही थी—टन, टन, टन, टन! चार बज गए। शहर के अन्तिम छोर पर एक जेलखाना था, उसीके फाटक पर बंधे घण्टे को एक-एक घण्टे के बाद बजाया जाता था। वर्षा के दिनों में, विशेषकर मेघाच्छन्न आकाश के समय, घण्टे की आवाज़ दूर तक सुनाई देती थी। गर्मियों के दिनों में उसकी आवाज़ इतनी स्पष्ट नहीं होती।

···अब लौटना चाहिए। उसे गाड़ी लेकर कोर्ट जाना पड़ेगा। बड़ वकील साहब ठीक साढ़े चार बजे गाड़ी चाहते हैं। घर आकर वे ठीक पांच बजे चाय पीते हैं। उफ्, यह बुड्ढा कितनी मुस्तैदी से जीता है! खूब हिसाब से खाता है, घड़ी के कांटे के साथ कदम मिलाकर चलता है। पचास वर्ष की उम्र के बाद से वह रात को गिनकर मात्र दो लुच्चियां खाता आ रहा था।

राम के चले जाने से काफी असुविधा हो रही थी। वैसे एक आदमी उसकी गाड़ी धोता था, पर नरसिंह के इधर-उधर होते ही वह गायब हो जाता। वह इतनी जल्दबाज़ी में रहता, जैसे घोड़े पर सवार हो। नरसिंह जानता है कि उसका कोई दोष नहीं है। वह सुखनराम की गद्दी में सिर पर बोरे ढोकर अपनी जीविका चलाता था। यह उसका बंधा काम था। काम पर आते ही वह पहले पानी की कुछ बाल्टियां भरकर गाड़ी के पहियों में फेंकता कि गद्दी से सरकार की पुकार सुनाई पड़ती। सब कुछ छोड़-छाड़कर उसे तत्क्षण चले जाना पड़ता।

इधर गाड़ी के अन्दर कई दिनों से सफाई नहीं हुई थी। यह ठीक है कि वकीलों के चोगों से धूल पुंछ जाती थी, पर गददे की मोड़ों में धूल काफी जम गई थी, जो झाड़न से भी साफ नहीं होती थी। नरसिंह ने सोचा, आज बाहर निकालकर उसकी सफाई करनी चाहिएं।

नरसिंह ने झुंझलाहट से खीझकर सीट से गद्दा हटाया और मन ही मन निताई और राम को गालियां दीं—'साली, बेईमान दुनिया! छोटे आदमियों के बच्चे कभी सच्चे नहीं हो सक्ते। यह साला उल्लू राम घर गया है तो लगता है, जैसे वहां उसे कोई राजगद्दी मिल गई है! वहां उसका है कौन—वही नकचढ़ी मोसी!'

एकाएक नरसिंह चौंक पड़ा।

यह क्या पड़ा है? चमचम करती हुई चीज़ को देखकर वह चकित

रह गया।…सोने का गहना—कर्णफूल ! लगता है, किस लड़की-पैसिंजर के कान से गिर गया है। तभी उसे ख्याल आया, दो दिन पहले बूढ़े वकील की लड़कियां दोपहर के समय उसकी गाड़ी में बैठ-कर एस० डी० ओ० के घर गई थी। ठीक इसी तरफ वकील बाबू के बेटे की बहू बैठी थी—नई बहू ! निश्चित रूप से वह कर्णफूल उसीका है। सम्भवतः सास-ननदों के भय से उसने गहने के गायब होने की बात किसीको बताई नहीं होगी, अन्यथा अब तक इसकी खोज-खबर जरूर ली जाती। उसके पास लोग पूछ-ताछ करने आते।

पैसिंजरों का कोई सामान गाड़ी में रह जाता तो लोग उसके पास खोज-खबर के लिए आ जाते थे। नरसिंह उनका सामान उन्हें वापस दे देता था। पैसिंजर का सामान गायब करने से बदनामी होती है। हां, कलकत्ता की बात अलग है। वहां कौन किसको पहचानता है ? पर मुफस्सिल एरिया में यह सब नहीं होता।

उसने कर्णफूल उठाकर जेब में रख लिया। अगर उनकी तरफ से खोज-खबर हुई तो वह दे देगा, अन्यथा…! नरसिंह की दोनों आंखें चमक उठीं। गहने का वज़न लगभग आध भरी था, यानी १५ रुपये से कम का माल नहीं है। इस बेकारी की हालत में यह भी कम नहीं है। हठात् उसे नीलिमा का ध्यान आ गया। अगर इसका जोड़ा बनवाकर नीलिमा को दिया जाए तो क्या वह नहीं लेगी ? नीलिमा को न देकर अगर उसकी मां के हाथ में या जोसेफ के हाथ में दिया जाए तो ज़्यादा बेहतर होगा। काली नीलिमा के कानों में चमचम करता कर्णफूल खूब शोभा देगा !

वृद्ध वकील गम्भीर किस्म के आदमी थे ; उससे ज़्यादा बात भी नहीं करते थे। नरसिंह उनके आते ही गाड़ी का दरवाज़ा खोल देता था, मुहर्रिर मामले की फाइल उन्हें दे देता था और वे अन्दर एक कोने में पीठ टिकाकर चुपचाप बैठ जाते थे; बीच-बीच में सिर्फ दो-एक बार अपनी सफेद मूंछों पर हाथ फेरते थे, बस। वापस जाने पर वे खुद दरवाज़ा खोलकर घर की ओर चले जाते। थोड़ो देर में नौकर आकर फाइल ले जाता।

नरसिंह के दिमाग में कर्णफूल की बात चक्कर काट रही थी। वह बड़ी देर से चाह रहा था कि वकील बाबू से उसके बारे में कहे,

लेकिन इसके साथ-साथ उसके सामने नीलिमा का चेहरा भी नाच उठता। उसके मन में आता, 'मरने दो, मुझे क्या ज़रूरत पड़ी है साधु बनने की ! जिसकी चीज़ है, यदि वह खोज न करे, कोई दावा न करे, तो इसमें मेरा क्या दोष है ?' लेकिन वकील के गाड़ी से नीचे उतरते ही नरसिंह जैसे सब कुछ भूल गया। उसने सारी बातें बताने के उद्देश्य से वकील को पुकारा, 'बाबू !"

वकील साहब घूमकर खड़े हो गए।

उनकी मुखाकृति देखकर नरसिंह थोड़ा भड़क गया। फिर भी बोला, "वो, में कह रहा था···!"

वकील ने बीच में ही कहा, "जब तक महीना खतम नहीं हो जाता, तब तक मैं तुम्हें एक पैसा भी नहीं दे सकता !" और वे खट-खट करके घर की ओर चल पड़े।

"साला !" नरसिंह अस्फुट स्वर में गाली देकर कार से नीचे उतरा। उसने आगे बढ़कर फिर वकील से कहा, "मैं रुपये-पैसे नहीं मांग रहा था, मैं तो एक बात पूछना चाहता था।"

वकील घूमकर फिर खड़े हो गए। बोले, "सन्ध्या के समय आना ओर साथ ही वे अन्दर को जाने लगे।

"सुनिए, ज़रा घर की लड़कियों से पूछिएगा कि किसीकी कोई चीज़ मेरी कार में खोई है क्या ?"

वकील इस बार चौंककर घूम पड़े। कुछ क्षण तक वे चुपचाप खड़े रहे, जैसे नरसिंह की बात समझने की कोशिश कर रहे हों। फिर पूछा, "तुम्हारी कार में कोई चीज़···? क्या मतलब···?"

"मैंने अपनी गाड़ी में एक चीज़ पाई है।"

"कौन-सी चीज़?"

इसका उत्तर न देकर नरसिंह बोला, "परसों घर की औरतें मेरी कार से एस० डो० ओ० के घर गई थीं। उसके बाद मेरी कार में जनाना-सवारी नहीं चढ़ी। आप ज़रा घर में पूछिएगा। हो सका तो मैं शाम को पुनः आऊंगा।"

वकील बाबू नरसिंह के पीछे-पीछे बाहर तक आ गए।

"कौन-सी चीज़ मिली है तुम्हें ? ऐ सुनो, कौन-सी चीज़···?"

"आप लड़कियों से ही पूछ लीजिए। उनकी होगी तो वे खुद की बता देंगी।"

नरसिंह शाम को समयानुसार खुद ही जाता, पर वकील ने इसके

पहले ही अपना आदमी उसकी खोज में भेज दिया। वह आकर बोला, "बाबू बुला रहे हैं।"

वकील साहब आंख-मुंह लाल किए बैठे थे। लग रहा था जैसे किसी बड़े मामले की बहस करके हांफ रहे हों। नरसिंह के पहुंचते ही हे बोले, "हां, बहू के कान का गहना खो गया है! तुम्हें वही मिला न।"

नरसिंह ने जेब से गहना निकालकर टेबुल पर रख दिया।

"येस! दैट्स इट! यही है!" उन्होंने कर्णफल को हाथ में उठा लिया और कमरे की ओर चल पड़े।

नरसिंह के होंठों पर एक तिक्त हंसी फैली। उससे अस्फुट स्वर में गाली दिए बिना रहा नहीं गया, 'साला!' मीठी बोली तो दुनिया बोलना ही नहीं जानती। वकील का अधिक इन्तज़ार न करके वह गाड़ी लेकर चल पड़ा। लेकिन उसका मन काफी प्रसन्न हो उठा था। उसे लग रहा था, इससे भविष्य में उसका काफी लाभ होगा। भले ही वकील इसे कोई महत्त्व न दे, पर दुनिया वाले इसका महत्त्व ज़रूर समझेंगे। नये-पक्के रास्ते पर, अंग्रेज़ं स्ट्रीट पर जब लोग लड़कियों-औरतों को लेकर निकलेंगे तो उसीकी खोज करेंगे।···साला!

एकाएक नरसिंह ने क्लच, फुटब्रेक और अन्त में हैण्डब्रेक खींचकर खट् से गाड़ी रोक दी। अगर वह जरा-सा असावधान रहता तो सामने का आदमी गाड़ी के नीचे आ गया होता। वह बगल की गली से फुल स्पीड में गाड़ी चलाकर आ रहा था।

दूसरे दिन वकील ने अपनी तरफ से बात आरम्भ की। बोले, "क्या बात है? कल तुम मेरे आने से पहले चले गए?"

नरसिंह ने यथासाध्य मीठे स्वर में कहा, "आपने खड़ा रहने के लिए भी तो नहीं कहा था।"

"ओह मैंने नहीं कहा था क्या? शायद मैं भूल गया था।" कुछ क्षण तक चुप रहकर वे फिर बोले, "यू आर गुड मैन, ऐण्ड ऑनेस्ट मैन। तुम्हारे में सच्चाई है।"

नरसिंह ने कोई जवाब नहीं दिया।

गाड़ी से उतरकर वकील ने अपनी जेब से पांच का नोट निकाला और उसे देते हुए बोले, "लो।"

हाथ जोड़कर नरसिंह पीछे हट गया। बोला, "इस काम के लिए मैं कोई बख्शीश नहीं लूंगा, सर! हां, कभी-कभार घर में ज़रूरत पड़ी तो मैं आपसे खुद ही सहायता ले लूंगा, या कोई ज़रूरी ट्रेन पकड़ने के

लिए आपको जल्दी स्टेशन पहुंचा दिया तो दो रुपया अधिक ले लूंगा; लेकिन इसके लिए आपसे कुछ नहीं लूंगा।"

वकील ने पांच का नोट जेब में रख लिया और कोर्ट में चले गए।

शाम को घर लौटते समय रास्ते में वकील बोले, "सुनो भाई, मैं कोई ऐसा काम नहीं करना चाहता, जिससे तुम्हारा नुकसान हो। तुम संध्या के बाद मेरे पास आना। कुछ बातें करनी हैं।"

नरसिंह चौंक पड़ा। नुकसान...? इसका मतलब है, उसे नुकसान पहुंचाने की कोई कोशिश चल रही है। वह पूछ बैठा, "जी ?"

"सन्ध्या के बाद आना—सन्ध्या के बाद।"

नरसिंह का मन धक्-धक करने लगा। वकील साहब ने कहा था, 'मैं ऐसा कोई काम नहीं करना चाहता, जिससे तुम्हारा नुकसान हो।' अर्थात् ऐसी कोई साजिश चल रही है, जिससे उसका नुकसान हो। ऐसी कौन-सी साजिश है...? शायद वकील साहब को सब कुछ मालूम है। ज़रूर कोई कोर्ट-कचहरी का मामला होगा ! मुकद्दमा ? किसने दायर किया होगा मुकद्दमा ? नरसिंह ने किसीसे रुपये उधार नहीं लिए, किसीका खज़ाना नहीं मारा; फिर किसने...? उसने ऐक्सीडेंट भी नहीं किया कि कोई उसपर क्षति-पूर्ति का दावा करे ! किसीके साथ झगड़ा और गाली-गलौज भी नहीं हुआ। हां, बीच में घोड़ागाड़ी वाले कोचवानों से दो-एक बार गर्म-गर्म कहा-सुनी हो गई थी, पर उसका तो उन्होंने भी खासा जवाब दिया था। तो...!

अचानक उसे क्रान्तिकारी अनन्त बाबू की बात याद आ गई। क्या पुलिस ने कोई सुराग पा लिया है ? असम्भव नहीं है। उसकी छाती धक्-से रह गई। इसके अतिरिक्त कोई और कारण...? म्युनिसिपैलिटी की मिट्टियों की चोरी ? यह बेकार बात है ! म्युनिसिपैलिटी के ओवरसीयर ने नगद पांच रुपये उसके हाथ से लेकर अपनी जेब में डाजे हैं, इसलिए उधर से कोई डर नहीं। आखिर कौन-सी बात हो सकती है ? क्रान्तिकारी वाला केस ? या अधिक यात्री सवार करने के इल्ज़ाम में पुलिसकेस ? कुछ भी हो सकता है ! पर पुलिसकेस तो नहीं होना चाहिए ! वह सिपाहियों का दैनिक पॉकेट-खर्च तो बराबर देता रहा है।

सहसा उसे सुखनराम याद आ गया। वह सुखनराम को तम्बाकू की पेटियां बीच-बीच में पहुंचा आता है। हो सकता है, इसी कारण शायद कोई बात हो गई हो। लेकिन आज तक कभी किसीने उसे

पकड़ा नहीं था, सेठजी के यहां भी कभी पुलिस नहीं आई थी। फिर…? फिर किस बात का मामला-मुकद्दमा…?

वह शाम तक सोचता और चिन्ता करता रहा। सन्ध्या के समय शराब की दूकान पर जाकर उसने एक बोतल शराब खरीदी और जेब में रख ली, पी नहीं। वकील के यहां जाते समय उसने शराब पीनी उचित नहीं समझी। मुंह से बदबू निकलेगी…।

वकील साहब मौज के साथ बरामदे में एक इज़ी-चेयर पर बैठे थे। सामने एक छोटी-सी टेबुल रखी थी। टेबुल पर एक शौकीन टेबुल लैम्प जल रहा था।

वकील साहब कांच के एक गिलास से बीच-बीच में चुस्कियां ले रहे थे और हुक्का पी रहे थे। हूं ! तम्बाकू की गंध के साथ यह किसी-की गंध आ रही हैं ? अरे सीताराम, बम शंकर, हरि-हरि ! भला कच्चे मांस की गंध बाघ से और मछली की गंध बिल्ली से छिप सकती है। वकील साहब शराब पी रहे थे। नरसिंह उनपर बहुत खुश हो पड़ा।…भला शराब के बिना मन चंगा रह सकता है या शरीर तन्दुरुस्त रह सकता है ? इस उम्र में उन्हें परिश्रम भी तो कम नहीं करना पड़ता ! सुबह से शाम तक सारा दिन बहस करना, जिरह करना—यह क्या सहज काम है ? बड़े-बड़े सभी वकील पीते हैं। उसन पहले वाले ज़िले में भी देखा-सुना था। सन्ध्या के समय एक बोतल में माप-मापकर शराब निकालते और उसमें सोडा मिलाकर धीरे-धीरे पीते—बाबुओं की भाषा में 'सिप' करते। सस्ते किस्म के वकील ज्यादा पीते, बीच-बीच में बेअख्तियार हो पड़ते; दो-चार वेश्याओं के मुहल्ले की ओर भी हल्ला बोल देते।

नरसिंह के बरामदे में पैर रखते ही वकील बोले, "आ गए ?"

विनीत भाव से नमस्कार करके उसने उत्तर दिया, "जी !"

"बैठो।" वकील ने गिलास से अन्तिम सिप लेकर आवाज़ दी, "रामधनिया ! गिलास ले जाओ और पानी मिलाकर आधा गिलास और ले आओ।" फिर वे हुक्का पीने लगे। एक-दो बार कश लेकर उन्होंने एक चुरुट निकाल लिया और बोले, "हां, तुम्हें नुकसान पहुंचाने वाले किसी काम को करना मेरे लिए उचित नहीं।"

नरसिंह बोला, "पर मैंने तो आज तक कोई अन्याय नहीं किया है, सर।"

"येस ! तुमने कोई अन्याय नहीं किया है। इसके अलावा तुमने 'ऑनेस्टी' का भी परिचय दिया है। बहू ने तो डांट के भय से किसी-

से कुछ बताया नहीं, अगर तुम चाहते तो गहने को अनायास हड़प सकते थे। येस, तुमने अपनी 'ऑनेस्टी' का 'प्रूफ' दे दिया। येस…।"

नरसिंह उत्सुकता पूर्वक बैठा रहा।

वकील कुछ क्षण तक चुप रहकर पुन: बोले, "बट यू सी ! संसार में जीवित रहने का अर्थ है—सघर्ष,स्ट्रगल ! येस, जीवन-संघर्ष ! विशेषकर आजकल की परस्थिति में तो यह और आवश्यक है। भई, कोई एक आदमी नया कारोबार करेगा तो दूसरे के कारोबार को कुछ आघात लगेगा ही। तुमने भी यहां आकर घोड़ागाड़ी और बैलगाड़ी वालों के धन्धे को नुकसान पहुंचाया। ठीक है या नहीं बोलो !"

"जी, यह तो ठीक है।" नरसिंह आश्वस्त हुआ कि मामला कोच-वानों और गाड़ीवानों से सम्बन्धित है।

वकील ने मूंछों पर हाथ फेरकर कहा, "येस ! तो बात कुछ ऐसी ही है। मेरा बड़ा लड़का बेकार बैठा है। सोच रहा था, उसके लिए क्या करना चाहिए कि श्यामनगर-पांचमति रोड के पक्के होने का 'प्रपोजल' निकलते ही सुखनराम मेरे पास आया। उसके बड़े लड़के के साथ मेरे बेटे की फ्रेण्डशिप है। सुखनराम ने मेरे सामने 'प्रपोजल' रखा कि दोनों लड़कों को बस खरीदवाकर इस सड़क की 'मोनोपोली-सर्विस' दिलवाई जाए। मुझे उसकी बात पसन्द आ गई। 'येस ! देखो, मेरा लड़का बैठा हुआ है, इसके अलावा इस सड़क पर यदि 'मोनोपोली सर्विस' मिल जाए तो यह अवसर कौन छोड़ेगा ? सुखनराम ने मुझसे बताया कि तुमने अढ़ाई मास में ही काफी मुनाफा कमा लिया है।"

नरसिंह के दिमाग में एक क्षण के लिए क्रोध की लहर कौंध गई। गिरर्वरजा के क्षत्री-वंश का लडका नरसिंह…! वह लोहे के घोड़े की दस-बारह रासें पकड़कर उसे दिन भर हांकता रहता है, इतना परिश्रम करता है; और सुखनराम का बच्चा…! कोई कड़ी बात मुंह से निकलने से पहले ही वह उठ खड़ा हुआ। उसे डर था कि कहीं उसके द्वारा कुछ अघटन न घट जाए। किन्तु उसने स्वयं को संभाल लिया। एकाएक उसे ध्यान आ गया कि उसके सामने दो बड़ी हस्तियां खड़ी हैं। एक तरफ है वकील साहब की बुद्धि और रुपया और दूसरी तरफ सुखनराम की शैतानी और रुपया—उनके सामने उसकी हस्ती ही क्या है ? इसके अलावा उसमें अब गिर्वरजा का क्षत्रियत्व ही कहां रहा ? गिरधारीसिंह का गौरव तो नरसिंह कबका भूल गया है।

नरसिंह उठ खड़ा हुआ और गला साफ करके बोला, "ठीक तो

है ! मैं गरीब हूं, आपके पास रुपया है; आप बिज़नेस कीजिए ! गरीबों की रोटी तो अमीर छीनेंगे ही। ठीक है, मैं यहां से चला जाऊंगा।"

वकील साहब हंसकर बोले, "बैठो। मैं जानता हूं, यह सब सुनकर तुम्हें दुःख हुआ है। येस, यह दुखी होने की बात है ही। येस इट् इज़ नैचूरल—वेरी नैचूरल।"

वकील बहुत बढ़िया इंगलिश बोलते थे। उनके उच्चारण में बंगलापन का स्पर्श एकदम नहीं रहता। किसी समय इंगलिश बोलने के कारण उनकी काफी ख्याति थी, बड़े-बड़े शब्दों का इस्तेमाल करते और धाराप्रवाह बोलते। एक समय था, जब लड़के उन्हें 'बम्बास्टिक' कहते थे।

वकील साहब ने हंसते-हंसते गिलास से एक चुरकी ली और गला साफ किया। उन्होंने नौकर को आवाज़ दी। "रामधनिया, थोड़ी इलायची और लौंग और दे जाओ।" फिर नरसिंह से बोले, 'बैठो' बैठो। कई और बातें हैं···। यू आर ए गुड मैन ! किन्तु मैं भी ऑनेस्ट मैन हूं, डिस-ऑनेस्टी मुझे कतई पसन्द नहीं। मैं कल से सोच रहा हूं—व्हट इज़ द वे आउट ! समझ रहे हो न ? यानी कौन-सा रास्ता ऐसा है, जिससे सांप भी मर जाए और लाठी भी न टूटे। है कोई ऐसा रास्ता ? एण्ड आई हैव फाउन्ड इट आउट। खूब सोचकर मैंने एक उपाय निकाल लिया है। येस, इससे बढ़िया और कोई उपाय नहीं।"

नरसिंह बोला, "मैं अभी आया, सर। बस, एक मिनट में···।"

सन्ध्या काफी बीत गई थी, अभ्यास के अनुसार अब तक उसके पेट में शराब पहुंच जानी चाहिए थी। उसका मिज़ाज बिना शराब के चुस्त नहीं हो पा रहा था। इसके अलावा वकील साहब के गिलास से गंध भी उड़कर उसकी नाक में पड़ रही थी और उसे उत्तेजित कर रही थी। उससे अधिक बर्दाश्त नहीं किया गया। वह वकील साहब के घर के कम्पाउन्ड से बाहर निकलकर रास्ते पर खड़ा हो गया और जेब से बोतल निकालकर बिना पानी मिलाए ही शराब पी गया। अब उसे मुंह से बदबू निकलने का भय नहीं था।···वो एक कस्तूरी मृग होता है न, उसी प्रकार वकील साहब भी इस समय अपनी खुशबू में मगशूल थे। और अगर वे नरसिंह के मुंह की गंध भांप भी लें तो उसे परवाह नहीं। जो आदमी उसकी रोज़ी छीन रहा है, उसकी वह परवाह क्यों करे ? ठन्डा उत्तर देकर नरसिंह को सन्तोष नहीं हो रहा था। वह ज़रा तैयार होकर अन्दर जाना चाहता था। वह चट् से एक

सिगरेट सुलगाकर ज़ोर-ज़ोर से खींचने लगा।

"कोई है?" वकील साहब पुकार रहे थे।

आज वकील साहब बड़े खुश नज़र आ रहे थे। अच्छा है! उन्होंने कौन-सा रास्ता निकाला है, ज़रा सुन ही लिया जाए। उसके बाद जो होगा, नरसिंह करेगा। सिगरेट फेंककर इस बार वह मज़बूती से चल कर वकील साहब के सामने जा खड़ा हुआ।

वकील साहब बोले, "देखो भाई, मैंने तय किया है कि अगर हमने मोनोपोली सर्विस आरम्भ की तो तुम भी हमारे साथ रहोगे। इसमें कोई परेशानी की बात नहीं है। मेरा 'प्रपोजल' का अर्थ जानते हो न? यानी मेरा प्रस्ताव है कि तुम भी हमारे बिज़नेस में लग जाओ।"

नरसिंह को प्रसन्नता हुई। बुरा नहीं है यह प्रस्ताव! उसने जोसेफ और सेठजी को लेकर कम्पनी खोलने की सोची थी। अब जोसेफ के बदले वकील साहब आ रहे थे।...जोसेफ बेचारा साथ नहीं रह पाएगा, लेकिन नरसिंह क्या करे? वह उसका दोस्त और नीलिमा का भाई है, अन्यथा गिर्वरजा के डोम-क्रिश्चियनों के साथ व्यवसाय की कल्पना मात्र से ही वह घबड़ा जाता।

नरसिंह से कोई उत्तर न पाकर वकील साहब बोले, "क्या बात है? तुमने अपनी राय नहीं दी? मेरा प्रस्ताव तुम्हें पसंद नहीं आया क्या?"

"जी, ऐसी बात नहीं है। आपका प्रस्ताव तो मुझे अच्छा लगा।"

"येस, मैं कोई बुरा प्रस्ताव रखता भी नहीं। मैं वैस आदमी नहीं हूं... तो तुम राज़ी हो।"

"हां, मैं जानता था कि रास्ता पक्का बन जाने से पैसिंजर बढ़ेंगे और इस रास्ते पर ज़्यादा गाड़ियां चलेंगी ही। लेकिन कोई 'मोनोपोलीसर्विस' चालू करके मेरी रोज़ी छीन ले तो यह अधर्म होगा।"

"येस, यह अधर्म होगा। लेकिन मैं ऐसा करना नहीं चाहता।"

"जी, ठीक है। पर मैंने ही बैलगाड़ियों के रास्ते पर अपनी गाड़ी चलाकर लोगों की आंखें खोली हैं।"

"हां, यह ठीक है। लेकिन इस बात को अभी रहने दो। रास्ता जब पक्का बन रहा है तो तुम अगर गाड़ी न भी चलाते तो कोई न कोई आदमी नई सर्विस ज़रूर खोलता। आंखें खोलने वाली तुम्हारी बात का कोई महत्त्व नहीं। फिर भी तुम 'ऑनेस्ट मैन' हो। मैं तुम्हारा कोई नुकसान नहीं चाहता बस, यही असली बात है। अब सुनो, हम लोग मोटर-बस खरीद रहे हैं।"

"इसके अलावा एक ट्रक भी खरीदिए, सर। यहां पैसिंजर-सर्विस से अधिक लाभदायक 'गुड्स-सर्विस है।"

"गुड आइडिया। दैट्स इट्! यह बात हमारे मन में नहीं आई थी। इसी लिए कह रहा हूं कि तुम्हारा हमारे साथ रहना ज़रूरी है। येस, वेरी गुड आइडिया!"

नरसिंह उत्साहित हो उठा। वकील साहब जैसे उच्चपदस्थ आदमी द्वारा अपनी प्रशंसा सुनना उसके लिए बड़ी बात थी। उसने कहा,"मैंने बहुत अच्छी तरह सोच लिया है, बाबू। मालगाड़ी में कितना सामान आता है, प्रतिमन के हिसाब से क्या मिलता है—इन सब बातों का मैंने पता लगा लिया है। सचमुच ट्रक चालू करने से काफी फायदा रहेगा। इसके अलावा ट्रक के ज़रिये से हम एक और काम कर सकते हैं।"

"वह कौन-सा?"

"सड़क की ठेकेदारी।"

"कंट्रैक्टरी? आई सी?"

"जी हां! वर्षा के दिनों में यहां का रास्ता कुछ दिनों के लिए प्राय: बन्द हो जाता है। मैंने देखा है, बुधा बाबू—यानी बगल के ज़िले के मोटर-सर्विस के मालिक भी—सड़क की ठेकेदारी का काम करते थे। बैलगाड़ी पर कंकड़-पत्थर लाते-लाते दो-ढाई महीने लग जाते हैं, जबकि ट्रक वही काम दस दिन में करता है। इसके अलावा ठेकेदारी में और भी फायदे हैं।सबसे बड़ी बात तो यह है कि हमारे हाथ में ठेकेदारी का काम आने से सड़क की मरम्मत खूब मज़बूत होगी। आजकल के ठेकेदार ओवरसीयरों के साथ गठबन्धन करके कंकड़-पत्थर कम गिराते हैं ओर पैसे अधिक मारते हैं। इससे सड़क कितनी जल्दी खराब हो जाठी है, यह तो आप देख ही रहे हैं। हमारे हाथ में ठेकेदारी आने से हम लोग अपनी गाड़ियों के लिए सड़क की ठीक से मरम्मत कराएंगे। क्यों, मैं ठीक कह रहा हूं न?"

वकील साहब का चेहरा प्रसन्नता से खिल उठा। बोले, "वाह, तुम्हारा आइडिया 'ग्राण्ड' है! बहुत सुन्दर···! मोनोपोली सर्विस के लिए हमें प्रत्येक वर्ष वैसे भी रुपये देने ही पड़ेंगे। कन्ट्रैक्ट हमें मिलने से वह रुपया भी हमें वापस मिल जाएगा। ग्राण्ड! गुड! तुम्हें हमारे बीच रहना पड़ेगा। समझे?"

नरसिंह के दिमाग में मस्ती भर गई थी। वह धीरे-धीरे हंसने लगा।

वकील साहब बोले, "अच्छा, अब असली बातें की जाएं। अर्थात्

टम्सं···। शर्तें ! मैं बहुत सीधा आदमी हूं, इसलिए सब कुछ खुलासा करके कहना चाहता हूं। देखो, व्यवसाय आरम्भ करने से पहले पूंजी देखनी पड़ती है। हां, अब बताओ, तुम कितनी पूंजी लगाओगे ? हम दोनों लगा रहे हैं—बीस हज़ार। येस, बीस हज़ार ? १२ से १४ हज़ार तक की दो नई बसें लेनी पड़ेंगी। दो हज़ार रुपये मोनोपोली सर्विस के लिए देने पड़ेंगे। डिस्ट्रिक्ट बोर्ड को भी पांच-छः सौ भेंट-स्वरूप चढ़ाने पड़ेंगे। ये हुए कुल साढ़ सोलह हज़ार। इसके अलावा गैरेज और इधर-उधर का कुछ खर्च भी है। फिर इधर दो ट्रकें खरीदने से रुपया के लग जाएगा, यानी यही दस-बारह-हज़ार।"

"जी !"

वकील साहब ने सारा हिसाब-किताब करके बताया कि कुल खर्च लगभग तीस हज़ार का पड़ेगा। फिर बोले, "अब कारोबार का हिस्सेदार बनने के कारण तुम्हें भी अपनी कुछ पूंजी लगानी पड़ेगी। बिना पूंजी लगाए कम्पनी का हिस्सेदार बनना मुश्किल है। मैं नहीं जानता कि तुम कितनी पूंजी लगा पाओगे···!"

नरसिंह को लगा जैसे वह किसी ऊंची जगह से नीचे गिर पड़ा हो। उसका सारा शरीर जड़ हो गया, उसमें हाथ-पांव हिलाने की शक्ति भी नहीं रही। उसे लगा, जैसे किसी सांप ने मुंह से न काटकर अपती पूंछ से उसे जकड़ रखा हो। तीस हज़ार रुपये का हिस्सेदार···!

वकील बाबू उत्साह से बोले, "तुम्हारे पास जो गाड़ी है, उसके दाम की मैंने इन्क्वायरी कर ली है। उसे बेचते से ज़्यादा से ज़्यादा एक हज़ार रुपया मिल सकता है। उसे हम लोग मोटर-कम्पती को बेचकर एक्सचेंज में नई कार लेंगे। भाई, हम लोग पुरानी गाड़ी नही रखेंगे, समझे न? अब बताओ, इसके अलावा तुम और कितना दोगे ?"

नरसिंह ने खुद को संभालकर उत्तर दिया, "मेरे पास रुपये-पैसे कहां, बाबू ? मैं भला पूंजी कहां से लाऊंगा ?"

"इसका मतलब है, तुम्हारी गाड़ी की बिक्री से जो मिलेगा, वहां तुम्हारी एकमात्र पूंजी है। यानी एक हजार रुपया ! यह हुआ तीस का एक हिस्सा। हूं, तुम्हें दो पैसे से कुछ ज्यादा मिलता रहेगा। अगर माह में एक हजार का लाभ हुआ तो लगभग ३३ रुपये, ४ आने और ४ पाई तुम पाओगे। हां, इसके अलावा तुम जो काम करोगे, उसका अलग से तुम्हें महीना लगेगा। ठीक है. तो कल ही तुम लिखा-पढ़ी कर लो।"

नरसिंह ने सिर हिलाकर कहा, "मैं गाड़ी नहीं बेचूंगा, सर।"

वकील चौंक पड़े। उन्होंने भृकुटियां तानकर नरसिंह की ओर ताका। बोले, "इसका मतलब ?" कुछ क्षणों तक चुप रहकर वे पुनः बोले, "इसका मतलब तुम राज़ी नहीं हो।" इसके बाद गम्भीर होकर उन्होंने कहा, "ठीक है ! दैट्स गुड ! मैं और क्या कह सकता हूं ?"

नरसिंह उठा और एक खम्मे की ओट में खड़ा हो गया। उसने जेब से शराब की बोतल निकालकर गला तर किया और एक सिगरेट सुलगाकर वहीं से बोला, "जी, मैं इस शर्त पर तैयार नहीं हूं। कम्पनी को जो गाड़ी मैं दूंगा, वह मेरी रहेगी और आपकी गड़ियां आपके अधिकार में होंगी। हम अपनी-अपनी गाड़ियों की आय खुद लेंगे। हां, मोनोपोली लेते समय जो रुपये लगेंगे, उसमें मैं भी अपना हिस्सा दूंगा।"

"नहीं, ऐसा नहीं हो सकता।" वकील साहब सीधे होकर बैठ गए। उनका सहानुभूति वाला मिज़ाज और गले का मस्त स्वर एका-एक बदल गया। गर्दन हिलाकर वे बोले, "मैं कच्चा काम करने वाला नहीं हूं। मेरे रहते यह सब कम्पनी में नहीं चलेगा।"

तभी कम्पाउण्ड में एक घोड़ागाड़ी आकर रुकी। वकील साहब व्यग्रता से उठ बड़े हुए। उन्होंने हाथ में टेबल-लैम्प पकड़ लिया और बाहर आ गए। बोले, "कौन ? सेठजी ?"

सेठ हा-हा करके हंसा और घोड़ागाड़ी से अपना चेहरा निकाल बोला, "जी, हुज़ूर।"

'ओह, घोड़ागाड़ी पर आए हो ? अच्छा, उसे लाए या नहीं ?" वकील ने उत्सुकता से पूछा।

सेठ ने वकील की बात का कोई उत्तर न देकर गाड़ी में किसीसे कहा, "अरे, उतरो न बाबा, उतरो !"

वकील साहब हंसकर बोले, "तो तुमने व्यवसाय करने का इरादा पक्का कर लिया है ?'

"जरूर।" सेठ बोला, "हां, देखिए, आपके लिए क्या तोहफा लाया हूं ? बस, एक बार आपके पांव की तेल-मालिश करेगी कि बादी का दर्द खत्म···।"

गाड़ी से सफेद उजली साड़ी पहने एक लड़की नीचे उतरी। नरसिंह दीवार से सटकर उकड़ूं बैठा था; वह उठ खड़ा हुआ और खम्भे की ओट से बाहर आ गया।

वकील साहब सम्भवत: उत्तेजना का प्रबलता के कारण अब तक

नरसिंह को भूल गए थे। एकाएक उसे सामने देखकर व सचेत हुए, और बोले, "नरसिंह, तुम जा सकते हो।"

नरसिंह का नाम सुनकर गोरी की आंखें उत्सुकता से उसे इधर-उधर खोजने लगीं। नरसिंह की ओर देखकर उसकी आंखों में पानी भर आया। वकील साहब के हाथ में पकड़े टेबल-लेम्प की रोशनी उसकी पानी से भरी आंखों में चमक रही थी।

सुखनराम नरसिंह को देखकर झुंझला पड़ा। नरसिंह ने भी महसूस किया कि उसे देखकर सेठ को खासी परेशानी हो रही है। लेकिन एक बात वह समझ नहीं पाया। वह यह कि सुखनराम गोरी को यहां एक रात के लिए लाया है अथवा हमेशा के लिए···?

सुखनराम ने उससे कहा, "वकील साहब आपको जाने के लिए कह रहे हैं, सिंहजी!"

"जा रहा हूं। लेकिन दो बातें और करनी है।"

"वो कल कर लेना।" वकील ने कहा। फिर रामधनी को आवाज़ देकर बोले, "रामधनी, इस नई दाई को ले जाओ। समझा?"

सुखनराम बोला, "बाबू के खास कमरे का काम करेगी, बाबू की सेवा-सत्कार करेगी···।" कहकर वह 'खी-खी' करके हंस पड़ा।

वकील डांटकर बोले, "बस-बस! यह सब वह जानती है। ऐ, तुम जाओ, रामधनी के साथ अन्दर जाओ।"

सुखनराम गोरी से बोला, "अरी, जान! जाती क्यों नहीं है तू?"

नरसिंह स्थिर दृष्टि से गोरी की ओर ताकता रहा। अक्सर रात को गोरी का चेहरा बदल जाता था और आंखें बाघिन की तरह जलने लगती थीं। लेकिन आज उसके चेहरे पर ऐसा कोई परिवर्तन नज़र नहीं आ रहा था। वह बड़ी निरीह दीख रही थी। ऐसी आज ही दिख रही थी, या कई दिनों से, नरसिंह तय नहीं कर पाया; पर आज उसे लगा कि उसका चेहरा बदला हुआ है। गोरी का ऐसा चेहरा उसने आज तक नहीं देखा था। पहले दिन की देखी हुई गोरी भी याद है उसे। उस दिन उसे लगा था, जैसे यह लड़की बैलगाड़ी के चक्के से लगी मिट्टी है, जो असहाय-सी चक्के से चिपकी इधर से उधर भटकती रहती है। पर उसका आज का चेहरा अत्यन्त करुण था। गोरी अपने जीवन में कभी रोई नहीं थी। बस, सिर्फ हंसती रही थी, और हंसी भी कैसी? जैसे कांच की थालियां टुनटुनाती हों! खुद गोरी भी उसे शराब से भरी कांच की प्याली-सी लगती थी,

जिसे प्यार के साथ उठाकर उसने होंठों से लगाया था। उसे लगा, जैसे शराब से भरी कांच की प्याली अचानक दूध से भरा सफेद पत्थर का जयपुरी गिलास हो गया हो। गोरी के इस परिवर्तन का नरसिंह कोई कारण समझ नहीं सका। सुन्दरी गोरी के मुख पर हमेशा लाल आभा-सी चमकती थी, वह आभा जैसे आज किसीने पोंछ दी थी।

रामधनी थोड़ा आगे बढ़कर खड़ा हो गया। गोरी चुपचाप खड़ी थी, उसने एक पांव भी आगे नहीं बढ़ाया। एक नई नज़र से वह नरसिंह की ओर ताकती हुई खड़ी थी। उसकी आंखें कुछ बोल-सी रही थीं। लेकिन क्या बोल रही हैं—यह समझने की शक्ति न सुखनराम में थी, न वकील साहब में। हां, नरसिंह को समझने में देर नहीं लगी।

सुखनराम ने इस बार डांटकर कहा, "अरे हरामज़ादी, तेरे कान में बात पहुंच रही है या नहीं ?" उसने आगे बढ़कर गोरी की पीठ पर एक धक्का मारकर कहा, "जाओ !"

अचानक धक्का लगने से वह गिर ही पड़ती, लेकिन उसी समय नरसिंह ने आगे बढ़कर उसे अपनी बाहों में पकड़ लिया। सिर्फ पकड़ ही नहीं लिया, बल्कि आने वाली हर विपदा की संभावना की उपेक्षा करके और समस्त संकोच-शर्म को ताक पर रखकर उसने गोरी को अपने पास खींच लिया। वह गम्भीरता से बोला, "नहीं !"

इस आकस्मिक घटना ओर नरसिंह के गले की तेज़ आवाज़ से सुखनराम और वकील साहब चौंक पड़े। रामधनी के हाथ में कांच का एक गिलास था ; 'नहीं' की आवाज़ के साथ वह नीचे गिरकर टूट पड़ा।

वकील साहब अन्ततः वकील साहब ही थे। उन्होंने खुद को संभाल लिया और चिल्लाकर बोले, "यू स्वाइन···!"

नरसिंह भी चिल्लाया, "खबरदार ! गाली सुनने का मैं आदी नहीं हूं।" फिर गोरी का हाथ खींचकर बोला, "आओ, मेरे साथ चलो।"

वकील बाबू बोले, "तुम्हें मैं जेल भिजवाऊंगा। मेरी नौकरानी को···।"

नरसिंह बोला, "नहीं, यह मेरे परिवार से सम्बन्धित है।"

"ओह, शैतान ! तुम क्षत्री हो और यह सद्गोप विधवा ! भला यह तुम्हारे परिवार में कैसे आ गई ?"

"हां, हां। मैं इसका मर्द हूं और यह मेरी औरत !···छत्री ?

…सद्गोप ? नरसिंह ठठाकर हंस पड़ा।

सुखनराम चींख पड़ा, "बन्दूक…बन्दूक…! आप अपनी बन्दूक निकलवाइए वकील बाबू—बन्दूक…।"

नरसिंह अब तक हंस रहा था। बन्दूक की बात सुनकर और ज़ोर से ठहाका मारने लगा। उसने जेब से बड़े फलक वाली छुरी निकाल ली।

मुफस्सिल एरिया का शहर, वह भी सदर शहर नहीं ; बल्कि छोटा-सा महकमा शहर ! मुख्य रास्ते पर काफी दूर-दूर मिट्टी के तेल का टिमटिमाता हुआ प्रकाश जल रहा था। गलियों में सिर्फ पहले और अन्तिम और पर रोशनी थी और बीच में प्रन्धकार। उसी अन्धकारमय पथ से नरसिंह तेज़ी से गुज़र रहा था। गोरी भी उसीके साथ थी। नरसिंह के एक हाथ में टॉर्च थी और दूसरे हाथ में छुरी। बीच-बीच में टॉर्च जलाकर वह रास्ता देख लेता था। उसके मन में कोई चिन्ता या ग्लानि का भाव नहीं था। उसकी सारी चिन्ताएं-परेशानियां जैसे गायब हो गई थीं। नरसिंह जानता है, उसे विश्वास है कि इन्सान के द्वारा सोचने-विचारने से कुछ नहीं होता है। सभी बातों का फैसला करने वाला एकमात्र भगवान् है, वही जो चाहता है, होता है। अन्यथा जब यहां के बाज़ार का सारा नफा-नुकसान और हिसाब-किताब तय हो गया, और वह वकील की शर्तें न मानकर वहां से चल पड़ा था तो एकाएक भगवान ने गोरी को क्यों भेज दिया ? वकील साहब अगर नरसिंह के प्रस्ताव पर आपत्ति नहीं करते तो नरसिंह क्या करता ? तब क्या वह छुरी दिखलाकर गोरी को वहां से भगा ले आता ? नहीं, वह मुंह नीचा किए चुपचाप बैठा रहता, गोरी कुछ क्षणों तक रो-धोकर वकील बाबू के खास कमरे में चली जाती और वह भी वापस आकर खूब शराब पीता, हल्ला मचाता; किसी वेश्या के घर जाता—या अधिक से अधिक मेरी नीलिमा को लेकर मन में कल्पना के पुए पकाता।

वह मन ही मन बोला, 'दुनियादारी के मालिक ! तुम्हारे चरणों में हज़ार बार प्रणाम !' भला, आदमी कभी अपना मन समझ सका है ?

नरसिंह के लिए यहां की सर्विस ही उसका राज्य था। आज यदि

उसके पास श्यामनगर-पांचमति की मोनोपोली सर्विस की हिस्सेदारी होती तो निश्चित रूप से उससे भी यही गलती हो जाती। लेकिन मोह-भंग होते ही वह समझ गया कि गोरी का उसके निकट कितना महत्त्व है! गोरी ने अपनी अन्तर्भेदी और अश्रुपंकिल दृष्टि से बता दिया कि उसका क्या महत्त्व है। नरसिंह की नज़र अगर उसपर न पड़ती तो वह कुछ समझ भी न पाता। लेकिन कितने आश्चर्य की बात है! वह समझ नहीं पाता कि झूठे कांच की प्याली गोरी सच्चा पत्थर कैसे हो गई? किसके जादू से? किसीके जादू से भी हुई हो लैकिन परिवतेन हुआ ज़रूर है। खैर इस विषय में वह ज़्यादा नहीं सोचना चाहता। दीन-दुनिया के मालिक से नरसिंह ने प्रार्थना की—'हे जादूगरों के जादूगर, हाकिमों के हाकिम, गोरी पर तुम्हारा यह जादू अक्षुण्ण रहे!'

"थोड़ा धीरे चलो।" गोरी हांफने लगी। वह बहुत थक गई थी।

"धीरे चलूं?"

"हां!"

नरसिंह नीचे बैठ गया। बोला, "मेरी गर्दन पकड़कर पीठ पर बैठ जाओ।"

"नहीं!"

"नहीं क्या? मुझे जल्दी पहुंचकर सेठ के घर से अभी गाड़ी निकालनी पड़ेगी। साला, अगर इस बीच आ गया तो मेरी गाड़ी जब्त कर लेगा। हां, ठीक से···।"

गोरी ने अधिक आनाकानी नहीं की। नरसिंह उसे पीठ पर लाद-कर अंधेरी गली के बीच से भागने लगा। अचानक उसके मन में एक बात कौंध पड़ी। लगा, जैसे जादू के मंतर से वह बात उसके मन में आ गई हो। हां, यही बात होगी।

उसने गोरी को पुकारा, "गोरी!"

"क्या है?"

"एक बात पूछनी है, ठीक-ठीक जवाब देता।"

"बोलो।"

"ठीक उत्तर दोगी न?"

"तुम्हारे शरीर को छूकर भला झूठ बोलूंगी?"

"तुम्हें लड़का···यानी बच्चा होने वाला है? है न?"

गोरी बोल पड़ी, "धत्!"

"मैं सब समझ गया हूं।"

गोरी बो ली "ना-ना-ना! भला मैं तुम्हारी पीठ पर बैठकर झूठ बोलूंगी?"

"फिर?"

"फिर क्या?"

"तो पहले वाली गोरी अचानक बदल कैसे गई? वकील बाबू के घर पर तुम्हें काफी आराम मिलता। बूढ़े की औरत मर गई है। घर में सबसे बड़ा वही है। तुम चाहतीं तो उसकी नाक में रस्सी बांध-कर उसे उठा-बैठा सकती थीं।"

गोरी ने उत्तर नहीं दिया।

"मेरे साथ कैसे चली आई?"

"नहीं जानती!"

"नहीं जानती?"

"नहीं। लेकिन इतना जानती हूं कि तुम्हारे बिना मैं ज़िन्दा नहीं रह सकती।"

हो सकता था कि नरसिंह उसकी बात पर हंस पड़ता, लेकिन वह हंसा नहीं। उसकी पीठ पर आंसू की गरम-गरम कुछ बूंदें गिर पड़ीं। नरसिंह चौंक पड़ा। गोरी रो रही थी।

नरसिंह ने एक दीर्घ नि:श्वास लेकर कहा, "रोओ मत, गोरी! लो, अब उतरो। हम लोग पहुंच गए। तुम इस पेड़ के नीचे खड़ी रहो में गाड़ी लेकर आता हूं।"

"अभी चलोगे पांचमति?"

"नहीं। मेरा एक दोस्त है यहां, उसके घर चलेंगे।"

नरसिंह जोसेफ के घर पहुंचा। घर के निकट पहुंचकर उसे द्विधा हुई। भय भी लगा। नीलिमा? वह किस रूप में उनके बारे में सोचेगी? हो सकता है, वह घृणा से ज़मीन पर थूक दे, आंखें मटका-मटकाकर व्यंग्य कसे और मुंह फेरकर बोले, 'हम ऐसे कामों में कोई मदद नहीं कर सकते।' हां, जोसेफ के प्रति उसे कोई भय नहीं था, उसपर उसे भरोसा था। वह भी मोटर-ड्राइवर था, उसके साथ शराब पीता था।

लेकिन यह देखकर नरसिंह को आश्चर्य हुआ कि नीलिमा ने उसके सोचने के विपरीत व्यवहार किया।

नरसिंह के साथ गोरी को देखकर उसने पूछा, "यह कौन है, नरसिंह बाबू?"

नरसिंह ने एक क्षण सोचकर जवाब दिया, "यह ? इसे मैं प्यार करता हूं मिस दास ! यानी मैं इसके साथ शादी करूंगा।" नीलिमा से सब कुछ बताए बिना उससे नहीं रहा गया, इसलिए उसने आगे कहा, "अर्थात् विधवा-विवाह···।"

"क्या कह रहे हैं आप ? देखूं, देखूं ! कैसी बहू लाए हैं आप ?" नीलिमा ने बायें हाथ से उसका घूंघट उठाया और दायें हाथ की लालटेन को उसके मुंह के पास ले गई। गोरी को देखकर वह मुग्ध हो गई। बोली, "वाह, वाह ! यह तो बहुत सुन्दर बहू लाए हैं आप ! हां, तो मुझे मिठाई कब खिलाएंगे ?"

"खिलाऊंगा ! पर मैं अभी जिस विपद् में फंस गया हूं, पहले उसमें से मेरा उद्धार कीजिए। जोसेफ कहां है ?"

"उसने आज बहुत शराब पी रखी है। बिछौने पर पड़ा हाथ-पांव झटक रहा है और न जाने क्या-क्या बक रहा है ? पर आप किस विपद् में फंस गए हैं ?"

चिन्तित होकर नरसिंह बोला, "ओह !"

"इतना बोलने से काम नहीं चलेगा। मुझे आप सब कुछ बता दीजिए। देखूं, मैं कुछ कर पाती हूं कि नहीं···।"

"आप सुनेंगी···? किन्तु···"

"किन्तु क्या···?"

एक क्षण सोचकर वह बोला, "तो सुनिए और उपाय भी क्या है ?" उसने पॉकेट से बोतल निकालकर बची हुई शराब पीकर कहा, "आपका भाई मोटर-ड्राइवर है, आप तो जानती ही हैं हम लोगों का धन्धा !···वही सेठ इसे लाया था—इसके बाप को रुपया देकर उसने गोरी को खरीदा था। मैं ही अपनी गाड़ी पर सुखनराम को श्यामनगर लाया था। इसके बाद···"

नीलिमा हंसकर बोली, "इसके बाद तुम दोनों में प्यार हो गया।"

"हां। सुखनराम गोरी को बूढ़े वकील के हाथ में बेच रहा था, पर मैं उनसे छीनकर ले आया।"

"यह आपने ठीक किया।"

"अब अगर वे पुलिस में खबर देकर जबरदस्ती करें तो···?"

"तो लड़की बोल देगी कि वह अपनी इच्छा से आपके साथ जा रही है। क्यों भई, क्या कहोगी तुम ?"

गोरी ने लज्जा से मुस्कराकर सिर झुका लिया।

"लेकिन इसे तो इसके बाप ने बेच दिया है।"

नीलिमा ने हंसकर जवाब दिया, "आजकल इंसानों को खरीद-बेच नहीं होती। फिर भी वह किसी दूसरे तरीके से आपको हैरान कर सकता है, कोर्ट में अपमानित कर सकता है।"

"अपमानित ?" नरसिंह हंस पड़ा।

एक क्षण चुप रहकर नीलिमा बोली, "आप मेरे साथ आइए। उनसे परामर्श कर लूं। वे चाहेंगे तो पुलिस को या एस० डी० ओ० को हम लोग पहले ही सारी सूचना दे देंगे।"

अधिक दूर नहीं जाना पड़ा, लेकिन बहुत निकट भी नहीं था उनका गन्तव्य स्थान।

क्रिश्चियन पाड़ा का उत्तर-दक्षिणी भाग। बीच में पूर्व की तरफ गिरजा, मिशन और कब्रगाह। जो ब्राह्मण, कायस्थ और वैश्य क्रिश्चियन हुए थे, उन्होंने अपनी अभिजात्यता दिखलाने के लिए दक्षिण की तरफ घर बसाए थे।

अंधकारमय और निर्जन पथ पर नीलिमा के साथ चलते-चलते नरसिंह के मन में कई विचार उठ रहे थे। यह काली लड़की नीलिमा—यह उसके लिए आकाश-कुसुम ही रही। आकाश-कुसुम—उसने रात के अंधकार में आकाश में खिलने वाले फूल को छोड़कर धरती का फूल उठा लिया। उसे विश्वास था, अगर वह कोशिश करता तो नीलिमा उसे ज़रूर मिल जाती।

नीलिमा निःशब्द चल रही थी। कोई बातचीत नहीं। नीलिमा क्या सोच रही है ? उसकी इच्छा हुई कि अंधकार में वह अपना हाथ बढ़ाकर उसके गालों का स्पर्श करे और देखे कि उसकी आंखों से आंसु निकल रहे हैं या नहीं। लेकिन उसने खुद को संयत कर लिया।

रेवरेंड बनर्जी का छोटा लड़का पढ़ा-लिखा युवक था। कभी चेचक के प्रकोप के कारण उसकी एक आंख नष्ट हो गई थी ! उसने काफी कोशिश की थी, पर उसे कोई अच्छी नौकरी नहीं मिली। भद्र आदमियों को उसका चेचक से भरा चेहरा कुत्सित नज़र आता। लेकिन वह मन से बढ़िया आदमी था।

नीलिमा ने सब कुछ समझाकर उन्हें बता दिया।

वे बोले, "आज की रात लड़की को मिशन में रहने दो। कल जो कुछ सम्भव होगा, किया जाएगा।" फिर नरसिंह से बोले, "वे लोग कुछ नहीं कर पाएंगे। कोई डर नहीं, घबड़ाओ मत।"

नीलिमा बोली, "लेकिन जो कुछ करना हो, आज ही कीजिए।

कल पर मत टालिए।"

"सो तो ठीक है, पर इस अंधेरी रात में···? मेरी एक आंख भी खराब है।"

नीलिमा हंसकर बोली, "एक तो ठीक है।···मिस्टर नरसिंह, आप गाड़ी में जाकर बैठिए।"

"अच्छा!" नरसिंह ने लम्बी सांस लेकर कहा।

बनर्जी हंसकर बोले, "ठीक है!"

"चलिए।" नीलिमा नरसिंह के साथ बाहर आ गई। बोली, "आप यहीं रुकिए मैं अभी आई।" और वह फिर भीतर चली गई।

नरसिंह अंधकार में खड़ा रहा और आकाश की ओर ताकता हुआ नीलिमा के बारे में सोचने लगा। उफ्, क्या लड़की है? इसके साथ क्या गोरी की तुलना की जा सकती है? यह लड़की नरसिंह के लिए स्वप्नवत् है, बस, इससे अधिक कुछ नहीं। किन्तु नहीं, इसके लिए वह दुःखी नहीं होगा।···

"क्यों, सब ठीक हो गया न?" नीलिमा बाहर आकर बोली।

"हां भई, बोलो?" बनर्जी भी बाहर आ गए।

"तो नरसिंह बाबू को बता दूं?" नीलिमा ने पूछा।

"हां, बता दो।" बनर्जी बोले।

"चलिए मेरे साथ।" नीलिमा ने नरसिंह से कहा।

वे दोनों फिर अंधेरी रात में चल पड़े।

नरसिंह बोला, "हां, बनर्जी ने मुझे क्या बताने के लिए आपसे कहा?"

"बनर्जी नहीं, बल्कि मैं आपसे कुछ कहना चाहती हूं।"

"क्या?"

"मैं आप पर उपकार कर रही हूं, इसके बदले में आपको भी मेरे ऊपर यानी हमारे ऊपर उपकार करना पड़ेगा ···कल रात तुम्हें मुझे और बनर्जी को घाटरोड स्टेशन पहुंचाना पड़ेगा। किसीको पता न चले—भैया को भी नहीं!"

नरसिंह चौंककर खड़ा हो गया।

नीलिमा बोली, "मेरी मां को आपत्ति है कि वे काने हैं और असुन्दर। और इनके घर वालों को भी आपत्ति है। हमारे घर की लड़की से इनके घर के लड़के की शादी नहीं हो सकती। फिर भी हम एक लम्बे अरसे से एक-दूसरे को प्यार करते रहे हैं। ये मुझे मैट्रिक के दिनों में पढ़ाया करते थे, उन्हीं दिनों से···।" वह धीरे से हंस पड़ी।

कुछ क्षण चुप रहकर वह गम्भीरता से पुन: बोली, "अब हम दोनों को शादी करनी ही पड़ेगी, नरसिंह बाबू !"

नरासिह ने पूछा, "आप जाएगी कहां ?"

"कलकत्ता ; यहां काफी हंगामा मचेगा—दोनों घरों में झगड़ा होगा। सबसे बढ़िया जगह कलकत्ता ही है।" कुछ देर के बाद उसने पूछा, "इस सड़क पर तो सुखनराम मोनोपोली सर्विस ले रहा है, आप कहां जाएंगे ?"

नरसिंह ने एक दीघे नि:श्वास लेकर कहा, "सोचूंगा। फिलहाल तो यहीं रहना पड़ेगा। पांचमति वाली सड़क पर कंकड़-पत्थर फेंके गए हैं, डिस्ट्रिक्ट बोर्ड ने नोटिस देकर रास्ता बन्द कर रखा है। गाड़ी लेकर उस तरफ जाना सम्भव नहीं है। इधर घाटरोड की तरफ गंगा पड़ती है। सड़क-गलियां सूख जाएं, इस बीच मैं भी सोच लूंगा कि कहां जाना ठीक रहेगा। इतनी बड़ी दुनिया है, कहीं न कहीं ठौर मिल ही जाएगा।"

नीलिमा से नरसिंह की उदास वाणी छिपी नहीं रही। नरसिंह के द :ख के स्पर्श से उसे भी तकलीफ हुई। वास्तव में दुःखी होने की बात ही है। नरसिंह ने ही शुरू-शुरू में इस टूटी-फूटी सड़क पर सर्विस चालू की थी और अब उसकी मरम्मत करके उसपर दूसरे आदमी को मोनोपोली सर्विस दी जा रही थी। उसने नरसिंह को सान्त्वना देते हुए कहा, "आपको बहुत दुःख हुआ है न ? दुःख होने की बात ही है !"

नरसिंह ने उसकी बात का कोई उत्तर नहीं दिया। उसका दिमाग चक्कर काट रहा था। दुःख ? हां, उसके मन को काफी दुःख पहुंचा था। लेकिन कारण ? यह वह समझ नहीं पा रहा था। उसने जेब से शराब की बोतल निकाली। लेकिन वह खाली थी। उसने विरक्ति से बोतल दूर फेंक दी।

नीलिमा हंसकर बोली, "क्यों खतम हो गई क्या ?"

नरसिंह ने उत्तर नहीं दिया। चुपचाप गाड़ी बाहर निकालने लगा।

नीलिमा बोली, "अच्छा ही हुआ। इस समय अधिक पीनी भी नहीं चाहिए, क्योंकि अभी आप किसी काम में लगे हुए हैं।"

नरसिंह को अफसोस हुआ। इस समय उसके पास एक और बोतल होती तो बढ़िया रहता। पूरी बोतल पीकर वह नीलिमा को गाड़ी में खींच लेता और भगा ले जाता या बनर्जी को गाड़ी के नीचे कुचलकर गाड़ी का एक्सीडेंट कर देता।

अचानक वह सजग हुआ। फुटब्रेक कसकर पकड़ ली और स्टियरिंग

घुमाकर गाड़ी को एक्सीडेंट से बचा लिया। एकदम तालाब के निकट जा पड़ी थी गाड़ी। अरे बाप···! उसका नशा काफूर हो गया।

नीलिमा ने हंसकर कहा, "हूं, गाड़ी संभाल ली आपने ! सुनिए, अब आपको खूब सावधानी से गाड़ी चलानी चाहिए। अच्छा, गुड-लक !"

नरसिंह ने भी धीरे से हंसकर कहा, "गुड-लक ! आपके गुड-लक की भी कामना करता हूं।"

वही बादशाही सड़क ! ऊंची-नीची, गड्ढों-धचकों और धूल-कीचड़ से सराबोर कई सौ वर्ष पुरानी सड़क ! दोनों तरफ अगोचर जंगल और कंटीली झाड़ियां ! झाड़ियों से कभी-कभी सांप की फुफकार सुनाई पड़ती, सांप खाने वाले मेंढकों की आवाज़ आती। रात में झाड़ियों के अन्दर से सियारों की अंगारे-सी जलती आंखें नज़र आतीं। कहीं-कहीं पत्थरों की नोक निकली रहतीं, जिनसे कितने युगों से टकरा-कर कितने लोगों के पांव जख्मी हुए होंगे, इसका कोई हिसाब नहीं। कीचड़ से भरी खंदक में कितने लोगों के जूते फंसकर रह जाते हैं, उसका ही भला कोई हिसाब रखता है ? फिसलकर नीचे गिरने वाले कई लोगों की चीज़ें गुम हो जाती हैं, लड़कियों के कानों के टाप्स, हाथ-घड़ी, गले की मादुली आदि पता नहीं कितनी चीज़ें इस धूल-कीचड़ से भरी जरा-जीर्ण सड़क ने अपनी छाती में छुपा रखी हैं।

उसी बादशाही सड़क को अब पहचाना तक नहीं जा रहा था। उसका एकदम कायापलट हो गया था। ढीले-ढीले गोल थोबड़े वाला बूढ़ा इंजीनियर हकीमों के हाथ से ताज़ा दवाई पीते-पीते चमकदार नया जवान बन गया था।

तीस फुट चौड़े रास्ते के दोनों तरफ फुटपाय की तरह ६ फुट का वायलर की राख का कच्चा रास्ता, बीच में १६ फुट पक्की मुख्य सड़क—लाल मोरम बिछा, समतल, झक्-झक् करता हुआ आंखों को सुहाने वाला १६ फुट चौड़ा लाल रिबन जैसा पथ। दोनों तरफ राख बिछा धूसर रंग का कच्चा फुटपाथ और बीच में चटक लाल रास्ता—वाह, खूब बहार दी है ! धूसर रंग के फुटपाथों के किनारे-किनारे दूर तक दूब उगी हुई थी। आसपास की सारी कंदीली झाड़ियां साफ कर दी गईं थीं। चलते समय आंखों को जितनी तृप्ति मिलती थी, उतना

ही पांवों को आराम भी।

एक लम्बे युग के बाद कच्ची बादशाही सड़क मज़बूत बनी थी। पता नहीं, विलायत की किस अमरीकन पेट्रोल कम्पनी और मोटर कम्पनी ने रुपया दिया था। उसी रुपये की बदौलत रास्ते के ऊपर ईंटों के टुकड़े फेंके गए और उनके ऊपर राख डाली गई। फिर रोलर चलाया गया। ईंटों के टुकड़ों और राख के समतल हो जाने के बाद लाल मोरम डालकर सड़क पर फिर रोलर चलाया गया। सड़क के दोनों किनारों से कंटीली झाड़ियों और जंगलों को साफ कर दिया गया, जिससे कई सांप, बिच्छू और कीड़े-मकोड़े बे-मौत मरकर सड़क के नीचे दब गए।

बीच सड़क पर मोटर-बस, टैक्सी और ट्रकें चलेंगी। दोनों तरफ की कच्ची सड़क पर बैलगाड़ियां और पैदल आदमी चलेंगे। नरसिंह कहता है, "बादशाही सड़क अंग्रेज़ी स्ट्रीट बन गई है।" कभी स्ट्रीट न कहकर रोड भी कहता। रोड या स्ट्रीट—कौन-सा शब्द उपयुक्त है, यह वह नहीं जानता। लेकिन स्ट्रीट शब्द उसे अच्छा लगता, इसलिए वह उसीका व्यवहार करता।

इस रास्ते की मोनोपोली सर्विस 'साहू एण्ड बोस ट्रांसपोर्ट् स' ने ली थी। सुखनराम साहू और बूढ़े वकील बोस बाबू के बेकार लड़कों की नई कम्पनी! हरे रंग की झिलमिलाती हुई दो बसें आ गई थीं। एक का नाम 'जय गणेश' था और दूसरी का 'उल्का'। नामों के बगल में अंग्रेज़ी में 'एक्सप्रेस' लिखा हुआ था। एक 'अप' सर्विस में चलेगी और दूसरी 'डाउन' सर्विस में। एक टैक्सी और एक ट्रक भी खरीदी गई थी। पांचमति के तीन बड़े बाबुओं ने भी अपने व्यवहार के लिए तीन फोर्ड गाड़ियों का आर्डर भेज दिया था।

रास्ता आज ही खोला गया था। कलेक्टर साहब ने चांदी की कैंची से लाल फीता काटकर रास्ते का उद्घाटन किया। बस, उसीके बाद सर्विस की दोनों बसें छूट पड़ी। फिर चाय-पार्टी हुई।

श्रावण, भाद्र, आश्विन और कार्तिक! चार महीनों के बाद आज सड़क चालू हुई थी। साहू कम्पनी की सर्विस आरम्भ होते ही नरसिंह भी आज श्यामनगर छोड़ रहा था। उसकी गाड़ी ने अपना शरीर खटाकर इस ऊंची-नीची, धूल-कीचड़ और कांटों से भरी सड़क पर सर्विस का द्वार खोला था, आज उसीके नया बन जाने पर उसके लिए कहीं स्थान नहीं था। भला, अब वह श्यामनगर कैसे रह पाएगा? वह भी किसी दूसरे लक्ष्य की ओर चला जाएगा। वह चार महीनों से यहीं

बैठा हुआ था, क्योंकि बाहर निकलने के सारे रास्ते बन्द थे। इसके अलावा एक नई परेशानी के कारण भी उसे रुक जाना पड़ा था।

सेठ ने उसपर गोरी को लेकर मामला दायर कर दिया था। वह खुद सामने नहीं आया, बल्कि उसकी और वकील की ओर से गोरी के देवर और बाप ने मामला चलाया था। उन लोगों ने काफी जोड़-तोड़ करके मज़बूत जाल रचा था। अगर सज़ा मिल जाती तो वह काफी कड़ी होती, उसे काला पानी तक भेजा जा सकता था। उन लोगों ने समाचार-पत्रों में छपा दिया था—'मोटर ड्राइवर द्वारा कुकृत्य—नारी-हरण !"

सेठ ने काफी रुपये देकर एक वकील तैयार किया था। उसने बूढ़े वकील से परामर्श लेकर पहले दिन कहा था, "इस आसामी के बारे दो मुख्य बातें अदालत को बताना चाहता हूं। यह गिर्वरजा के छत्रियों का लड़का है। यह वंश पहले से ही औरतों के मामले में काफी बदनाम है, इसी कारण ये लोग नष्ट हो गए। और यह तो पेशे से ही ड्राइवर है। मोटर-ड्राइवरों के लिए औरतों को भगा ले जाना साधारण-सी बात है।"

नरसिंह अदालत में फूटपड़ा था, "हां, हां ! मोटर-ड्राइवर डकैत होते हैं, उनकी मोटरों में डकैती होती है ! वे लोग शराबी हो ते हैं, वे लोग औरतों को भगाकर ले जाते हैं ! मोटर-ड्राइवर जैसा खराब आदमी दुनिया में और कोई नहीं !"

हाकिम की धमकी खाकर नरसिंह चुप हो गया था। उसने अपने को कड़ी से कड़ी सज़ा पाने के लिए तैयार कर लिया था। लेकिन हाकिम ने उसे बेकसूर रिहा कर दिया।

इस रिहाई के लिए नरसिंह, अपने नसीब की प्रशंसा नहीं करता। उसके वकील ने नरसिंह की तारीफ के काफी पुल बांधे थे, लेकिन उसका भी किसीपर असर नहीं पड़ा था। उसे बचाने वाली थी—गोरी !

दिन के प्रकाश में गोरी नासमझ लड़की हो जाती—मिट्टी की गुड़िया ! हाकिम, वकील, पेशकार और भीड़-भरी अदालत में उस दिन पता नहीं क्या हुआ कि दिन में चुप रहने वाली मिट्टी की गुड़िया कटघरे में खड़ी होकर मनुष्यों की तरह बोल पड़ी। लगा, जैसे बांध से स्थिर जल बांध तोड़कर तेज़ धारा में बह निकला हो।

गोरी कठघरे में आकर खड़ी हुई। सिर से थोड़ा घूंघट हटाकर

उसने एक बार भीड़-भरी अदालत में चारों ओर निहारा। एकाएक उसकी नज़र नरसिंह पर पड़ी। उसके होठों पर मुस्कराहट बिखर गई। लगा, जैसे उसकी हतबुद्धि-सी आंखें आले में सजी एक जोड़ी मोमबत्ती की तरह खट-से जल पड़ी हों। उसने कठघरे को सख्त हाथों से पकड़ लिया। उसके दोनों गाल आरक्त हो उठे।

सेठ के वकील ने उससे पूछा, "जब तुम वकील के यहां दाई बनकर जा रही थीं, तब नरसिंह तुम्हें जबरदस्ती भगा ले गया था कि नहीं ?"

उसने गर्दन हिला दी। गर्दन हिलाते समय उसका घूंघट खिसककर नीचे गिर पड़ा। वह नरसिंह की तरफ ही ताक रही थी। उसने घूंघट सरकाया नहीं, शायद वह घूंघट की बात भूल गई थी।

वकील ने डांटकर कहा था, "मेरी तरफ देखो।"

लेकिन गोरी ने अपनी आंखें नहीं फेरीं।

वकील बोला, "मेरी बात का जवाब दो। नरसिंह तुम्हारा हाथ खींचकर तुम्हें जबरदस्ती ले गया था या नहीं ?"

गोरी नरसिंह की ओर देखती हुई मुस्कराकर बोली, "मैं उससे प्यार करती हूं। मैं अपनी इच्छा से ही उसके साथ गई थी और उसी के साथ जाऊंगी।"

"और तुम्हारा बाप—देवर ?"

"नहीं, नहीं।" गोरी ने वकील को अपनी बात पूरी नहीं करने दी। असहिष्णु होकर वह बीच में बोल पड़ी, "नहीं, नहीं।" इसके साथ-साथ उसने ज़ोर से अपनी गर्दन भी हिला दी, "नहीं···नहीं···नहीं···।"

एक दिन नहीं, पूरे अढ़ाई दिन गोरी के साथ बहस चलती रही। अढ़ाई दिनों तक वह नरसिंह की ओर ताकती हुई जवाब देती रही। वह क्या कह रही है ? अदालत के सभी लोगों में फुसफुसाहटें होने लगीं। गन्दे तालाब में भनभनाती मक्खियों की तरह लोग अदालत में जुट गए थे। बीच-बीच में वाहियात प्रश्नों और गोरी के बेपरवाह उत्तरों से लोगों की कुत्सित आवाज़ें और हंसी मक्खियों की तेज़ भन-भनाहट-सी बढ़ जातीं। उनकी नज़रें भी मक्खियों की तरह फड़कती हुई गोरी के चेहरे पर लगी हुई थीं। यह सब गोरी को सह्य नहीं था। वह सिर्फ मुस्कराती हुई नरसिंह की ओर देख रही थी।

वकील ने गोरी से बीती बातें पूछती आरम्भ की थीं। उसने पूछा, "अपने गांव के अमुक मोड़ल के अमुक लड़के को जानती हो ?"

नरसिंह ने आपत्ति की। उसने कठघरे को पकड़कर कहा था,

"नहीं। मुझे सज़ा दीजिए, पर उससे ये सारी बातें मत पूछिए।"

गोरी ने पता नहीं क्या समझा, यह वही जाने। वह बोली, "ठहरिए। मैं बताती हूं। मुझे अब लज्जा कैसी? यह सब मेरी ज़िन्दगी में हुआ है, मैं सब कुछ सच बताऊंगी। मेरी जितनी उम्र है, उससे एक सौ गुना ज़्यादा मैंने पाप किया। लेकिन नरसिंह को पाकर मैं अब उसी पाप की आग में जल रही हूं।"

उसने हाकिम की ओर ताका और शुरू से अन्त तक अपनी कलंक-भरी ज़िन्दगी की कहानी सुनानी आरम्भ कर दी। अन्त में नीचे की ओर ताककर वह बोली। बोलने से पहले उसने घूंघट को ठीक से सिर पर रख लिया। उसने हाकिम की ओर ताककर कह, "हुज़ूर इस आदमी ने मुझे कभी नहीं बुलाया। मैं खुद ही अपने दो तल्ले के बरामदे से कपड़े झुलाकर नीचे उतरती और इसके पास जाती। मैं इसकी छाती में गड़ जाती, यह मेरे तिर पर हाथ फेरता; लेकिन···बस, और कुछ नहीं!"

कुछ क्षण रुककर वह फिर बोली, "ऐसे ही दो महीने गुज़र गए।···हुज़ूर, मुझे इसके चरणों में पड़ी रहने दीजिए। मुझे बाप नहीं चाहिए, देवर नहीं चाहिए; सेठजी या वकील के घर का सुख भी नहीं चाहिए—मैं बस इसे ही चाहती हूं। इसका कोई दोष नहीं हुज़ूर, इसे रिहा कर दीजिए। मैं इसके साथ जाऊंगी। अगर यह मुझे साथ नहीं ले जायगा, तो नदी में पानी है, दूकान पर रस्सी मिलती है, पेड़ों का कोई अभाव नहीं, मैं मर जाऊंगी!"

नरसिंह अवाक होकर सोचने लगा—यह क्या हुआ? यह किस तरह हुआ? किसके प्रताप से ऐसा हो गया? पेट में ज्वाला के लिए जिस दुनिया में मां अपने बेटे को बेचती है, कुमारी अपनी इज़्ज़त लुटाती है, उसी दुनिया में ऐसा भी होता है?

डाक्टर ने गोरी को परीक्षा करके बताया, "इसकी उम्र बीस से अधिक है। यह पूर्णंत: बालिग है।"

हाकिम ने नरसिंह को रिहा कर दिया। उन्होंने गोरी के बारे मे भी कहा, "यह अपनी इच्छा से किसीके भी साथ जा सकती है।"

नरसिंह कोर्ट के बरामदे से बाहर निकला। साथ में गोरी भी आई। वह सबके सामने अपना सिर नरसिंह की छाती पर रखकर सुबक-सुबककर रो पड़ी। नरसिंह को भी उस समय कोई लज्जा नहीं आई। वह गिर्वरजा का क्षत्री-वंशीय लड़का था और पेशे से मोटर-ड्राइवर—उसे कैसी शर्म? किसकी लज्जा? वह गोरी के सिर पर

हाथ फेरने लगा। उसके मन में अब तक जितनी लड़कियों के चेहरों की छाप पड़ी थी, गोरी की आंखों से बहने वाले खारे आंसुओं की धारा में धुल-पुंछ गई और वहां रह गई सिर्फ एक तस्वीर—गोरी की। जानकी का चेहरा भी वह भूल गया, नीलिमा भी उसे याद नही रही—बस, याद रही सिर्फ गोरी !

नरसिंह ने गाड़ी स्टार्ट की।

भीतर गोरी नरसिंह की गृहस्थी लिए बैठी थी। घर की सारी चीज़ें संभालकर वह कुलवधू की तरह बैठी थी। उसने लाल साड़ी पहन रखी थी। कपाल पर कुमकुम की बिन्दी और मांग में सिंदूर था। लग रहा था, जैसे यह पहली वाली गोरी नहीं है। बांहों में चूड़ियां—गिल्ट की चूंड़ियां ! बांयें हाथ में ऐल्यूमिनियम की हांड़ी थी, जिसमें खाने का सामान पड़ा था। कहीं वह उलट न जाए, इसी भय से उसे पकड़े बैठी थी। दाहिने हाथ में सुराही थी और गोद में छोटा-सा तख्ता, जिसपर इधर-उधर के सामान और नरसिंह की बोतल और गिलास रखा था। कुल तीन बोतलें थीं। उसे पीने की कब ज़रूरत आ पड़ेगी, इसका कुछ ठीक न था; इसलिए सारा इन्तज़ाम पहले ही कर रखा था। गोरी ने गरम पुलोवर भी निकाल लिया था। अगहन का महीना चल रहा था। शाम को चलती गाड़ी में सर्दी लग सकती थी। गोरी नरसिंह की हर बात का ख्याल रख रही थी। नरसिंह को लग रहा था, यह पहले वाली लड़की नहीं रही, उसने मरकर नया जन्म लिया है। उसकी बगल में राम बैठा था। राम को अपने घर से लौटे कई दिन हो गए थे।

गोरी राम को 'दादा भाई' कहती।

रामचन्द्र को 'दादा भाई' सुनकर बड़ा मज़ा आता। वाह, यह कैसी हंसी की बात ? 'दादा' भला 'भाई' हो सकता है। वह ही-ही करके हंस पड़ता और कहता, "तुम्हें जब बच्चा होगा तो उसे क्या कहोगी—मुन्ना राजा ?"

जो गोरी अदालत के कठघरे में नहीं शरभाई थी, वही गोरी राम की बात को सुनकर लजा जाती। उसका चेहरा लाल हो उठता। राम को जवाब देने लायक वह कोई भाषा नहीं खोज पाती। जैसे-तैसे जबाब देती, "तुम्हारी बहू आएगी तो उसे कहूंगी—बी वी बहू।"

इसमें भला राम को क्या आपत्ति है ? बीवी-बहू तो वह चाहता ही था। वह भी मोटर-ड्राइवरी करेगा, फिलहाल वह कण्डक्टर है। उसने अभी से अपनी मोटर की प्रति ट्रिप में सुन्दर-सुन्दर चेहरे देखकर प्राकाश के फूल तोड़ने चालू कर दिए थे।

राम नरसिंह के साथ जा रहा था। नरसिंह ने उससे कहा था, "देख, ठीक से सोच ले। यहां नई सर्विस खुल रही है। निताई को नौकरी मिल गई है, तुम भी अगर चेष्टा करोगे तो कोई न कोई नौकरी मिल जाएगी। अब बताओ, यहां रहोगे या मेरे साथ चलोगे ?"

राम ने कहा था, 'बड़े भैया, जहां तुम जाओगे, वहीं मैं चलूंगा।'

नरसिंह ने राम को साथ ले लिया।

उनके साथ जोसेफ भी था। जोसेफ यहां की नौकरी छोड़कर उनके साथ जा रहा था। वह सामने की सीट पर नरसिंह की बगल में बैठा था। उसते एक सिगरेट अपने मुंह में रखी और एक सिगरेट नरसिंह के होठों में लगा दी। गाड़ी फुल स्पीड में चल रही थी। रास्ते में बैलगाड़ियों को ज़्यादा भीड़ नहीं थी।

अगहन का प्रथम पक्ष था। फसल अभी तक कटी नहीं थी। चारों ओर धान के हरे रंग की बहार थी। नया समतल रास्ता ऐसा लग रहा था, जैसे वह स्थिर पानी से भरी परिष्कृत लम्बी-सी झील हो। नरसिंह की गाड़ी भागी जा रही थी ! गाड़ी में कोई 'जर्किंग' नहीं हो रही थी और न ही वह पुरानी गाड़ियों की तरह मचमचा रही थी। लग रहा था जैसे लम्बी झील पर नौका चल रही हो। सिर्फ चार नये टायरों की सड़क पर घिसने की आवाज़ हो रही थी। मोरम के ऊपर बिछे कंकड़ों पर नये टायर लगातार सर्र-सर्र की आवाज़ कर रहे थे। गाड़ी ३०-३५ मील की स्पीड से भागी जा रही थी। पीछे की तरफ काफी दूर तक पेट्रोल के धुएं की टेढ़ी मेढ़ी रेखा बनती जा रही थी। नरसिंह ने जोसेफ से कहा, 'हॉर्न बजाइए।'

सामने से एक बैलगाड़ी आ रही थी। वह ठीक बीच से चल रही थी, जबकि उसे किनारे के राख बिछे कच्चे रास्ते पर चलना चाहिए था। हॉर्न का रबड़ फट गया था, नया खरीदा गया था; पर उसे अभी हॉर्न पर फिट नहीं किया गया था। कल रात को टायर बदलते-बदलते ही आधी रात हो गई और हॉर्न की बात किसीको याद नहीं रही। बिना रबड़ का हॉनर जोसेफ के हाथ में था, वह मुंह से फूंक मारकर उसे बजाने लगा।

राम ने गोरी से पूछा, "भैया की बेंत कहां रखी है, वही लकलक-

सी पतली बेंत।"

नरसिंह ने सामने दृष्टि रखते हुए और गाड़ी को स्पीड कम करते हुए कहा, "नहीं।"

राम बोला, "साला कैसे आ रहा है, मोटर के रास्ते से।"

नरसिंहा बोला, "रास्ता सभी के लिए है।"

जोसेफ बोला, "लेकिन ये गाड़ीवान बड़े शैतान होते हैं।"

नरसिंह ने स्टियरिंग ठीक से पकड़ ली और गाड़ी को बैलगाड़ी के निकट से कटाकर आगे बढ़ा ले गया। राम बेंत का व्यवहार तो न कर सका, लेकिन मुंह से गाली निकाले बिना भी नहीं रहा, "देखकर नहीं चलते, बेटा ?"

राम की बात वे लोग सह नहीं सके। एक बोला, "ह···ह···! बड़ी मिर्चें लगी हैं मोटर वाले को ! भाग रहा है !"

नरसिंह काफी तेज़ी से मोटर चला रहा था। नये बढ़िया रास्ते पर तेज़ गाड़ी चलाने में उसे बड़ा मज़ा आ रहा था, और फिर उसे दूसरी लाइन में जाकर नई सर्विस खोलने की भी जल्दी थी। उसे नई लाइन की एक सर्विस का पता मिल गया था। यह सब उसे दीन-दुनिया के मालिक की कृपा से हुआ था, जो सुबह उठकर राजा से लेकर रंक और बाध से लेकर चींटी तक की खुराक का इन्तज़ाम करता है, हां, माध्यम ज़रूर नीलिमा दास रही—नीलिमा और काना बनर्जी! उन्होंने ही नई सर्विस खोजकर उसे चिट्ठी लिखी थी।

नरसिंह को रेलवे स्टेशन की बात याद आ गई। वे जिस दिन भाग रहे थे, उस दिन पेट्रोल के खर्च के बहाने बनर्जी ने दो रुपये देने चाहे थे। लेकिन नरसिंह ने कहा था, 'नहीं।' नीलिमा ने बनर्जी के हाथ से रुपये लेकर अपनी बैग में रख लिए और बोली थी, 'छि ! उसका अपमान मत करो।' नीलिमा बहुत भली लड़की थी। नीलिमा की याद आते ही उसे दुनिया की विसंगतियों की बातें याद आ जाती। कहां गिर्वरजा की हाड़ी वंश की लड़की नीलिमा और कहां गिर्वरजा के क्षत्री-वंशीय सिंहराय घराने का लड़का नरसिंह ! नरसिंह ने दीर्घ निःश्वास छोड़ी।

नीलिमा और बनर्जी ने कलकत्ता जाकर शादी कर ली थी। वहां उन्हें अण्डाल अंचल के मिशन की एक ब्रांच में काम मिल गया था। बनर्जी काम में लग गया था। नीलिमा भी वहीं थी, वह दो-एक महीने के बाद काम में लग जाएगी। नीलिमा को बच्चा होने वाला था। नीलिमा के होने वाले लड़के को नरसिंह ने दोनों हाथ उठाकर आशीर्वाद दिया।

नीलिमा के होने वाले लड़के के कारण ही वह बेकार की झंझटों से बचा था। जोसेफ और उसकी मां के साथ इस बात को लेकर काफी झगड़ा हुआ था। काने और कुत्सित चेहरे वाले बनर्जी को वे कतई पसन्द नहीं करते थे। इसके अलावा बनर्जी परिवार भी ऐसे छोटे क्रिश्चियन घराने की लड़की को अपने घर में रखने को राज़ी नहीं था। निश्चित रूप से दोनों परिवारों में झगड़ा हो जाता ! किन्तु नरसिंह ने जब नीलिमा की चिट्ठी जोसेफ को दी तो उसे पढ़कर जोसेफ के मुंह से एक भी बोल न फूटा, उसकी मां भी कुछ न बोली। नीलिमा ने अपनी चिट्ठी में लिखा था कि वह मां बनने जा रही है। बनर्जी का बाप नरसिंह पर काफी क्रोधित हुआ था। लेकिन नरसिंह क्या कहता ? सबसे बड़ी चीज़ है, दोस्तो और बिरादरी। जो इनकी कद्र नहीं जानता, वह बदनसीब है। गोरी के मामले में जोसेफ ने कितनी सहायता की थी !···और निताई ? निताई का संग छूट गया, सम्बन्ध भंग हो गया; निताई ने उसके विरुद्ध साक्षी भी दी। लेकिन निताई के साथ दोस्ती भंग होने में नरसिंह का कोई दोष नहीं। निताई ने ही बेईमानी की थी। वह नमकहराम और बेईमान निकला ! उसने रोटी के टुकड़े के लिए बेईमानी की। ठीक है, करने दो। शुरू में इन बातों को लेकर उसे बहुत क्रोध आता था, अब नहीं। ये दुनिया···उफ् ! उसकी दीदी कहा करती थी :

ये दुनिया है सात रंगों की पूरी।
कोई हंसता है, कोई रोता है, कोई करता है चोरी।

निताई साला बहुत छोटा आदमी निकला। उसके विरुद्ध साक्षी देकर उसने साहू-बोस कम्पत्ती को सर्विस में ड्राइवरी की नौकरी पा ली थी, सूखे चालीस रुपये माहवारी में। रामेश्वर और तारक भी उसी कम्पनी में लग गए थे। उस दिन वे छाती फुलाकर क्रिश्चियन पड़े के तालाब में नई बस धोने के लिए लाए थे। पहले वे नीलिमा की ओर इशारा करके तालाब के पानी को 'नीला जल' कहते थे, उस दिन वे चिल्ला रहे थे—'गोरा जल, गोरा जल।' जोसेफ और राम को बड़ा गुस्सा आया था। लेकिन नरसिंह खामोश रहा, बोला, 'जाने दो भइया !' राम बोला, 'दस रुपये की ज़्यादा नौकरी पाकर बेटे लोगों का दिमाग गरम हो गया है।' अरे सीताराम, दस रुपये अधिक होना ही तो गुलामी है। अगर नरसिंह खुद गुलामी करने को राज़ी होता तो वह तुम लोगों के सिर पर बैठता ! थू···थू···! साले क्या कहते थे, 'इस लाइन से भगा दिया नरसिंह को।'······

इतनी बड़ी दुनिया है। धरती, धरती,धरती ! ग्राम, शहर,जिला, देश, परदेश, पहाड़, वन—भला जगह की कोई कमी है दुनिया में। बड़े-बड़े पहाड़ों को काटकर ज़मीन समतल बनाई जा रही है, रेल-लाइने बिछाई जा रही हैं, नदी-नाले और गंगा-यमुना जैसी बड़ी-बड़ी नदियों के ऊपर 'ब्रिज' बनाकर रेलें चलाई जा रही हैं। बड़े-बड़े समुद्रों में नौकाएं, स्टीमर और जहाज़ चलते हैं। आज कलकत्ता से पेशावर तक मोटर-गड़ियां चलती हैं। ऊपर जहाज़ उड़ता है।···और ये साले कहते हैं, भगा दिया नरासिह को ! सात मील की सर्विस बन्द करने से क्या नरसिंह की गाड़ी चलनी बन्द हो जाएगी ? हुश् !

मेरी नीलिमा और काने बनर्जी ने चिट्ठी लिखी थी। अण्डाल के आस-पास लाल खुरदरी मिट्टी और काले पत्थरों से घिरा कई मीलों का जन-विहीन अंचल था। उसी अंचल में कोयले की खान का पता चला था। एक-आध नहीं, बल्कि बीस-तीस कोलियरियों का काम चल रहा था। वहां चक्करदार, पहाड़ियों की टेढ़ी-मेढ़ी चढ़ाई-उतराई काबू में आ जाए तो गाड़ी चलाने में कोई कठिनाई नहीं है। मिशन की अपनी गाड़ी है, जोसेफ के लिए वहीं नौकरी निश्चित हो गई थी। नीलिमा ने लिखा था, 'नरसिंह बाबू, यहां आप टैक्सी लेकर आएं तो आपके लिए लाभदायक रहेगा। यहां टैक्सी की आवश्यकता भी है। कोलियरी का काम चालू होते ही चारों ओर गांव और बाज़ार-हाट बढ़ते जा रहे हैं। बीच-बीच में दो-एक टैक्सियां आसनसोल से यहां तक आती-जाती भी हैं। यहां रेगुलर सर्विस, खोलने से काफी लाभ होगा।'

नरसिंह वहीं चल पड़ा था। यह अंचल नरसिंह का अदेखा नहीं था। मंझले बाबू—उसके जीवन में शनि के तरह आए थे मंझले बाबू। उनसे जितना फायदा हुआ, उतनी हानि भी हुई। मंझले बाबू की यहां वाली कोठी से वह एक बार घूम गया था।

इस बार मन ही मन उसने कई निश्चय कर लिए थे। उसके नसीब ने उसे कई तरीकों से बांध लेना चाहता था, लेकिन वह सभी बंधन तोड़कर अपने दिल को मज़बूत करके चला था। घर पर बाप को रुपये भेजकर उसने थोड़ी-बहुत ज़मीन खरीदवा ली थी, उसे बेचकर उसने बाप के साथ गिर्वरजा को भी अन्तिम सलाम कर दिया। बाप ने कहा था, 'मैं तेरा चेहरा देखना नहीं चाहता। तुम्हारे हाथ की अग्नि भी नहीं लूंगा। तुम क्षत्री-वंश से भी खारिज़···!'

बस, बस। खारिज़···। नरसिंह सिर्फ मोटर-ड्राइवर है—वह

और कोई नहीं, कुछ नहीं। उसके पास ज़मीन-बिक्री से मिले आठ सौ रुपये थे। एक सौ रुपये उसे डिस्ट्रिक्ट बोर्ड के इलेक्शन में भी मिले थे। इस बार कांग्रेस इलेक्शन में उतरी थी। उसने कांग्रेस को अपनी गाड़ी दी। कांग्रेस ने निताई के शराबी मालिक को हरा दिया था। नरसिंह काफी खुश हुआ था। उस दिन गाड़ी पर तिरंगा भंडा लहरा-कर उसने शहर के दो-तीन चक्कर लगाए थे। कांग्रेस ने उसे डेढ़ सौ रुपये दिए थे। यही उसके लिए बहुत हैं—खूब!

इस समय उसके पास कुल ९०० रयये थे। कुछ और कमाई करने के बाद वह एक नई गाड़ी इन्सटॉलमेंट में खरीदेगा और पुरानी गाड़ी राम को दे देगा। निताई के समय उससे भल हो गई थी। इस बार वह गलती नहीं करना चाहता।

जोसेफ ने हार्न बजाया।

पांचमति से बस आ रही थी।

ड्राइवर कौन है? रामेश्वर! तारक कण्डक्टर। तारक चिल्ला कर बोला, "ऐ, भाग रहा है!"

नरसिंह हंसा।···उल्लू कुछ नहीं जानता! गुलाम का बच्चा! नरसिंह उनके साथ बात नहीं करेगा। लेकिन राम से नहीं रहा गया। बिललाकर बोला, "भाग नहीं रहे हैं, नई लाइन में जा रहे हैं।"

नरसिंह ने एक्सिलरेटर पर दबाव कम करके क्लच पर पांव रखा और स्टियरिंग घुमा दिया।

जोसेफ ने पूछा, "पांचमति के अन्दर चलिएगा क्या?"

"हां, अपने एक दोस्त से मिलना है।"

सुरेशदास!

दास ने नरसिंह को आदर के साथ एक टाइम का खाना खिलाया, तब जाकर कहीं छोड़ा। नरसिंह के जाते समय बड़ी खुशी के साथ वह बोला, "चले जाओ दोस्त, निर्भय होकर चले जाओ! कलेजे की हिम्मत, शरीर की शक्ति और किस्मत पर भरोसा करके दुनिया के किसी कोने में आंखें बन्द किए चले जाओ, सफलता तुम्हारे कदम चूमेगी।"

अन्त में वह बोला, "वहां अगर सुविधा हो तो मुझे भी लिखना। मैं वहां मिठाई की दूकान खोलूंगा।"

नरसिंह ने गाड़ी स्टार्ट की। गाड़ी श्यामनगर के शहर की धूल के ऊपर से चली थी, अब उसपर पांचमति की धूल भी लग गई।

गाड़ी मयूराक्षी के घाट पर आकर रुकी। अब वह नदी पार करके उस पार जाएगी।

साहू-बोस कम्पनी की मोटर-बस भी वहां खड़ी थी। बस पर 'जय मां काली' लिखा था। गाड़ी से उतरकर निताई आया। घाट के एक तरफ चुपचाप खड़ा रहा। जोसेफ और राम मोटर को ठेल रहे थे। गाड़ी टॉप गीयर में बहुत आहिस्ता चल रही थी, क्योंकि घाट के किनारे की बालू भीगी हुई थी। नरसिंह ने हांक दी, "और ज़ोर से! और ज़ोर से! हां, ठीक है! बहुत अच्छा!"

गाड़ी अपेक्षाकृत ज़ोर से चल पड़ी।

निताई भी आकर सहयोग देने लगा।

राम बोला, "बस, बस! रहने दो। हाथ लगाने की ज़रूरत नहीं।"

राम की बात सुनकर निताई हंस पड़ा। उसने कोई जवाब नही दिया। बस गाड़ी ठेलता रहा। निताई का भैंसे जैसा चेहरा था और शक्ति भी वैसी ही थी। उसके सहयोग से गाड़ी भीगी बालू फर चलने लगी। निताई जानता था कि नरसिंह यहां से जा रहा है, इसलिए वह नदी के उस पार जाते समय अपने को रोक न सका। लाइसेंस के लोभ के कारण वह नरसिंह उस्ताद को छोड़कर रामेश्वर के साथ जा मिला था। काफी दिनों से उसे लाइसेंस लेने की इच्छा थी। उस्ताद कहता 'इस बार ले दूंगा, इस बार···।' लेकिन निताई को लगता कि नरसिंह की शायद इच्छा नहीं है। इसलिए जब उसे रामेश्वर ने लाइसेंस का आश्वासन दिया तो उससे रहा नहीं गया। रामेश्वर ने उसे १५ रुपये महीने और खाने-पीने पर उस शराबी के यहां नौकरी दिला दी थी। उसने तो उस्ताद का कोई नुकसान नहीं किया···! जब तक वह उसके पास रहा, देवता की तरह मानता रहा और बैल की तरह काम करता रहा था। लाइसेंस और नौकरी मिलने से उस्ताद को खुशी होनी चाहिए थी, लेकिन खुशी तो दूर रही, उस्ताद ने उसके साथ बातचीत भी बन्द कर दी। शराब की दूकान में उस्ताद उसे 'बेईमान, नमकहराम और सुअर का बच्चा' कहकर गाली देता है, यह भी निताई जानता था। निताई का आखिर क्या दोष है? हां, एक दोष उसने ज़रूर किया है। साहू-कम्पनी के लोभ में उसने गोरी वाले मामले में उस्ताद के विरुद्ध साक्षी दी थी। फिर भी उसने कोई गलत बात तो नहीं कही थी। एकदम नहीं। इसके लिए वह हज़ार सज़ाएं भुगतने के लिए तैयार है। लेकिन साहू-बोस कम्पनी ने

उस्ताद को काफी नुकसान पहुंचाया। वस्तुतः यह लाइन तो उस्ताद की लाइन थी। जब इस रास्ते पर बैलों तक को चलने में कष्ट होता था, तब उस्ताद ने अपनी गाड़ी चलाकर लोगों की आंखें खोली थीं आज रास्ता अच्छा बन गया तो उस्ताद को उखाड़ दिया गया ! लेकिन इसमें निताई का क्या दोष ? वह तो नौकर है, नौकरी करता है। लेकिन···उस्ताद के इस तरह चले जाने से उसे काफी दुःख था। इसलिए वह गाड़ी से उतर पड़ा और गाड़ी ठेलने का सुयोग मिला तो खुद को रोक न सका। बस, उस्ताद के साथ दो बातें करके वह चला जाएगा।

गाड़ी उस पार जाकर खड़ी हो गई। थोड़ी दूर तक गाड़ी और बढ़ाकर नरसिंह ने ब्रेक मारा। निताई की हिम्मत नहीं हुई कि वह आगे बढ़कर उस्ताद से बात करे। वह लौट पड़ा और नदी के पानी में हाथ में लगी स्याही और घूल को धोकर खड़ा हो गया। एकाएक वह फिर घूम पड़ा और नरसिंह के पास जा खड़ा हुआ। हाथ जोड़कर बोला, "उस्ताद।"

नरसिंह ने भृकुटी टेढ़ी करके उसकी ओर देखा।

वह उस्ताद के पांवों को छूकर बोला, "गाली दीजिए, मारिए, जो इच्छा हो कीजिए; मैं कुछ नहीं बोलूंगा। लेकिन मुझसे बिना बात किए मत जाइए। मुझे माफ कर दीजिए, मुझसे गलती हुई है।"

नरसिंह कुछ क्षण तक चुप रहकर हंस पड़ा और उसकी पीठ पर हाथ रखकर बोला, "माफ किया, जाओ।"

निताई बोला, "आपका नसीब अच्छा नहीं है, उस्ताद ! इमाम बाज़ार से कोठीघाट-सर्विस का भी यही हाल हुआ था। यह ठीक है कि वह सर्विस मंझले बाबू की थी, लेकिन ड्राइवर तो आप थे। मंझले बाबू के मरने के बाद आपने ही उस लाइन पर वह सर्विस जमाई थी। लेकिन रेल कम्पनी और बुधा बाबू ने आपको वहां से उखाड़ दिया। और अब यहां से भी ···।" नरसिंह बीच में ही बोला, "देखें, इस बार कौन कहां से उखाड़ता है ?"

"कहां जा रहे हैं ?"

इसका उत्तर न देकर नरसिंह बोला, "मन लगाकर काम करना। मोटर का काम अच्छी तरह से सीखना। तुम्हारे लिए अच्छा रहेगा।"

उस पार साहू बोस कम्पनी की बस का कण्डक्टर हॉर्न बजा रहा

था—सर्विस की गाड़ी छोड़ने का टाइम हो गया था।

नरसिंह बोला, "जाओ, कण्डक्टर हॉर्न बजा रहा है।"

एक दीर्घ निःश्वास फेंककर निताई बोला, "अच्छा, जा रहा हूं। लेकिन आप कहां जा रहे हैं ?"

नरसिंह ने हंसकर निताई को गोल-मटोल जबाब दिया, "अरे, दुनिया में इतनी जगह पड़ी है, कहीं न कहीं ठौर मिल ही जाएगा। दुनिया में क्या दौलत का अभाव है ? जहां दौलत है, वहीं आदमी। और जहां आदमी होगा, वहीं अपनी गाड़ी होगी। बस, चल पड़ा हूं, कहीं न कहीं···!" और वह ठठाकर हंस पड़ा।

हॉर्न ज़ोर-ज़ोर से बज रहा था। निताई अधिक रुक न सका। आज सर्विस का पहला दिन था। नया ड्राइवर होने के कारण टाइम से गाड़ी पहुंचाने का भी उसे शौक था। वह लौट पड़ा। लेकिन मन में कांटे की तरह एक बात चुभकर रह गई। उस्ताद ने उसपर पूरा विश्वास नहीं किया। कहां जा रहे हैं, यह भी नहीं बताया।

निताई से बिछुड़कर नरसिंह को भी कम दुःख नहीं हुआ। लेकिन उसे थोड़ी खुशी भी थी। निताई का अविश्वास करके उसका जितना अपमान किया जा सका, उसने उसका अवसर नहीं खोया। फिर भी उसे दुःख हुआ था। उसने चुपचाप गाड़ी स्टार्ट की। गाड़ी चल पड़ी।

मुर्शिदाबाद के गांवों को पार करके और वीर-भूमि की पत्थरों से भरी सख्त मिट्टी को ज़मीन के बीच से होकर देश-देशान्तर को धूल फांकती हुई उसकी गाड़ी जहां से चल रही थी, वहां पर बुधा बाबू और रेल कम्पनी ने उसे उखाड़कर अपनी मोनोपोली सर्विस चालू की थी। उसकी गाड़ी चली जा रहो थी नदी-नालों को पार करती हुई। दूर-दूर के मैदान और जंगल चक्कर काटते हुए पीछे जा रहे थे बगल वाले पेड़ तेज़ी से पीछे छूट रहे थे। मील-पोस्ट के बाद मील-पोस्ट पार करती हुई गाड़ी भाग रही थी। सामने निकट आता जा रहा था नया शहर। काले पत्थरों के बीच लाल आभा लिए मिट्टी का नया शहर ! चढ़ाई और उतराई, उतराई और चढ़ाई। तीस फुट चढ़ाई और पच्चीस फुट उतराई ! फिर पचास फुट की चढ़ाई और २० फुट की उतराई ! फिर चालीस-फुट ऊपर उठकर समतल रास्ता ! रास्ते पर बैलगाड़ी और मोटर के पहिये के चिह्न !

यह शहर नरसिंह का अदेखा नहीं था।

मंझले बाबू इसी शहर में मरे थे। अपनी फटफटिया पर वे यहां

एक गरीब फिरंगी मैनेजर की लड़की के साथ हुल्लड़ करने रोज़ रात को आते थे। एक दिन मतवाले होकर लौट रहे थे कि एक पत्थर से टक्कर खाकर रास्ते पर सारी रात अचेत होकर पड़े रहे। सुबह उन्हें कोठी पर लाया गया, उन्हें भयंकर ज्वर हो आया था। फिर उन्हें निमोनिया हो गया। उसके बाद वे हमेशा के लिए ठण्डे हो गए। लगा जैसे तेज़ चाल वाला इंजन पुल के टूट जाने से नदी में जा गिरा हो। वह भी उनके शव को कंधा देकर गंगा-तीर तक गया था। सलाम, मंझले बाबू, सलाम!

"अरे, अरे!"

नरसिंह ने एकाएक हैण्ड-ब्रेक खींच लिया और दोनों पांव फुट-ब्रेक पर दाब लिए। गाड़ी रुक गई। चढ़ाई के ऊपर से अचानक कैसे तो लगभग आध मन मिट्टी नीचे गिर रही थी!

राम और गोरी सिहर उठे। नरसिंह ने हंसकर गाड़ी को फिर स्टार्ट किया। फिर पचास फुट की चढ़ाई! वाह खूब है शहर! आह-हा! आंखें जुड़ा गईं। चारों और हवा बह रही थी आकाश के कोनों से नीचे बादल उतरकर लाल मिट्टी का स्पर्श कर रहे थे। बीच में कोलियरी थी। काठ के एक पोस्ट पर लिखा था—टु कोलियरी!

नीचे कोलियरी में फ्रेमों में चक्के घूम रहे थे। चिमनियों का धुआं कुण्डली बनाता हुआ आकाश की और उठ रहा था। कभी एकाध कोलियरी काफी नज़दीक आ जाती तो काली-काली देहों वाले मज़दूर दिख जाते—गन्दे, मैले, कोयले की राख से भरे अर्धनग्न संथाली-विलासपुरी मज़दूर। काफी दुर्गन्ध उठ रही थी। गोरी ने दुर्गन्ध के मारे नाक पर रूमाल रख लिया। जोसेफ ने भी नाक पर रूमाल रख लिया। राम 'ही-ही' करके हंस पड़ा। नरसिंह के दोनों हाथ स्टियरिंग में व्यस्त थे। उसे गन्ध भी महसूस नहीं हो रही थी। पेट्रोल की गन्ध ने सारी गन्धों को ढक लिया था। उसे हंसी आ गई।··· जोसेफ रूमाल से नाक ढंक रहा है! वाह री दुनिया! कोई अपने शरीर की ओर निहारकर नहीं देखता। तेल, स्याही, मोबिल, पेट्रोल और धूल-भरे शरीर की गन्ध! वे लोग अपने मालिक के लिए कोयला निकालते हैं और नरसिंह गाड़ी चलाता है दूसरों के लिए, दूसरों की हुकूमत पर, दूसरों की ज़रूरत पर, दूसरों के मनोरंजन के निमित्त। कोई फर्क नहीं···!

गाड़ी फिर घूम पड़ी। यहां ज़मीनें खुद रही थीं। एक जगह स्तूप बन गया था—मिट्टी और पत्थरों की ढेर-सी राशि! ईंटों का भट्टा

बन रहा था, ईंटें बनाई जा रही थीं। टीनों और छप्परों के शेड नज़र आ रहे थे। बड़े-बड़े शेड तैयार हो रहे थे। बीच में झोंपड़ियां भी दिखा रही थीं। बीच-बीच में साइडिंग्स बनाई गई थी, जिन पर रेलवे-वैगन खड़े थे। दो-चार मोटरें भी आ जा रही थीं, जिनमें साहिबी पोशाकों में मैनेजर या मालिक बैठे थे। क्या बात है? अजब कारखानों का नया शहर तैयार कर रहे हैं। लोग यहां—बिलकुल नई दुनिया ! उसके वंश के प्रथम पुरुष गिरधारीसिंह के समय में यह दुनिया नहीं थी। गिरधारीसिंह ने जंगल के बीच अड्डा जमाया और जंगलों को साफ करके खेती-बाड़ी आरम्भ की थी। वह अकेला ही नई दुनिया की ओर चल पड़ा था। गिरधारीसिंह घोड़ों पर नई दुनिया की खोज में निकला था। और वह निकला है मोटर पर।

कल-कारखाने और लोहे-लक्कड़ का कारोबार ! अच्छा नसीब कहो या मन्दा, लेकिन यहां आए बिना और कोई उपाय नहीं था। दुनिया ने उसे ठेलकर यहां भेज दिया था और वह खुशी-खुशी आ गया था। यहीं नरसिंह अपना घर बसाएगा। उस घर में रहेगी गोरी। पुराती गाड़ी बेचकर नई गाड़ी खरीदेगा, ट्रक खरीदेगा। रोज़गार से रुपये कमाकर वह गोरी के आंचल में रख देगा, बैंक में रखेगा। लड़का होगा उसे ही वह अपनी सारी विद्या देगा, उसे एक बढ़िया मैकेनिक बनाएगा।

"बायें ?" जोसेफ ने हांक लगाई।

सामने से रास्ता तीन भागों में विभक्त हो गया था। बायें तरफ के रास्ते पर लिखा था—'टु मिशन।'

मोटर ने तिरछा मोड़ लिया। नरसिंह ने गियर बदलकर स्पीड बढ़ाई। गाड़ी द्रुत गति से आगे बढ़ गई।

●●●